中國古典文學基本叢書

劉禹錫全集編年校注

第三册

〔唐〕劉禹錫 撰
陶 敏
陶紅雨 校注

中 華 書 局

劉禹錫全集編年校注卷八　詩　大和中

和令狐相公以司空裴相見招南亭看雪四韻〔一〕

重門不下關，〔二〕樞務有餘閑。〔三〕上客同看雪，高亭盡見山。瑞呈霄漢外，興入笑言間。知是平陽會，〔四〕人人帶酒還。〔五〕

【校注】

〔一〕據張籍同作詩「春榭」語，詩大和三年早春在長安作。令狐相公：令狐楚，大和二年冬入朝爲户部尚書。司空裴相：裴度。均已見前注。南亭：當在興化里裴度宅。令狐楚原詩佚。

〔二〕重門：多重門户，大宅。關：門閂。

〔三〕樞務：中央政務。

〔四〕平陽會：指歡樂宴會。《史記·曹相國世家》：「（曹參）食邑平陽萬六百三十户，號曰平陽侯。」又：「參代（蕭）何爲漢相國。……相舍後園近吏舍，吏舍日飲歌呼。從吏惡之，無如之何，乃請參游園中，聞吏醉歌呼，從吏幸相國召按之。乃反取酒張坐飲，亦歌呼與相應和。」

〔五〕帶酒：帶有酒意。

【附録】

和户部令狐尚書喜裴司空見招看雪　張籍

南園新覆雪，上宰曉來看。誰共登春榭？唯聞有地官。色連山遠静，氣與竹偏寒。高韻更相應，寧同歌吹歡。（《全唐詩》卷三八四）

曲江春望〔一〕

鳳城煙雨歇，〔二〕萬象含佳氣。酒後人倒狂，花時天似醉。〔三〕三春車馬客，〔四〕一代繁華地。何事獨傷懷？少年曾得意。〔五〕

【校注】

〔一〕白居易和詩中有「衰翁獨在家」之語，此詩當大和三年二月作，時白已請告家居。曲江：長安東南名勝。參見卷七《杏園花下酬樂天見贈》注。

〔二〕鳳城：鳳凰城，指長安。

〔三〕天似醉：庾信《哀江南賦》：「以鶉首而賜秦，天何爲而此醉？」

〔四〕三春：春季三月。

〔五〕少年：劉禹錫貞元九年進士，曾參與曲江大會，時年二十二。

【附録】

和劉郎中曲江春望見示　白居易

芳景多游客，衰翁獨在家。肺傷妨飲酒，眼痛忌看花。寺路隨江曲，宫牆夾樹斜。羨君猶壯健，不枉度年華。（《白居易集》卷二六）

和令狐相公春日尋花有懷白侍郎閣老〔一〕

芳菲滿雍州，〔二〕鸞鳳許同游。花逕須深入，時光不少留。色鮮由樹嫩，枝亞爲房稠。〔三〕静對仍持酒，高看特上樓。晴宜連夜賞，雨便一年休。共憶秋官處，〔四〕餘霞曲水頭。〔五〕

【校注】

〔一〕令狐相公：令狐楚。白侍郎：白居易，其和詩有「病卧帝王州，花時不得游」之語，詩當大和三年二月作，時白已請告家居。令狐楚原詩已佚。

〔二〕雍州：即長安。《新唐書·地理志一》：「京兆府京兆郡，本雍州，開元元年爲府。」

〔三〕亞：低。杜審言《都尉山亭》：「枝亞果新肥。」房：花的子房，此指花朵。

〔四〕秋官：指白居易，時爲刑部侍郎。光宅元年，改刑部爲秋官，見《新唐書·百官志一》。

〔五〕曲水：即曲江，參見卷七《杏園花下酬樂天見贈》注。

【附録】

酬令狐相公春日尋花見寄六韻　白居易

病卧帝王州，花時不得游。老應隨日至，春肯爲人留？粉壞杏將謝，火繁桃尚稠。白飄僧院地，紅落酒家樓。空裏雪相似，晚來風不休。吟君悵望句，如到曲江頭。（《白居易集》卷二六）

和令狐相公别牡丹〔一〕

平章宅裏一欄花，〔二〕臨到開時不在家。莫道兩京非遠别，〔三〕春明門外即天涯。〔四〕

【校注】

〔一〕詩大和三年三月作。《舊唐書·文宗紀上》：「（大和三年三月）辛巳朔，以户部尚書令狐楚爲東都留守。」

〔二〕平章宅：宰相宅。《新唐書·百官志一》：「貞觀八年，僕射李靖以疾辭位。詔疾小瘳，三兩日一至中書門下平章事。」中唐以後，凡任宰相者，均加「同中書門下平章事」或「同平章事」銜。《唐兩京城坊考》卷二，長安朱雀街東從北第二坊開化坊有「尚書左僕射令狐楚宅」，注引《酉陽雜俎》：「楚宅在開化坊，牡丹最盛。」

〔三〕兩京：東京洛陽與西京長安。

〔四〕春明門：唐長安外郭城東面三門的正中門，見《唐兩京城坊考》卷二。

【集評】

謝枋得曰：此詩言人臣不可恃聖眷也。……大臣位尊名盛，朝承恩，暮嶺海，禍福不可必，一出東城門，去君側漸遠……寵辱轉移，特頃刻間，欲入朝辨明不可得矣。「春明門外即天涯」一句絶妙。（《注解章泉澗泉二先生選唐詩》卷二）

周敬曰：平調中轉覺警策，含意深遠。作詩信不必以險仄爲工。（《唐詩選脈會通評林》）

宋長白曰：元微之《西歸》詩：「春明門外誰相待，不夢閒人夢酒巵。」劉夢得《别牡丹》詩：「莫道兩京非遠别，春明門外即天涯。」元句憒，有仰天大笑之態。劉句慘，有眷懷故國之心。（《柳亭詩話》卷十一）

沈德潛曰：吴梅村《拙政園山茶歌》胎源於此。（《唐詩别裁》卷二〇）

【附録】

赴東都别牡丹　　令狐楚

十年不見小庭花，紫萼臨開又别家。上馬出門回首望，何時更得到京華？（《全唐詩》卷三三四）

同樂天送令狐相公赴東都留守〔一〕

自户部尚書拜。

尚書劍履出明光，〔二〕居守旌旗赴洛陽。〔三〕世上功名兼將相，人間聲價是文章。衙門曉闢分天仗，〔四〕賓幕初開辟省郎。〔五〕從發坡頭向東望，〔六〕春風處處有甘棠。〔七〕自華、陝至河南，皆故治也。

【校注】

〔一〕令狐相公：令狐楚，參見前詩。《新唐書·百官志四下》：「初，太宗伐高麗，置京城留守，其後車駕不在京都，則置留守。」《唐會要》卷六七：「貞觀十七年，太宗親征遼東，令太子太傅房玄齡充京城留守。……東都留守以蕭瑀爲之。」

〔二〕劍履：題劍曳履，均尚書故事，參見卷二《泰娘歌》注。明光：漢長安宫名，武帝所建，見《三輔黄圖》卷三。此代指朝廷。

〔三〕居守：即留守。《唐會要》卷六七：「（元和九年十月）以尚書左丞吕元膺爲檢校工部尚書，充東都留守。舊例，留守必賜旗甲，與方鎮略同……」

〔四〕衙門：即牙門，官署之門，因古代營門竪立牙旗而得名。天仗：天子儀仗。留守分皇帝儀仗之半，見卷九《郡内書情獻裴侍中留守》注。

〔五〕賓幕：指留守的幕府。省郎：尚書省郎官。句謂令狐楚幕中辟朝中要員爲僚佐。

〔六〕從發坡：出發之地，指長樂坡，在長安東，爲送别之地。《元和郡縣圖志》卷一「京兆府萬年縣」：「長樂坡，在縣東北十二里。」《舊唐書·玄宗紀下》：「（天寶三載正月）庚子，遣左右相已下祖别賀知章於長樂坡，上賦詩贈之。」

〔七〕甘棠：指曾爲官處的遺愛，參見卷一《途次敷水驛（略）》注。令狐楚曾爲華州刺史、陝虢觀察使、河陽懷節度使、河南尹，所轄均自長安赴洛陽必經之地，故詩云。自注中「治」原作「林」，據劉本改。

【附録】

送東都留守令狐尚書赴任　白居易

翠華黄屋未東巡，碧洛青嵩付大臣。地稱高情多水竹，山宜閑望少風塵。龍門即擬爲游客，金谷先憑作主人。歌酒家家花處處，莫空管領上陽春。（《白居易集》卷二六）

送令狐尚書赴東都留守　張籍

朝廷重寄在關東，共説從前選上公。勛業新城大梁鎮，恩榮更守洛陽宫。行香暫出天橋上，巡禮常過禁殿中。每領群臣拜章慶（一作表），半開門仗日曈曈。（《全唐詩》卷三八五）

和樂天南園試小樂〔一〕

閒步南園煙雨晴，遥聞絲竹出牆聲。欲抛丹筆三川去，〔二〕先教清商一部成。〔三〕花木手栽偏有興，歌詞自作别生情。多才遇景皆能詠，當日人傳滿鳳城。〔四〕

【校注】

〔一〕據詩中「欲抛丹筆三川去」語，當作於大和三年春末白居易將罷刑部侍郎歸洛陽時。南園：白居易長安新昌里第之林園，其《自題新昌居止因招楊郎中小飲》云：「能到南園同醉否？笙歌隨分有些些。」小樂：小型樂隊演奏的音樂。

〔二〕抛丹筆：指辭去刑部侍郎官職。丹筆，給罪犯判罪所用紅筆。《初學記》卷二〇引謝承《後漢書》：「盛吉爲廷尉時，每至冬節，罪囚當斷，妻夜執燭，吉持丹筆，夫妻相對，垂泣決罪。」三川：秦郡名，以其地有河、洛、伊三水得名，此指洛陽。

〔三〕清商：古代一種起源於民間的樂曲名，參見卷七《尉遲郎中見示（略）》注。白居易《讀鄂公傳》：「唯留一部清商樂，月下風前伴老身。」

〔四〕鳳城：指長安。

【附録】

南園試小樂　白居易

小園斑駁花初發，新樂錚摐教欲成。紅萼紫房皆手植，蒼頭碧玉盡家生。高調管色吹銀字，慢拽歌詞唱渭城。不飲一杯聽一曲，將何安慰老心情？（《白居易集》卷二六）

答樂天戲贈〔一〕

才子聲名白侍郎，風流雖老尚難當。詩情逸似陶彭澤，〔二〕齋日多如周太常。〔三〕矻矻將心求浄土，〔四〕時時偷眼看春光。〔五〕知君技癢思歡燕，〔六〕欲倩天魔破道場。〔七〕

【校注】

〔一〕詩稱白居易爲「白侍郎」，白居易原詩云「思退」，「只有今春相伴在」，當作於大和三年春末白居易罷刑部侍郎前。

〔二〕陶彭澤：陶潛，曾爲彭澤令，參見卷二《送僧元暠南游》注。鍾嶸《詩品》卷中：「陶潛，古今隱逸詩人之宗也。」

〔三〕齋日：齋戒日。白居易大和初作《齋月静居》：「葷腥每斷齋居月，香火常親宴坐時。」周太常：周澤，參見卷七《送王司馬之陝州》注。

〔四〕矻矻：勤奮不懈貌。净土：佛教所謂莊嚴皎潔無五濁煩惱的世界。中國佛教有净土宗，因專修往生阿彌陀佛西方世界而得名。土，原作「法」，據劉本改。

〔五〕春光：兼指歌舞游宴等。

〔六〕技癢：《文選》潘岳《射雉賦》：「徒心煩而技癢。」徐爰注：「有伎藝而欲逞曰技癢。」燕：通「宴」。

〔七〕天魔：佛教語，天子魔簡稱。道場：誦經禮拜等做法事的場所。《因果經》：「菩薩將成道時，魔王恐諸衆生皆歸，空我境界，令三女供給以亂定意。菩薩不納，三女忽然感變醜形。」

【附録】

贈夢得　白居易

心中萬事不思量，坐倚屏風卧向陽。漸覺詠詩猶老醜，豈宜憑酒更粗狂？頭垂白髮我思退，脚踏青雲君欲忙。只有今春相伴在，花前剩醉兩三場。（《白居易集》卷二七）

和樂天春詞〔一〕

新妝宜面下朱樓，〔二〕深鎖春光一院愁。行到中庭數花朵，蜻蜓飛上玉搔頭。〔三〕

【校注】

〔一〕依劉、白二集編次，詩大和二年或三年春在長安作。

〔二〕新妝：《焦氏類林》卷七上引《日札》：「美人妝面，既傅粉後，以胭脂調勻施之兩頰。濃者爲酒暈妝，淺者爲桃花妝，薄薄施朱以粉罩之爲飛霞妝。」宜，《全唐詩》校「一作粉」。

〔三〕玉搔頭：玉簪。參見卷六《浙西李大夫示述夢四十韻（略）》注。

【集評】

李慈銘評末二句曰：裊娜百媚。（《越縵堂讀書簡端記》）

【附録】

春詞　　白居易

低花樹映小妝樓，春入眉心兩點愁。斜倚欄干背鸚鵡，思量何事不回頭？（《白居易集》卷一五）

春詞　　元稹

山翠湖光似欲流，蛙聲鳥思卻堪愁。西施顔色今何在，但看春風百草頭。（《元稹集》卷二〇）

曹剛〔一〕

大絃嘈囋小絃清，〔二〕噴雪含風意思生。〔三〕一聽曹剛彈《薄媚》，〔四〕人生不合出京城。

【校注】

〔一〕詩大和二年或三年春在長安作。曹剛：或作曹綱，著名琵琶演奏家。《樂府雜録·琵琶》：「貞元中，有王芬、曹保，保子善才，其孫曹綱，皆襲所藝。次有裴興奴，與綱同時。曹善運撥，若風雨，而不事扣絃。興奴長於攏撚，下撥稍軟。時人謂曹綱有右手，興奴有左手。」白居易《聽曹剛琵琶兼示重蓮》：「撥撥絃絃意不同，胡啼番語兩玲瓏。誰能截得曹剛手，插向重蓮衣袖中？」薛逢《聽曹剛彈琵琶》：「禁曲新翻下玉都，四絃振觸五音殊。不知天上彈多少，金鳳銜花尾半無。」蓋曹剛亦是以伎藝供奉宫廷的樂工。

〔二〕嘈囋：聲音雜沓而相應。陸機《文賦》：「或奔放以諧合，務嘈囋而妖冶。」白居易《琵琶行》：

「大絃嘈嘈如急雨，小絃切切如私語。」

〔三〕噴雪含風：形容琵琶聲或如波濤洶湧，或如微風輕拂。李白《横江詞》：「濤似連山噴雪來。」元弼《魚躍龍門賦》：「迅湍奔雷，駭浪噴雪。」

〔四〕《薄媚》：當是琵琶曲名。

與歌童田順郎〔一〕

天下能歌御史娘，〔二〕花前月底奉君王。九重深處無人見，分付新聲與順郎。

【校注】

〔一〕依劉、白二集編次，詩大和二年或三年春在長安作。田順郎：歌者名。《樂府雜録·歌》：「貞元中有田順郎，曾爲宫中御史娘子。」

〔二〕御史娘：《樂府雜録》所云「宫中御史娘子」，即田順郎。然據劉禹錫此詩，似别是一人，爲授曲於田順者。下詩亦云：「唯有順郎全學得，一聲飛出九重深。」

【附録】

聽田順兒歌　白居易

戛玉敲冰聲未停，嫌雲不遏入青冥。争得黄金滿衫袖，一時抛與斷年聽。（《白居易集》卷二六）

田順郎歌〔一〕

清歌不是世間音，玉殿嘗聞稱主心。唯有順郎全學得，一聲飛出九重深。〔二〕

【校注】

〔一〕此詩當亦與前同作於大和二年或三年春。

〔二〕《樂府雜録·歌》：「開元中，内人有許和子者，本吉州永新縣樂家女也，開元末選入宫，即以永新名之，籍於宜春院。既美且慧，善歌，能變新聲。……遇高秋朗月，臺殿清虚。喉轉一聲，響傳九陌。」

宴興化池亭送白二十二東歸聯句〔一〕

東洛言歸去，〔二〕西園告别來。白頭青眼客，〔三〕池上手中杯。度。離瑟殷勤奏，仙舟委曲回。〔四〕征輪今欲動，賓閤爲誰開？〔五〕禹錫。坐弄琉璃水，〔六〕行登緑縟苔。〔七〕花低妝照影，苹散酒吹醅。〔八〕居易。岸蔭新抽竹，亭香欲變梅。〔九〕隨游多笑傲，遇勝且裴回。籍。澄澈連天鏡，潺湲出地雷。〔一〇〕林塘難共賞，鞍馬莫相催。〔一一〕度。信及魚還樂，〔一二〕機忘鳥不猜。〔一三〕晚晴槐起露，新暑石添苔。禹錫。擬作雲泥别，〔一四〕尤思頃刻陪。歌停珠貫斷,〔一五〕飲罷玉峰頽。〔一六〕居易。雖有消遥志,〔一七〕其如磊落才。〔一八〕會當重入用,〔一九〕此去肯悠哉。籍。

【校注】

〔一〕詩云「新暑」,大和三年夏初在長安作。與聯句者有裴度、劉禹錫、白居易、張籍。興化池亭:長安興化坊裴度池亭。《唐兩京城坊考》卷四:朱雀門街西從北第三坊興化坊,有「晉國公裴度池亭」。《舊唐書·白居易傳》:「大和二年正月,轉刑部侍郎。封晉陽縣男,食邑三百户。三年,稱病東歸,求爲分司官,尋除太子賓客。」白居易《侍中晉公欲到東洛先蒙書問(略)》詩自注:「太(大)和三年春,居易授賓客,分司東來,特蒙侍中於興化里池上宴送。」

〔二〕言:語詞。《詩·周南·葛覃》:「言告言歸。」

〔三〕青眼客:受歡迎禮遇的客人。《晉書·阮籍傳》:「籍又能爲青白眼,見禮俗之士,以白眼對之。及嵇喜來弔,籍作白眼,喜不懌而退。喜弟康聞之,乃賫酒挾琴造焉,籍大悦,乃見青眼。」

〔四〕仙舟:對船的美稱,亦雙關李、郭仙舟事,參見卷五《和東川王相公新漲驛池八韻》注。

〔五〕征輪:遠行之車馬。賓閣:延接賓客之處,此指裴度池閣。公孫弘爲相,開東閣以延賢人,見卷六《和浙西李大夫伊川卜居》注。

〔六〕琉璃:天然有色半透明的玉石。

〔七〕緑縟:緑而繁茂。宋之問《雨從箕山來》:「晴明西峰日,緑縟南溪樹。」

〔八〕苹：水上浮萍，古人亦以比喻酒上泡沫。醅：未過濾的酒。《文選》張衡《南都賦》：「醪敷徑寸，浮蟻若萍。」劉良注：「酒膏徑寸，布於酒上，亦有浮蟻如水萍也。」
〔九〕欲變梅：將由青變黄之梅。時當春末夏初，故云。
〔一〇〕鏡：喻指池塘。潺湲：水聲。雷：喻泉水聲。裴度興化里池亭有「落泉」，即急遽落下的水流，見前《西池落泉聯句》。
〔一一〕鞍馬：指白居易行騎，亦雙關唐人酒令鞍馬令。《容齋隨筆》卷一六引皇甫松《醉鄉日月》：「骰子令中改易，不過三章。次改鞍馬令，不過一章。」白居易《東南行一百韻》：「鞍馬呼教住，骰盤喝遣輸。」自注：「骰盤、卷白波、莫走、鞍馬，皆當時酒令。」薛能《野園》：「野園無鼓又無旗，鞍馬傳杯用柳枝。」
〔一二〕魚還樂：喻指白居易辭官後的快樂。古人常以池魚籠鳥比喻爲官的拘束。潘岳《秋興賦》：「攝官承乏，猥厠朝列，夙興晏寢，匪遑底寧，譬猶池魚籠鳥，有江湖山藪之思。」《莊子·秋水》：「鯈魚出游從容，是魚之樂也。」
〔一三〕機忘：即忘機，無世俗爭競欺詐之心。《列子·黄帝》：「海上之人有好漚鳥者，每旦之海上，從漚鳥游，漚鳥之至者百住而不止。其父曰：『吾聞漚鳥皆從汝游，汝取來，吾玩之。』明日之海上，漚鳥舞而不下也。」漚鳥，即鷗鳥。
〔一四〕雲泥：白居易謂己辭官後與諸人地位懸隔。《後漢書·矯慎傳》載吴蒼與慎書：「雖乘雲行泥，棲宿不同，每有西風，何嘗不嘆！」荀濟《贈陰涼州》：「雲泥已殊路，暄涼詎同節。」

〔一五〕珠貫：珠串，形容歌聲美妙。《禮記·樂記》：「故歌者上如抗，下如隊，曲如折，止如槁木，倨中矩，句中鉤，纍纍乎端如貫珠。」白居易《寄明州于駙馬使君》：「何郎小妓歌喉好，嚴老呼爲一串珠。」

〔一六〕玉峰頹：形容醉態，參見卷一《揚州春夜（略）》注。

〔一七〕消遥：猶逍遥，謂自適其性。《莊子·逍遥游》郭象注：「夫小大雖殊，而放於自得之場，則物任其性，事稱其能，各當其分，逍遥一也。」

〔一八〕磊落：俊偉不凡。《文心雕龍·明詩》：「文帝、陳思，……王、徐、應、劉，……慷慨以任氣，磊落以使才。」

〔一九〕重入用：重新徵回朝廷任用。入用：劉本作「用日」。

西池送白二十二東歸兼寄令狐相公聯句〔一〕

促坐宴回塘，〔二〕送君歸洛陽。度。　彼都留上宰，〔三〕爲我説中腸。度。　威鳳池邊别，〔四〕冥鴻天際翔。〔五〕披雲見居守，〔六〕望日拜封章。〔七〕禹錫。　春盡年華少，舟通景氣長。　送行歡共惜，寄遠意難忘。籍。　東道瞻軒蓋，〔八〕西園醉羽觴。〔九〕謝公深眷眄，〔一〇〕商皓信輝光。〔一一〕行式。　舊德推三友，〔一二〕新篇代八行。〔一三〕

【校注】

〔一〕詩大和三年初夏在長安作。西池：即裴度興化里宅中池。令狐相公：令狐楚，時爲東都留守，在洛陽。參與聯句者有裴度、劉禹錫、張籍。詩中行式，當是韋行式，韋皋姪，韋聿子，見《舊唐書·韋皋傳》。另當有白居易，但其詩句已佚。

〔二〕促坐：緊挨着坐。《史記·滑稽列傳》：「合尊促坐，男女同席。」

〔三〕彼都：指白居易將赴之東都。上宰：上相，指令狐楚。

〔四〕威鳳：鳳之有威儀者，此指裴度。參見卷七《令狐相公見示贈竹二十韻仍命繼和》注。

〔五〕冥鴻：高飛的鴻雁，喻指白居易。《後漢書·逸民傳》：「揚雄曰：『鴻飛冥冥，弋者何篡焉。』」注：「篡字，諸本或作慕，《法言》作篡。宋衷曰：『篡，取也。鴻高飛冥冥薄天，雖有弋人，何施巧而取也。喻賢者隱處，不離暴亂之害也。』」

〔六〕披雲：《世説新語·賞譽》：「衛伯玉……見樂廣，……奇之，……曰：『此人，人之水鏡也，見之若披雲霧睹青天。』」居守：留守，指令狐楚。

〔七〕日：雙關皇帝與長安，參見卷二《武陵書懷五十韻》注。封章：緘封的奏表。東都分司官員每月須拜上起居表，參見卷七《洛下初冬拜表有懷上都故人》注。

〔八〕東道：指東部地區。軒蓋：車蓋。句指白居易。

〔九〕西園：指裴度興化里池亭。興化里在長安朱雀門大街西。羽觴：一種酒杯，旁有耳子如鳥翼。

李白《春夜宴從弟桃花園序》：「開瓊筵以坐花，飛羽觴而醉月。」

〔一〇〕謝公：謝安，借指裴度。眷眄：關懷。

〔一一〕商皓：商山四皓，借指爲太子賓客分司的白居易。《史記・留侯世家》：漢高祖欲廢太子，立戚夫人子趙王如意。吕后恐，使吕澤劫留侯，曰：「今上欲易太子，君安得高枕而卧乎？」留侯曰：「顧上有不能致者，天下有四人。四人者，年老矣，皆以爲上慢侮人，故逃匿山中，義不爲漢臣。然上高此四人。今公誠能無愛金玉璧帛，令太子爲書，卑辭安車，因使辯士固請，宜來。來，以爲客，時時從入朝，令上見之……則一助也。」於是吕后使人迎此四人。漢十二年，上欲易太子，及燕，置酒，太子侍，四人從太子，年皆八十有餘，鬚眉皓白，衣冠甚偉。上怪之，問曰：「彼何爲者？」四人前對，各言名姓，曰東園公、甪里先生、綺里季、夏黄公，上乃大驚。四人爲壽已畢，趨去。上目送之，召戚夫人，指示四人者曰：「我欲易之，彼四人輔之，羽翼已成，難動矣。」《新唐書・百官志四上》「東宫官」：「太子賓客四人，正三品，掌侍從規諫，贊相禮儀。」《通典》卷三〇：「皇太子賓客，……定置四人，……蓋取象於四皓焉。」

〔一二〕三友：此謂三益友，三種有益的交友之道。《論語・季氏》：「益者三友，損者三友。友直，友諒，友多聞，益矣。友便辟，友善柔，友便佞，損矣。」

〔一三〕八行：指書信。《後漢書・竇章傳》注引馬融《與竇章書》：「孟陵奴來，賜書，見手跡，歡喜何量，見於面也。書雖兩紙，紙八行，行七字。」此詩兼寄令狐楚，故云。按：他人詩皆四句，行式僅二句，又白居易無詩，故此下當有奪文。

嘆水別白二十二〔一〕

水，至清，盡美。〔二〕從一勺，〔三〕至千里。〔四〕利人利物，〔五〕時行時止。道性净皆然，〔六〕交情淡如此。〔七〕君游金谷堤上，〔八〕我在石渠署裏。〔九〕兩心相憶似流波，潺湲日夜無窮已。

【校注】

〔一〕詩大和三年春末夏初在長安作。《叢刊》本此詩題下注「雜言」，《全唐詩》題下注「一韻至七韻」。按此爲「一言至七言詩」。首句一字，依次遞增至七字而止。嚴羽《滄浪詩話》：「詩體有一字至七字，唐張南史《雪》、《月》、《花》、《草》等篇是也。」

〔二〕至清，盡美：《晏子春秋》卷四：「景公問晏子：『廉政而長久，其行何也？』晏子對曰：『其行水也。美哉水乎清清，其濁無不雩途，其清無不灑除，是以長久也。』」

〔三〕一勺：言水之少。《禮記·中庸》：「今夫水，一勺之多，及其不測，黿鼉蛟龍魚鼈生焉，貨財殖焉。」注：「水之不測，本由一勺。」

〔四〕千里：言水之大。《公羊傳·文公十二年》：「河千里而一曲也。」

〔五〕利人利物：《孟子·盡心上》：「民非水火不生活。」《老子》上篇：「上善若水。水善利萬物而不争，處衆人之所惡，故幾於道。」

〔六〕淨：通静。《莊子·天道》：「水静則明燭鬚眉，平中準，大匠取法焉。……聖人之心静乎？天地之鑒也，萬物之鏡也。」《禮記·中庸》疏引賀瑒曰：「性之與情，猶波之與水。静時是水，動則是波。静時是性，動則是情。」

〔七〕如此：如水。《莊子·山木》：「君子之交淡若水，小人之交甘若醴。君子淡以親，小人甘以絶。」郭象注：「去利故淡，道合故親也。飾利故甘，利不可常，故有時而絶也。」

〔八〕金谷：水名，在洛陽西北。《水經注·穀水》：「金谷水，水出太白原，東南流歷金谷，謂之金谷水，東南流逕晉衛尉卿石崇之故居。石季倫《金谷詩集叙》曰：『予……有別廬在河南界金谷澗中，有清泉茂樹，衆果、竹柏、藥草備具。』」

〔九〕石渠署：西漢官府藏圖籍的官署名，此代指劉禹錫所在的集賢院。班固《西都賦》：「金馬石渠之署。」《三輔黄圖》卷六：「石渠閣，蕭何造。其下礱石爲渠以導水，若今御溝，因爲閣名。所藏入關所得秦之圖籍。至於成帝，又於此藏秘書焉。」

【附録】

一字至七字詩　　白居易

詩。綺美，瓌奇。明月夜，落花時。能助歡笑，亦傷別離。調清金石怨，吟苦鬼神悲。天下只應我愛，世間唯有君知。自從都尉別蘇句，便到司空送白辭。（《白居易集》外集卷下）

按，《唐詩紀事》卷三九云：「樂天分司東洛，朝賢悉會興化亭送別。酒酣，各請一字至七字詩，以題爲韻。」《紀事》所録除白居易詩外，尚有王起《賦花》：「花。點綴，分葩。露初裛，月未斜。一枝曲水，千樹山家。戲蝶未成夢，嬌鶯語更誇。既見東園成徑，何殊西子同車。漸覺風飄輕似雪，能令醉者亂如麻。」李紳《賦月》：「月。光輝，皎潔。耀乾坤，静空闊。圓滿中秋，玩争詩哲。玉兔鏑難穿，桂枝人共折。萬象照乃無私，瓊臺豈遮君謁。抱琴對彈别鶴聲，不得知音聲不切。」令狐楚《賦山》：「山。聳峻，迴環。滄海上，白雲間。商老深尋，謝公遠攀。古巖泉滴滴，幽谷鳥關關。樹島西連隴塞，猿聲南徹荆蠻。世人只向簪裾老，芳草空餘麋鹿閑。」元稹《賦茶》：「茶。香葉，嫩芽。慕詩客，愛僧家。碾雕白玉，羅織紅紗。銚煎黄蕊色，碗轉麴塵花。夜後邀陪明月，晨前命對朝霞。洗盡古今人不倦，將知醉亂豈堪誇。」魏扶《賦愁》：「愁。迴野，深秋。生枕上，起眉頭。閨閣危坐，風塵遠游。巴猿啼不住，谷水咽還流。送客泊舡入浦，思鄉望月登樓。煙波早晚長羈旅，絃管終年樂五侯。」韋（行）式郎中《賦竹》：「竹。臨池，似玉。裛露静，和煙緑。抱節寧改，貞心自束。渭曲偏種多，王家看不足。仙杖正驚龍化，美實當隨鳳熟。唯愁吹作别離聲，迴首駕驂舞陣速。」張籍司業《賦花》：「花。落早，開賒。對酒客，興詩家。能回游騎，每駐行車。宛宛清風起，茸茸麗日斜。且願相留歡洽，惟愁虚棄光華。明年攀折知不遠，對此誰能更嘆嗟。」范堯佐道士《賦書》：「書。憑雁，寄魚。出王屋，入匡廬。文生益智，道著清虚。葛洪一萬卷，惠子五車餘。銀鈎屈曲索静（靖），題橋司馬相如。别後莫睽千里信，數封緘送到閒居。」據白詩「司空送白辭」語，司空裴度亦有詩，當佚。但《紀事》竟未收劉禹錫此詩，且大和三年春末夏初，王起正在陝州陝虢觀察使任，令狐楚在洛陽東都留守任，元稹在越州浙東觀察使任，李紳在滁州刺史任，魏扶猶是白衣（據《登科記考》卷二一，扶爲大和四年進士），范堯佐爲道士，然則與會之「朝賢」不過參與前送白居易聯句詩之劉禹錫、裴度、張籍、韋行式、白居易五人而已。令狐楚、元稹、李紳諸詩，無一語傷别，詞亦淺陋，疑好事者僞託。王起詩則爲起會昌元年與劉禹錫在洛陽唱和之作，參見卷十一《同留守王僕射各賦春中一物從一韻至七》注，後人誤收。

刑部白侍郎謝病長告改賓客分司以詩贈别〔一〕

鼎食華軒到眼前，〔二〕拂衣高謝豈徒然。〔三〕九霄路上辭朝客，〔四〕四皓叢中作少年。〔五〕它日卧龍終得雨，〔六〕今朝放鶴且沖天。〔七〕洛陽舊有衡茅在，〔八〕亦擬抽身伴地仙。〔九〕

【校注】

〔一〕詩大和三年夏初在長安作。長告：告長假。《唐會要》卷八二：「職事官假滿百日，即合停解。」

〔二〕鼎食：列鼎而食。《漢書·主父偃傳》：「丈夫生不五鼎食，死則五鼎亨耳。」張晏注：「五鼎食，牛、羊、豕、魚、麋也。諸侯五，卿大夫三。」華軒：華美的車子。鼎食華軒，代指富貴。張衡《西京賦》：「擊鍾鼎食，連騎相過。」江淹《雜體詩》：「金張服貂冕，許史乘華軒。」

〔三〕拂衣：振衣而去，棄官。《後漢書·楊彪傳》：「（曹）操奏收（彪）下獄，……孔融聞之，……往見操曰：『……今横殺無辜，……孔融魯國男子，明日便當拂衣而去，不復朝矣。』」徐陵《在北齊與宗室書》：「或以天下之貴，負石自沈；王命之尊，拂衣高蹈。」謝：劉本作「步」。白居易恐卷入黨争，故謝病求散秩分司，參見卷七《和令狐相公尋白閣老（略）》注。

〔四〕九霄：天極高處，指朝廷。

〔五〕四皓：指太子賓客，定員四人，見前《西池送白二十二東歸（略）》注。

〔六〕卧龍：潛蟄之龍，比喻未得任用的奇才。參見卷四《元和甲午歲詔書盡徵江湘逐客（略）》注。

〔七〕放鶴：《世説新語·言語》：「支公（道林）好鶴，……有人遺其雙鶴，少時，翅長欲飛，……乃鎩其翮。鶴軒翥不復能飛，乃反顧翅垂頭，視之如有懊喪意。林曰：『既有陵霄之姿，何肯爲人作耳目近玩？』養令翮成，置使飛去。」《史記·滑稽列傳》：「此鳥不飛則已，一飛沖天。」

〔八〕衡茅：衡門茅舍，簡陋的房屋。《詩·陳風·衡門》：「衡門之下，可以棲遲。」傳：「衡門，横木爲門，言淺陋也。」劉禹錫在洛陽有宅。

〔九〕地仙：居於人世的仙人，指白居易。白居易《池上即事》：「官散無憂即地仙。」

【集評】

何焯曰：「『豈徒然』三字，包含鈎黨紛紜獨以辭榮勇退之意，故落句亦擬自附於知幾也。否則假，君子豈遂道消？第五非聊以慰藉之辭，故自曲折有深味。〔九霄句〕三字中暗藏自己。『少年』

二字即帶起第五。「衝天」二字便含「仙」字意。（卞孝萱《劉禹錫詩何焯批語考訂》）

【附録】

長樂亭留別　白居易

灞滻風煙函谷路，曾經幾度別長安。昔時蹙促爲遷客，今日從容自去官。優詔幸分四皓秩，祖筵慚繼二疏歡。塵纓世網重重縛，回顧方知出得難。（《白居易集》卷二七）

送白賓客分司東都　張籍

赫赫聲名三十春，高情人獨出埃塵。病辭省闥歸閑地，恩許宫曹作上賓。詩裏難同相得伴，酒邊多見自由身。老人也擬休官去，便是君家池上人。（《全唐詩》卷三八五）

贈致仕滕庶子先輩〔一〕 時及第人中最長。

朝服歸來晝錦榮，〔二〕登科記上更無兄。〔三〕壽觴每使曾孫獻，〔四〕勝境長攜衆妓行。矍鑠據鞍時騁健，〔五〕殷勤把酒尚多情。陵寒卻向山陰去，〔六〕衣繡郎君雪裏迎。〔七〕時令子爲御史，主務在越中。

【校注】

〔一〕詩大和三年四月在長安作。致仕：官員因老病而辭官退休。庶子：官名，分左右，爲東宫左右春坊長官，正四品下，掌侍從、獻納、啓奏。見《新唐書·百官志四上》。滕庶子：滕珦。《新唐書・藝文志四》：「《滕珦集》，卷亡。珦，東陽人，歷茂王傅，大和初，以右庶子致仕。」《唐會要》卷六七：「大和三年四月，右庶子滕珦奏：伏蒙天恩致仕，今欲歸家，鄉在浙東，道途遥遠，官參四品，伏乞特給婺州以來券，庶使衰羸獲安，光榮鄉里。敕旨：……允其所請。」滕珦東歸時，白居易、朱慶餘均有詩送。先輩：對及第進士的敬稱。《唐摭言》卷一：「進士……互相推敬謂之先輩。」自注中「人」字原重，劉本作「八人」，據《叢刊》本、《文苑英華》删一「人」字。

〔二〕晝錦：錦衣晝行，指榮歸故鄉。《史記・項羽本紀》：「項羽引兵西屠咸陽，……又心懷思欲東歸，曰：『富貴不歸故鄉，如衣繡夜行，誰知之者？』」《漢書・朱買臣傳》：「吴人也。……上拜買臣會稽太守。上謂買臣曰：『富貴不歸故鄉，如衣繡夜行，今子何如？』」

〔三〕登科記：記載及第進士姓名、行第等的書。參見卷一《答張侍御賈喜再登科（略）》注。更無兄：謂其在及第進士中年齡最大。

〔四〕曾孫：白居易《送滕庶子致仕歸婺州》：「春風秋月攜歌酒，八十年來玩物華。已見曾孫騎竹馬，猶聽侍女唱梅花。」

〔五〕矍鑠：老者健旺貌。《後漢書・馬援傳》：「武威將軍劉尚擊武陵五溪蠻夷，深入，軍没，援因復請行。時年六十二，帝愍其老，未許之。援自請曰：『臣尚能披甲上馬。』帝令試之。援據鞍顧眄，以示可用。帝笑曰：『矍鑠哉，是翁也！』」

〔六〕陵寒：同凌寒，冒寒。山陰：越州屬縣名，今浙江紹興縣。滕珦婺州（今浙江金華）人，婺州屬浙江東道觀察使，治所在越州。

〔七〕衣繡：指御史，著繡衣，參見卷六《和州送錢侍御（略）》注。郎君：指滕珦子滕邁。《元和姓纂》卷五「河東滕氏」：「今太學博士滕珦，……生邁。」邁登元和十年進士第，開成、會昌中官至郎中，吉、台、睦三州刺史。其大和初以御史佐越州幕事未詳。

遥和白賓客分司初到洛中戲呈馮尹〔一〕

西辭望苑去，〔二〕東占洛陽才。〔三〕度嶺無歸思，〔四〕看山不懊來。〔五〕冥鴻何所慕？〔六〕遼鶴乍飛回。〔七〕洗竹通新徑，攜琴上舊臺。〔八〕塵埃長者轍，〔九〕風月故人杯。〔一〇〕聞道龍門峻，〔一一〕還因上客開。〔一二〕

【校注】

〔一〕白居易原詩有「新荷好蓋杯」語，此詩當大和三年初夏在長安作。馮尹：馮宿，時爲河南尹，參見卷七《同樂天送河南馮尹學士》注。

〔二〕望苑：博望苑，漢長安宫中苑名。《漢書·戾太子傳》：「及冠，就宫，上爲立博望苑，使通賓客。」師古曰：「取其廣博觀望也。」韋述《兩京新記》：長安「金城坊，本漢博望苑之地，初移都，割以爲坊」。白爲太子賓客而又分司洛陽，故詩云。

〔三〕洛陽才：用賈誼事，見卷一《詠史二首》注。

〔四〕歸：《文苑英華》、《全唐詩》作「愁」。

〔五〕懊：悔恨。

〔六〕冥鴻：見前《西池送白二十二東歸（略）》注。

〔七〕遼鶴：遼東鶴。及上「冥鴻」均借喻白居易。《搜神後記》卷一：「丁令威本遼東人，學道於靈虛山，後化鶴歸遼，集城門華表柱。時有少年舉弓欲射之。鶴乃飛，徘徊空中而言曰：『有鳥有鳥丁令威，去家千年今始歸。城郭如故人民非，何不學仙冢壘壘。』遂高上衝天。」

〔八〕洗竹：芟整竹叢。舊臺：東都履道坊白居易宅，「地方十七畝，屋室三之一，水五之一，竹九之一」，有臺，有琴亭，見其《池上篇序》。

〔九〕塵埃句：謂來訪長者多。《史記·陳丞相世家》：「家乃負郭窮巷，以弊席爲門，然門外多有長者車轍。」

〔一〇〕風月：風前月下。故人杯：與故人同飲。謝朓《離夜同江丞王常侍作》：「山川不可夢，況乃故人杯。」

〔一一〕龍門：《後漢書·李膺傳》：「膺獨持風裁，以聲名自高，士有被其容接者，名爲登龍門。」注引辛氏《三秦記》：「河津，一名龍門，水險不通，魚鼈之屬莫能上。江海大魚，薄集龍門下數千，不得上，上則爲龍。」李膺曾爲河南尹，故以借喻馮宿。

〔三〕上客：貴客，指白居易。

【附録】

分司初到洛中偶題六韻兼戲呈馮尹　白居易

相府念多病，春宫容不才。官銜依口得，俸料逐身來。白首林園在，紅塵車馬回。招呼新客旅，掃掠舊池臺。小舫宜攜樂，新荷好蓋杯。不知金谷主，早晚賀筵開？（《白居易集》卷二七）

和留守令狐相公答白賓客〔一〕

麥隴和風吹樹枝，商山逸客出關時。〔二〕身無拘束起長晚，路足交親行自遲。〔三〕官拂象筵終日待，〔四〕私將鷄黍幾人期？〔五〕君來不用飛書報，萬户先從紙貴知。〔六〕

【校注】

〔一〕詩大和三年四月在長安作。令狐相公：令狐楚。白賓客：白居易，原詩今存。楚答詩已佚。

〔二〕商山逸客：即商山四皓，借指白居易，參見前《西池送白二十二東歸（略）》注。《輿地廣記》卷一四「陝西永興軍路商州上洛縣」：「商山在縣西南，秦四皓所隱也。」

〔三〕交親：親朋故舊。白居易自長安歸洛陽途中有《陝府王大夫（起）相迎偶贈》、《别陝州王司馬（建）》等詩。前詩云：「但問主人留幾日，分司賓客去無程。」

〔四〕官：指陜虢觀察使王起、東都留守令狐楚、河南尹馮宿等。象筵：象牙席，指豐盛精美的酒宴。

〔五〕鷄黍：《論語·微子》：「殺鷄爲黍而食之。」李瀚《蒙求》：「范張鷄黍。」《後漢書·范式傳》：「范式，字巨卿，山陽金鄉人也，一名汜。少游太學，爲諸生，與汝南張劭爲友。劭字元伯。二人並告歸鄉里。式謂元伯曰：『後二年當還，將過拜尊親，見孺子焉。』乃共克期日。後期方至，元伯具以白母，請設饌以候之。母曰：『二年之別，千里結言，爾何相信之審耶？』對曰：『巨卿信士，必不乖違。』母曰：『若然，當爲爾醖酒。』至其日，巨卿果到，昇堂拜飲，盡歡而別。」按未載殺鷄炊黍事。

〔六〕紙貴：用左思作《三都賦》洛陽紙貴事，譬白居易詩名之大，參見卷一《奉和中書崔舍人八月十五日夜玩月二十韻》注。

【附録】

將至東都先寄令狐留守　白居易

黄鳥無聲葉滿枝，閑吟想到洛城時。惜逢金谷三春盡，恨拜銅樓一月遲。詩境忽來還自得，醉鄉潛去與誰期？東都添個狂賓客，先報壺觴風月知。（《白居易集》卷二七）

始聞蟬有懷白賓客去歲白有聞蟬見寄詩云祇應催我老兼遺報君知之句〔一〕

蟬韻極清切，始聞何處悲？人含不平意，景值欲秋時。此歲方晼晚，〔二〕誰家無別離？君言催我老，已是去年詩。

【校注】

〔一〕詩云「欲秋時」，當大和三年六月作。大和二年白居易作《聞新蟬贈劉二十八》詩寄劉禹錫，見卷七《答白刑部聞新蟬》詩注及附録。「去歲」以下二十二字，當是題下注，闌入題中。

〔二〕晼晚：日將落。《文選》陸機《嘆逝賦》：「老晼晚其將及。」劉良注：「晼晚，日暮也，比人年老也。」

【集評】

何焯曰：〔君言句〕即借元唱，收足「悲」字，筆到意到。（卞孝萱《劉禹錫詩何焯批語考訂》）

【附録】

答夢得聞蟬見寄　白居易

開緘思浩然，獨詠晚風前。人貌非前日，蟬聲似去年。槐花新雨後，柳影欲秋天。聽罷無他計，相思又一篇。（《白居易集》卷二七）

憶樂天〔一〕

尋常相見意殷勤，别後相思夢更頻。〔二〕每遇登臨好風景，〔三〕羨它天性少情人。〔四〕

【校注】

〔一〕依劉集編次，詩大和三年秋在長安作。

〔二〕相思：劉本作「思量」。

〔三〕登臨：登山臨水。宋玉《九辯》：「登山臨水兮送將歸。」此及下句謂遇好風景，相思更苦，無法解脱。

〔四〕少情人：《晉書·王衍傳》載衍語：「聖人忘情，最下不及於情。然則情之所鍾，正在我輩。」

月夜憶樂天兼寄微之〔一〕

今宵帝城月，〔二〕一望雪相似。遥想洛陽城，〔三〕清光正如此。知君當此夕，亦望鏡湖水。〔四〕展轉相憶心，月明千萬里。〔五〕

【校注】

〔一〕依劉集編次，詩大和三年秋在長安作。微之：元稹字，時稹在越州浙東觀察使任。

〔二〕帝城：指長安，劉禹錫所在地。

〔三〕洛陽：白居易所在地。

〔四〕鏡湖：在越州，元稹所在地，見卷五《白舍人自杭州寄新詩（略）》注。

〔五〕月明句：謝莊《月賦》：「美人邁兮音塵闕，隔千里兮共明月。臨風嘆兮將焉歇，川路長兮不可越。」

【集評】

何焯曰：〔一望句〕「望」字直貫注「千萬里」。（卞孝萱《劉禹錫詩何焯批語考訂》）

【附録】

酬集賢劉郎中對月見寄兼懷元浙東　白居易

月在洛陽天，天高淨如水。下有白頭人，攬衣中夜起。思遠鏡亭上，光深書殿裏。眇然三處心，相去各千里。（《白居易集》卷二二）

樂天寄洛下新詩兼喜微之欲到因以抒懷也〔一〕

松間風未起，萬葉不自吟。池上月未來，清輝同夕陰。宮徵不獨運，〔二〕塤篪自相尋。〔三〕一從別樂天，詩思日已沈。吟君洛中作，精絶百煉金。〔四〕乃知孤鶴情，〔五〕月露爲知音。微之從東來，威鳳鳴歸林。〔六〕羨君先相見，一豁平生心。〔七〕

【校注】

〔一〕詩大和三年九月作。《舊唐書・文宗紀上》：「（大和三年九月）以前睦州刺史陸亘爲越州刺史、浙東觀察使，代元稹，以稹爲尚書左丞。」白居易《嘗黄醅新酎憶微之》：「元九計程殊未到，甕頭一盞共誰嘗？」乃聞元稹除左丞後作，當即所謂「洛下新詩」。

〔二〕宫徵：五音中之二音。《漢書·律歷志》：「五聲和，八音諧，而樂成。」鮑令暉《擬客從遠方來》：「願作陽春曲，宫商長相尋。」

〔三〕塤篪：古代兩種樂器。《爾雅·釋樂》郭璞注：「塤，燒土爲之，大如鵝子，鋭上平底，形如稱錘，六孔。」又：「篪，以竹爲之，長尺四寸，圍三寸，一孔上出一寸三分，名翹，横吹之。」《詩·小雅·何人斯》：「伯氏吹塤，仲氏吹篪。」箋：「伯仲，喻兄弟也。我與女恩如兄弟，其相應和如塤篪。」相尋：相繼，相應和。

〔四〕百煉金：經反復鍛煉的精金。《西京雜記》卷一：「戚姬以百煉金爲彄環，照見指骨。」

〔五〕孤鶴：喻白居易。參見前《刑部白侍郎謝病長告（略）》注。

〔六〕威鳳：鳳之有威儀者，此喻元稹。參見卷七《令狐相公見示贈竹二十韻（略）》注。

〔七〕豁：敞開，舒展。

送李尚書鎮滑州〔一〕 自浙西觀察徵拜兵部侍郎，月餘，有此拜。

南徐報政入文昌，〔二〕東郡須才别建章。〔三〕視草名高同蜀客，〔四〕擁旄年少勝荀郎。〔五〕黄河一曲當城下，〔六〕緹騎千重照路傍。〔七〕自古相門還出相，〔八〕如今人望在巖廊。〔九〕其後果繼韋、平之族。

【校注】

〔一〕詩大和三年九月作。李尚書：李德裕。《舊唐書·文宗紀上》：大和三年七月，「以前浙西觀察使、檢校禮部尚書李德裕爲兵部侍郎」；九月，「壬辰，以兵部侍郎李德裕檢校户部尚書，兼滑州刺史、義成軍節度使」。滑州：州治在今河南滑縣，時爲義成軍節度使治所。

〔二〕南徐：即潤州，時爲浙西觀察使治所。《元和郡縣圖志》卷二五「潤州」：「晉咸和中，郗鑒自廣陵鎮於此，爲僑徐州理所。……後徐州寄理建業，又爲南兖州，後又爲南徐州。」報政：報告政績。《史記·魯周公世家》：「魯公伯禽之初受封之魯，三年而後報政周公。」文昌：文昌臺，即尚書省。《新唐書·百官志一》：「光宅元年，改尚書省曰文昌臺，俄曰文昌都省。」句指李德裕自浙西入爲尚書兵部侍郎。

〔三〕東郡：即滑州，秦曾於此置東郡。《元和郡縣圖志》卷八「滑州」：「大業三年又改爲東郡，武德元年罷郡，置滑州。」建章：漢長安宫名，武帝置，此代指朝廷。按，李德裕出鎮乃爲牛黨所排擠。《舊唐書·李德裕傳》：「大和三年八月，召爲兵部侍郎。裴度薦以爲相，而吏部侍郎李宗閔有中人之助，是月拜平章事，懼德裕大用。九月，檢校禮部尚書，出爲鄭滑節度使。……宗閔尋引牛僧孺同知政事，二憾相結，凡德裕之善者，皆斥之於外。」

〔四〕視草：修改潤色文稿。蜀客：司馬相如，蜀人，曾爲漢武帝視草，見卷一《逢王二十學士入翰林（略）》注。李德裕曾爲翰林學士，故云。

〔五〕擁旄：持節旄，指爲節度使。《文選》任昉《宣德皇后令》：「擁旄司部。」李周翰注：「擁，持也。旄，旌旗之屬，以麾衆者也。」荀郎：荀羡，見卷六《和浙西李大夫晚下北固山（略）》注。

〔六〕一曲：《爾雅·釋水》：「河百里一小曲，千里一曲一直。」《元和郡縣圖志》卷八「滑州白馬縣」：「黃河，去外城二十步。」白馬縣爲滑州郭下縣。

〔七〕緹騎：赤衣馬隊。指節度使隨從衛隊。徐陵《晉陵太守王勵德政碑》：「濯龍俯望，緹騎盈道。」

〔八〕相門：《史記·孟嘗君列傳》：「將門必有將，相門必有相。」李德裕父李吉甫曾相憲宗。

〔九〕人望：衆人所屬意期望。《後漢書·齊武王縯傳》：「諸將會議，立劉氏以從人望。」巖廊：高峻之廊，指朝堂，參見卷七《奉和司空裴相公中書（略）》注。句謂人們期待李德裕入朝爲相。

酬令狐留守巡内至集賢院見寄〔一〕

仙院文房隔舊宫，〔二〕當時盛事盡成空。〔三〕墨池半在頽垣下，〔四〕書帶猶生蔓草中。〔五〕巡内因經九重苑，〔六〕裁詩又繼二南風。〔七〕爲兄手寫殷勤句，〔八〕遍歷三台各一通。〔九〕

【校注】

〔一〕依劉集編次，詩大和三年夏秋間在長安作。令狐留守：令狐楚。楚原詩已佚。巡内：巡視皇宫大内。集賢院：此指東都集賢院。《職官分紀》卷一五引韋述《集賢注記》：「開元十三年，詔改集仙殿爲集賢殿，改麗正書院爲集賢書院。」《唐兩京城坊考》卷五「東都」：「明福（門）之西爲集賢門，門内集賢殿在焉。」

〔二〕仙院：指集賢院。《玉海》卷一六〇：「開元十三年四月丁巳，因奏封禪儀注，敕中書門下禮官學士等賜宴集仙殿。上曰：『今與卿等賢才同宴於此，宜改集仙殿爲集賢殿，麗正殿書院爲集賢院。』乃下詔曰：『仙者捕影之流，朕所不取；賢者濟治之具，當務其實。』改院内五品（已）上爲學士，六品已下爲直學士。」

〔三〕盛事：指修書之事。《唐會要》卷六四：「（開元）九年冬，幸東都，時集賢院四庫書總八萬一千九百九十卷，……從天寶三載至十四載，四庫續寫書又一萬六千八百三十二卷。」《新唐書·藝文志一》：「大明宫光順門外，東都明福門外，皆創集賢書院，……兩都各聚書四部，以甲、乙、丙、丁爲次，列經、史、子、集四庫。……安禄山之亂，尺簡不藏。」

〔四〕墨池：王羲之《與人書》：「張芝臨池學書，池水盡黑。」

〔五〕書帶：古代捆紮卷軸裝書籍所用帶子。又草名。《苕溪漁隱叢話》後集卷一二引《藝苑雌黄》：「《三齊略記》云：『不其城東有黌山，鄭玄删注《詩》、《書》，栖於此。山上有古井不竭，傍生細草如薤，葉長尺餘，堅韌異常，土人謂之康成書帶。』故夢得詩：『墨池半在頹垣下，書帶猶生蔓草中。』」據《職官分紀》卷一五，唐集賢院新寫書裝飾華麗，「帶則兼有紅色、紫、緑、紺、素縫帛五色，凡十八種」。《舊唐書·裴度傳》載度諫敬宗幸東都語云：「國家創營兩都，蓋備巡幸。然自艱難已來，此事遂絶。東都宮闕及六軍營壘、百司廨署，悉多荒廢。」

〔六〕九重苑：宮中内苑。

〔七〕裁詩：作詩。二南：《詩經》十五國風中之《周南》、《召南》的合稱。風：風化，政教。《毛詩大序》：「《關雎》、《麟趾》之化，王者之風，故繫之周公。南，言化自北而南也。《鵲巢》、《騶虞》之德，諸侯之風也，先王之所以教，故繫之召公。」又：「風，風也，教也。風以動之，教以化之。」

〔八〕殷勤句：情意深摯的詩篇，指令狐楚原詩。

〔九〕三台：即三臺。《文選》陳琳《爲袁紹檄豫州》：「坐領三臺，專制朝政。」李善注引《漢官儀》：「尚書爲中臺，御史爲憲臺，謁者爲外臺。」二句言將手抄令狐楚詩遍送各官署傳觀。

送陸侍御歸淮南使府五韻〔一〕用年字

江左重詩篇，〔二〕陸生名久傳。〔三〕鳳城來已孰，〔四〕羊酪不嫌羶。〔五〕歸路芙蓉府，〔六〕離堂玳瑁筵。〔七〕秦山呈臘雪，〔八〕隋柳布新年。〔九〕曾忝揚州薦，〔一〇〕因君達短牋。時段丞相鎮揚州，嘗辱表薦。

【校注】

〔一〕詩大和二或三年冬在長安作。陸侍御：陸暢。淮南使府：淮南節度使幕府，治所在揚州。姚合有《送陸暢侍御歸揚州》詩，爲同送之作。《全唐文》卷七六〇張次宗有《薦觀察判官陸暢請章服狀》，乃在淮南使府代段文昌作，知陸暢在段文昌淮南幕中。段文昌大和元年六月至四年三月爲淮南節度使，詩當作於二或三年冬。

〔二〕江左：江東，長江下游江南地區。《隋書·文學傳序》：「洛陽、江左，文雅尤盛。」

〔三〕陸生：陸暢，早有詩名。《韓昌黎集》卷五《送陸暢歸江南》：「舉舉江南子，名以能詩聞。一來取高第，官佐東宮軍。迎婦丞相府，誇映秀士群。」舊注：「暢字達夫，元和元年進士，董溪婿也。溪，丞相董晉第二子。」又云：「暢……及登蘭省，遇雲陽公主下降，暢爲儐相。……内人以暢吴音，才思敏捷，以詩嘲之。暢酬曰：『粉面仙郎選聖朝，偶逢秦女學吹簫。須教翡翠聞王母，不奈烏鳶噪鵲橋。』觀此可見其能詩矣。」

〔四〕鳳城：指長安。孰：熟本字。

〔五〕羊酪：奶酪。《世説新語·排調》：「陸太尉（抗）詣王丞相（導），王公食以酪，陸還，遂病。明日，與王箋云：『昨食酪小過，通夜委頓，民雖吴人，幾爲傖鬼。』」陸暢吴人，不慣食羊酪，故詩用此事。

〔六〕芙蓉府：即蓮府，幕府美稱。參見卷五《和東川王相公新漲驛池八韻》注。

〔七〕玳瑁：海中動物，形似龜，背甲可作裝飾品。玳瑁筵，筵席的美稱。劉楨《瓜賦》：「布象牙之席，薰玳瑁之筵。」

〔八〕秦山：指秦嶺山脈。臘雪：冬雪。

〔九〕隋柳：運河兩岸隋堤之柳。布：傳布，宣告。見卷一《柳絮》注。兩句泛敘陸暢南歸途中時節景物。

〔一〇〕揚州：此代指段文昌。《舊唐書·文宗紀》：大和元年六月，「以御史大夫段文昌代（王）播爲淮南節度使」；四年三月「癸卯，以淮南節度使段文昌檢校尚書左僕射、同中書門下平章事，兼江陵尹，充荆南節度使」。其薦劉禹錫事未詳。

【集評】

方回曰：芙蓉府、玳瑁筵，詩家可有不可多。（《瀛奎律髓》卷二四）

馮舒曰：聯者，聯續之義，故必雙。世人多不知，方公以五韻爲異者以此也。（《瀛奎律髓彙評》卷二四）

紀昀曰：四句用字粗笨，七句「呈」字不妥，八句「布」字亦不貫。（同前）

【附録】

送陸暢侍御歸揚州　　姚合

故園偏接近，雪水洞庭邊。歸去知何日？相逢各長年。山川南北路，風雪別離天。楚色窮冬

燒，淮聲獨夜船。從軍丞相府，談笑酒杯前。（《全唐詩》卷四九六）

蒙恩轉儀曹郎依前充集賢學士舉韓湖州自代因寄七言〔一〕

翔鸞闕下謝恩初，〔二〕通籍由來在石渠。〔三〕暫入南宫判祥瑞，〔四〕還歸内殿閲圖書。〔五〕故人猶在三江外，〔六〕同病凡經二紀餘。〔七〕今日薦君嗟久滯，〔八〕不唯文體似相如。〔九〕

【校注】

〔一〕詩大和三年在長安作。儀曹郎：禮部郎中、員外郎。《舊唐書·職官志二》：「（禮部）郎中一員，員外郎一員。」注：「隋曰儀曹郎，武德改禮部郎中、員外。」此指禮部郎中。劉禹錫時當自主客郎中轉禮部郎中。二職同屬禮部，同爲從五品上，但禮部郎中班行在前，故仍爲升遷。韓湖州：韓泰，見卷七《洛中逢韓七中丞（略）》注。自代：《唐會要》卷二六：「常參官及節度、觀察……並七品已上清望官，及大理司直、評事，授訖三日内，於四方館上表，讓一人以自代。……每官闕，即以見舉多者，量而授之。」劉禹錫《舉韓泰自代狀》已佚。據《嘉泰吴興志》卷一四「刺史題名」，李德修大和四年五月十日授湖州刺史，爲韓泰繼任，劉詩當作於此前，約作於大和三年。

〔二〕翔鸞闕：唐長安大明宫含元殿前觀闕名。《唐語林》卷八：「含元殿，鑿龍首崗以爲址，彤墀釦砌，高五十餘尺，左右立棲鳳、翔鸞二闕，龍尾道出於闕前。」大明宫爲朝會之所。

〔三〕通籍：列門籍於宫門，以備出入查驗。參見卷二《酬元九院長自江陵見寄》注。石渠：指集賢院。見前《嘆水别白二十二》注。此謂己任主客及禮部郎中均兼集賢學士。

〔四〕南宫：指尚書省。《舊唐書·職官志二》「禮部郎中」：「凡祥瑞，皆辨其名物，有大瑞、上瑞、中瑞，皆有等差。」

〔五〕内殿：指集賢殿書院，在大明宫光順門外。《舊唐書·職官志二》集賢殿書院：「集賢學士之職，掌刊輯古今之經籍，以辨明邦國之大典。」

〔六〕三江：《周禮·夏官》：「東南曰揚州，……其川三江。」三江所指，衆説不同。《國語·越語》韋昭注以吴江、錢塘江、浦陽江爲三江。韓泰時爲湖州刺史，在今浙江吴興，故云在三江外。

〔七〕同病：指永貞元年八司馬之貶。二紀：二十四年。劉、韓二人永貞元年同被貶，至此已首尾二十五年，故云「二紀餘」。

〔八〕久滯：官職久不得昇遷。韓泰永貞中貶虔州司馬，歷漳、郴、睦、湖四州刺史，後卒於常州刺史任，一直未回朝廷。

〔九〕相如：司馬相如。《文選》揚雄《甘泉賦》：「客有薦雄文似相如者。」李周翰注：「揚雄嘗作《綿竹頌》，成帝時，直宿郎楊莊誦此文，帝曰：『似相如之文。』莊曰：『非也。此臣邑人揚子雲。』帝即召見，拜黄門侍郎。」

寄湖州韓中丞〔一〕

老郎日日憂蒼鬢，〔二〕遠守年年厭白蘋。〔三〕終日相思不相見，長頻相見是何人？〔四〕

【校注】

〔一〕詩作於大和二年至四年五月間，酌編於此。韓中丞：韓泰。參見卷七《洛中逢韓七中丞（略）》注。

〔二〕老郎：禹錫自謂。大和三年，禹錫年五十八。

〔三〕遠守：指韓泰。《舊唐書·地理志三》「湖州」：「在京師東南三千四百四十一里。」白蘋：用柳惲事，見卷四《送僧方及南謁柳員外》注。白居易《白蘋洲五亭記》：「湖州城東南二百步，抵霅溪，連汀洲，洲一名白蘋。」

〔四〕頻：原作「頭」，據劉本、《全唐詩》改。

廟庭偃松詩〔一〕并引

侍中後閤前有小松，不待年而偃。〔二〕丞相晉公爲賦詩，〔三〕美其猶龍蛇。然植于高檐喬木間，上嶔旁軋，盤蹙傾亞，似不得天和者。〔四〕公以遂物性爲意，乃加憐焉。

命畚土以壯其趾，使無欹；索綯以牽其幹，使不仆。〔五〕盥漱之餘以潤之，顧眄之輝以照之。〔六〕發於仁心，感召和氣，無復夭閼，坐能敷舒。〔七〕曏之跧蹷，化爲奇古，故雖袤丈而有「偃」號焉。〔八〕予嘗詣閤白事，公爲道所以，且示以詩。竊感嘉木之逢時，斐然成詠。

勢軋枝偏根已危，高情一見與扶持。忽從憔悴有生意，卻爲離披無俗姿。〔九〕影入巖廊行樂處，〔一〇〕韻含天籟宿齋時。〔一一〕謝公莫道東山去，〔一二〕待取陰成滿鳳池。〔一三〕

【校注】

〔一〕廟庭：此指宰相官署的庭院。偃松：呈倒伏狀的松樹。按，大和元年，禹錫爲主客郎中分司東都時，作《謝裴相公（度）啟》云：「某遭不幸，歲將二紀，雖累更符竹，而未出網羅。……豈意天未剿絶，仁人持衡，……通籍郎位，分曹樂都，……官無責詞，始自今日。」《舊唐書·劉禹錫傳》：「大和中，度在中書，欲令知制誥。」禹錫此詩以偃松自喻，感謝裴度對自己的「扶持」，當作於大和二、三年初入長安爲官時，酌編於此。大和三年後，李宗閔爲相，裴度亦遭排擠，參見前《送李尚書鎮滑州》注。

〔二〕侍中：門下省最高長官。不待年：不等到長大。

〔三〕晉公：裴度。元和十二年度以平淮西功封晉國公，大和初官門下侍郎、同中書門下平章事，門下侍郎爲門下省副長官。裴度所賦偃松詩已佚。

〔四〕嵚：高聳貌。軋：擠壓。盤蹙：盤繞迫蹙。傾亞：傾倒低垂。天和：天地的和氣。不得天和，謂小松不能自然生長。

〔五〕畚土：以畚箕運土。趾：指樹根。索綯：搓絞繩索。

〔六〕兩句謂裴度經常澆灌看望小松。

〔七〕閼：同遏。《莊子·逍遥游》：「而後乃今培風，背負青天而莫之夭閼者。」司馬彪注：「夭，折也；閼，止也。」坐：因此。敷舒：充分舒展，即自由生長。

〔八〕歸：過去。跧蹙：屈曲迫蹙。袤：廣，長。

〔九〕離披：分離披散。宋玉《九辯》：「白露既下百草兮，奄離披此梧楸。」

〔一〇〕巖廊：朝堂，見卷七《奉和司空裴相公（略）》注。行樂：游戲取樂。但「巖廊」非「行樂」之所，故疑爲「行藥」之誤。行藥，本指服藥後行走以散發藥力，此但指散步。

〔一一〕宿齋：朝廷舉行祭祀等大典前夕，官員須入居官署，澄心静慮，以示誠敬，稱爲宿齋。

〔一二〕謝公：東晉謝安，喻裴度。東山：謝安早年隱居處。《晉書》本傳：「安雖受朝寄，然東山之志，始末不渝，每形於言色。」

〔一三〕鳳池：中書省，參見卷一《奉和中書崔舍人八月十五日夜玩月二十韻》注。唐代宰相議事的政事堂在中書省。

答東陽于令涵碧圖詩〔一〕并引

東陽令于興宗，丞相燕國公之猶子。〔二〕生綺襦紈袴間，所見皆貴盛，而挈然有心如山東書生。〔三〕前年白有司，願爲親民官以自效，遂補東陽。〔四〕及莅官，以簡易爲治，故多暇日。一旦於縣五里偶得奇境，埋没於翳薈中。〔五〕于生自以有特操，而生於公侯家，由覆蔭入仕，常忽忽嘆息。〔六〕因移是心，開抉泉石，芟去蘿蔦，斧凡材，畚息壤，而清溪翠巖森立坌來。〔七〕因構亭其端，題曰涵碧。碧流貫于庭中，如青龍蜿蜒，冰去聲澈射人。樹石雲霞列于前，昏旦萬狀。惜其居地不得有聞於時，故圖之來乞詞，既無負尤物。予亦久翳蘿蔦者，〔八〕睹之慨然，遂賦七言，以貽後之文士。

東陽本是佳山水，何況曾經沈隱侯。〔九〕化得邦人解吟詠，如今縣令亦風流。〔一〇〕新開潭洞疑仙境，遠寫丹青到雍州。〔一一〕落在尋常畫師手，猶能三伏凜生秋。〔一二〕

【校注】

〔一〕劉詩云「遠寫丹青到雍州」，當大和二、三年作於長安。東陽：婺州屬縣名，今屬浙江。于令：于興宗。《韻語陽秋》卷五：「東陽峴山，去東陽縣亦三里，舊名三邱山。……二峰相峙，有東峴、西峴。唐寶曆中，縣令于興宗結亭其下，名曰涵碧。劉禹錫有詩云：『新開潭洞疑仙府，還寫丹青到雍州。』即其所也。」《説郛》卷一六《雲林石譜》：「婺州東陽縣之南五里有涵碧池，唐令于典(興)宗得其勝概，鑿池，面瀑布，有二大石魚。置池，面魚之前，有石一塊，高二尺許，巉巖可觀。石之半間凹然如掌。羅江東昔避地著書，嘗以爲研。好事者每往游覽。劉禹錫有詩在集中。」《輿地碑記目》卷一婺州：「涵碧亭碑，在東陽縣，寶曆二年。」蓋寶曆末于興宗爲東陽令時所建。《全唐詩》卷五六四于興宗《東陽涵碧亭》：「高低竹雜松，積翠復留風。路劇陰溪裏，寒生暑氣中。」按此詩實爲方干《涵碧亭》詩，見《玄英集》卷一、《全唐詩》卷六四八。詩爲五律，題下原注：「洋州于中丞宰東陽日置。」其末二聯云：「閑雲低覆草，片水静涵空。方見洋源牧，心侔造化功。」

〔二〕燕國公：于頔，參見卷四《故相國燕國公于司空挽歌二首》注。猶子：姪子。據《新唐書·宰相世系二下》，于頔兄于頎，頎子「興宗，河南少尹」。

〔三〕襦：内衣。袴：同褲。《漢書·叙傳上》：「在於綺襦紈絝之間。」師古曰：「紈，素也。綺，今細綾也。並貴戚子弟之服。」挈：獨，獨特。山東書生：泛指儒生。《史記·五宗世家》：「河間獻王德……好儒學，被服造次必於儒者，山東諸儒多從之游。」句謂于興宗品行高潔，既無紈絝子弟習氣，也不似「世雄朔易」的乃祖。

〔四〕有司：官吏。親民官：直接管理百姓的地方官。《唐會要》卷六八載唐太宗語：「縣令甚是親民要職。」

〔五〕翳薈：草木繁茂。

〔六〕特操：卓越的品德。《莊子·齊物論》：罔兩問景（影）曰：「曩子行，今子止；曩子坐，今子起，何其無特操與？」覆蔭：即門蔭。由覆蔭入仕，即憑藉祖、父的功勛官爵得官。《新唐書·選舉志上》：「凡用蔭：一品子，正七品上；二品子，正七品下……從五品及國公子，從八品下。」

〔七〕芟：刈除。蘿蔦：女蘿和蔦，兩種寄生植物。斧：以斧砍去。畚：以畚箕運。息壤：神話中一種能自增不息的土壤，此指肥沃的土壤。《山海經·海内經》：「洪水滔天，鯀竊帝之息壤以堙洪水。」郭璞注：「息壤者，言土自長息無限，故可以塞洪水也。」坌來：齊來。

〔八〕翳：摒棄。

〔九〕沈隱侯：沈約，謚曰隱，世稱隱侯。《南史》本傳：隆昌元年，約爲吏部郎，出爲東陽太守。及卒，有司謚曰文。帝曰：「懷情不盡曰隱。」故謚曰隱。《太平寰宇記》卷九七「婺州金華縣」：「因山爲石城，南臨溪水，高阜上有樓，名曰玄暢樓，宋沈約造次吟詠於此處。」《浙江通志》卷四九「金華府古跡」：「八詠樓在府學西，舊名玄暢，太守沈約建，有《八詠詩》。」

〔一〇〕風流：庾信《枯樹賦》：「殷仲文風流儒雅，海内知名，……出爲東陽太守。」句暗用此事，謂不獨沈約、殷仲文等太守風流儒雅。

〔一一〕丹青：圖畫。雍州：指長安。《新唐書·地理志一》：「京兆府京兆郡，本雍州。」

〔一三〕凜生秋：凜然生涼意。

哭王僕射相公〔一〕名播，時兼鹽鐵，暴薨。

子侯一日病，〔二〕滕公千載歸。〔三〕門庭颯已變，〔四〕風物慘無輝。群吏謁新府，舊賓沾素衣。歌堂忽暮哭，賀雀盡驚飛。〔五〕

【校注】

〔一〕詩大和四年正月在長安作。僕射：尚書省副長官。《新唐書·百官志一》「尚書省」：「左右僕射各一人，從二品，掌統理六官，爲令之貳，令闕則總省事，劾御史糾不當者。」王僕射，王播。《舊唐書》本傳：「大和元年……六月，拜尚書左僕射、同平章事，領（鹽鐵轉運）使如故。……四年正月，患喉腫暴卒。」餘參見卷十七劉禹錫《代諸郎中祭王相國文》。

〔二〕子侯：喻指王播。《史記·封禪書》：「天子既已封泰山……乃復東至海上望，冀遇蓬萊焉。奉車子侯暴病，一日死，上乃遂去。」子，原作「干」，據《叢刊》本、《全唐詩》改。

〔三〕滕公：見卷一《途次敷水驛（略）》注。

〔四〕颯：忽，頓然。李白《游謝氏山亭》：「謝公池塘上，春草颯已生。」

〔五〕賀雀：《淮南子·説林》：「大厦成而燕雀相賀。」

微之鎮武昌中路見寄藍橋懷舊之作悽然繼和兼寄安平〔一〕

今日油幢引，〔二〕它年黄紙追。〔三〕同爲三楚客，〔四〕獨有九霄期。〔五〕宿草恨長在，〔六〕傷禽飛尚遲。〔七〕武昌應已到，新柳映紅旗。〔八〕

【校注】

〔一〕詩大和四年正月在長安作。武昌：唐方鎮名。《舊唐書·元稹傳》：「（大和）四年正月，檢校户部尚書，兼鄂州刺史、御史大夫、武昌軍節度使。」藍橋：驛名，在今陝西藍田縣東。元稹自長安赴武昌，經此。《古今圖書集成·方輿滙編·職方典》卷五〇八「西安府藍田縣」：「藍橋驛在城東五十里。」懷舊：懷念元和中同被貶的劉禹錫、柳宗元、李景儉等人。元和九年末，詔徵江湘逐客，元稹在還京道中曾作《留呈夢得子厚致用》詩，題下自注「題藍橋驛」。安平：韓泰字，已見前注。元稹《藍橋懷舊》原詩已佚。

〔二〕油幢：碧油幢，節度使旌節。參見卷六《和汴州令狐相公到鎮改月（略）》注。

〔三〕它年：此指過去，猶當年。黄紙：詔書。參見卷二《酬元九院長自江陵見寄》注。句指元和十年元，劉、韓等同被詔徵事，參見卷四《元和甲午歲詔書盡徵江湘逐客（略）》注。

〔四〕三楚：東楚、西楚、南楚的合稱，今江淮至湖南一帶。永貞元年劉禹錫貶朗州，柳宗元貶永州，韓泰貶虔州（今江西贛縣），後元稹、李景儉亦相繼貶江陵。

〔五〕九霄：天最高處。元和中被貶復同被召回諸人，唯元稹後曾爲相，故云「獨有」。

〔六〕宿草：隔年之草。《禮記·檀弓上》：「朋友之墓，有宿草而不哭焉。」同時諸人，存者唯元、劉、韓三人而已。

〔七〕傷禽：鮑照《代東門行》：「傷禽惡弦驚，倦客惡離聲。」參見卷二《送韋秀才道沖赴制舉》注。此指己與韓泰，韓泰時尚在湖州刺史任。

〔八〕武昌新柳：暗用陶侃事，參見卷六《和浙西李大夫晚下北固山（略）》注。

【集評】

何焯曰：包括曲折。（卞孝萱《劉禹錫詩何焯批語考訂》）

和滑州李尚書上巳憶江南禊事〔一〕

白馬津頭春日遲，〔二〕沙洲歸雁拂旌旗。柳營唯有軍中戲，〔三〕不似江南三月時。

【校注】

〔一〕詩大和四年三月在長安作。滑州李尚書：李德裕，見前《送李尚書鎮滑州》注。上巳：舊曆三月上旬巳日，魏以後習以三月三日爲上巳節。禊：祓禊，古人濯於水濱以祓除不祥的一種活動。《晉書·禮志下》：「漢儀，季春上巳，官及百姓皆禊於東流水上，洗濯祓除，去宿垢，而自魏以後，但用三日，不以上巳也。」《荆楚歲時記》：「三月三日，士民並出江渚池沼間，爲流杯曲水之飲。」

〔二〕白馬津：在滑州。《元和郡縣圖志》卷八「滑州白馬縣」：「黎陽津，一名白馬津，在縣北三十里鹿鳴城之西南隅。」

〔三〕柳營：細柳營，軍營。漢文帝時，命劉禮屯軍霸上，徐厲屯軍棘門，周亞夫屯軍細柳，以備匈奴。文帝親勞軍，至霸上及棘門，文帝先驅馳入，將以下騎送迎。文帝至細柳，得周亞夫傳令方開壁門，戒軍中不得驅馳，至營，亞夫不拜，以軍禮見。文帝見其軍紀嚴明，曰：「此真將軍矣，曩者霸上、棘門軍，若兒戲耳，其將固可襲而虜也。」事見《史記·絳侯周勃世家》。

【附録】

上巳憶江南禊事　　李德裕

黄河西繞郡城流，上巳應無祓禊游。爲憶渌江春水色，更無宵夢向吴州。（《全唐詩》卷四七五。按，此詩又見《全唐詩》卷三〇八張志和詩，誤。）

和鄆州令狐相公春晚對花〔一〕

朱門退公後，〔二〕高興對花枝。望闕無窮思，看書欲盡時。含芳朝競發，凝艷晚相宜。人意殷勤惜，狂風豈得知。

【校注】

〔一〕詩大和四年春作。鄆州：州治在今山東東平縣西北，時爲天平軍節度使治所。令狐相公：令狐楚。《舊唐書・文宗紀上》：大和三年十二月，「己丑，以東都留守令狐楚檢校右僕射、天平軍節度使」。令狐楚原詩佚。

〔二〕朱門：官署或達官顯貴家的朱紅色大門，此指令狐楚宅。退公：自官署歸。《詩・召南・羔羊》：「退食自公。」

酬令狐相公春日言懷見寄〔一〕

前陪看花處，鄰里近王昌。〔二〕今想臨戎地，〔三〕旌旗出汶陽。〔四〕營飛柳絮雪，〔五〕門耀戟枝霜。〔六〕東望清河水，〔七〕心隨艑上郎。〔八〕

【校注】

〔一〕依劉集編次，詩大和四年春作。令狐相公：令狐楚。楚原詩佚。

〔二〕王昌：未詳。崔顥《王家少婦》：「十五嫁王昌。」王維《雜詩》：「王昌是東舍。」趙殿成注：「唐人詩中多用王昌事。上官儀詩：『東家復是憶王昌。』李義山詩：『王昌只在牆東住。』韓偓詩：『王昌只在此牆東。』《襄陽耆舊傳》：『王昌字公伯，爲東平相、散騎常侍，早卒。……』似非佻闥之流也。蓋别是一人，他書無考。」《潛丘雜記》卷五：「樂府『人生富貴何所望，恨不早嫁東家王』，唐人詩『十五嫁王昌』，『王昌且在牆東住』，當另一王昌，風流艷美人也，必非《襄陽耆舊傳》之王昌。」去年春，劉禹錫曾陪令狐楚在「曲水頭」春日尋花，見前《和令狐相公春日尋花（略）》。

〔三〕臨戎：統領軍隊。

〔四〕汶陽：汶水之北，代指天平軍節度使所轄的鄆、兖諸州。《元和郡縣圖志》卷一〇「鄆州中都縣」：「汶水，北去縣二十四里，又北入須昌縣界。」又「兖州龔丘縣」：「故汶陽城，在縣東北五十四里。其城側土田沃壤，故魯號汶陽之田，謂此地也。」

〔五〕柳絮雪：以雪喻柳絮，參見卷一《柳絮》；又暗用周亞夫細柳營事，見前《和滑州李尚書上巳憶江南禊事》注。

〔六〕戟枝：戟上旁出的小刃。霜：喻戟上寒光。唐官署及達官之門，有立戟的制度，戟以木爲之，參見卷一《春日退朝》注。

〔七〕清河：古濟水下游，今堙。《水經注·濟水》：「濟水自魚山北逕清亭東。《春秋·隱公四年》，公及宋公遇於清。京相璠曰：『今濟北東阿東北四十里，有故清亭，即《春秋》所謂清者也。』是下濟水通得清水之目焉。」

〔八〕艑：大船。

美温尚書鎮定興元以詩寄賀〔一〕

旌旗入境犬無聲，戮盡鯨鯢漢水清。〔二〕從此世人開耳目，始知名將出書生。〔三〕

【校注】

〔一〕詩大和四年三月在長安作。温尚書：温造。興元：府名，即梁州，州治在今陝西漢中市東，時爲山南西道節度使治所。《舊唐書·文宗紀下》：大和二年二月，「戊午，興元軍亂，節度使李絳舉家被害，判官薛齊、趙存約死之。庚申，以左丞温造爲興元節度使」；三月，「興元温造奏『害李絳賊首丘銮、丘鑄及官健千人，並處斬訖。其親刃絳者斬一百段，號令者三段，餘並斬首。内一百首祭李絳，三十首祭死王事官僚，其餘屍首並投於漢江』」。同書《温造傳》：造「以（鎮定興元）功就加檢校禮部尚書」。

〔二〕鯨鯢：海中大魚，喻指兇惡之徒。《左傳·宣公十二年》：「取其鯨鯢而封之。」注：「鯨鯢，大魚名，以喻不義之人，吞食小國。」疏引《廣州記》：「鯨鯢長百尺，雄曰鯨，雌曰鯢。」漢水：《太平寰宇記》卷一三三「興元府西縣」：「漢水在縣南一百里。」

〔三〕書生：《舊唐書·温造傳》：「造幼嗜學，不喜試吏，自負節概，少所降志。」參見卷五《寄朗州温右史曹長》注。

門下相公榮加册命天下同歡忝沐眷私輒敢申賀〔一〕

册命出宸衷，〔二〕官儀自古崇。〔三〕特膺平土拜，〔四〕光贊格天功。〔五〕再佩扶陽印，〔五〕常乘鮑氏驄。〔七〕七賢遺老在，〔八〕猶得詠清風。〔九〕

【校注】

〔一〕詩大和四年六月在長安作。門下相公：裴度，時以門下侍郎爲相。册命：古代對皇后、太子、諸王及三公的册封任命。册書爲古代天子七種命令中的第一種，最爲隆重。凡臨軒册命大臣，以中書令爲使，中書侍郎持册書以授之，見《舊唐書·職官志二》。此指裴度被册命爲司徒。《舊唐書·裴度傳》載大和四年六月詔：「特進、守司徒，兼門下侍郎、同中書門下平章事……裴度……可司徒、平章軍國重事。……仍備禮册命。」度上表辭。《資治通鑑考異》卷二〇云：「寶曆二年度入相時，猶守司空，自後未嘗遷官。……按制辭云：『遷秩上公，式是殊寵。』又云：『宜其首贊機衡，弘敷教典。』蓋此時方遷司徒。《實録》先云『司徒裴度』，誤也。」蓋此年裴度方自司空册拜司徒。眷私：恩惠。

〔二〕宸衷：皇帝的内心。宸：北辰所居，代指皇帝。

〔三〕官儀：指册命之禮。《新唐書·百官志一》：「太尉、司徒、司空各一人，是爲三公。皆正一品，……佐天子理陰陽，平邦國，無所不統。」故典禮隆重。

〔四〕膺：受。平土拜：指拜爲三公，參見卷二《江陵嚴司空見示（略）》注。

〔五〕光贊：大力扶助。楊修《答臨淄侯箋》：「光贊大業。」格天：至天。《書·説命》：「佑我烈祖，格於皇天。」傳：「言以此道，左右成湯，功至于天，無能及者。」《隋書·高祖紀》：「表格天之勛，彰不代之業。」

〔六〕扶陽印：指相印。《漢書·韋賢傳》：「本始三年，代蔡義爲丞相，封扶陽侯。」

〔七〕驄：青白色馬。《廣博物志》卷六七引《後漢書》：「司隸校尉上黨鮑子都，子永，孫昱，並爲司隸。及其爲公，皆乘驄馬，故京師歌曰：『鮑氏驄，三入司隸再入公。馬雖疲，行步工。』」

〔八〕七賢：此指交誼深厚的友人。《晉書·嵇康傳》：「所與神交者，惟陳留阮籍、河内山濤；豫其流者，河内向秀、沛國劉伶、籍兄子咸、琅琊王戎，遂爲竹林之游，世所謂竹林七賢也。」遺老：劉禹錫自謂。

〔九〕詠清風：作詩頌德。《詩·大雅·烝民》：「吉甫作頌，穆如清風。」小序：「《烝民》者，尹吉甫美宣王也。任賢使能，周室中興焉。」

酬滑州李尚書秋日見寄〔一〕

一入石渠署，〔二〕三聞宫樹蟬。〔三〕丹霄未得路，白髮又添年。雙節外臺貴，〔四〕洞簫中禁傳。〔五〕徵黄在旦夕，〔六〕早晚發南燕。〔七〕

【校注】

〔一〕詩云「三聞宫樹蟬」，當大和四年秋在長安作。滑州李尚書：李德裕，已見前《送李尚書鎮滑州》注。

〔二〕石渠：指集賢院，見前《嘆水别白二十二》注。

〔三〕三聞：劉禹錫自大和二年入爲主客郎中兼集賢學士，至此首尾三年。

〔四〕雙節：節度使旌節。《新唐書·百官志四下》：節度使「辭日，賜雙旌雙節」。外臺：指方鎮，參見卷四《南海馬大夫遠示著述（略）》注。「雙節」以下四句屬李德裕。

〔五〕洞簫：古樂器名，簫之無底者。中禁：宫中。《漢書·王褒傳》：「太子喜褒所爲《甘泉》及《洞簫頌》，令後宫貴人左右皆誦讀之。」

〔六〕徵黄：用漢黄霸徵爲丞相事，見卷四《再授連州至衡陽酬柳柳州贈别》注。

〔七〕南燕：晉時慕容氏政權，此指滑州。《元和郡縣圖志》卷八「滑州」：「東晉時，慕容德自鄴南徙滑臺，僭號南燕。」滑臺城即滑州州城。

吐綬鳥詞〔一〕并引

滑州牧尚書李公，以《吐綬鳥詞》見示，兼命繼聲。〔二〕蓋尚書前爲御史時所作，有翰林二學士同賦之，今所謂追和也。〔三〕鳥之所異，具於首篇。〔四〕

越山有鳥翔寥廓，〔五〕嗉中天綬光若若。〔六〕越人偶見而奇之，因名吐綬江南知。四明天姥神仙地，〔七〕朱鳥星精鍾異氣。〔八〕赤玉雕成彪炳毛，紅綃剪出玲瓏翅。〔九〕湖煙始開山日高，迎風吐綬盤花條。臨波似染琅邪草，〔一〇〕映葉疑開阿母桃。〔一一〕花紅草緑人間事，未若靈禽自然貴。鶴吐明珠暫報恩，〔一二〕鵲銜金印空爲瑞。〔一三〕春和秋霽野花開，玩景尋芳處處來。翠幕雕籠非所慕，〔一四〕珠丸柘彈莫相猜。〔一五〕棲月啼煙陵縹緲，〔一六〕高林先見金霞曉。〔一七〕三山仙路寄遥情，〔一八〕刷羽揚翹欲上征。〔一九〕不學碧鷄依井絡，〔二〇〕願隨青鳥向層城。〔二一〕太液池中有黄鵠，〔二二〕憐君長向高枝宿。〔二三〕如何一借羊角風，〔二四〕來聽《簫韶》九成曲。〔二五〕

【校注】

〔一〕劉集中此詩次於前詩之後，詩稱李德裕爲「滑州牧」，按李德裕大和四年十月自滑州移鎮劍南西川，故此詩當亦大和四年秋作。吐綬鳥：一名吐綬鷄，即火鷄。《苕溪漁隱叢話》前集卷二〇引《蔡寬夫詩話》：「巴峽中有吐綬鷄，比常鷄差大，嗉藏肉綬，長闊幾數寸，紅碧相間，極焕爛。常時不可見，遇晴日，則向陽擺之。頂首先出兩肉角，亦二寸許，然後徐舒其綬，逾時乃斂。李文饒詩所謂『葳蕤散綬輕風裏，若銜若垂何可擬』，是也。文饒云：『出剡溪。』今詢之越人不復有。』」苕溪漁隱曰：「廣右閩中亦有吐綬鷄，余在二處見人家多養之。」李德裕原詩惟存《苕溪漁隱叢話》所録之二句。題注「并引」原作「并序」，依例改。

〔二〕繼聲：繼唱，和作。

〔三〕翰林二學士：疑李紳、元稹。《舊唐書·李德裕傳》：「時德裕與李紳、元稹俱在翰林，以學識才名相類，情頗款密。」

〔四〕首篇：指李德裕原詩。蓋此詩乃宋敏求自《吴蜀集》中輯出，集中李原詩當次於劉和詩之前。

〔五〕寥廓：空闊貌，指天空。

〔六〕嗉：嗉囊，鳥類的食袋，爲消化器官的一部分。天綬：天生的綬帶。若若：有光貌。《漢書·石顯傳》：「印何纍纍，綬若若邪！」

〔七〕四明：山名，在今浙江省寧波市西南。天姥：山名，在今浙江省新昌縣境。《洞天福地岳瀆名山記》：「四明山丹山赤水洞天，一百八十里，在越州餘姚縣，劉、樊得道。……天姥岑，在台州天台南，劉、阮迷路處。」

〔八〕朱鳥：二十八宿中南方七宿的總稱。《史記·天官書》：「南宫朱鳥。」索隱引《文耀鉤》：「南宫赤帝，其精爲朱鳥。」鍾：聚集。

〔九〕彪炳：色彩斑斕鮮明。綃：輕薄的生絲織品。玲瓏：精巧貌。

〔一〇〕琅邪草：即琅琊草，用以染綬帶的盭草。《漢書·百官公卿表》：「諸侯王……金璽盭綬。」晉灼曰：「盭，草名，出琅琊平昌縣，似艾，可染緑，因以爲綬名也。」

〔一一〕阿母：西王母，相傳其所食桃三千年一結實，見卷三《游桃源一百韻》注。《酉陽雜俎》續集卷一〇：「王母桃，洛陽華林園内有之。十月始熟，形如括蔞，……亦名西王母桃。」

〔一二〕鶴吐明珠：《搜神記》卷二〇：「噲參養母至孝，曾有玄鶴爲弋人所射，窮而歸參。參收養，療治其瘡，愈而放之。後鶴夜到門外，參執燭視之，見鶴雌雄雙至，各銜明珠，以報參焉。」

〔一三〕鵲銜金印：《博物志》卷七：「故太尉常山張顥爲梁相，天新雨後，有鳥如山鵲，飛翔近地，市人擲之，稍下墮，民争取之，即爲一員石。言縣府，顥令搥破之，得一金印，文曰『忠孝侯印』。顥表上之，藏於官庫。」

〔一四〕翠幕雕籠：翠色帷幕與雕花的鳥籠，言爲富貴之家所豢養。邢邵《春宴》：「檐喧巢幕燕。」禰衡《鸚鵡賦》：「閉以雕籠，剪其翅羽。」

〔一五〕柘彈：柘木製彈弓。柘彈珠丸均爲貴游子弟射鳥工具。猜：猜忌，傷害。何遜《輕薄篇》：「柘彈隨珠丸，白馬黄金飾。」

〔一六〕陵：通凌，超越。縹渺：隱約貌，此指天空。

〔一七〕金霞：紅色朝霞。

〔一八〕三山：海中蓬萊、方丈、瀛洲三仙山，屢見前注。

〔一九〕刷羽：梳整羽毛。翹：鳥長尾。上征：向上飛行。

〔二〇〕碧鷄：神名，見卷一《洛中送楊處厚（略）》注。井絡：指蜀地，見卷二《奉和淮南李相公（略）》注。

〔二一〕青鳥：神話中西王母使者，見卷一《飛鳶操》注。層城：西王母所居，見卷七《同樂天和微之深春二十首》注。

〔二二〕太液池：漢、唐宮中池名，見卷七《敬宗睿武昭愍孝皇帝挽歌》注。黄鵠：大鳥。《西京雜記》卷一：「始元元年，黄鵠下太液池，上爲歌曰：『黄鵠飛兮下建章，羽肅肅兮行蹌蹌，金爲衣兮菊爲裳。唼喋荷荇，出入蒹葭。自顧菲薄，愧爾嘉祥。』」

〔二三〕高枝：二字底本闕，據劉本、《全唐詩》補。何焯校：「高枝疑作『卑枝』。」按，此以黄鵠喻裴度、鄭覃等，而以吐綬鳥喻李德裕。裴度援李德裕爲相，已見前《送李尚書鎮滑州》注。《舊唐書·李德裕傳》：「大和三年……九月，檢校禮部尚書，出爲鄭滑節度使。德裕爲（李）逢吉所擯，在浙西八年，雖遠闕庭，每上章言事。文宗素知忠藎，採朝論徵之。到未旬時，又爲宗閔所逐，中懷於悒，無以自申。賴鄭覃侍講禁中，時稱其善。」似作「卑枝」是。

〔二四〕羊角風：自下而上的旋風。《莊子·逍遥游》：鯤鵬「摶扶摇羊角而上者九萬里」。

〔二五〕《簫韶》：舜樂名。成：曲終。九成，謂多次演奏。《書·益稷》：「《簫韶》九成，鳳凰來儀。」兩句祝願李德裕終將入朝大用。

【附録】

吐綬鳥詞（殘句）　　李德裕

葳蕤散綬輕風裏，若銜若垂何可擬。（《苕溪漁隱叢話》前集卷二〇《蔡寬夫詩話》引）

奉和裴侍中將赴漢南留別坐上諸公〔一〕

金貂曉出鳳池頭，〔二〕玉節前臨南雍州。〔三〕暫輟洪鑪觀劍戟，〔四〕還將大筆注《春秋》。〔五〕管絃席上留高韻，山水途中入勝游。峴首風煙看未足，〔六〕便應重拜富人侯。〔七〕

【校注】

〔一〕詩大和四年九月在長安作。裴侍中：裴度。漢南：指襄州，今湖北省襄樊市。襄陽在漢水之南，唐時爲山南東道節度使治所。《舊唐書·文宗紀下》：「（大和四年九月）壬午，以守司徒、平章軍國重事、晉國公裴度守司徒兼侍中，充山南東道節度使。」裴度出鎮因受李宗閔、牛僧孺所排擠，參見下詩。裴度原詩已佚。

〔二〕金貂：金璫貂尾，侍中冠飾。《新唐書·車服志》：「侍中……常侍有黄金璫，附蟬，貂尾。」鳳池：指中書省，見卷一《奉和中書崔舍人八月十五日夜玩月二十韻》注。

〔三〕玉節：玉製符節。《周禮·地官·掌節》：「守邦國者用玉節。」南雍州：即襄州，見卷四《故相國燕國公于司空挽歌》注。

〔四〕洪鑪：大火爐，冶鍛所用，此喻相位。舊時以宰相佐皇帝燮理陰陽，陶鈞萬物，故云。觀劍戟：謂統率軍隊。

〔五〕注《春秋》：《晉書·杜預傳》：預拜鎮南大將軍，都督荆州諸軍事，「既立功之後，從容無事，乃耽思經籍，爲《春秋左氏經傳集解》，又參考衆家譜第，謂之《釋例》，又作《盟會圖》、《春秋長曆》，備成一家之學」。

〔六〕峴首：山名，即峴山。《元和郡縣圖志》卷二一「襄州襄陽縣」：「峴山，在縣東南九里，山東臨漢水，古今大路。」

〔七〕富人侯：即富民侯，避唐太宗李世民諱改，此指宰相。《漢書·食貨志》：「武帝末年，悔征伐之事，乃封丞相爲富民侯。」

與歌者米嘉榮〔一〕

唱得《涼州》意外聲，〔二〕舊人唯數米嘉榮。近來時世輕先輩，〔三〕好染髭鬚事後生。〔四〕

【校注】

〔一〕此及下詩約作於大和四年，參後注。米嘉榮：歌者名。《樂府雜録·歌》：「元和、長慶以來，有李貞信、米嘉榮、何勘、陳意奴。」

〔二〕《涼州》：曲名。《樂府詩集》卷七九引《樂苑》：「《涼州》，宮調曲，開元中，西涼府都督郭知運進。」《容齋隨筆》卷一四：「今樂府所傳大曲，皆出於唐，而以州名者五：伊、涼、熙、石、渭也。涼州，今轉爲梁州，唐人已多誤用，其實從西涼府來也。凡此諸曲，唯伊、涼最著。」

〔三〕先輩：前輩。孔融《論盛孝章書》：「今之少年，喜謗前輩。」

〔四〕後生：《論語·子罕》：「後生可畏。」按，裴度出鎮襄陽乃爲牛黨所排。《舊唐書·裴度傳》：「度素稱堅正，事上不回，故累爲姦邪所排，幾至顛沛。及晚節，稍浮沈以避禍。……而後進宰相李宗閔、牛僧孺等不悦其所爲，故因度謝病罷相位，復出爲襄陽節度。」同書《李德裕傳》：「大和三年八月，召爲兵部侍郎。裴度薦以爲相，而吏部侍郎李宗閔有中人之助，是月拜平章事，懼德裕大用。九月，檢校禮部尚書，出爲鄭滑節度使。……裴度於宗閔有恩，度征淮西時，請宗閔爲彰義觀察判官，自後名位日進。至是恨度援德裕，罷度相位，出爲興元（按，當爲襄陽）節度使，牛、李權赫於天下。」按，牛、李爲永貞元年進士，元和十二年裴度爲相平淮西吳元濟時，李宗閔爲裴度判官，隨度出征，故均爲裴度後輩。詩似爲此事而發。

米嘉榮〔一〕

一别嘉榮三十載，〔二〕忽聞舊曲尚依然。如今世俗輕前輩，好染髭鬚事少年。

【校注】

〔一〕米嘉榮：見前詩。此詩見《外集》卷八，與前詩略同，《全唐詩》卷三六五録前詩，而將此詩附入注中。繆荃孫《劉賓客文集跋》云：「（此詩）與正集仿佛而韻不同。昔人所謂有未定之稿，有通用之稿，編輯時求益，遂兩收之，不得謂之複。」

〔二〕三十載：劉禹錫永貞元年被貶，至大和四年僅得二十六年，三十載蓋舉成數言。劉禹錫大和五年出守蘇州後，未再返長安爲官，詩必大和二至五年間作。

寓興二首〔一〕

常談即至理，〔二〕安事非常情〔三〕！寄語何平叔，〔四〕無爲輕老生。〔五〕

【校注】

〔一〕詩當晚年在長安爲官時作。寓興：有所寄託的比興諷喻之言。其一爲諷刺官高權重不知謙抑的後輩而作，與《米嘉榮》「如今世俗輕前輩」等命意略同。

〔二〕常談：即老生常談，參見注〔五〕。

〔三〕非常情：司馬相如《難蜀父老》：「夫非常者，固常人之所異也。」

〔四〕何平叔：何晏，字平叔，三國魏人，尚公主，爲曹爽任用，正始中官至吏部尚書，後爲司馬懿所殺。

〔五〕老生：指管輅，善卜筮，知休咎。《三國志·魏書·管輅傳》：「十二月二十八日，吏部尚書何晏請之，鄧颺在晏許。晏謂輅曰：『聞君著爻神妙，試爲作一卦，知位當至三公不？』又問：『連夢見青蠅數十頭，來在鼻上，驅之不肯去，有何意故？』輅曰：『……今君侯位重山岳，勢若雷電，而懷德者鮮，畏威者衆，殆非小心翼翼多福之仁。又鼻者艮，此天中之山，高而不危，所以長守貴也。今青蠅臭惡，而集之焉。位峻者顛，輕豪者亡，不可不思害盈之數，盛衰之期。是故山在地中曰謙，雷在天上曰壯；謙則裒多益寡，壯則非禮不履。未有損己而不光大，行非而不傷敗。願君侯上追文王六爻之旨，下思尼父彖象之義，然後三公可決，青蠅可驅也。』颺曰：『此老生之常談。』輅答曰：『夫老生者見不生，常談者見不談。』……十餘日，聞晏、颺皆誅。」

二

世途多禮數，〔一〕鵬鷃各逍遥。〔二〕何事陶彭澤，〔三〕拋官爲折腰？〔四〕

【校注】

〔一〕禮數：禮法。

〔二〕鷃：尺鷃，小鳥。《莊子·逍遥游》：「有鳥焉，其名爲鵬。背若泰山，翼若垂天之雲，摶扶摇羊角而上者九萬里，絶雲氣，負青天，然後圖南，且適南冥也。斥鷃笑之曰：『彼且奚適也？我騰躍而上，不過數仞而下，翱翔蓬蒿之間，此亦飛之至也。而彼且奚適也？』此小大之辯也。」郭象注：「苟足於其性，……小大雖殊，逍遥一也。」

〔三〕陶彭澤：陶潛，晉人，曾爲彭澤令。

〔四〕折腰：《宋書·陶潛傳》：「以爲彭澤令。……郡遣督郵至，縣吏白應束帶見之。潛嘆曰：『我不能爲五斗米折腰向鄉里小人。』即日解印綬去職，賦《歸去來》。」此似因白居易棄官歸洛陽而作。

【集評】

何焯曰：老居人下，不能決去，聊用自解之詞。（卞孝萱《劉禹錫詩何焯批語考訂》）

寄楊虢州〔一〕與之舊姻。

避地江湖知幾春？〔二〕今來本郡擁朱輪。〔三〕阮郎無復里中舊，〔四〕楊僕卻爲關外人。〔五〕

各繫一官難命駕，〔六〕每懷前好易沾巾。〔七〕玉城山裏多靈藥，〔八〕擺落功名且養神。〔九〕

【校注】

〔一〕詩大和四或五年在長安作。虢州：州治在今河南靈寶縣。楊虢州：楊歸厚，字貞一，劉禹錫長子咸允岳父，大和六年卒於虢州刺史任，詳見卷十八劉禹錫《祭虢州楊庶子文》。《祭文》云楊在虢州「静治三載」，其初授虢州，當在大和四年。題注四字，原闌入題中，據《叢刊》本移。

〔二〕避地：遷地以避災禍，此指楊歸厚元和七年被貶事，見卷二《寄楊八拾遺》注。楊歸厚被貶後歷國子主簿分司，萬、唐、壽三州刺史，太子右庶子分司，鄭、虢二州刺史，一直未再歸朝。

〔三〕本郡：指虢州。《新唐書·地理志二》虢州弘農郡有弘農縣。楊歸厚弘農人，見卷十七劉禹錫《管城新驛記》，故以虢州爲「本郡」。擁朱輪：謂爲刺史，參見卷五《寄楊八壽州》注。

〔四〕阮郎：阮肇，曾入天台山遇仙女，後歸家，已無舊識，見卷四《元和十年自朗州承召至京》注。

〔五〕楊僕：西漢人。《漢書·武帝紀》：「（元鼎）三年冬，徙函谷關於新安，以故關爲弘農縣。」應劭曰：「時樓船將軍楊僕數有大功，恥爲關外民，上書乞徙東關，以家財給其用度。武帝意亦好廣闊，於是徙關於新安。」

〔六〕縶：束縛。命駕：駕車上路。《世説新語·簡傲》：「嵇康與吕安善，每一相思，千里命駕。」

〔七〕沾巾：流淚。王勃《送杜少府之任蜀川》：「無爲在歧路，兒女共沾巾。」

〔八〕玉城：虢州屬縣名。《古今圖書集成·方輿匯編·職方典》「河南府靈寳縣」：「玉城廢縣在縣東南八十里。元魏置石城郡，統玉城縣，宋省入虢略縣。」《新唐書·王勃傳》：「勃客劍南，聞虢州多藥草，求補參軍。」

〔九〕擺落：擺脱。時楊歸厚卧疾，見卷十八《祭虢州楊庶子文》。

和令狐相公言懷寄河中楊少尹〔一〕

章句慚非第一流，〔二〕世間才子昔陪游。〔三〕吴宫已嘆芙蓉死，〔四〕張司業詩云：「吴宫四面秋江水，天清露白芙蓉死。」邊月空悲蘆管秋。〔五〕李尚書。任向洛陽稱傲吏，〔六〕分司白賓客。苦教河上領諸侯。〔七〕天平相公。石渠甘對圖書老，〔八〕關外楊公安穩不？〔九〕

【校注】

〔一〕詩大和四年在長安作。令狐相公：令狐楚。楊少尹：楊巨源，見卷六《令狐相公見示河中楊少尹贈答兼命繼聲》注。詩稱令狐楚爲天平相公，李益爲李尚書，白居易爲白賓客。按令狐楚於大和三年十二月爲天平軍節度使（見前《和鄆州令狐相公春晚對花》注），李益大和三年八月卒，時以禮部尚書致仕（見後引《李益墓誌銘》），白居易則於大和四年十二月自太子賓客改授河南尹（見後《白侍郎大尹自河南寄示（略）》注），故詩必作於大和四年。令狐楚原詩已佚。

〔二〕章句：指詩歌。《詩經》有章有句。第一流：第一等。《世説新語·品藻》：「桓大司馬（温）下都，問（劉）真長曰：『聞會稽王語奇進，爾耶？』劉曰：『極進，然故是第二流中人耳。』桓曰：『第一流復是誰？』劉曰：『正是我輩耳。』」

〔三〕世間才子：指下面提到的張籍、李益、白居易、令狐楚和楊巨源。

〔四〕芙蓉死：喻指張籍之死。《新唐書·張籍傳》：「仕終國子司業。」大和三年三月，張籍尚有送令狐楚、白居易赴洛陽詩，其卒在三月後。自注中所引爲張籍名作《吴宫怨》中句。

〔五〕空悲蘆管秋：婉言李益之死。拓本崔郾《唐故銀青光禄大夫守禮部尚書致仕（略）隴西李府君（益）墓誌銘》：「今天子即位之始，公……辭榮盛時，抗疏長往，由是有大宗伯之拜。……以大和三年八月廿一日全歸於東都宣教里之私第，享壽八十四。」《舊唐書·李益傳》：「長爲歌詩。貞元末，與宗人李賀齊名。每作一篇，爲教坊樂人以賂求取，唱爲供奉歌詞。其《征人歌》、《早行》篇，好事者畫爲屏障。『回樂峰前沙似雪，受降城外月如霜』之句，天下以爲歌詞。……大和初，以禮部尚書致仕，卒。」所引爲李益名作《夜上受降城聞笛》中句，末二句爲「不知何處吹蘆管，一夜征人盡望鄉」。

〔六〕傲吏：高傲不群的官吏。郭璞《游仙詩》：「漆園有傲吏。」原指莊周，此借指在洛陽爲太子賓客分司的白居易。

〔七〕河上：黄河邊。領諸侯：爲節度使。時令狐楚爲天平軍節度使，領鄆、兖、青、齊等州。《元和郡縣圖志》卷一〇「鄆州陽穀縣」：「黄河，在縣北十二里。」

〔八〕石渠：指集賢院，見前《嘆水别白二十二》注。時劉禹錫仍以禮部郎中充集賢學士，故云。

〔九〕關外楊公：指楊巨源。此用楊僕事，參見前詩注。

酬鄆州令狐相公官舍言懷見寄兼呈樂天〔一〕

詞人各在一涯居，〔二〕聲味雖同跡自疏。〔三〕佳句傳因多好事，〔四〕尺題稀爲不便書。〔五〕已通戎略逢黄石，〔六〕仍占文星耀碧虚。〔七〕聞説朝天在來歲，〔八〕霸陵春色待行車。〔九〕

【校注】

〔一〕白居易和詩稱劉禹錫爲劉郎中，且「三年未轉官」，詩當大和四年冬在長安作。令狐相公：令狐楚，時爲鄆州刺史、天平軍節度使，其寄劉禹錫、白居易之原詩已佚。

〔二〕一涯：猶一方。《古詩十九首》：「行行重行行，與君生别離。相去萬餘里，各在天一涯。」時令狐在鄆州，劉在長安，白在洛陽。

〔三〕聲味：聲音氣味，指志趣愛好。聲：何焯曰：「疑作『馨』。」

〔四〕好事：好事之徒。

〔五〕尺題：尺牘，書信。不便書：不擅長書法。嵇康《與山巨源絶交書》：「素不便書，又不喜作書。」

〔六〕戎略：用兵方略。黄石：黄石公，參見卷三《游桃源一百韻》注。《隋書·經籍志三》有《黄石公兵書》三卷、《黄石公三略》三卷、《黄石公陰謀行軍秘法》一卷等。《元和郡縣圖志》卷一〇「鄆州東阿縣」：「穀城山，在縣東三十二里。黄石公出一編書與張良曰：『後十三年，孺子見我濟北穀城山下，黄石即我也。』是其處焉。」令狐楚時鎮鄆州，故用此典。

〔七〕文星：文昌星，古人認爲主文運的星宿。碧虚：碧空。

〔八〕朝天：朝見皇帝。

〔九〕霸陵：在長安東。《元和郡縣圖志》卷一「京兆府萬年縣」：「白鹿原，在縣東二十里，亦謂之霸上。漢文帝葬其上，謂之霸陵。」

【附録】

和令狐相公寄劉郎中兼見示長句　白居易

日月天衢仰面看，尚淹池鳳滯臺鸞。碧幢千里空移鎮，赤筆三年未轉官。别後縱吟終少興，病來雖飲不多歡。酒軍詩敵如相遇，臨老猶能一據鞍。（《白居易集》卷二七）

遥和令狐相公坐中聞思帝鄉有感〔一〕

當時造曲者爲誰？説得思鄉戀闕時。滄海西頭舊丞相，〔二〕停杯處分不須吹。〔三〕

【校注】

〔一〕令狐楚原詩稱「年年不見帝鄉春」，劉集中此詩次下詩之前，當大和五年春在長安作。思帝鄉：唐教坊曲名，見《教坊記》。

〔二〕滄海西頭：指鄆州，在東海之西。隋煬帝《泛龍舟》：「淮南江北海西頭。」

〔三〕處分：吩咐。

【附録】

坐中聞思帝鄉有感　令狐楚

年年不見帝鄉春，白日尋思夜夢頻。上酒忽聞吹此曲，坐中惆悵更何人？（《全唐詩》卷三三四）

酬令狐相公見寄〔一〕

群玉山頭住四年，〔二〕每聞笙鶴看諸仙。〔三〕何時得把浮丘袂，〔四〕白日將昇第九天？〔五〕

【校注】

〔一〕詩云「群玉山頭住四年」，當大和五年在長安作。

〔二〕群玉山：指集賢院，見卷二《送韋秀才道沖赴制舉》注。劉禹錫大和二年入集賢院，至五年已首尾四年。

〔三〕笙鶴：《列仙傳》卷上：「王子喬者，周靈王太子晉也，好吹笙作鳳凰鳴。游伊洛之間，道士浮丘公接以上嵩高山。三十餘年後，求之於山上，見桓良曰：『告我家，七月七日待我於緱氏山巔。』至時，果乘白鶴駐山頭。望之，不得到。舉手謝時人，數日而去。」

〔四〕浮丘：浮丘公，傳説中仙人。郭璞《游仙詩》：「左挹浮丘袖，右拍洪崖肩。」

〔五〕第九天：天最高處。此以成仙昇天喻官職遷昇。《新唐書·劉禹錫傳》：「宰相裴度兼集賢殿大學士，雅知禹錫，薦爲禮部郎中、集賢直學士。」《舊唐書·劉禹錫傳》：「大和中，度在中書，欲令知制誥……累轉禮部郎中、集賢院學士。度罷知政事……授蘇州刺史。」宋敏求《春明退朝録》卷上：「按唐舊説，禮部郎中掌省中文翰，謂之『南宮舍人』，百日内須知制誥。」劉禹錫久在禮部郎中任，卻因裴度被排擠故，不得昇遷掌綸誥，常引爲憾事。

【附録】

寄禮部劉郎中　令狐楚

一别三年在上京，仙垣終日選群英。除書每下皆先看，獨有劉郎無姓名。（《全唐詩》卷三三四）

吟白君哭崔兒二篇愴然寄贈〔一〕

吟君苦調我霑纓，〔二〕能使無情盡有情。四望車中心未釋，〔三〕千秋亭下賦初成。〔四〕庭梧已有雛棲處，〔五〕池鶴今無子和聲。〔六〕從此期君比瓊樹，〔七〕一枝吹折一枝生。

【校注】

〔一〕詩大和五年春在長安作。崔兒：白居易子。白居易老而無子，大和三年冬始舉一子，小名崔兒，愛如掌珠，曾作《予與微之老而無子發於言歎著在詩篇今年冬各有一子戲作二什一以相賀一以自嘲》、《阿崔》諸詩。大和五年春，崔兒早夭，又作《哭崔兒》、《初喪崔兒報微之晦叔》二詩傷之，即題中所云「哭崔兒二篇」。

〔二〕苦調：悲苦之詞。霑纓：流淚沾濕繫冠之帶。

〔三〕四望車：四面均有窗户的車。曹操殺楊修後，作《與太尉楊彪（楊修父）書》云：「足下賢子，恃豪父之勢，每不與吾同懷，……便令刑之。念卿父息之情，同此悼楚，亦未必非幸也。今贈足下錦裘二領……錢六十萬，畫輪四望通幰七香車一乘。……所奉雖薄，以表吾意。」後遂爲故事。晉魏舒喪子，亦詔賜「四望繐窗户皂輪車牛」一乘，「庶出入觀望，或足散憂」，見《晉書·魏舒傳》。心未釋：愁緒未能解散。

〔四〕千秋亭：《文選》潘岳《西征賦》：「夭赤子於新安，坎路側而瘞之。亭有千秋之號，子無七旬之期。雖勉勵於延吴，實潛慟於余慈。」李善注引潘岳《傷弱子序》：「三月壬寅，弱子生。五月之長安，壬寅，次於新安之千秋亭，甲辰而弱子夭。乙巳，瘞於亭東。」《太平寰宇記》卷五「澠池縣」：「千秋亭，在縣東二十里。」

〔五〕雛：雛鳳。《莊子·秋水》：「南方有鳥，其名爲鵷雛。……夫鵷雛發於南海而飛於北海，非梧桐不止，非練實不食……」成玄英疏：「鵷雛，鸞鳳之屬，亦言鳳子也。」庭梧可棲雛，言白居易官職已高，可封妻蔭子。

〔六〕池鶴：白居易常以鶴自比，有《池鶴二首》。《易·中孚》：「鳴鶴在陰，其子和之。」二句即白詩「文章十帙官三品，身後傳誰庇廕誰」之意。

〔七〕瓊樹：神話中樹。《漢書·司馬相如傳下》：「咀噍芝英兮嘰瓊華。」注引張揖曰：「瓊樹生崑崙西流沙濱，大三百圍，高萬仞。」

【附録】

哭崔兒　白居易

掌珠一顆兒三歲，鬢雪千莖父六旬。豈料汝先爲異物，常憂吾不見成人。悲腸自斷非因劍，啼眼加昏不是塵。懷抱又空天默默，依前重作鄧攸身。（《白居易集》卷二八）

初喪崔兒報微之晦叔　白居易

書報微之晦叔知，欲題崔字淚先垂。世間此恨偏敦我，天下何人不哭兒？蟬老悲鳴抛蜕後，龍

眠驚覺失珠時。文章十帙官三品，身後傳誰庇廕誰？（同前）

答樂天所寄詠懷且釋其枯樹之嘆〔一〕

衙前有樂饌常精，〔二〕宅内連池酒任傾。〔三〕自是官高無狎客，〔四〕不論年長少歡情。〔五〕驪龍頷被探珠去，〔六〕老蚌胎還應月生。〔七〕莫羨三春桃與李，桂花成實向秋榮。

【校注】

〔一〕詩大和五年在長安作。詠懷：指白居易《府齋感懷酬夢得》，中有「不聞枯樹再生枝」之句。釋：原作「適」，據劉本、《叢刊》本、《全唐詩》改。

〔二〕衙：指河南府尹官署。樂：府中官伎。

〔三〕宅：指白居易洛陽履道坊宅，「有水一池」。白居易《池上篇》：「先是，潁川陳孝山與釀法酒，味甚佳。博陵崔晦叔與琴，韻甚清。蜀客姜發授《秋思》，聲甚淡。弘農楊貞一與青石三，方長平滑，可以坐卧。大和三年夏，樂天始得請爲太子賓客，分秩於洛下，息躬於池上。……每至池風春，池月秋，水香蓮開之旦，露清鶴唳之夕，拂楊石，舉陳酒，援崔琴，彈姜《秋思》，頹然自適，不知其他。」

〔四〕官高：白居易時爲河南尹，正三品。狎客：親密不拘形跡的客人。

〔五〕不論：不關，不因。

〔六〕驪：黑色。《莊子·列禦寇》：「河上有家貧恃緯蕭而食者，其子没於淵，得千金之珠。其父謂其子曰：『取石來鍛之。夫千金之珠，必在九重之淵而驪龍頷下。子能得珠者，必遭其睡也。』」探珠：比喻喪子。江淹《傷愛子賦》：「痛掌珠之愛子。」

〔七〕胎：指珍珠。《文選》揚雄《羽獵賦》：「剖明月之珠胎。」李善注：「明月珠，蚌子珠，爲蚌所懷，故曰胎。」《文選》左思《蜀都賦》：「蚌蛤珠胎，與月虧全。」劉逵注引《吕氏春秋》：「月望則蚌蛤實，月晦則蚌蛤虚。」孔融《與韋端書》：「前日元將來，……昨日仲將復來。……不意雙珠，近出老蚌，甚珍貴之。」元將、仲將爲韋端子。

【附録】

府齋感懷酬夢得（原注：時初喪崔兒，夢得以詩相安云，「從此期君比瓊樹，一枝吹折一枝生」，故有此落句以報之。）

白居易

府伶呼唤争先到，家醖提攜動輒隨。合是人生開眼日，自當年老斂眉時。丹砂煉作三銖土，玄髮看成一把絲。勞寄新詩遠安慰，不聞枯樹更生枝。（《白居易集》卷二八）

裴祭酒尚書見示春歸城南青松塢别墅寄王左丞高侍郎之什命同作〔一〕

早宦閲人事，〔二〕晚懷生道機。〔三〕時從學省出，〔四〕獨望郊園歸。野彴渡春水，〔五〕山花映巖扉。石頭解金章，〔六〕林下步緑薇。青松鬱成塢，修竹盈尺圍。吟風起天籟，〔七〕蔽日無炎威。危徑盤羊腸，〔八〕連甍聳翬飛。〔九〕幽谷響樵斧，澄潭環釣磯。〔一〇〕因高見帝城，冠蓋揚光輝。〔一一〕白雲難持寄，〔一二〕清韻投所希。〔一三〕二公如長離，〔一四〕比翼翔太微。〔一五〕含情謝林壑，〔一六〕酬贈騈珠璣。〔一七〕顧予久郎潛，〔一八〕愁寂對芳菲。〔一九〕一聞丘中趣，〔二〇〕再撫黄金徽。〔二一〕

【校注】

〔一〕詩大和五年春在長安作。祭酒：國子監長官，從三品，掌儒學訓導之政，見《新唐書·百官志三》。裴祭酒：裴通，字文玄，官至檢校禮部尚書，見《新唐書·宰相世系一上》。《唐會要》卷六六國子監：「大和五年十二月，國子祭酒裴通奏……」王左丞：王璠。《舊唐書》本傳：「（大和）四年七月，拜京兆尹，兼御史大夫。十二月，遷左丞，判太常卿事。」高侍郎：高釴。《舊唐書》本傳：「大和三年七月，授刑部侍郎。四年冬，遷吏部侍郎。」故諸人唱和必在大和五年春。裴、王、高三人詩均佚。

〔二〕早宦：早年入仕。此指裴通，爲代宗朝禮部尚書裴士淹子，元和十五年已官至少府監。

〔三〕道機：猶道心，向道之心。

〔四〕學省：謂國子監，下設國子、太學、四門等七學。

〔五〕彴：獨木橋。

〔六〕金章：金印。解金章，謂解去冠服印綬等。
〔七〕天籟：自然的音響。
〔八〕羊腸：狀道路狹窄盤紆。
〔九〕甍：屋脊。翬：毛色五彩的雉鷄。《詩·小雅·斯干》：「如鳥斯革，如翬斯飛。」疏：「言檐阿之勢似鳥飛也。」
〔一〇〕釣磯：水邊突出可供垂釣的石頭。
〔一一〕冠蓋：官員的冠服和車蓋。班固《西都賦》：「冠蓋如雲，七相五公。」
〔一二〕白雲：陶弘景《詔問山中何所有賦詩以答》：「山中何所有，嶺上多白雲。只可自怡悦，不堪持贈君。」
〔一三〕所希：所仰慕的人。
〔一四〕二公：指王、高二人。長離：傳説中一種靈鳥。《漢書·司馬相如傳》：「前長離而後矞皇。」師古曰：「長離，靈鳥也。」傅咸《贈何邵王濟》：「雙鸞游蘭渚，二離揚清暉。」
〔一五〕太微：星區名，此指朝廷。《晉書·天文志》：「太微，天子庭也。」
〔一六〕謝林壑：此指酬答裴通自郊園所寄詩。
〔一七〕駢：比並。珠璣：即珠，喻美王、高酬和之作。《楚辭·七諫》：「貫魚眼與珠璣。」王逸注：「圜澤爲珠，廉隅爲璣。」

〔一八〕郎潛：潛沈於郎署，謂爲郎日久不遷官。《文選》張衡《思玄賦》：「尉尨眉而郎潛兮，逮三葉而遘武。」李善注引《漢武故事》：「顔駟不知何許人，漢文帝時爲郎。至武帝，輦過郎署，見駟尨眉皓髮，上問曰：『叟何時爲郎，何其老也？』答曰：『臣文帝時爲郎。文帝好文，而臣好武。至景帝，好美，而臣貌醜。陛下即位，好少，而臣已老。是以三世不遇，故老於郎署。』上遂感其言，擢拜會稽都尉。」劉禹錫順宗朝即爲員外郎，至此幾三十年，仍爲郎中，故云。

〔一九〕芳菲：大好春光。

〔二〇〕丘中：指山林。

〔二一〕徽：琴面指示音節的標志，此以代琴。

【集評】

何焯曰：亦復句句工。（卞孝萱《劉禹錫詩何焯批語考訂》）

送源中丞充新羅册立使〔一〕侍中之孫。

相門才子稱華簪，〔二〕持節東行捧德音。〔三〕身帶霜威辭鳳闕，〔四〕口傳天語到鷄林。〔五〕煙開鼇背千尋碧，〔六〕日浴鯨波萬頃金。〔七〕想見扶桑受恩後，〔八〕一時西拜盡傾心。〔九〕

【校注】

〔一〕詩大和五年四月在長安作。源中丞：源寂。新羅：朝鮮半島東南部古國名，爲唐藩屬國。

《舊唐書·新羅傳》：「新羅國，本弁韓之苗裔也。其國在漢時樂浪之地，東及南方俱限大海，西接百濟，北鄰高麗。……其王金真平，隋文帝時授上開府、樂浪郡公、新羅王。武德四年，遣使朝貢。……自此朝貢不絶。……長慶五年，金彦昇卒，以嗣子金景徽爲……新羅王……命太子左諭德、兼御史中丞源寂持節弔祭册立。」同書《文宗紀下》：「（大和五年四月）甲戌，以新羅王嗣子金景徽爲開府儀同三司、檢校太保，使持節鷄林州諸軍事、鷄林州大都督、寧海軍使、上柱國，封新羅王；仍封其母朴氏爲新羅國太妃。」詩即作於此時。

〔二〕相門才子：指源寂。據題下自注，寂乃侍中源乾曜之孫。《舊唐書·源乾曜傳》：「（開元）八年春，復爲黄門侍郎，同中書門下三品。尋加銀青光禄大夫，遷侍中。」據《新唐書·宰相世系五上》，源乾曜有復、弼、結、清四子，未詳源寂所出。華簪：華美的冠簪，代指高官。

〔三〕節：使者信物。德音：天子詔書。

〔四〕霜威：寒霜的嚴威。《通典》卷二四：「御史爲風霜之任，彈糾不法，百僚震恐，官之雄俊，莫之比焉。」源寂時兼御史中丞，故云。鳳闕：大明宫前有棲鳳、翔鸞二闕，代指長安宫殿。

〔五〕天語：皇帝詔旨。鷄林：即新羅。《舊唐書·新羅傳》：「（龍朔）三年，詔以其國爲鷄林州都督府，授（新羅王）法敏爲鷄林州都督。」

〔六〕鼇背：指大海中島嶼。《文選》左思《吴都賦》：「巨鼇贔屓，首冠靈山。」吕向注：「巨鼇，大龜也。……靈山，海中蓬萊山，而大鼇以首戴之。」

〔七〕鯨波：即海波。鯨爲海中大魚。

〔八〕扶桑：東方日出之地，代指新羅。《太平御覽》卷三引《淮南子》：「日出於暘谷，浴於咸池，拂於扶桑，是謂晨明。」注：「扶桑，東方之界。」

〔九〕傾心：竭誠歸附。

【集評】

方回曰：此詩中四句全佳。（《瀛奎律髓》卷三八）

紀昀曰：「身帶」句究不甚雅。氣脈雄大。（《瀛奎律髓彙評》卷三八）

王壽昌曰：何謂俊爽？曰：如……劉夢得之「相門才子稱華簪……」是也。（《小清華園詩談》卷上）

【附録】

送源中丞赴新羅　姚合

赤墀賜對使殊方，官重霜臺紫綬光。玉節在船清海怪，金函開詔拜夷王。雲晴漸覺山川異，風便那知道路長。誰得似君將雨露，海東萬里灑扶桑。（《全唐詩》卷四九六，同書卷四九二重收爲殷堯藩詩，誤。）

白侍郎大尹自河南寄示池北新葺水齋即事招賓十四韻兼命同作〔一〕

公府有高致，〔二〕新齋池上開。再吟佳句後，一似畫圖來。結構疏林下，〔三〕寅緣曲岸隈。〔一四〕緑波穿户牖，碧甃疊瓊瑰。〔一五〕幽興當軒滿，〔一六〕清光繞砌迴。潭心澄曉鏡，渠口起晴雷。〔一七〕瑶草緣堤種，〔一八〕煙松上島栽。〔一九〕游魚驚撥剌，〔一〇〕浴鷺喜毰毸。〔一一〕爲客烹林筍，因僧采石苔。〔一二〕酒瓶常不罄，書案任成堆。檐外青雀舫，〔一三〕坐中鸚鵡杯。〔一四〕蒲根抽九節，〔一五〕蓮萼捧重臺。〔一六〕芳訊此時到，勝游何日陪？共譏吴太守，〔一七〕自占洛陽才。〔一八〕

【校注】

〔一〕詩所述爲夏中景物，當大和五年夏在長安作。白侍郎：白居易，前曾爲刑部侍郎。大尹：府的長官。京兆、河南等府副長官爲少尹，故尹稱大尹。《舊唐書·文宗紀下》：大和四年十二月，「戊辰，以太子賓客分司白居易爲河南尹」。十四韻：此詩實爲十四韻，但白居易原詩及題均作「十六韻」，或其後有所增益，雍陶和詩則僅十二韻。

〔二〕高致：高雅興致。致：原作「政」，據劉本改。

〔三〕結構：構築。杜甫《同李太守登歷下新亭》：「新亭結構罷，隱見清湖陰。」

〔四〕寅緣：同夤緣，曲折行走。隈：彎曲隱蔽處。

〔五〕甃：井壁，此指池壁。瓊瑰：玉，此美稱石。

〔六〕興：劉本、《全唐詩》作「異」。

〔七〕渠：劉本作「梁」。梁，魚梁，水中築捕魚的堤堰，於義較長。

〔八〕瑶草：仙草，此爲草的美稱。

〔九〕煙松：原作「松煙」，據劉本改。

〔一〇〕游魚：《叢刊》本作「魚游」。撥剌：魚躍擊水聲。杜甫《戲成一絶》：「船尾跳魚撥剌鳴。」

〔一一〕浴鷺：《叢刊》本作「鷺浴」。毰毸：鳥羽張開貌。

〔一二〕石苔：此指水中石上青苔，亦稱石髪，可入藥。

〔一三〕青雀舫：即船首畫有鷁鳥的船。《方言》卷九郭璞注：「鷁，鳥名也，今江東貴人船前作青雀，是其像也。」古詩《焦仲卿妻》：「青雀白鵠舫，四角龍子幡。」

〔一四〕鸚鵡杯：鸚鵡螺製的酒杯，見卷七《洛中逢韓七中丞(略)》注。

〔一五〕蒲：菖蒲。《重修政和證類本草》卷六「菖蒲」：「久服輕身，一莖九節者良。《華山志》：『華山東南峰之北有老君菖蒲池，其菖蒲葉細如劍脊，其根每寸九節，服之令人强健。』」

〔一六〕蓮：荷花，花瓣爲複瓣者稱重臺蓮花。佛經言佛坐於蓮花上，故稱佛座爲蓮座或蓮臺。

〔一七〕吴太守：謂漢文帝時河南守吴公，此指白居易，時爲河南尹，相當於漢之河南守。《史記·賈生列傳》：「賈生名誼，洛陽人也。年十八，以能誦詩屬書聞於郡中。吴廷尉爲河南守，聞其秀才，召置門下，甚幸愛。孝文皇帝初立，聞河南守吴公治平爲天下第一……乃徵爲廷尉。廷尉乃言賈生年少，頗通諸子百家之書，文帝召以爲博士。」

〔一八〕洛陽才：指賈誼。此戲言白居易既有吴公之政，又富賈誼之才。

府西池北新葺水齋即事招賓偶題十六韻　白居易

繚繞府西面，潺湲池北頭。鑿開明月峽，決破白蘋洲。清淺漪瀾急，夤緣浦嶼幽。直衝行徑斷，平入卧齋流。石疊青稜玉，波翻白片鷗。噴時千點雨，澄處一泓油。絶境應難别，同心豈易求。少逢人愛玩，多是我淹留。夾岸鋪長簟，當軒泊小舟。枕前看鶴浴，牀下見魚游。洞户斜開扇，疏簾半上鈎。紫浮萍泛泛，碧亞竹脩脩。讀罷書仍展，棋終局未收。午茶能散睡，卯酒善銷愁。檐雨晚初霽，窗風涼欲休。誰能伴老尹，時復一閒游？（《白居易集》卷二八）

和河南白尹西池北新葺水齋招賞十二韻　雍陶

二室峰前水，三川府右亭。亂流深竹逕，分繞小花汀。池角通泉脈，堂心豁地形。坐中寒瑟瑟，牀下細泠泠。雨夜思巫峽，秋朝想洞庭。千年孤鏡碧，一片遠天青。魚戲摇紅尾，鷗閑退白翎。荷傾瀉珠露，沙亂動金星。藤架如紗帳，苔牆似錦屏。龍門人少到，仙棹自多停。游憶高僧伴，吟招野客聽。餘波不能惜，便欲養浮萍。（《全唐詩》卷五一八）

和兵部鄭侍郎省中四松詩十韻〔一〕　松是中書相公任侍郎時栽。

右相歷中臺，〔二〕移松武庫栽。〔三〕紫茸抽組綬，〔四〕青實長玫瑰。〔五〕便有干霄勢，看成構厦材。數分天柱半，〔六〕影逐日輪回。舊賞台階去，〔七〕新知谷口來。〔八〕息陰常仰望，翫境幾裴回。翠粒晴懸露，蒼鱗雨起苔。凝音助瑶瑟，飄蕊泛金罍。〔九〕月桂花遥燭，〔一〇〕星榆葉對開。〔一一〕終須似鷄樹，〔一二〕榮茂近昭回。〔一三〕

【校注】

〔一〕詩約大和五年夏在長安作。鄭侍郎：鄭澣，本名涵，因與文宗在藩邸時名同，改名澣。文宗即位，擢爲翰林侍講學士。大和二年，遷禮部侍郎，典貢舉，轉兵部侍郎。見兩《唐書》本傳。鄭澣《四松》詩見附録。四，原作「柳」，據劉本、《叢刊》本、《全唐詩》改。

〔二〕右相：中書令，此指中書侍郎。中臺：尚書省。《新唐書·百官志二》中書令：「天寶元年曰右相。」《新唐書·百官志一》「龍朔二年，改尚書省曰中臺。」右相當指李宗閔。據《舊唐書·李宗閔傳》及《新唐書·宰相表》，宗閔長慶四年權知兵部侍郎，寶曆元年拜兵部侍郎，大和三年八月以吏部侍郎爲相，四年六月爲中書侍郎。故題注稱其爲「中書相公」，四松則宗閔寶曆中爲兵部侍郎時所栽。

〔三〕武庫：掌管武器的官署，唐時屬衛尉寺，此借指兵部。

〔四〕組綬：繫印的彩色絲帶。

〔五〕玫瑰：美玉。

〔六〕天柱：傳説天有八柱，四松爲其半數。《楚辭·天問》：「八柱何當？東南何虧？」

〔七〕舊賞：指李宗閔。台階：三台星，又名三階星，喻指相位。《後漢書·郎顗傳》：「三公上應台階。」

〔八〕新知：指鄭澣。谷口：漢縣名，在今陝西涇陽西北。《高士傳》卷中：「鄭樸，字子真，谷口人也。修道静默，世服其清高。……揚雄盛稱其德曰：『谷口鄭子真，耕於巖石之下，名振京師。』」此藉以稱美鄭澣。

〔九〕罍：酒器。

〔一〇〕月桂：《酉陽雜俎》卷一：「舊言月中有桂，有蟾蜍，故異書言月桂高五百丈，下有一人常斫之，樹創隨合。」燭：照耀。

〔一一〕星榆：謂天上之榆。樂府《隴西行》：「天上何所有，歷歷種白榆。」《春秋運斗樞》：「玉衡星散爲榆。」

〔一二〕鷄樹：《急就篇》卷四顔師古注：「皂莢樹，一名鷄棲。」《三國志·魏書·劉放傳》注引《世語》：「放、(孫)資久典機任，(夏侯)獻、(曹)肇心内不平。殿中有鷄棲樹，二人相謂：『此亦久矣，其能復幾！』」後多用爲中書省典故。張文琮《詠中書省花樹》：「影照鳳池水，香飄鷄樹風。」

〔一三〕昭回：光明迴轉。《詩·大雅·雲漢》：「倬彼雲漢，昭迴於天。」傳：「迴，轉也。」鄭箋：「雲漢，謂天河也。昭，光也。」此以天上喻指皇帝。

【附録】

中書相公任兵部侍郎日後閣植四松逾數年澣忝此官因獻拙什　　鄭澣

丞相當時植，幽襟對此開。人知舟楫器，天假棟梁材。錯落龍鱗出，䙰褷鶴翅回。重陰羅武庫，細響静山臺。得地公堂裏，移根澗水隈。吴臣夢寐遠，秦岳歲年摧。轉覺飛纓繆，何因繼組來。幾尋珠履跡，願比角弓培。柏悦猶依社，星高久照台。後凋應共操，無復問良媒。（《全唐詩》卷三六八）

和兵部鄭侍郎省中四松詩　　唐扶

幽抱應無語，貞松遂自栽。寄懷丞相業，因擢大夫材。日射蒼鱗動，塵迎翠帚回。嫩茸含細粉，初葉泛新杯。偶聖爲舟去，逢時與鶴來。寒聲連曉竹，静氣結陰苔。赫奕鳴騶至，熒煌洞户開。良辰一臨眺，憩樹幾裴回。恨發風期阻，詩從綺思裁。還聞舊凋契，凡在（一作九萬）此中培。（《全唐詩》卷四八八）

奉和四松　　姚合

四松相對植，蒼翠映中臺。擢幹凌空去，移根劚石開。陰陽氣潛煦，造化手親栽。日月滋佳色，煙霄長異材。清音勝在澗，寒影遍生苔。静繞霜沾履，閑看酒滿杯。同榮朱户際，永日白雲隈。密葉聞風度，高枝見鶴來。賞心難可盡，麗什妙難裁。此地無因到，循環（一作牆）幾百回。（《全唐詩》卷五〇一）

和兵部鄭侍郎省中四松詩　　雍陶

右相歷兵署，四松皆手栽。劚時驚鶴去，移處帶雲來。根倍雙桐植，花分八桂開。生成造化力，長作棟梁材。豈羨蘭依省，猶嫌柏占臺。出樓終百尺，入夢已三台。幽韻和宫漏，餘香度酒杯。拂冠枝上雪，染履影中苔。高位相承地，新詩寡和才。何由比蘿蔓，攀附在條枚。（《全唐詩》卷四八八。按，原誤作陶雍詩，當爲雍陶之倒，今改正。）

哭龐京兆〔一〕

少年有俊氣，嘗擢制科之首。

俊骨英才氣裦然，〔二〕策名飛步冠群賢。〔三〕逢時已自致高位，〔四〕得疾還因倚少年。〔五〕天上別歸京兆府，〔六〕人間空嘆茂陵阡。〔七〕今朝繐帳哭君處，〔八〕前日見鋪歌舞筵。

【校注】

〔一〕詩大和五年八月在長安作。京兆：府名，治京畿地區，此指京兆府長官，即府尹。龐京兆：龐嚴。《舊唐書·文宗紀下》：大和五年八月「丙戌，京兆尹龐嚴卒」。

〔二〕裦然：盛貌。

〔三〕策名：書名於簡策，此指科舉及第。群賢：指同時應舉者。《舊唐書·龐嚴傳》：「嚴元和中登進士第。長慶元年應制舉賢良方正、能直言極諫科，策入三等，冠制科之首。是月，拜左拾遺，聰敏絶人，文章峭麗，翰林學士元稹、李紳頗知之。」龐嚴登元和十年進士第，復登長慶元年制科，均見《登科記考》卷一八。

〔四〕致高位：謂龐嚴昇遷甚速。《舊唐書》本傳載：長慶二年，龐嚴爲翰林學士，轉左補闕，遷駕部郎中、知制誥，歷江州刺史、庫部郎中、太常少卿。大和五年，權知京兆尹。是龐嚴自元和十年進士及第後十餘年即官至從三品。

〔五〕得疾：《舊唐書·龐嚴傳》：「權知京兆尹，以强幹不避權豪稱。然無士君子之檢操，貪勢嗜利，因醉而卒。」

〔六〕天上句：婉言其死，用王矩事，參見卷四《湖南觀察使故相國袁公挽歌》注。

〔七〕茂陵：漢武帝陵。阡：墓道。《元和郡縣圖志》卷二京兆府興平縣：「漢茂陵，在縣東北十七里，武帝陵也。」《漢書·原涉傳》：「武帝時，京兆尹曹氏葬茂陵，民謂其道爲京兆仟。」

〔八〕繐帳：靈堂幔帳。曹操《遺令》：「於臺堂上安六尺牀，施繐帳。」

【集評】

何焯曰：第六亦用京兆尹事，對得變。（卞孝萱《劉禹錫詩何焯批語考訂》）

再傷龐尹〔一〕

京兆歸何處？章臺空暮塵。〔二〕可憐鸞鏡下，〔三〕哭殺畫眉人。〔四〕

【校注】

〔一〕詩大和五年八月爲龐嚴作，參見前詩。

〔二〕章臺：漢長安街道名。《漢書·張敞傳》：「敞爲京兆，……無威儀。時罷朝會，走馬過章臺街，使御史驅，自以便面拊馬。」

〔三〕鸞鏡：飾有鸞鳥圖案的銅鏡。

〔四〕畫眉人：指龐嚴妻妾。《漢書·張敞傳》：「（敞）又爲婦畫眉，長安中傳張京兆眉憮。」《雲溪友議》卷中《弘農忿》：「龐嚴舍人睠眄諸歌姬。」

和蘇十郎中謝病閒居時嚴常侍蕭給事同過訪嘆初有二毛之作〔一〕

清羸隱几望雲空，〔二〕左掖鴛鸞到室中。〔三〕一卷素書銷永日，〔四〕數莖斑鬢對秋風。菱花照後容雖改，〔五〕蓍草占來命已通。〔六〕莫怪人人驚早白，緣君合是黑頭翁。〔七〕

【校注】

〔一〕詩大和五年秋在長安作。蘇十郎中：姚合同作詩稱爲「前司封蘇郎中」，即蘇景胤。岑仲勉《郎官石柱題名新著録》司封郎中有蘇景胤，在王彦威後。《舊唐書·王彦威傳》：「累轉司封員外郎中，……（大和）五年，遷諫議大夫。」故蘇景胤當是於大和五年繼王彦威爲司封郎中者。嚴常侍：嚴休復。蕭給事：蕭澣。《舊唐書·文宗紀下》：大和四年三月，「以（嚴）休復爲右散騎常侍」；七年三月，「以散騎常侍嚴休復爲河南尹，丁巳，以給事中蕭澣爲鄭州刺史」。二毛：鬢髮有黑、白二色。潘岳《秋興賦》：「余春秋三十有二，始見二毛。」蘇景胤原詩佚。

〔二〕清羸：清瘦貌。隱：依憑。《莊子·齊物論》：「南郭子綦隱几而卧。」

〔三〕左掖：門下省。鴛鸞：對朝官的美喻，指嚴、蕭二人。給事中屬門下省。散騎常侍分左右，分屬門下省及中書省。疑嚴休復時官左散騎常侍。蓋常侍正三品下，給事中僅正五品上，不當以官卑之給事包舉常侍而混言之。

〔四〕素書：道書之類。永日：長長的白晝。

〔五〕菱花：指鏡，以菱花爲飾。

〔六〕蓍草：一種用以占卜的草。命已通：謂命運轉好。蘇景胤前曾被貶，參見後詩注。

〔七〕合：劉本、《全唐詩》作「尚」。翁：《叢刊》本作「公」。黑頭翁：曹丕《與吴質書》：「已成老翁，但未白頭耳。」《晉書·諸葛恢傳》：「（王）導嘗謂曰：『明府當爲黑頭公。』」杜甫《晚行口號》：「遠愧梁江總，還家尚黑頭。」蘇景胤自貶所歸來不久，故詩云。

【附録】

奉和前司封蘇郎中喜嚴常侍蕭給事見訪驚斑鬢之什　姚合

繞鬢滄浪有幾莖？珥貂相問夕郎驚。只應爲酒微微變，不是因年漸漸生。東觀詩成號良史，中臺官罷揖高名。即提彩筆裁天詔，誰得吟詩自在行？（《全唐詩》卷五〇一）

和蘇郎中尋豐安里舊居寄主客張郎中〔一〕

漳濱卧起恣閒游，〔二〕宣室徵還未白頭。〔三〕舊隱來尋通德里，〔四〕新篇寫出畔牢愁。〔五〕池看科斗成文字，〔六〕鳥聽提壺憶獻酬。〔七〕同學同年又同舍，〔八〕許君雲路並華輈。〔九〕

【校注】

〔一〕詩大和五年在長安作。蘇郎中：蘇景胤，見前詩。豐安里：長安中坊里名，在朱雀門街西第二街從北第七坊，見《唐兩京城坊考》卷四。主客張郎中：張又新。岑仲勉《郎官石柱題名新著録》主客郎中第七行末一人爲張籍，第八行爲「（上泐）鄭復、張又新」。以他行準之，鄭復前當泐去一至四人。張籍大和元年爲主客郎中，次年爲劉禹錫所代，三年劉禹錫又自主客郎中轉禮部，故張又新大和五年得在主客郎中任。蘇景胤與張又新同爲牛黨，關係密切。《舊唐書·李宗閔傳》載陳夷行語：「寶曆初，李續之、張又新、蘇景胤等，朋比姦險，幾傾朝廷，時號『八關十六子』。」蘇景胤原詩佚。

〔二〕漳濱：漳水之濱。劉楨《贈五官中郎將》：「余嬰沈痼疾，竄身清漳濱。」故後人以卧漳濱代指卧疾。蘇景胤時「謝病閒居」，已見前詩。

〔三〕宣室征還：自貶所召回朝廷。《漢書·賈誼傳》載，賈誼被貶爲長沙王太傅，「文帝思誼，徵之。至，入見，上方受釐，坐宣室」。蘇林曰：「宣室，未央前正室也。」未白頭：見前詩注。蘇景胤被貶事當與黨争有關。《舊唐書·李逢吉傳》：「翼城人鄭注以醫藥得幸於中尉王守澄，逢吉令其從子仲言賂注，求結於守澄。……自是，逢吉有助，事無違者。……朝士代逢吉鳴吠者，張又新、李續之、張權輿、劉栖楚、李虞、程昔範、姜洽、李仲言，時號『八關十六子』。又新等八人居要劇，而胥附者又八人。有求於逢吉者，必先經此八人納賂，無不如意者。」後李逢吉等因事陷裴度、李程等，事敗，「逢吉之醜皆彰，李虞、李仲言等皆流貶」，事在寶曆元年十月。次年，李逢吉出爲山南東道節度使。蘇景胤亦爲「八關十六子」之一，其被貶當亦在寶曆中。《新唐書·楊虞卿傳》：「李宗閔、牛僧孺輔政，引爲右司郎中、弘文館學士，再遷給事中。……當時有蘇景胤、張元夫，而虞卿兄弟汝士、漢公爲人所奔向，故語曰：『欲趨舉場，問蘇、張，蘇、張猶可，三楊殺我。』」按李宗閔、牛僧孺爲相分别在大和三年八月及四年正月，則蘇景胤之徵還當亦在大和四年左右。

〔四〕通德里：用孔融於高密縣鄭玄故里立通德門事，此指舊居，參見卷五《傷愚溪》注。

〔五〕畔牢愁：揚雄所作辭賦名。《漢書·揚雄傳》：「（雄）以爲君子得時則大行，不得時則龍蛇，遇不遇命也，何必湛身哉。乃作書，往往摭《離騷》文而反之，自岷山投諸江流以弔屈原，名曰《反離騷》；又旁《離騷》作重一篇，名曰《廣騷》；又旁《惜誦》以下至《懷沙》一卷，名曰《畔牢愁》。」李奇曰：「畔，離也。牢，聊也。與君相離，愁而無聊也。」

〔六〕科斗：蛙的幼體。《爾雅·釋蟲》：「科斗活東。」郭璞注：「蝦蟆子，一名科斗，……頭圓大而尾細，古文似之，孔安國云『皆科斗文字』是也。」《水經注·泗水》：「漢武帝時，魯恭王壞孔子舊宅，得《尚書》、《春秋》、《論語》、《孝經》。時人已不復知有古文，謂之科斗書，漢世秘之。」

〔七〕提壺：鳥名，語意雙關。劉伶《酒德頌》：「挈榼提壺。」白居易有《早春聞提壺鳥因題鄰家》詩。李頻《送陸肱歸吴興》：「勸酒提壺鳥，乘舟震澤人。」獻酬：互相敬酒。《詩·小雅·楚茨》：「爲賓爲客，獻酬交錯。」陶潛《游斜川》：「提壺接賓侶，引滿更獻酬。」

〔八〕同年：同年進士。據《登科記考》卷一八，張又新元和九年進士，蘇景胤當亦該年進士。同舍：同時爲郎官。參見卷二《竇朗州見示（略）》注。

〔九〕雲路：飛黄騰達的青雲之路。華軿：華美的車子。軿，車轅，代指車。

和西川李尚書漢州微月游房太尉西湖〔一〕

木落漢川夜，〔二〕西湖懸玉鈎。〔三〕旌旗環水次，舟楫泛中流。目極想前事，神交如共游。〔四〕瑶琴久已絶，〔五〕松韻自悲秋。

【校注】

〔一〕詩大和五年在長安作。西川：即劍南西川，唐方鎮名，治所在成都。李尚書：李德裕。《舊唐書·文宗紀下》：大和四年十月，「以德裕檢校兵部尚書，兼成都尹，充劍南西川節度使」。漢州：西川節度使轄州，州治在今四川廣漢。房太尉：房琯，曾相玄宗、肅宗。《舊唐書》本傳：「（上元元年）八月，改漢州刺史。……寶應二年四月，拜特進、刑部尚書。在路遇疾，廣德元年八月四日，卒於閬州僧舍，時年六十七，贈太尉。」西湖：房琯爲漢州刺史時所開，又名房湖。《方輿勝覽》卷五四：「房湖亭榭：按《壁記》，房相上元初牧此邦，其時始鑿湖，有詩存焉。同時高達夫、杜子美皆嘗賦詠，李贊皇、劉賓客相繼有作。……房琯《游西湖詩》：『高流纏峻隅，城下緬丘墟。決渠信浩蕩，潭島成江湖。結宇依迴渚，水中還可居。三伏氣不蒸，四達暑自徂。』」

〔二〕木落：葉落。漢川：指漢州。

〔三〕玉鈎：狀初月。鮑照《玩月城西門廨中》：「始見西南樓，纖纖如玉鈎。」

〔四〕神交：精神相感通。

〔五〕瑶琴：以玉爲飾的琴，言其名貴。房琯嗜琴。《舊唐書》本傳：「兩京陷賊，……此時琯爲宰相，略無匪懈之意，但……高談虚論，説釋氏因果、老子虚無而已。此外，則聽董庭蘭彈琴，大招集琴客筵宴。」

【附録】

漢州月夕游房太尉西湖　李德裕

丞相鳴琴地，何年閉玉徽？（原注：房公以好琴聞於四海。）偶因明月夕，重敞故樓扉。桃柳谿空在，芙蓉客暫依。（原注：《南史》，安陸侯與王仲寶長史庾杲之書稱「泛渌水，依芙蓉，何其麗也」。）誰憐濟川楫，長與夜舟歸。（《全唐詩》卷四七五）

和李德裕游漢州房公湖　鄭澣

太尉留琴地，時移重可尋。徽絃一掩抑，風月助登臨。榮駐青油騎，高張白雪音。只言酬唱美，良史記王箴。（《全唐詩》卷三六八）

和重題〔一〕

林端落照盡，湖上遠風清。〔二〕水榭芝蘭室，〔三〕仙舟魚鳥情。〔四〕人琴久寂寞，〔五〕煙月若平生。〔六〕一泛釣璜處，〔七〕再吟鏘玉聲。〔八〕

【校注】

〔一〕詩大和五年秋在長安作。重題：即李德裕重題房公湖詩。參見前詩。

〔二〕風：劉本作「嵐」。

〔三〕芝蘭室：喻善人之室，見卷一《韓十八侍御見示岳陽樓别竇司直詩（略）》注。

〔四〕仙舟：用李郭仙舟事，見卷五《和東川王相公（略）》注。魚鳥情：思歸之情。潘岳《秋興賦》謂己爲官騎省，有池魚籠鳥之思。陶淵明《歸園田居》：「羈鳥戀舊林，池魚思故淵。」

〔五〕久寂寞：謂久亡。《世説新語·傷逝》：「王子猷、子敬俱病篤，而子敬先亡。子猷……便索輿來奔喪，都不哭。子敬素好琴，便徑入坐靈牀上，取子敬琴彈。絃既不調，擲地云：『子敬，子敬，人琴俱亡！』因慟絶良久，月餘亦卒。」

〔六〕若平生：如同房琯生時。

〔七〕釣璜：用太公望垂釣遇周文王事，見卷六《浙西李大夫示述夢四十韻（略）》注。

〔八〕鏘玉聲：玉珮撞擊的鏗鏘聲，美稱李德裕詩作。《禮記·玉藻》：「進則揖之，退則揚之，然後玉鏘鳴也。」

【附録】

重題　李德裕

晚日臨寒渚，微風發棹謳。鳳池波自闊，魚水運難留。亭古思宏棟，川長憶夜舟。想公高世志，只似冶城游。（《全唐詩》卷四七五）

和李德裕游漢州房公湖　鄭澣

静對煙波夕，猶思棟宇清。卧龍空有處，馴鳥獨忘情。顧步襟期遠，參差物象横。自宜雕樂石，爽氣際青城。（《全唐詩》卷三六八）

和游房公舊竹亭聞琴絶句〔一〕

尚有竹間路，永無綦下塵。〔二〕一聞流水曲，〔三〕重憶餐霞人。〔四〕

【校注】

〔一〕詩大和五年在長安作。房公：房琯，其竹亭當亦在漢州西湖。詩所和亦李德裕絶句。

〔二〕綦：鞋帶，代指鞋。行則塵起，故以「綦下塵」代指行跡。

〔三〕流水：琴曲名。《列子·湯問》：「伯牙善鼓琴，鍾子期善聽。伯牙鼓琴，志在登高山，鍾子期曰：『善哉，峨峨兮若泰山。』志在流水。鍾子期曰：『善哉，洋洋兮若江河。』」

〔四〕餐霞人：仙人，此指志趣高潔的房琯。《文選》顔延之《五君詠》：「中散不偶世，本自餐霞人。」李善注：「餐霞，謂仙也。」

【附録】

房公舊竹亭聞琴緬慕風流神期如在因重題此作　李德裕

流水音長在，青霞意不傳。獨悲形解後，誰聽廣陵絃？（《全唐詩》卷四七五）

和李德裕房公舊竹亭聞琴　鄭澣

石室寒飆驚，孫枝雅器裁。坐來山水操，絃斷弔遺埃。（《全唐詩》卷三六八）

送工部蕭郎中刑部李郎中並以本官兼中丞分命充京西京北覆糧使〔一〕

霜簡映金章，〔二〕相輝同舍郎。〔三〕天威巡虎落，〔四〕星使出鴛行。〔五〕尊俎成全策，〔六〕京坻閱見糧。〔七〕歸來虜塵滅，〔八〕畫地奏明光。〔九〕

【校注】

〔一〕詩大和五年冬在長安作。工部蕭郎中：名未詳。刑部李郎中：李石。《舊唐書》本傳：「入爲工部郎中，判鹽鐵案。（大和）五年，改刑部郎中。」中丞：御史中丞，御史臺副長官。覆糧使：

視察檢核軍糧的使者，不常置。此詩見於劉禹錫集未曾散佚的正集卷二十八中，明鈔本《岑嘉州詩集》收作岑參詩，誤。

〔二〕霜簡：即白簡，御史臺彈劾的章奏，參見卷一《和武中丞秋日寄懷簡諸僚故》注。金章：金印。

〔三〕同舍郎：指蕭、李二人同在尚書省爲郎官，參見卷二《竇朗州見示（略）》注。

〔四〕天威：天子的威嚴，謂使者奉行皇帝命令。《三國志·蜀書·諸葛亮傳》注引《漢晉春秋》：孟獲贊諸葛亮曰：「公，天威也。南人不復反矣。」虎落：籬落，此指邊境。《漢書·晁錯傳》：「爲中周虎落。」鄭氏曰：「虎落者，外蕃也。」師古曰：「以竹篾相連遮落之也。」

〔五〕星使：使者，參見卷五《酬馮十七舍人宿贈別五韻》注。鴛行：朝官班行。

〔六〕尊俎：指宴席。尊，酒器。俎，盛食品器。《晏子春秋》卷五：「仲尼曰：『夫不出尊俎之間，而知千里之外，其晏子之謂也。』」全策：周密的謀劃。

〔七〕京坻：形容糧食堆積之多。《詩·小雅·甫田》：「曾孫之庾，如京如坻。」傳：「京，高丘也。」箋：「庾，露積穀也。坻，水中之高地也。」見：通現。

〔八〕虜塵：當指吐蕃的入侵。

〔九〕畫地：《漢書·張湯傳》：「（張）安世長子千秋與霍光子禹俱爲中郎將，將兵隨度遼將軍范明友擊烏桓，還，謁大將軍光。問千秋戰鬥方略、山川形勢，千秋口對兵事，畫地成圖，無所忘失。光復問禹，禹不能記，曰：『皆有文書。』光由是賢千秋，以禹爲不材。」明光：漢長安宮名。據

《雍録》卷三：「漢有明光宮三：一在北宮，南與長樂宮相連；一在甘泉宮中；一爲明光殿，疑在洛陽。」此代指長安宮殿。

謝淮南廖參謀秋夕見過之作〔一〕休公昔爲揚州從事參謀，從釋子，反初服。

揚州從事夜相尋，〔二〕無限新詩月下吟。初服已驚玄髮長，〔三〕高情猶向碧雲深。〔四〕語餘時舉一杯酒，坐久方聞數處砧。〔五〕不逐繁華訪閒散，知君擺落俗人心。〔六〕

【校注】

〔一〕此詩大和二年至五年間在長安作，附於此。謝：劉本、《叢刊》本、《全唐詩》作「酬」。淮南：淮南節度使府，治所在揚州。參謀：節度參謀，節度使屬官。廖參謀：名未詳。《北夢瑣言》卷六：「道士文如海注《莊子》，文詞浩博，懇求一尉，與夫湯惠休、廖廣宣旨趣共卑也，惜哉！」蓋以爲廣宣俗姓廖，即詩中之廖參謀。《全唐詩》卷八二二廣宣小傳謂「宣姓廖氏」。但有關廣宣史料未聞其爲淮南參謀及還俗事，劉禹錫此詩及《送廖參謀東游》詩又未及廖曾爲供奉僧事，故廖參謀與廣宣非同一人。

〔二〕揚州從事：用南朝詩僧湯惠休事，指廖參謀。《宋書・徐湛之傳》：「沙門釋惠休，善屬文，……世祖命使還俗。本姓湯，位至揚州從事史。」

〔三〕初服：《楚辭・離騷》：「退將復修吾初服。」王逸注：「初服，初始清潔之服也。」此指皈依前世俗的服裝。玄髮：黑髮。蓋廖參謀曾爲僧，後又還俗，脱僧袍，蓄髮，故詩云。

〔四〕碧雲：用湯惠休事，見卷一《廣宣上人寄在蜀與韋令公唱和詩卷（略）》注。

〔五〕砧：搗衣石，此指搗衣聲。

〔六〕擺落：擺脱，拋棄。

【集評】

方回曰：第四句妙甚。謂已還俗，猶不能忘情於僧也。（《瀛奎律髓》卷四七）

何焯曰：五、六句法閑淡。末聯「見過」作結。（《瀛奎律髓彙評》卷四七）

紀昀曰：此蓋言其不忘吟詩耳。以爲不忘僧，謬甚。起二句並五、六句皆率易。（同前）

題王郎中宣義里新居〔一〕

愛君新買街西宅，客到如游鄠杜間。〔二〕雨後退朝貪種樹，申時出省趁看山。〔三〕門前巷陌三條近，〔四〕牆内池亭萬境閑。見擬移居作鄰里，不論時節請開關。〔五〕

【校注】

〔一〕詩大和二年至五年在長安作。王郎中：名未詳。宣義里：在唐長安朱雀門街西第二街，從北第六坊。

〔二〕鄠杜：長安附近二水名，代指近郊風景優美之處。班固《西都賦》：「鄠杜濱其足。」
〔三〕申時：下午三至五時。省：尚書省官署。趁：趕着去。
〔四〕三條：京城中大道。班固《西都賦》：「披三條之廣路。」唐代長安皇城南有安上、朱雀、含光三門，各對一條大街。宣義里即在含光門大街之西。
〔五〕關：門栓。開關，開門。

劉駙馬水亭避暑〔一〕

千竿竹翠數蓮紅，水閣虚涼玉簟空。琥珀琖烘疑漏酒，〔二〕水精簾瑩更通風。〔三〕賜冰滿碗沈朱實，〔四〕法饌盈盤覆碧籠。〔五〕盡日逍遥避煩暑，再三珍重主人翁。〔六〕

【校注】

〔一〕詩大和二年至五年在長安作。劉駙馬：據《唐會要》卷六，順宗十一女中雲陽公主降劉士涇，憲宗十九女中永順公主降劉宏景，安平公主降劉異。此未詳何人。
〔二〕琥珀：透明或半透明的樹脂化石。唐時有琥珀酒。張説《城南亭作》：「北堂珍重琥珀酒。」李賀《將進酒》：「琉璃鍾，琥珀濃，小槽酒滴真珠紅。」琖：同盞。烘：劉本作「紅」。
〔三〕水精：即水晶，透明結晶體礦物質。沈佺期《古歌》：「水精簾外金波下，雲母窗前銀漢回。」《世説新語·言語》：「滿奮畏風，在晉武帝坐，北窗作琉璃屏，實密似疏，奮有難色。」

〔四〕賜冰：唐代夏季宫中賜冰與戚屬近臣。朱實：紅色果實。謝朓《在郡卧病呈沈尚書》：「夏李沈朱實。」《南方草木狀》卷下：荔枝樹「冬夏榮茂，青華朱實」。

〔五〕法饌：宫中依法製作的食品。碧籠：碧紗罩。

〔六〕主人翁：指劉駙馬。《漢書·東方朔傳》載：武帝姑館陶公主寡居，近幸董偃，「以主故，諸公接之，名稱城中，號曰董君」。後武帝以錢千萬從主飲，曰：「願謁主人翁。」當是時，董君見尊不名，稱爲「主人翁」。

贈同年陳長史員外〔一〕

明州長史外臺郎，〔二〕憶昔同年翰墨場。〔三〕一自分襟多歲月，〔四〕相逢滿眼是淒涼。推賢有愧韓安國，〔五〕論舊惟存盛孝章。〔六〕所嘆謬游東閤下，〔七〕看君無計出恓惶。

【校注】

〔一〕詩云「謬游東閤下」，當大和二年至五年在長安作。同年：同榜進士。陳長史：陳祐。貞元九年劉禹錫同榜進士，見《登科記考》卷一三。《寶刻叢編》卷五：「《南樓詩》，陳右撰，八分書，長慶二年十二月，明州。」劉本題下注「石」字，當即「右」或「祐」之誤。《新唐書·百官志四上》：上州，長史一人，從五品上。

〔二〕明州：州治在今浙江寧波南。據前引《寶刻叢編》，陳祐爲明州長史在長慶中。外臺：指節度、觀察使幕。陳祐當曾參幕府，檢校員外郎，故云「外臺郎」。

〔三〕同年：同年科舉考試及第者。翰墨場：科舉考場。

〔四〕分襟：猶分袂，分别。

〔五〕韓安國：西漢人。《漢書》本傳：「安國爲人多大略，知足以當世取捨，而出於忠厚，貪耆財利，然所推舉皆廉士賢於己者。於梁舉壺遂、臧固，至它，皆天下名士，士亦以此稱慕之。」同書《公孫弘傳》贊：「漢之得人，於兹爲盛。……推賢則韓安國、鄭當時……」

〔六〕盛孝章：東漢末人。孔融《論盛孝章書》：「歲月不居，時節如流，五十之年，忽焉已至。……海内知識，零落殆盡，惟會稽盛孝章尚存。」貞元九年劉禹錫同年進士三十二人，至長慶中已「落落如晨星」（參見卷五《送張盥赴舉》），至大和中，武儒衡、衛中行亦死，存者恐僅劉、陳二人。

〔七〕東閣：宰相招延賓客之處，參見卷六《和浙西李大夫伊川卜居》注。劉禹錫與時相裴度友善，然大和中裴度遭李宗閔等排擠，無能爲力，故有末二句。

贈樂天〔一〕

一别舊游盡，〔二〕相逢俱涕零。在人雖晚達，於樹似冬青。〔三〕痛飲連宵醉，狂吟滿坐聽。

終期抛印綬，共占少微星。〔四〕

【校注】

〔一〕詩大和五年冬自長安赴蘇州刺史任途經洛陽作。《舊唐書·劉禹錫傳》：「累轉禮部郎中、集賢院學士。（裴）度罷知政事。禹錫求分司東都，終以恃才褊心，不得久處朝列，六月，授蘇州刺史，就賜金紫。」白居易《與劉蘇州書》：「去年冬，夢得由禮部郎中、集賢學士遷蘇州刺史，冰雪塞路，自秦徂吴。僕方守三川，得爲東道主。閣下爲僕税駕十五日，朝觴夕詠，頗極平生之歡，各賦數篇，視草而别。」據劉禹錫《蘇州謝上表》，禹錫於大和六年二月六日到蘇州任，故《舊傳》中之「六月」當指禹錫至任之時，爲「六年」之誤。此及後四詩均五年冬赴蘇州途經洛陽時與白居易唱和之作。

〔二〕舊游盡：劉、白舊友，除白居易詩中提到的常州（毗陵）刺史韓泰、武昌軍（夏口）節度使元稹於大和五年亡故外，尚有李絳、張籍、李益、錢徽、韋處厚、龐嚴等人，於大和三年劉、白二人分别後相繼去世。

〔三〕冬青：植物名。《廣群芳譜》卷七九：「冬青，一名凍青，一名萬年枝，女貞别種也。葉光潤，經冬不凋。」

〔四〕共占少微星：一同歸隱。《晉書·天文志》：「少微四星，在太微西，士大夫之位也，一名處士。」同書《謝敷傳》：「謝敷，會稽人也。性澄靖寡欲，入太平山十餘年。鎮軍郗愔召爲主簿，臺徵博士，皆不就。初，月犯少微，少微一名處士星，占者以隱士當之。譙國戴逵有美才，人或憂之。俄而斃死。故會稽人士以嘲吴人云：『吴中高士，便是求死不得死。』」

【集評】

劉克莊曰：夢得歷德、順、憲、穆、敬、文、武七朝，其詩尤多感慨，惟「在人雖晚達，於樹比冬青」之句差閑婉。《答樂天》云：「莫道桑榆晚，爲霞尚滿天。」亦足見其精華，老而不竭。（《後村大全集》卷一七）

瞿佑曰：劉夢得……暮年與裴、白優游緑野堂，有「在人稱晚達，於樹比冬青」之句，又云「莫道桑榆晚，爲霞尚滿天」，其英邁之氣，老而不衰如此。（《歸田詩話》卷上）

【附録】

初見劉二十八郎中有感　　白居易

欲話毗陵君反袂，欲言夏口我沾衣。誰知臨老相逢日，悲嘆聲多語笑稀。（《白居易集》外集卷上）

赴蘇州酬别樂天〔一〕

吴郡魚書下紫宸，〔二〕長安厩吏送朱輪。〔三〕二南風化承遺愛，〔四〕八詠聲名躡後塵。〔五〕梁氏夫妻爲寄客，〔六〕陸家兄弟是州民。〔七〕江城春日追游處，共憶東都舊主人。〔八〕

【校注】

〔一〕詩大和五年冬赴蘇州道經洛陽作。

〔二〕吴郡：即蘇州。魚書：刺史的信物魚符和敕書，參見卷二《早春對雪奉寄澧州元郎中》注。紫宸：唐長安大明宫中殿名。《雍録》卷三：唐大明宫中三殿「南北相重，先含元，次宣政，又次紫宸，皆在龍首山上」。

〔三〕廄：馬舍。朱輪：漢制，太守二千石以上得乘朱輪。《漢書·朱買臣傳》，朱買臣嘗從會稽守邸者寄居飯食，後拜爲會稽太守，「長安廄吏乘駟馬車來迎」。

〔四〕二南風化：參見前《酬令狐留守巡内至集賢院見寄》注。遺愛：指白居易前爲蘇州刺史時的德政，爲百姓所感懷。

〔五〕八詠：沈約爲東陽太守，有「登臺望秋月」、「會圃臨東風」、「歲暮愍衰草」、「霜來悲落桐」、「夕行聞夜鶴」、「晨征聽曉鴻」、「解佩去朝市」、「被褐守山東」八詩，總題爲《八詠詩》。《南史·沈約傳》：「謝玄暉善爲詩，任彦昇工於筆，約兼而有之，然不能過也。」沈約曾爲東陽太守，此借指曾爲蘇州刺史的白居易。躡後塵：追隨其後。

〔六〕梁氏夫妻：《後漢書·梁鴻傳》：梁鴻字伯鸞，扶風平陵人，家貧而尚節介，博覽無不通。娶同縣孟氏女爲妻，共入霸陵山中，以耕織爲業。後「至吴，依大家臯伯通，居廡下，爲人賃舂」。臯伯通家在蘇州臯橋側，見卷二《泰娘歌》注。

〔七〕陸家兄弟：陸機、陸雲兄弟。《晉書·陸機傳》：陸機，字士衡，吴郡人，「少有異才，文章冠世」。同書《陸雲傳》：「雲字士龍，六歲能屬文，性清正，有才理，少與兄機齊名，雖文章不及機，而持論過之，號曰『二陸』。」

〔八〕東都：唐以洛陽爲東都。舊主人：指白居易。白曾爲蘇州刺史，時爲河南尹，故稱。

【集評】

方回曰：樂天嘗守蘇，今夢得亦往守此，故有「承遺愛」、「躡後塵」之語。梁鴻、孟光嘗客於吴，機、雲二陸昔爲吴人，今到蘇之後，凡寄寓之客及在郡之士人與太守相追游，當共憶樂天爲舊太守，即舊主人也。善用事，筆端有口，未易可及。（《瀛奎律髓》卷四）

陸貽典曰：詩有遠近起伏，意致便靈。（《瀛奎律髓彙評》卷四）

查慎行曰：香山妙處在辭達無俗氣。（同前）

何焯曰：次聯勝三聯。四聯若無「共憶」二字，便成死句。（同前）

紀昀曰：第三句「二南風化」四字無着，亦不切蘇州，而不覺借用，以原是太守事耳。（同前）

沈德潛曰：頸聯可云佳話。（《唐詩別裁》卷一四）

【附録】

送劉郎中赴任蘇州　　白居易

仁風膏雨去隨輪，勝境歡游到逐身。水驛路穿兒店月，花船棹入女湖春。（原注：語兒店、女墳湖，皆勝地也。）宣城獨詠窗中岫，柳惲單題汀上蘋。何似姑蘇詩太守，吟詩相繼有三人。（原注：領吴郡日，劉嘗贈予詩云：「蘇州刺史例能詩，西掖今來替左司。」故有三人之戲耳。）（《白居易集》外集卷上）

福先寺雪中酬别樂天〔一〕

龍門賓客會龍宮，〔二〕東去旌旗駐上東。〔三〕二八笙歌雲幕下，〔四〕三千世界雪花中。〔五〕離堂未暗排紅燭，〔六〕别曲含淒颺晚風。才子從今一分散，〔七〕便將詩詠向吴儂。〔八〕

【校注】

〔一〕詩大和五年冬赴蘇州經洛陽作。福先寺：在洛陽。《唐會要》卷四八：「福先寺，游藝坊，武太后母楊氏宅，上元二年立爲太原寺……天授二年改爲福先寺。」《唐兩京城坊考》卷五：東都長夏門東第三街從南第七坊延福坊有福先寺。

〔二〕龍門：用李膺事，借指河南尹白居易，參見前《遥和白賓客分司初到洛中戲呈馮尹》注。龍宮：指佛寺，參見卷五《送鴻舉師游江西》注。

〔三〕上東：唐洛陽外郭城東面三門的北門，見《唐兩京城坊考》卷五。

〔四〕二八笙歌：兩列歌舞樂隊。《左傳·襄公十八年》：鄭人賂晉人「女樂二八」。注：「十六人。」雲幕：此指密布如帳幕的彤雲。

〔五〕三千世界：佛教語。《法苑珠林》卷四：「四洲地心即是須彌山，山外别有八山圍。如須彌山下，大海深八萬四千由旬……其外咸海，廣於無際，海外有山，即是大鐵圍山。……以此爲量，數至滿千，鐵圍遶訖，名一小千。復至一千，鐵圍遶訖，名爲中千世界。即數中千，復滿一千，鐵圍遶訖，名爲大千世界。……皆是一化佛所統之處，名爲三千大千世界。」

〔六〕離堂：分别之處。謝朓《離夜同江丞王常侍作》：「離堂華燭盡，别幌清琴哀。」

〔七〕才子：賈誼洛陽之才子，參見卷二《寄楊八拾遺》，此借指己與白居易。

〔八〕吴儂：吴地方言自稱爲儂，稱他人爲渠儂，故以代指蘇州。

【附録】

福先寺雪中餞劉蘇州　　白居易

送君何處展離筵？大梵王宫大雪天。庾嶺梅花落歌管，謝家柳絮撲金田。亂從紈袖交加舞，醉入籃輿取次眠。郤笑召鄒兼訪戴，只持空酒駕空船。（《白居易集》外集卷上）

醉答樂天〔一〕

洛城洛城何日歸？故人故人今轉稀。莫嗟雪裏暫時别，終擬雲間相逐飛。〔二〕

【校注】

〔一〕詩大和五年冬赴蘇州途經洛陽作。

〔二〕終擬句：謂終將如飛鳥之相逐於雲間，即棄官同隱洛中，與「相期抛印綬，共占少微星」意同。

【附録】

醉中重留夢得　白居易

劉郎劉郎莫先起，蘇臺蘇臺隔雲水。酒盞來從一百分，馬頭去便三千里。（《白居易集》卷二七）

將赴蘇州途出洛陽留守李相公累申宴餞寵行話舊形於篇章謹抒下情以申仰謝〔一〕

歲杪風物動，〔二〕雪餘宮苑晴。兔園賓客至，〔三〕金谷管絃聲。〔四〕洛水故人別，吴宫新燕迎。〔五〕越鄉憂不淺，〔六〕懷袖有瓊英。〔七〕

【校注】

〔一〕詩大和五年冬赴蘇州途經洛陽作。李相公：李逢吉，曾相憲、穆、敬三朝。《舊唐書·文宗紀下》：「（大和五年八月）以逢吉檢校司徒，兼太子太師，充東都留守。」據同書《李逢吉傳》，逢吉貞元末「入朝爲左拾遺、左補闕，改侍御史」，與劉禹錫同在長安，故有舊。李逢吉所贈篇章已佚。

〔二〕歲杪：歲末。

〔三〕兔園：西漢梁孝王園，故址在今河南商丘東。《西京雜記》卷二：「梁孝王好營宫室苑囿之樂，作曜華之宮，築兔園。」謝惠連《雪賦》：「梁王不悦，游於兔園。乃置旨酒，命賓友，召鄒生，延枚叟。相如末至，居客之右。」

〔四〕金谷：晉石崇有別墅在洛陽金谷，參見前《嘆水別白二十二》注。

〔五〕新燕：禹錫至蘇州時已是春天，故云。兼用吴宫燕事，參見卷二《武陵觀火詩》注。

〔六〕鄉：劉本、《叢刊》本、《全唐詩》作「郎」。

〔七〕瓊英：玉石，指李逢吉所贈詩。

和樂天耳順吟兼寄敦詩〔一〕

吟君新什慰蹉跎，〔二〕屈指同登耳順科。〔三〕鄧禹功成三紀事，〔四〕孔融書就八年多。〔五〕已經將相誰能爾？〔六〕抛卻丞郎争奈何？〔七〕獨恨長洲數千里，〔八〕且隨魚鳥泛煙波。

【校注】

〔一〕詩大和五年末赴蘇州途經洛陽作。耳順：《論語·爲政》：「子曰：『吾……六十而耳順。』」何晏集解：「鄭曰：『耳聞其言，而知其微旨。』」敦詩：崔群字，時群在長安官吏部尚書。

〔二〕蹉跎：失意。劉禹錫出守蘇州也是受人排擠，故其《蘇州謝上表》云：「在集賢院四换星霜，供進新書二千餘卷。儒臣之分，甘老於典墳；優詔忽臨，又委之符竹。……石室之書，空留筆札；金閨之籍，已去姓名。本末可明，申雪無路。」

〔三〕屈指：彎屈手指，計數。同登耳順科：劉、白、崔同年生，大和五年均六十歲。白居易《花前有感兼呈崔相公劉郎中》：「何事同生壬子歲，老於崔相及劉郎。」壬子，唐代宗大曆七年（七七二）。

〔四〕鄧禹：漢光武帝時中興名將。三紀：三十六年。據《後漢書·鄧禹傳》，建武元年，光武帝即帝位，拜禹爲大司徒，時禹年僅二十四。禹錫等年已六十，比鄧禹拜司徒時大三十六歲。事，何焯疑當作「後」。

〔五〕孔融：東漢末文人。書：謂其《論盛孝章書》。中云：「歲月不居，時節如流。五十之年，忽焉已至。公爲始滿，融又過二。」則作書時年五十二。

〔六〕已經句：指崔群，曾相憲宗，歷宣歙觀察使，武寧、荆南等節度使。

〔七〕丞郎：尚書省左右丞及各部侍郎的合稱。争：怎。白居易大和三年棄刑部侍郎歸洛陽，參見卷七《和令狐相公尋白閣老（略）》注。

〔八〕長洲：春秋時吴苑名，唐爲長洲縣。《太平寰宇記》卷九一「蘇州長洲縣」：「長洲苑，在縣西南七十里。」《吴郡志》卷八引《吴地記》：「長洲，在姑蘇南太湖北岸，闔閭所游獵處也。」據《元和郡縣圖志》卷二五，蘇州西北去洛陽二千一百七十里，故云「數千里」。

【附録】

耳順吟寄敦詩夢得　白居易

三十四十五欲牽，七十八十百病纏。五十六十卻不惡，恬淡清淨心安然。已過愛貪聲利後，猶在病羸昏耄前。未無筋力尋山水，尚有心情聽管絃。閑開新酒嘗數盞，醉憶舊詩吟一篇。敦詩夢得且相勸，不用嫌他耳順年。（《白居易集》卷二一）

途次大梁雪中奉天平令狐相公書問兼示新什因思曩歲從此拜辭形於短篇以申仰謝〔一〕

遠守宦情薄，〔二〕故人書信來。共曾花下别，〔三〕今獨雪中回。紙尾得新什，〔四〕眉頭還暫開。此時同雁鶩，〔五〕池上一裴回。〔六〕

【校注】

〔一〕詩大和五年末赴蘇州途經汴州作。大梁：戰國魏都，唐爲汴州，今河南開封。《元和郡縣圖志》卷七「汴州浚儀縣」：「故大梁也，魏惠王自安邑徙此。」天平：鄆、曹、濮節度使軍號。令狐相公：令狐楚，大和三年十二月爲天平軍節度使，見前《和鄆州令狐相公春晚對花》注。曩歲：往年，指大和元年，時劉禹錫罷和州歸洛陽，經汴州，與令狐楚會面，見卷七《酬令狐相公贈别》注。令狐楚書及原詩已佚。

〔二〕宦情：仕宦之情。

〔三〕花下别：指大和三年三月與令狐楚在長安的分别，見前《和令狐相公别牡丹》。

〔四〕紙尾：信箋末。新什：新詩。

〔五〕鶩：野鴨。劉孝標《廣絶交論》：「分雁鶩之稻粱，沾玉斝之餘瀝。」

〔六〕裴回：同徘徊。應瑒《侍五官中郎將建章臺集詩》：「朝雁鳴雲中，音響一何哀。問子游何鄉，戢翼正徘徊。」劉楨《雜詩》：「方塘含白水，中有鳧與雁。安得肅肅羽，從爾浮波瀾。」此用其意。

題招隱寺〔一〕

隱士遺塵在，〔二〕高僧精舍開。〔三〕地形臨渚斷，江勢觸山回。楚野花多思，〔四〕南禽聲例哀。〔五〕殷勤最高頂，閑即望鄉來。〔六〕

【校注】

〔一〕詩大和六年二月赴蘇州途經潤州作。招隱寺：在潤州丹徒（今屬江蘇）招隱山上，爲南朝劉宋隱士戴顒故宅。《元和郡縣圖志》卷二五「潤州丹徒縣」：「獸窟山，一名招隱山，在縣西南九里，即隱士戴顒之所居也。」駱賓王《陪潤州薛司功丹徒桂明府游招隱寺》：「共尋招隱寺，初識戴顒家。」時劉禹錫自長安赴蘇州刺史任，途經潤州，已是春日，故詩有「楚野花多思」之語。

〔二〕隱士：指戴顒。《宋書・戴顒傳》：「戴顒字仲若，譙郡銍人也。父逵，兄勃，並隱遁有高名。顒年十六，遭父憂，幾於毁滅，因此長抱羸患。以父不仕，復修其業。……衡陽王義季鎮京口，長史張邵與顒姻通，迎來止黄鵠山。山北有竹林精舍，林澗甚美，顒憩於此澗。義季亟從之游，顒服其野服，不改常度。」遺塵：遺跡。

〔三〕精舍：道士、僧徒修煉居住之所，此指佛寺。《晉書・孝武帝紀》：「帝初奉佛法，立精舍於殿內，引諸沙門以居之。」

〔四〕楚野：潤州古爲楚地。《史記・貨殖列傳》：「彭城以東，東海、吴、廣陵，此東楚也。」

〔五〕南禽：南方的鳥類，如杜鵑、鷓鴣之類，古人認爲它們的鳴聲哀楚。

〔六〕即：劉本、《叢刊》本作「卻」。

【集評】

方回曰：劉夢得詩老辣，不可以妝點並觀。（《瀛奎律髓》卷四七）

馮舒曰：「例」字新。（《瀛奎律髓彙評》卷四七）

紀昀曰：後半首好在自説自話，不規規於「寺」字，而七句又不脱「寺」，運意絶佳。五、六沈著，只「例」字墨痕太重。（同前）

許印芳曰：「例」字小疵，而能摘出，足見心細。又按：三、四是常語。宋子京《再游海雲寺》詩云：「天形欹野盡，江勢讓山回。」襲用其語，而「欹」字、「讓」字煉得好，有青出於藍之妙。可見作詩貴加鎚煉功，決不可草草混過。（同前）

劉禹錫全集編年校注卷九　詩　大和下

到郡未浹日登西樓見樂天題詩因即事以寄〔一〕樂天自此郡謝病西歸。

湖上收宿雨，〔二〕城中無晝塵。樓依新柳貴，池帶亂苔春。雲水正一望，簿書來遶身。〔三〕煙波洞庭路，〔四〕愧彼扁舟人。〔五〕

【校注】

〔一〕詩大和六年二月初至蘇州作。浹日：十日。《國語·楚語下》：「近不過浹日。」韋昭注：「浹日，十日也。」西樓：在蘇州。《吴郡志》卷六：「西樓在郡治子城西門之上，唐舊名西樓，後更爲觀風樓，今復舊。」白居易在蘇州作《城上夜宴》：「笙歌一曲郡西樓。」又有《西樓喜雪命宴》等詩。

〔二〕湖：指太湖。《元和郡縣圖志》卷二五「蘇州吴縣」：「太湖，在縣西南五十里，《禹貢》謂之震澤，《周禮》謂之具區。」宿雨：隔夜之雨。

〔三〕簿書：官府簿籍文書。

〔四〕洞庭：指太湖，中有洞庭山。《文選》左思《吴都賦》：「集洞庭而淹留。」劉逵注引王逸曰：「太湖在秣陵東，湖中有包山，山中有如石室，俗謂洞庭。」

〔五〕扁舟人：指范蠡。《史記·貨殖列傳》：「范蠡既雪會稽之恥……乃乘扁舟，浮於江湖。」

令狐相公自天平移鎮太原以詩申賀〔一〕 相公昔爲并州從事。

北都留守將天兵，〔二〕出入香街宿禁扃。〔三〕鼙鼓夜聞驚朔雁，〔四〕旌旗曉動拂參星。〔五〕孔璋舊檄家家有，〔六〕叔度新歌處處聽。〔七〕夷落遥知真漢相，〔八〕争來屈膝看儀形。〔九〕

【校注】

〔一〕詩大和六年二月在蘇州作。令狐相公：令狐楚。天平：天平軍，鄆、曹、濮節度使軍號，治鄆州。太原：府名，本爲并州，開元十一年爲府，時爲河東節度使治所。《舊唐書·文宗紀下》：「（大和六年二月）甲子朔，以前義昌軍節度使殷侑檢校吏部尚書，充天平軍節度、鄆曹濮等州觀察使，代令狐楚；以楚檢校右僕射，兼太原尹、北都留守、河東節度使。」

〔二〕北都：即太原府。因唐高祖於太原起兵以取天下，故置爲北都。開元十一年，以太原府尹爲留守，少尹爲副留守。天兵：太原軍名。《新唐書·地理志三》「太原府」：「城中有天兵軍，開元十一年廢。」

〔三〕香街：京師街道。岑參《衛節度赤驃馬歌》：「香街紫陌鳳城内。」禁扃：宫禁。《新唐書·地理志三》「北都」：「晉陽宫在都之西北，宫城周二千五百二十步，崇四丈八尺。」

〔四〕鼙鼓：軍中小鼓。朔雁：北方大雁。

〔五〕參星：二十八宿西方七宿之一。《史記·天官書》：「參爲白虎。」正義：「參三星，……魏之分野。」又云：「按《星經》，益州，魏地，畢、觜、參之分，今河内、上黨、雲中是。」太原節度使防區，爲參宿分野，故云「拂參星」。

〔六〕孔璋：三國魏陳琳字，建安七子之一，長於檄移。《三國志·魏書·王粲傳》：「琳避難冀州，袁紹使典文章。袁氏敗，琳歸太祖。……太祖並以琳、（阮）瑀爲司空軍謀祭酒，管記室，軍國書檄，多琳、瑀所作也。」注引《典略》：「琳作諸書及檄，草成呈太祖。太祖先苦頭風，是日疾發，卧讀琳所作，翕然而起曰：『此愈我病。』」孔璋舊檄，此處借指令狐楚在太原幕府中所作表章。《舊唐書·令狐楚傳》：「李説、嚴綬、鄭儋相繼鎮太原，……皆辟爲從事。自掌書記至節度判官，歷殿中侍御史。楚才思俊麗，德宗好文，每太原奏至，能辨楚之所爲，頗稱之。」

〔七〕叔度：東漢廉范字。《後漢書》本傳：「建初中，遷蜀郡太守。……成都民物豐盛，邑宇逼側。舊制，禁民夜作，以防火災，而更相隱蔽，燒者日屬。范乃毁削先令，但嚴使儲水而已。百姓爲便，乃歌之曰：『廉叔度，來何暮？不禁火，民安作，平生無襦今五袴。』」

〔八〕夷落：夷狄部落，指西北邊境少數民族。真漢相：《漢書·王商傳》：「（商）長八尺餘，身體鴻大，容貌甚過絶人。河平四年，單于來朝，引見白虎殿。……單于仰視商貌，大畏之，遷延卻退。天子聞而嘆曰：『此真漢相矣！』」令狐楚亦高大魁偉。《舊唐書》本傳稱，「楚風儀嚴重，若不可犯」。《新唐書·令狐綯傳》：「宣宗謂宰相白敏中曰：『憲宗葬，道遇風雨，六宮百官皆避，獨見頎而髯者奉梓宮不去，果誰耶？』敏中言：『山陵使令狐楚。』」

〔九〕儀形：儀表容貌。

重酬前寄〔一〕

邊烽寂寂盡收兵，宮樹蒼蒼静掩扃。戎羯歸心如内地，〔二〕天狼無角比凡星。〔三〕新成麗句開緘後，便入清歌滿坐聽。吴苑晉祠遥望處，〔四〕可憐南北太相形。〔五〕

【校注】

〔一〕詩大和六年春在蘇州作。此詩在劉集中次前詩後，步前詩韻，爲重賀令狐楚移鎮太原之作，並非爲酬答令狐楚詩而作，疑題當作《重寄》或《重前寄》。

〔二〕戎羯：古代兩民族名，此指河東節度使境内少數民族。《晉書·匈奴傳》：「前漢末，匈奴大亂……五千餘落入居朔方諸郡，與漢人雜處。……(晉)武帝踐阼後，塞外匈奴大水，塞泥、黑難等二萬餘落歸化，帝復納之。……由是平陽、西河、太原、新興、上黨、樂平諸郡靡不有焉。」

〔三〕天狼：星名。角：謂有光芒如角。《楚辭·九歌·東君》：「舉長矢兮射天狼。」《史記·天官書》：「參爲白虎。……其東有大星曰狼，狼角變色，多盜賊。」正義：「狼一星，……爲野將，主侵掠，赤，角，兵起。」

〔四〕吴苑：指蘇州，有長洲苑，見卷八《和樂天耳順吟兼寄敦詩》注。晉祠：唐叔虞祠，在太原。《元和郡縣圖志》卷一三「太原府晉陽縣」：「晉祠，一名王祠，周唐叔虞祠也，在縣西南十二里。《水經注》曰：『昔智伯遏晉水以灌晉陽，其川上溯，後人蓄以爲沼。沼西際山枕水，有唐叔虞祠。水側有涼堂，結飛梁于水上，晉川之中，最爲勝處。』《序行記》曰：『高洋天保中，大起樓觀，穿築池塘，自洋以下，皆游集焉。』至今爲北都之勝。」

〔五〕相形：相較，即相形見絀之意。

憶春草〔一〕

憶春草，處處多情洛陽道。金谷園中見日遲，〔二〕銅駝陌上迎風早。〔三〕河南大尹頻出難，〔四〕只得池塘十步看。府門閉後滿街月，幾處游人草頭歇？館娃宮外姑蘇臺，〔五〕鬱鬱芊芊撥不開。〔六〕無風自偃君知不？〔七〕西子裙裾曾拂來。〔八〕

【校注】

〔一〕詩大和六年春在蘇州作。春草：雙關。劉禹錫《酬喜相遇》：「春草，白君之舞妓也。」又《寄贈小樊》：「終須買取名春草，處處將行步步隨。」白居易大和六年作《與劉蘇州書》：「前者枉手札數幅，並惠答《憶春草》、《報白君》已下五六章。」又同年十一月《與劉禹錫書》：「從《報白君》『黦榴裙』之逸句……乃至『金環翠羽』之淒韻，每吟皆數四，如清光在前。」知本詩及下《寄贈小樊》、《樂天寄憶舊游因作報白君以答》、《和西川李尚書傷韋令孔雀及薛濤之什》等詩，均作於大和六年。楊慎《升庵詩話》卷一〇摘本詩前四句，以爲初唐人作，無據。

〔二〕金谷園：晉石崇在洛陽金谷的別墅，見卷八《嘆水別白二十二》注。

〔三〕銅駝陌：晉洛陽街名，見卷二《泰娘歌》注。

〔四〕河南大尹：指白居易，時爲河南尹。尹稱大尹，以別於副職少尹。

〔五〕館娃宫：在蘇州吴縣西硯石山上。姑蘇臺：在吴縣西南姑蘇山上，詳見後《館娃宫（略）》注。

〔六〕鬱鬱芊芊：草茂盛貌。

〔七〕偃：倒伏。

〔八〕西子：西施，見卷六《白舍人曹長寄新詩（略）》注。《柳亭詩話》卷二引江總妻詩：「雨過草芊芊，連雲鎖南陌。門前君試看，似妾羅裙色。」

寄贈小樊〔一〕

花面丫頭十三四，〔二〕春來綽約向人時。〔三〕終須買取名春草，〔四〕處處將行步步隨。

【校注】

〔一〕依劉集編次，詩大和六年春在蘇州作，參見前詩注。小樊：即樊素。白居易家妓名。白居易開成五年作《不能忘情吟·序》云：「妓有樊素者，年二十餘，綽綽有歌舞態，善唱《楊枝》，人多以曲名名之。」大和六年，樊素正十三四歲。

〔二〕花面：如花之面。丫頭：少女。《輟耕録》卷一七：「吴中呼女子之賤者爲丫頭。」

〔三〕綽約：體態輕盈優美。

〔四〕春草：白居易舞妓，參見前詩。

和白侍郎送令狐相公鎮太原〔一〕

十萬天兵貂錦衣，〔二〕晉城風日斗生輝。〔三〕行臺僕射新恩重，〔四〕從事中郎舊路歸。〔五〕疊鼓蹙成汾水浪，〔六〕閃旗驚斷塞鴻飛。〔七〕邊庭自此無烽火，擁節還來坐紫微。〔八〕

【校注】

〔一〕詩約大和六年春末夏初作。白侍郎：白居易，時官河南尹，此稱其大和初在朝之舊官銜。令狐楚自鄆州天平軍移鎮太原，途經洛陽，故白居易以詩送。

〔二〕天兵：見前《令狐相公自天平移鎮太原（略）》注。《元和郡縣圖志》卷一三「太原府」：「（開元）二十一年，分天下州郡爲十五道……太原爲河東道，又於邊境置節度使以式遏四夷，河東最爲天下雄鎮。」據《圖志》，河東節度理太原府，管兵五萬五千人，太原府城内掎角朔方天兵軍管兵二萬人，雲中郡守管兵七千七百人，大同軍管兵九千五百人，定襄郡管兵三千人，雁門郡管兵四千人，樓煩郡管兵三千人，岢嵐軍管兵千人，共管兵十萬三千二百人。貂錦衣：貂皮錦緞之戰袍。

〔三〕晉城：晉陽城，即太原府城。《元和郡縣圖志》卷一三「太原府晉陽縣」：「府城，故老傳晉并州刺史劉琨築。……城中又有三城，其一曰大明城，即古晉陽城也。」斗：通陡，突然。

〔四〕行臺：指節度使，參見卷二《江陵嚴司空見示（略）》注。僕射：尚書省副長官。時令狐楚檢校右僕射，爲節度使，故云「行臺僕射」。

〔五〕從事中郎：官名。《後漢書·百官志》：「將軍有從事中郎二人，「職參謀議」。後南北朝諸公府及將軍皆置從事中郎，唐無此官。《晉書·盧諶傳》：「辟太尉掾。洛陽没，隨（父）志北依劉琨。……琨爲司空，以諶爲主簿，轉從事中郎。琨妻即諶之從母，既加親愛，又重其才地。建興末，隨琨投段匹磾。……諶流離世故且二十載。石季龍破遼西，復爲季龍所得，以爲中書侍郎、國子祭酒、侍中、中書監。……諶名家子，早有聲譽，才高行潔，爲一時所推。值中原喪亂……雖俱顯於石氏，恒以爲辱。諶每謂諸子曰：『吾身没之後，但稱晉司空從事中郎尔。』」令狐楚幼時曾隨其父令狐承簡在太原，後又佐太原李説、嚴綬、鄭儋等幕，故比之於盧諶。

〔六〕疊鼓：急擊鼓。蹙：促，迫。汾水：流經太原。《元和郡縣圖志》卷一三「太原府」：「今太原有三城，府及晉陽縣在西城，太原縣在東城，汾水貫中城南流。」

〔七〕閃旗：謂揮動旌旗。

〔八〕紫微：指中書省，開元元年曾一度改爲紫微省。宰相政事堂在中書省，「坐紫微」言楚將復入爲相。

【集評】

何焯曰：〔擁節句〕劉琨爲并州刺史，辟盧諶，後爲從事中郎，其精切工假如此。樂天「青衫書記」、「紅旆將軍」，未免爲渠壓制。（卞孝萱《劉禹錫詩何焯批語考訂》）

【附録】

送令狐相公赴太原　白居易

六纛雙旌萬鐵衣，并汾舊路滿光輝。青衫書記何年去，紅旆將軍昨日歸。（原注：藩鎮例驅紅旆。）詩作馬蹄隨筆走，獵酣鷹翅伴觥飛。北都莫作多時計，再爲蒼生入紫微。（《白居易集》卷二六）

早夏郡中書事〔一〕

水禽渡殘月，飛雨灑高城。華堂對嘉樹，〔二〕簾廡含曉清。〔三〕拂鏡整危冠，〔四〕振衣步前楹。〔五〕將吏儼成列，〔六〕簿書紛來縈。〔七〕言下辯曲直，筆端破交争。〔八〕虚懷詢病苦，〔九〕懷律操剽輕。〔一〇〕閽吏告無事，〔一一〕歸來解簪纓。〔一二〕高簾覆朱閣，忽爾聞調笙。〔一三〕

【校注】

〔一〕依劉集編次，此詩大和六年初夏在蘇州作。

〔二〕嘉樹：美好之樹。《楚辭·九章·橘頌》：「后皇嘉樹。」

〔三〕廡：高堂周圍的廊屋。

〔四〕危冠：高冠。

〔五〕楹：堂前柱。前楹，即指堂前。

〔六〕儼：嚴整貌。

〔七〕簿書：官府文書。縈：環繞。

〔八〕交争：與上「曲直」均指訴訟而言。劉勰《劉子·去情》：「三人居室，二人交争，必取信於不争者，以辨彼之得失。」

〔九〕詢病苦：詢問民間疾苦。按，劉禹錫到蘇州任正值水災之後，參見卷十八《蘇州謝賑賜表》注。

〔一〇〕懷律：猶持律，按照法律。懷，原作「壞」，據劉本、《叢刊》本、《全唐詩》改。操：駕馭。剽輕：强悍不法之徒。《史記·淮南衡山列傳》：「荆楚剽勇輕悍，好作亂。」

〔一一〕閽吏：門吏。

〔一二〕簪纓：髮簪與繫冠之帶，代指冠服。

〔一三〕調笙：調試笙的簧片，謂舉樂。庾信《夢入堂内》：「笙簧火炙調。」

【集評】

何焯曰：發端擬韋左司。觀劉、白詩，其治蘇之狀可想見於千載之下，均爲盛名不妄云也。（卞孝萱《劉禹錫詩何焯批語考訂》）

樂天寄憶舊游因作報白君以答〔一〕

報白君，别來已度江南春。江南春色何處好，燕子雙飛故宫道。〔二〕春城三百七十橋，〔三〕夾岸朱樓隔柳條。丫頭小兒盪畫槳，長袂女郎簪翠翹。〔四〕郡齋北軒卷羅幕，碧池逶迤遶華閣。池邊緑竹桃李花，花下舞筵鋪彩霞。吴娃足情言語黠，〔五〕越客有酒巾冠斜。〔六〕坐中皆言白太守，不負風光向杯酒。酒酣襞牋飛逸韻，〔七〕至今傳在人人口。〔八〕報白君，相思空望嵩丘雲。〔九〕其奈錢塘蘇小小，〔一〇〕憶君淚點石榴裙。〔一一〕白君有妓，近自洛歸錢塘。

【校注】

〔一〕詩云「已度江南春」，當大和六年夏在蘇州作，參見前《憶春草》注。白居易《憶舊游》，見附録。

〔二〕故宫：指吴宫。蘇州春秋時爲吴都，吴亡後，楚考烈王曾封春申君黄歇於此，參見卷二《武陵觀火詩》注。宫：原作「官」，據劉本改。

〔三〕三百七十橋：蘇州水鄉，三百七十爲城中官橋之約數。白居易《正月三日閑行》：「緑浪東西南北水，紅欄三百九十橋。」自注：「蘇之官橋大數。」《吴郡志》卷一七：「今圖籍所載者三百五十橋。」

〔四〕丫頭小兒：頭髮梳成丫角形的童子。翠翹：翠鳥尾上羽毛，婦女簪首以爲飾。

〔五〕娃：吴地美女。黠：聰慧。

〔六〕越客：客居越地者，禹錫自謂。《文選》謝靈運《道路憶山中》：「楚人心昔絶，越客腸今斷。」李善注：「越客，自謂也。」巾冠斜：醉態。

〔七〕襞：摺疊。

〔八〕傳在人人口：白居易《劉白唱和集解》：「予頃以元微之唱和頗多，或在人口。」又《寫新詩寄微之偶題卷後》：「寫了吟看滿卷愁，淺紅箋紙小銀鈎。未容寄與微之去，已被人傳到越州。」

〔九〕嵩丘：即嵩山，在洛陽附近。《北史・獻文六王傳》：「(元)樹年十五奔南，未及富貴，每見嵩山雲向南，未嘗不引領歔欷。」

〔一〇〕錢塘：杭州。蘇小小：女妓名，參見卷五《白舍人自杭州寄新詩(略)》注。

〔一一〕皝：弄髒變色。石榴裙：紅裙。《南部新書》戊：「白樂天任杭州刺史，攜妓還洛，後却遣還錢唐。故劉禹錫有詩答曰：『其那錢唐蘇小小，憶君淚染石榴裙。』」

【附録】

憶舊游寄劉蘇州　　白居易

憶舊游，舊游安在哉？舊游之人半白首，舊游之地多蒼苔。江南舊游凡幾處，就中最憶吴江隈。長洲苑緑柳萬樹，齊雲樓春酒一杯。閶門曉嚴旗鼓出，皋橋夕鬧船舫回。修娥慢臉燈下醉，急管繁絃頭上催。六七年前狂爛漫，三千里外思徘徊。李娟張態一春夢，周五殷三歸夜臺。虎丘月色爲誰好？娃宫花枝應自開。賴得劉郎解吟詠，江山氣色合歸來。（原注：娟、態，蘇州妓名。周、殷，蘇州從事。）（《白居易集》卷二一）

秋夕不寐寄樂天〔一〕

洞户夜簾卷，〔二〕華堂秋簟清。螢飛過池影，蛩思遶階聲。〔三〕老枕知將雨，〔四〕高窗報欲明。何人諳此景？遠問白先生。

【校注】

〔一〕據劉、白二集編次，詩大和六年秋在蘇州作。

〔二〕洞户：室與室之間相通的門户。

〔三〕蛩：蟋蟀。

〔四〕老枕：使用多年的枕頭，因有汗漬，將雨則潮濕。

【集評】

何焯曰：結語畢竟少力。（卞孝萱《劉禹錫詩何焯批語考訂》）

【附録】

酬夢得秋夕不寐見寄　白居易

碧簟絳紗帳，夜涼風景清。病聞和藥氣，渴聽碾茶聲。露竹偷燈影，煙松護月明。何言千里隔？秋思一時生。（《白居易集》卷二六）

酬樂天見寄[一]

元君後輩先零落，[二]崔相同年不少留。[三]華屋坐來能幾日？[四]夜臺歸去便千秋。[五]背時猶自居三品，[六]三川、吴郡品同。得老終須卜一丘。[七]投老之日，願樂天爲鄰。若使吾徒還早達，[八]亦應簫鼓入松楸。[九]

【校注】

〔一〕詩大和六年晚秋在蘇州作。

〔二〕元君：元稹，少於劉、白八歲，故云「後輩」。零落：凋謝，喻死亡。元稹大和五年七月卒，見後《虎丘寺見元相公(略)》注。

〔三〕崔相：崔群，與劉、白同年生，見卷八《和樂天耳順吟兼寄敦詩》注。《舊唐書·文宗紀下》：大和六年八月，「吏部尚書崔群卒」。

〔四〕華屋：《世説新語・言語》：「坐則華屋，行則肥馬。」曹植《箜篌引》：「驚風飄白日，光景馳西流。盛時不可再，百年忽我遒。生存華屋處，零落歸山丘。」

〔五〕夜臺：指墳墓。《文選》陸機《挽歌辭》：「按轡遵長薄，送子長夜臺。」李周翰注：「墳墓一閉，無復見明，故曰長夜臺。」

〔六〕背時：命運不好。三品：蘇州是上州，據《新唐書・百官志四》，上州刺史與河南府尹均爲從三品。

〔七〕得：何焯曰：「疑作『投』。」投老：臨老。陶潛《感士不遇賦》：「夷投老以長饑。」卜一丘：卜居爲鄰。《左傳・昭公三年》：「非宅是卜，惟鄰是卜。」宋之問《傷王七秘書監寄呈揚州陸長史（略）》：「罷官七門裏，歸老一丘中。」

〔八〕早達：仕宦早得通達。

〔九〕簫鼓：指送葬之樂。張説《元城府左果毅贈郎將葛公碑》：「廟食備其牲牢，法葬陳其簫鼓。」松楸：墳墓旁所植樹木。李遠《過舊游見雙鶴愴然有懷》：「謝公何歲掩松楸？雙鶴依然傍玉樓。」

【附録】

寄劉蘇州　　白居易

去年八月哭微之，今年八月哭敦詩。何堪老淚交流日，多是秋風摇落時。泣罷幾回深自念，情

來一倍苦相思。同年同病同心事，除卻蘇州更是誰？（《白居易集》卷二六）

酬令狐相公秋懷見寄〔一〕

寂寞蟬聲盡，差池燕羽回。〔二〕秋風鄰越絶，〔三〕朔氣想臺駘。〔四〕相去數千里，無因同一杯。殷勤望飛雁，新自塞垣來。〔五〕

【校注】

〔一〕據劉集編次，詩大和六年秋在蘇州作。令狐楚原詩佚。

〔二〕差池：不齊貌。《詩·邶風·燕燕》：「燕燕于飛，差池其羽。」

〔三〕越絶：指古越國之地。《越絶書》卷一：「問曰：『何謂越絶？』『越者，國之氏也。……絶者，絶也。句踐之時，天子微弱，諸侯皆叛，於是句踐抑强扶弱，絶惡反之於善……中國侵伐，因斯衰止。以其誠在於內，威發於外，越專其功，故曰越絶。』」風鄰：原作「風憐」，劉本作「憐多」，《叢刊》本作「鄰多」。馮浩云：「趙刊本改『秋風鄰』，以夢得此時刺蘇，與越爲鄰也。」據改。

〔四〕朔氣：北方寒氣。臺駘：汾水之神。《左傳·昭公元年》：「金天氏有裔子曰昧，爲玄冥師，生允格、臺駘。臺駘能業其官，宣汾洮……帝用嘉之，封諸汾川。……由是觀之，則臺駘，汾神也。」《元和郡縣圖志》卷一三「太原府」：「按今州，本高辛氏之子實沈，又金天氏之子臺駘之所居也。」

〔五〕塞垣：長城。

酬令狐相公六言見寄〔一〕

已嗟離别太遠，更被光陰苦催。吴苑燕辭人去，〔二〕汾川雁帶書來。〔三〕愁吟月落猶望，憶夢天明來回。今日便令歌者，唱兒詩送一杯。

【校注】

〔一〕據劉集編次，詩大和六年秋在蘇州作。令狐楚原詩佚。

〔二〕吴苑：指蘇州，見卷二《武陵觀火詩》注。

〔三〕汾川：即汾水。雁帶書：《漢書·蘇武傳》：「使者謂單于言：『天子射上林中，得雁，足有繫帛書，言武等在某澤中。』」

和西川李尚書傷韋令孔雀及薛濤之什〔一〕

玉兒已逐金環葬，〔二〕翠羽先隨秋草萎。〔三〕唯見芙蓉含曉露，數行紅淚滴清池。後魏元樹，咸陽王禧之子，南奔到建業。數年後北歸，愛姬朱玉兒脱金指環爲贈。樹至魏，卻以指環寄玉兒，示有還意。

【校注】

〔一〕詩大和六年秋在蘇州作。李尚書：李德裕，時爲劍南西川節度使，見卷八《和西川李尚書（略）》注。韋令：韋皋，貞元中爲劍南西川節度使，加中書令，見卷一《洛中送楊處厚（略）》注。武元衡鎮西川，有《西川使宅有韋令公孔雀存焉（略）》詩，當時和者甚多。薛濤：成都女詩人。《鑑誡録》卷一〇：「蜀出才婦，薛濤者，容姿既麗，才調尤佳，言謔之間，立有酬對。大凡營妓，比無校書之稱，韋南康鎮成都日，欲奏之而罷，至今呼之。……濤每承連帥寵念，或相唱和，出入車輿，詩達四方。……應銜命使車每届蜀，求見濤者甚衆。」李德裕原詩已佚。此即白居易《與劉禹錫書》中所云「金環翠羽之淒韻」，當大和六年秋作，見前《憶春草》詩注。

〔二〕玉兒：喻指薛濤。《北史·獻文六王傳》：咸陽王禧子元樹，字秀和，位宗正卿，奔梁，爲郢州刺史，爲北魏所擒，送洛陽。「初發梁，睹其愛妹玉兒，以金指環與别，樹常著之，寄以還梁，表必還之意。」原注中「咸陽」誤作「南陽」，今改。按《太平廣記》卷二七四載，韋皋少游江夏，客於姜氏之館，與姜氏青衣玉簫有情，皋歸日，遺玉簫玉指環一枚並詩一首，約以七年爲期，前來迎取。八年後，皋不至，玉簫絶食而殞，姜氏以玉環著其中指而殯焉。韋皋後聞其事，益增淒嘆，廣修經像，以報夙心。時有祖山人，有少翁之術，能令逝者相親。清夜，玉簫乃至，言承造像寫經之力，旬日便當托生，十三年後，再爲侍妾。後東川贈一歌姬，亦以玉簫爲號，觀之乃姜氏之玉簫，而中指有肉環隱出。詩「金環」或亦與此事有關。

〔三〕翠羽：孔雀羽毛。萎：枯萎。《文選·古詩》：「過時而不採，將隨秋草萎。」《埤雅》卷七：「《博物志》云，孔雀……尾有金翠，五年而後成。始生三年，金翠尚小，初春乃生，三四月後復凋，與花萼俱衰榮。」

令狐相公自太原累示新詩因以酬寄〔一〕

飛蓬卷盡塞雲寒，〔二〕戰馬閑嘶漢地寬。萬里胡天無警急，一籠烽火報平安。〔三〕燈前妓樂留賓宴，雪後山河出獵看。珍重新詩遠相寄，風情不似四登壇。〔四〕

【校注】

〔一〕依劉集編次，詩大和六年冬作於蘇州。劉禹錫《彭陽唱和集後引》：「大和五年，予領吴郡，公鎮太原，常發函寓書，必有章句，絡繹於數千里内，無曠旬時。」

〔二〕蓬：蓬草，乾枯後能被風卷起，故稱卷蓬或飛蓬。《商君書·禁使》：「飛蓬遇飄風而行千里。」

〔三〕一籠烽火：即平安火。《通典》卷一五二：「烽臺，於高山四顧險絶處置之。……每晨及夜平安，舉一火，聞警，固舉二火，見煙塵，舉三火。……如每晨及夜，平安火不來，即烽子爲賊所捉。」

〔四〕登壇：謂拜將，見卷六《韓信廟》注。令狐楚前此曾爲河陽、宣武、天平三節度使，並太原節度使爲四，故云「四登壇」。

冬日晨興寄樂天〔一〕

庭樹曉禽動，郡樓殘點聲。〔二〕燈挑紅燼落，〔三〕酒暖白光生。髮少嫌梳利，顔衰恨鏡明。獨吟誰應和，須寄洛陽城。〔四〕

【校注】

〔一〕依劉、白二集編次，詩大和六年冬在蘇州作。晨興：早起。

〔二〕點聲：報更點之聲。

〔三〕紅燼：燈燭燒殘的芯。

〔四〕洛陽城：白居易所在地，時白爲河南尹。

【附録】

和夢得冬日晨興　白居易

漏傳初五點，鷄報第三聲。帳下從容起，窗間曨曈明。照書燈未滅，暖酒火重生。理曲絃歌動，先聞唱渭城。（《白居易集》卷二八）

虎丘寺見元相公二年前題名愴然有詠〔一〕前年滻橋送之武昌。

滻水送君君不還，〔二〕見君題字虎丘山。因知早貴兼才子，〔三〕不得多時在世間。〔四〕

【校注】

〔一〕詩大和六年在蘇州作。虎丘寺：在蘇州西虎丘山上。《吴郡志》卷一六：「虎丘山，又名海涌山，在郡西北五里。遥望平田中一小丘……比入山，則泉石奇詭，應接不暇。其最者，劍池、千人座也。劍池，吴王闔閭葬其下。……葬之三日，有白虎踞其上，故山名虎丘。」同書卷三二：「雲巖寺，即虎丘山寺，晉司徒王珣及弟司空王珉之别業也。咸和二年，捨以爲寺，即劍池而分東、西，今合爲一，寺之勝聞天下。」元稹大和三年由浙東觀察使召爲尚書左丞，入朝經蘇州，其題名虎丘寺當在此年。

〔二〕滻水：源出陝西藍田縣，西北流，經長安，注入灞水。《元和郡縣圖志》卷一「京兆府萬年縣」：「長樂坡，在縣東北十二里，即滻川之西岸，舊名滻坂。」元稹大和四年出鎮武昌，劉禹錫於長安送之，參見卷八《微之鎮武昌（略）》注。

〔三〕早貴：元稹長慶元年爲相，時年四十四。才子：白居易《唐故武昌軍節度（略）元公墓誌銘》：「公凡爲文，無不臻極，尤工詩。在翰林時，穆宗前後索詩數百篇，命左右諷詠，宫中呼爲『元才子』。」

〔四〕不得句：《舊唐書·元稹傳》：「（大和）五年七月二十二日暴疾，一日而卒於鎮，時年五十三。」

西川李尚書知愚與元武昌有舊遠示二篇吟之泫然因以繼和二首〔一〕

來詩云：元公令陳從事求蜀琴，將以爲寄，而武昌之訃聞，因陳生會葬。

如何贈琴日，已是絶絃時。〔二〕無復雙金報，〔三〕空餘掛劍悲。〔四〕

【校注】

〔一〕此詩乃宋敏求輯自《吴蜀集》者，劉集中次《和西川李尚書傷韋令孔雀及薛濤之什》前，當亦大和六年在蘇州作。李尚書：李德裕。元武昌：元稹，大和五年七月卒，已見前詩。李德裕與元稹同在翰林，交誼甚篤。見卷六《浙西李大夫示述夢四十韻（略）》注。李德裕原詩佚。

〔二〕絶絃：此指元稹之死。鍾子期死，伯牙以爲世無知音，破琴絶絃，見卷二《泰娘歌》注。《晉書・嵇康傳》：「康將刑東市，……顧視日影，索琴彈之，曰：『昔袁孝尼嘗從吾學《廣陵散》，吾每靳固之，《廣陵散》於今絶矣。』」

〔三〕雙金報：張載《擬四愁詩》：「佳人遺我緑綺琴，何以贈之雙南金。」

〔四〕掛劍：《史記・吴太伯世家》：「季札之初使，北過徐君。徐君好季札劍，口弗敢言，季札心知之，爲使上國，未獻。還至徐，徐君已死，於是乃解其寶劍，繫之徐君冢樹而去。從者曰：『徐君已死，尚誰予乎？』季子曰：『不然，始吾心已許之，豈以死倍吾心哉！』」

二

寶匣從此閉，〔一〕朱絃誰復調？〔二〕只應隨玉樹，〔三〕同向土中銷！

【校注】

〔一〕寶匣：謂琴匣。

〔二〕朱絃：紅色琴絃。

〔三〕玉樹：指元稹。《世説新語·傷逝》：「庾文康亡，何揚州臨葬，云：『埋玉樹著土中，使人情何能已已。』」

答樂天見憶〔一〕

與老無期約，〔二〕到來如等閒。偏傷朋友盡，移興子孫間。筆底心猶毒，杯前膽不豩〔三〕呼關切。唯餘憶君夢，飛過武牢關。〔四〕

【校注】

〔一〕依劉、白二集編次，詩大和六年在蘇州作。

〔二〕期約：期會約定。

〔三〕豩：頑健。《西溪叢語》卷上：「劉夢得詩有『杯前膽不豩』，趙嘏有『吞船酒膽豩』。《禮部韻》、《唐韻》並無，《集韻》在山字韻，音呼關切，頑也。」

〔四〕武牢關：即虎牢關，在今河南滎陽境，避唐太祖李虎諱改。《水經注·河水》：「成皋縣之故城在伾上。……《穆天子傳》曰：『天子射鳥獵兽於鄭圃，命虞人掠林，有虎在於葭中，天子將至，七萃之士高奔戎生捕虎而獻之，天子命之爲柙，畜之東虢。』是曰虎牢矣。……秦以爲關，漢乃縣之。」《元和郡縣圖志》卷八「鄭州」：武德四年置，理武牢。貞觀元年，自武牢移於今理。

【集評】

陸游曰：荆公詩云：「閉户欲推愁，愁終不肯去。」劉賓客詩云：「與老無期約，到來如等閒。」韓舍人子蒼取作一聯云：「推愁不去還相覓，與老無期稍見侵。」比古句蓋益工矣。（《老學庵筆記》卷八）

【附録】

憶夢得（原注：夢得能唱《竹枝》，聽者愁絶。）　白居易

齒髮各蹉跎，疏慵與病和。愛花心在否？見酒興如何？年長風情少，官高俗慮多。幾時紅燭下，聞唱竹枝歌？（《白居易集》卷二六）

和樂天誚失婢牓者〔一〕

把鏡朝猶在，〔二〕添香夜不歸。鴛鴦拂瓦去，〔三〕鸚鵡透櫳飛。〔四〕不逐張公子，〔五〕即隨劉武威。〔六〕新知正相樂，〔七〕從此脱青衣。〔八〕

【校注】

〔一〕依劉、白二集編次，詩大和六年在蘇州作。牓：告示、啟事之類。

〔二〕把鏡、添香：均婢女工作。

〔三〕鴛鴦：匹鳥，喻夫婦。《三國志·魏書·周宣傳》：「文帝問宣曰：『吾夢殿屋兩瓦墜地，化爲雙鴛鴦，此何謂也？』」

〔四〕透：穿過。櫳：同籠。

〔五〕張公子：此泛指貴介公子。《漢書·五行志》：「成帝時童謡曰：『燕燕尾涎涎，張公子，時相見……』其後帝爲微行出游，常與富平侯張放俱……張公子，謂富平侯也。」杜甫《送張十二參軍赴蜀因呈楊五侍御》：「好去張公子。」又《贈翰林張四學士垍》：「天上張公子。」杜牧《登池州九峰樓寄張祜》：「誰人得似張公子。」

〔六〕武威：武官名。《晉書·陶輿傳》：「以功累遷武威將軍。」劉武威泛指武官，其事未詳。李商隱《聖女祠》：「人間定有崔羅什，天上應無劉武威。」

〔七〕新知：《楚辭·九歌·少司命》：「樂莫樂兮新相知。」

〔八〕青衣：侍婢所著。白居易《懶放二首呈劉夢得吴方之》：「青衣報平旦，呼我起盥櫛。」

【集評】

馮班曰：似勝白。（《瀛奎律髓彙評》卷七）

紀昀曰：出手淺滑，更不及白詩。（同前）

韓弼元曰：第五句太直露，落句尤輕薄傷雅。（同前）

何焯曰：第三先起後半二句，直是叙得生動。（卞孝萱《劉禹錫詩何焯批語考訂》）

【附録】

失婢　　白居易

宅院小牆庳，坊門帖榜遲。舊恩慚自薄，前事悔難追。籠鳥無常主，風花不戀枝。今宵在何處？唯有月明知。（《白居易集》卷二六）

和楊師臯給事傷小姬英英〔一〕

見學胡琴見藝成，〔二〕今朝追想幾傷情。捻絃花下呈新曲，〔三〕放撥燈前謝改名。〔四〕但是好花皆易落，從來尤物不長生。〔五〕鸞臺夜直衣衾冷，〔六〕雲雨無因入禁城。〔七〕

【校注】

〔一〕詩大和六年在蘇州作。楊師臯：楊虞卿，字師臯，白居易妻弟，元和五年進士，歷監察御史，禮、吏二部員外郎。大和二年，坐檢下無術停官。「及李宗閔、牛僧孺輔政，起爲左司郎中。五年六月，拜諫議大夫，充弘文館學士，判院事。六年，轉給事中。七年，宗閔罷相，李德裕知政事，出爲常州刺史。」見《舊唐書》本傳。英英：楊虞卿愛姬，善琵琶。詩見《劉禹錫集》外集卷二，乃宋敏求自《劉白唱和集》中輯出者，當是白居易先有和作，劉禹錫又從而遥和之。

〔二〕胡琴：即琵琶，見卷二《泰娘歌》注。

〔三〕捻：琵琶彈奏的一種指法。

〔四〕撥：彈奏琵琶所用撥子。《唐音癸籤》卷一四：「（琵琶）舊皆用木撥，貞觀中，裴洛兒始廢撥用手。……開元中，賀懷智以鵾鷄筋作絃，用鐵撥彈之。」

〔五〕尤物：美好事物，見卷五《九華山歌》注。

〔六〕鸞臺：即門下省。《新唐書·百官志二》：「垂拱元年，改門下省曰鸞臺。」時楊虞卿爲給事中，屬門下省。夜直：晚上當值。

〔七〕雲雨：用巫山神女事，指琵琶妓亡靈。參見卷四《竇夔州見寄（略）》注。禁城：宫城。

【集評】

馮舒曰：五、六率，然語必是唐人。（《瀛奎律髓彙評》卷七）

紀昀曰：此小有致。（同前）

【附録】

過小妓英英墓　楊虞卿

蕭晨騎馬出皇都，聞説埋冤在路隅。別我已爲泉下土，思君猶似掌中珠。四絃品柱聲初絶，三尺孤墳草已枯。蘭質蕙心何所在，焉知過者是狂夫？（《全唐詩》卷四八四）

和楊師皋傷小姬英英　白居易

自從嬌騃一相依，共見楊花七度飛。玳瑁牀空收枕蓆，琵琶絃斷倚屏幃。人間有夢何曾入？

泉下無家豈是歸？墳上少啼留取淚，明年寒食更沾衣。（《白居易集》卷二六）

楊給事師皋哭亡愛姬英英竊聞詩人多賦因而繼和　　姚合

真珠爲土玉爲塵，未識遥聞鼻亦辛。天上還應收至寶，世間難得是佳人。朱絃自斷虚銀燭，紅粉潛銷泠繡裀。見説忘情唯有酒，夕陽對酒更傷神。（《全唐詩》卷五〇二）

樂天寄重和晚達冬青一篇因成再答〔一〕

風雲變化饒年少，〔二〕光景蹉跎屬老夫。〔三〕秋隼得時陵汗漫，〔四〕寒龜飲氣受泥塗。〔五〕東隅有失誰能免？〔六〕北叟之言豈便誣？〔七〕振臂猶堪呼一擲，〔八〕争知掌下不成盧？〔九〕

【校注】

〔一〕據劉集編次，詩亦大和六年在蘇州作。晚達冬青：即指卷八《贈樂天》一詩，中有「在人雖晚達，於樹似冬青」之句。

〔二〕風雲變化：指仕途飛黄騰達。饒：讓。年少：白居易原詩有「竿頭已到應難久」之語，蓋指當時爲相的李宗閔、牛僧孺等人而言。《舊唐書·李宗閔傳》：「（大和）三年八月，以本官同平章事。……尋引牛僧孺同知政事，二人唱和，凡（李）德裕之黨皆逐之。」李、牛二人均年少後輩，大和六年正其炙手可熱之時。參見卷八《與歌者米嘉榮》、卷九《酬淮南牛相公述舊見貽》注。

〔三〕光景：時光。蹉跎：虚度，不得志。老夫：劉禹錫自謂。

〔四〕隼：猛禽。《漢書·五行志》：「立秋而鷹隼擊。」陵：通凌。汗漫：指天高遠處。《淮南子·道應》：「吾與汗漫期於九陔之外。」高誘注：「汗漫，不可知之也。九垓，九天之外。」

〔五〕飲氣：《史記·龜策列傳》：「南方老人用龜支牀足，行二十餘歲，老人死，移牀，龜尚生不死。龜能行氣導引。」受：疑當作「曳」，爬行。泥塗：污泥。《左傳·襄公三十年》：「使吾子辱在泥塗久矣。」《莊子·秋水》：「莊子釣於濮水，楚王使大夫二人往先焉，曰：『願以境内累矣。』莊子持竿不顧，曰：『吾聞楚有神龜，死已三千歲矣，王巾笥而藏之廟堂之上。此龜者，寧其死爲留骨而貴乎，寧其生而曳尾於塗中乎？』二大夫曰：『寧生而曳尾塗中。』莊子曰：『往矣，吾將曳尾於塗中。』」

〔六〕東隅：日出處，與桑榆相對，分别指人的青壯年與老年。《後漢書·馮異傳》：「（光武帝）璽書勞異曰：『赤眉破平，士吏勞苦。始雖垂翅回溪，終能奮翼黽池，可謂失之東隅，收之桑榆。』」

〔七〕北叟：北方老翁，即失馬之塞翁，參見卷二《覽董評事思歸之什因以詩贈》注。班固《幽通賦》：「北叟頗識其倚伏。」誣：誣枉，虚假。誣，原作「無」，據劉本改。

〔八〕一擲：謂賭博擲骰。李白《猛虎行》：「有時六博快寸心，繞牀三匝呼一擲。」

〔九〕争：怎。盧：博戲樗蒲中最貴之采。《演繁露》卷六：「五子之形，兩頭尖鋭，中間平廣，狀似今之杏仁。……其一面塗黑，……一面塗白。……凡投子者五皆現黑，則其名盧。盧者，黑也，言五子皆黑也。此在樗蒲爲最貴之采。挼木而擲，往往叱喝，使致其極，故亦名曰呼盧也。」《晉書·劉毅傳》：「(劉毅)後於東府聚樗蒲大擲，一判應至數百萬。餘人並黑犢以還，惟劉裕及毅在後。毅次擲，得雉，大喜，褰衣繞牀，叫謂同坐曰：『非不能盧，不事此耳。』裕惡之，因挼五木久之，曰：『老兄試爲卿答。』既而，四子俱黑，一子轉躍未定。裕厲聲喝之，即成盧焉。」

【集評】

何焯曰：夢得生平可謂知進不知退矣。(卞孝萱《劉禹錫詩何焯批語考訂》)

【附録】

代夢得吟　白居易

後來變化三分貴，同輩凋零太半無。世上争先從盡汝，人間鬥在不如吾。竿頭已到應難久，局勢雖遲未必輸。不見山苗與林葉，迎春先緑亦先枯。(《白居易集》卷二五)

河南白尹有喜崔賓客歸洛兼見懷長句因而繼和〔一〕

幾年侍從作名臣，〔二〕卻向青雲索得身。〔三〕朝士忽爲方外士，〔四〕主人仍是眼中人。〔五〕雙鸞游處天京好，〔六〕五馬行時海嶠春。〔七〕還羨光陰不虛擲，肯令絲竹暫生塵〔八〕！

【校注】

〔一〕依白集編次，白居易原詩作於大和六年秋冬間，劉詩云「海嶠春」，當大和七年春在蘇州作。白尹：白居易，時爲河南尹。崔賓客：崔玄亮。白居易《唐故虢州刺史贈禮部尚書崔公（玄亮）墓誌銘》：「遷諫議大夫。屢上封章，言行職舉。上召對，加金紫以獎之，假貂蟬以寵之。未幾，朝有大獄，人心惴駭，勢連中外，衆以爲冤，百辟在庭，無敢言者。公獨進及霤，危言觸鱗。……上意稍悟，容而聽之，卒使罪疑唯輕，實公之力。既而真拜，因旌忠臣。……公以爲名不可多取，退不必待年，決就長告，徑遵歸路。……在途，拜太子賓客分司東都。」按《志》中所謂「大獄」，指大和五年宰相宋申錫與漳王被誣謀反事，具見《舊唐書·崔玄亮傳》。

〔二〕侍從：《新唐書·百官志二》門下省：「左諫議大夫四人，正四品下。掌諫諭得失，侍從贊相。」名臣：據白居易《崔公墓誌銘》，崔玄亮爲宋申錫辨冤，「正氣直聲，震耀朝右，搢紳者賀，皆曰：『國有人焉！國有人焉！』」

〔三〕青雲：喻指高官顯宦。索得身：求得自由之身。

〔四〕方外士：超然世外之人。參見卷四《送僧方及南謁柳員外》注。

〔五〕眼中人：心中所思念的友人。《文選》陸雲《答張士然》：「感念桑梓城，仿佛眼中人。」李善注引曹丕詩：「回頭四向望，眼中無故人。」《南史·王彧傳》：「粲惆悵良久，曰：『恨眼中不見此人。』」

〔六〕雙鸞：喻指白、崔二人。天京：京師，此指東都洛陽。傅咸《贈何邵王濟》：「雙鸞游蘭渚，二離揚清輝。」

〔七〕五馬：樂府《陌上桑》：「使君從南來，五馬立踟躕。」後人用爲刺史故事，此謂己爲蘇州刺史。海嶠：海濱山地。

〔八〕絲竹：代指樂器。崔玄亮好琴，見卷六《湖州崔郎中曹長寄三癖詩（略）》注。

【附録】

贈晦叔憶夢得　　白居易

自別崔公四五秋，因何臨老轉風流？歸來不説秦中事，歇定唯謀洛下游。酒面浮花應是喜，歌眉斂黛不關愁。得君更有無厭意，猶恨樽前欠老劉。（《白居易集》卷二八）

和白樂天　　崔玄亮

病餘歸到洛陽頭，拭目開眉見白侯。鳳詔恐君今歲去，龍門欠我舊時游。（原注：自到未游龍門。）幾人樽下同歌詠，數盞燈前共獻酬。相對憶劉劉在遠，寒宵耿耿夢長洲。（《全唐詩》卷四六六）

郡齋書懷寄河南白尹兼簡分司崔賓客〔一〕

謾讀圖書三十車，〔二〕年年爲郡老天涯。一生不得文章力，百口空爲飽暖家。〔三〕綺季衣冠稱鬢面，〔四〕吳公政事副詞華。〔五〕還思謝病吟歸去，〔六〕同醉城東桃李花。〔七〕

【校注】

〔一〕詩大和七年春在蘇州作。白尹：白居易。崔賓客：崔玄亮，見前詩。崔玄亮卒於大和七年七月，詩云「同醉城東桃李花」，當大和七年春作。河南，原作「江南」，據劉本、《全唐詩》改。

〔二〕謾：空。三十車：言其多。《晉書·張華傳》：「（華）嘗徙居，載書三十乘。」

〔三〕百口：代指全家。《孟子·梁惠王上》：「數口之家，可以無飢矣。」

〔四〕綺季：綺里季，商山四皓之一，此指時爲太子賓客的崔玄亮。參見卷八《西池送白二十二東歸（略）》注。鬢面：此指蒼老的容顔。

〔五〕吴公：漢文帝時河南守，「治平爲天下第一」，此指時爲河南尹的白居易，參見卷八《白侍郎大尹自河南寄示（略）》注。

〔六〕吟歸去：仿傚陶潛歸隱田園。陶潛《歸去來兮辭》首云：「歸去來兮，田園將蕪胡不歸。」

〔七〕城東桃李花：宋子侯《董嬌嬈》：「洛陽城東路，桃李生路旁。花花自相對，葉葉自相當。」白居易有《除蘇州刺史别洛城東花》詩，又有《洛城東花下作》云：「記得舊詩章，花多數洛陽。」自注：「舊詩云：『洛陽城東面，今來花似雪。』又云：『更待城東桃李發。』」

【集評】

黄徹曰：王元之《到任表》有「全家飽暖，盡荷君恩」之語，到今傳誦。永叔用爲詩云：「諸縣豐登少公事，全家飽暖荷君恩。」夢得亦嘗有云：「一生不得文章力，百口空爲飽暖家。」（《䂬溪詩話》卷九）

【附録】

和夢得（原注：夢得來詩云：「謾讀圖書四十車，年年爲郡老天涯。一生不得文章力，百口空爲飽暖家。」）

綸閣沈沈無寵命，蘇臺籍籍有能聲。豈唯不得清文力，但恐空傳冗吏名。郎署迴翔何水部，江湖留滯謝宣城。所嗟非獨君如此，自古才難共命爭。（《白居易集》卷三一）

和樂天洛下醉吟寄太原令狐相公兼見懷長句〔一〕

舊相臨戎非稱意，〔二〕詞人作尹本多情。〔三〕從容自使邊塵静，〔四〕談笑不聞桴鼓聲。〔五〕章句新添塞下曲，〔六〕風流舊占洛陽城。〔七〕昨來亦有吴趨詠，〔八〕唯寄東都與北京。〔九〕

【校注】

〔一〕據劉、白二集編次及白詩題，詩大和七年春在蘇州作。

〔二〕舊相：指令狐楚，曾相憲宗，時爲北都留守、河東節度使。臨戎：統率軍隊。

〔三〕詞人：指白居易，時爲河南尹。

〔四〕邊塵静：邊塞無戰争。江淹《征怨》：「何日邊塵静？庭前征馬還。」

〔五〕桴：鼓槌。戰場上以鼓聲號令軍隊。《楚辭·九歌·國殤》：「援玉枹兮擊鳴鼓。」

〔六〕塞下曲：樂府名，此指邊塞題材詩歌。《樂府詩集》卷二一：「《晉書·樂志》：『出塞、入塞曲，李延年造。』……按《西京雜記》曰：『戚夫人善歌出塞、入塞、望歸之曲。』則高帝時已有之，疑不起於延年也。唐又有塞上、塞下曲，蓋出於此。」今令狐楚存《塞下曲》二首，然非作於太原。

〔七〕風流句：指白居易。參見卷八《白侍郎大尹自河南寄示（略）》注。

〔八〕吴趨：歌吴地土風的歌曲，此處借指劉禹錫自己的作品。《文選》陸機《吴趨行》：「四座並清聽，聽我歌吴趨。」劉良注：「趨，步也。此曲，吴人歌其土風也。」

〔九〕東都：洛陽。北京：太原。

【附録】

早春醉吟寄太原令狐相公蘇州劉郎中　　白居易

雪夜閒游多秉燭，花時暫出亦提壺。別來少遇新詩敵，老去難逢舊飲徒。大振威名降北虜，勤行惠化活東吴。不知歌酒騰騰興，得似河南醉尹無？（《白居易集》卷三一）

送宗密上人歸南山草堂寺因詣河南尹白侍郎〔一〕

宿習修來得慧根，〔二〕多聞第一卻忘言。〔三〕自從七祖傳心印，〔四〕不要三乘入便門。〔五〕東泛滄江尋古跡，西歸紫閣出塵喧。〔六〕河南白尹大檀越，〔七〕好把真經相對翻。〔八〕

【校注】

〔一〕河南尹白侍郎：白居易，有《贈草堂宗密上人》詩。白居易大和七年四月罷河南尹，劉詩當大和六年至七年四月間在蘇州作。宗密：華嚴宗第五祖，居陝西鄠縣圭峰草堂寺，世稱圭峰大師。《宋高僧傳》卷六《唐圭峰草堂寺宗密傳》：宗密，俗姓何氏，果州西充人，家本豪盛，少通儒書。元和二年，從遂州圓禪師削染受教。著《圓覺》、《華嚴》等疏抄，又集諸宗禪言爲《禪藏》，總而序之，凡二百許卷。大和二年慶成節，徵賜紫方袍，爲大德，尋請歸山。會昌元年坐滅。南山：終南山。《類編長安志》卷五：「草堂禪寺，在圭峰御宿川下。本姚興草堂逍遥園，鳩摩羅什譯經是園……唐圭峰禪師於此著《禪源真詮》。」堂：原作「屋」，據劉本、《叢刊》本、《文苑英華》、《全唐詩》改。

〔二〕慧根：佛教語，五根之一。破除迷惑、認識真理爲慧，慧能生道，故爲根。慧遠《大乘義章》卷四二：「言慧根者，於法觀達。」

〔三〕第一：第一義，佛教指最高深的義理。忘言：得意而忘言，見卷一《發華州留别張侍御賈》注。

〔四〕七祖：指禪宗七祖，即達摩、慧可、僧粲、道信、弘忍、慧能、神會（禪宗北宗以神秀、普寂爲六祖、七祖）。傳心印：即傳法，謂以心相印。《壇經·參請機緣第六》：「師曰：『吾傳佛心印，安敢違於佛經？』」

〔五〕三乘：佛教聲聞、緣覺、菩薩三乘的總稱。佛經以車乘喻法，言由於人的資質不同，修持的途徑和達到的結果不同。禪宗則主張衆生都有佛性，都可以「見性成佛」。故《壇經》云：「諸佛妙理，非關文字。」便門：方便之門。《妙法蓮華經·法師品》：「此經開方便門，示真實相。」

〔六〕紫閣：終南山之一峰，與草堂寺所在之圭峰同在鄠縣境內。《大清一統志》卷二二七「西安府鄠縣」：「紫閣峰在縣東南三十里。」

〔七〕檀越：施主。《翻譯名義集》卷三：「《要覽》曰：梵語陀那鉢底，唐言施主，今稱檀那，訛『陀』爲『檀』，去『鉢底』留『那』也。……又稱檀越者，檀即施也。此人行施，越貧窮海。」

〔八〕相對翻：相對翻譯。《蓮社高僧傳·不入社諸賢傳》：「謝靈運至廬山，一見遠公，肅然心服。乃即寺築臺，翻《涅槃經》，鑿池植白蓮。」

酬太原令狐相公見寄〔一〕

書信來天外，瓊瑶滿匣中。〔二〕衣冠南渡遠，〔三〕旌節北門雄。〔四〕鶴唳華亭月，〔五〕馬嘶榆塞風。〔六〕山川幾千里，唯有兩心同。

【校注】

〔一〕令狐楚大和七年六月自太原入朝爲吏部尚書，詩當大和七年六月以前在蘇州作。令狐楚原詩佚。

〔二〕瓊瑶：美玉，代指令狐楚所寄詩。

〔三〕衣冠：代指官員。西晉滅亡後，中原士大夫紛紛渡江南奔。杜甫《追酬故高蜀州人日見寄》：「衣冠南渡多崩奔。」此劉禹錫但謂己遠來南方爲官。

〔四〕旌節：節度使辭日，賜雙旌雙節，見《新唐書・百官志四下》。此指令狐楚。北門：指太原。《舊唐書・裴度傳》：「以本官兼太原尹、北都留守、河東節度使。……文宗……曰：『卿爲朕卧鎮北門可也。』」鮑溶《述德上太原嚴尚書綬》：「天王委管籥，開閉秦北門。」

〔五〕華亭：蘇州屬縣，指己所在地，參見卷一《飛鳶操》注。

〔六〕榆塞：北方邊塞，指令狐楚所在地。《漢書・韓安國傳》：「纍石爲城，樹榆爲塞。」如淳曰：「塞上種榆也。」

寄毗陵楊給事三首〔一〕

揮毫起制來東省，〔二〕蹀足修名謁外臺。〔三〕好著櫜鞬莫惆悵，〔四〕出文入武是全才。

【校注】

〔一〕詩大和七年夏在蘇州作。毗陵：郡名，即常州，今屬江蘇。《元和郡縣圖志》卷二五「常州」：「春秋時屬吳，延陵季子之采邑。漢改曰毗陵。」楊給事：楊虞卿。《舊唐書》本傳：「（大和）六年，轉給事中。七年，（李）宗閔罷相，李德裕知政事，出爲常州刺史。虞卿性柔佞，能阿附權幸，以爲姦利。每歲銓曹貢部，爲舉選人馳走，取科第，占員闕，無不得其所欲，升沈取舍，出其脣吻。而李宗閔待之如骨肉，以能朋比唱和，故時號黨魁。」同書《文宗紀下》：「（大和七年三月）庚戌，出給事中楊虞卿爲常州刺史。」

〔二〕起制：頒布皇帝制敕。東省：即東臺，指門下省。《新唐書·百官志二》「門下省」：「龍朔二年，改門下省曰東臺。」又：「給事中四人。……凡百司奏抄，侍中既審，則駁正違失。詔敕不便者，塗竄而奏還，謂之塗歸。季終，奏駁正之目。凡大事，覆奏；小事，署而頒之。」

〔三〕蹀足：踏步，此謂小步行走。蹀，劉本、《全唐詩》作「躡」。修名：猶修刺，備辦名片以求進謁。《後漢書·邊讓傳》：「讓善占射，能辭對，時賓客滿堂，莫不羨其風。府掾孔融、王朗並修刺候焉。」外臺：指節度、觀察使府。常州屬浙西節度使管轄。

〔四〕櫜鞬：弓箭袋，此指軍裝。《左傳·僖公二十三年》：「左執鞭弭，右屬櫜鞬。」杜預注：「櫜以受箭，鞬以受弓。」《唐會要》卷七八載元和十四年二月詔：「如刺史帶本州團練、防禦、鎮遏等使，其兵馬額便隸此使。」時楊虞卿當以常州刺史兼本州團練使，故著櫜鞬，以戎裝謁見上級。參見卷二《送襄陽熊判官孺登(略)》詩劉禹錫自注。

二

曾主魚書輕刺史，〔一〕今朝自請左魚來。〔二〕青雲直上無多地，〔三〕卻要斜飛取勢回。〔四〕

【校注】

〔一〕魚書：刺史信物魚符與詔書。參見卷二《早春對雪奉寄澧州元郎中》注。《舊唐書·楊虞卿傳》：「長慶四年八月，改吏部員外郎。」吏部負責文官的考課與選補，故云其「曾主魚書」。

〔二〕左魚：魚符的左半。《野客叢書》卷二八：「古之符節，左以與郡守，右以留京師。」

〔三〕無多地：謂其官職已高，去宰相不遠。

〔四〕取勢：取得有利形勢。

三

東城南陌昔同游，〔一〕坐上無人第二流。〔二〕屈指如今已零落，且須歡喜作鄰州。〔三〕

【校注】

〔一〕東城南陌：指長安附近名勝，參見卷一《戲贈崔千牛》注。

〔二〕第二流：見卷八《和令狐相公言懷寄河中楊少尹》注。

〔三〕鄰州：蘇、常二州相鄰。《元和郡縣圖志》卷二五「常州」：「東南至蘇州一百九十里。」

【集評】

洪邁曰：劉禹錫有《寄毗陵楊給事》詩云：「曾主魚書輕刺史……」以其時考之，蓋楊虞卿也。按唐文宗大和七年，以李德裕爲相，與之論朋黨事。時給事中楊虞卿、蕭澣、中書舍人張元夫依附權要，上干執政，下撓有司，上聞而惡之，於是出虞卿爲常州刺史，澣爲鄭州刺史，元夫爲汝州刺史，皆宗閔客也。……然則虞卿之刺毗陵，乃爲朝廷所逐耳。禹錫猶以爲「自請」，詩人之言，渠可信哉！（《容齋隨筆》卷一一）

何焯曰：激昂頓挫。（卞孝萱《劉禹錫詩何焯批語考訂》）

酬樂天七月一日夜即事見寄〔一〕

夜樹風韻清，〔二〕天河雲彩輕。故苑多露草，〔三〕隔城聞鶴鳴。〔四〕搖落從此始，〔五〕别離含遠情。聞君當是夕，倚瑟吟商聲。〔六〕外物豈不足，〔七〕中懷向誰傾？秋來念歸去，〔八〕同聽嵩陽笙。〔九〕

【校注】

〔一〕據劉、白二集編次，詩大和七年秋在蘇州作。

〔二〕風韻：風聲。

〔三〕故苑：蘇州有春秋吴王闔閭長洲苑。

〔四〕鶴鳴：蘇州有華亭鶴，見卷一《飛鳶操》注。

〔五〕摇落：凋落。宋玉《九辯》：「悲哉秋之爲氣也，蕭瑟兮草木摇落而變衰。」

〔六〕商聲：秋聲。秋於五音爲商。倚瑟：依倚瑟彈奏的樂曲（吟唱）。《史記·張釋之傳》：「使慎夫人鼓瑟，上自倚瑟而歌。」

〔七〕外物：功名利禄等身外之物。

〔八〕念歸去：念陶潛《歸去來兮辭》，言己擬辭官歸洛。

〔九〕嵩陽：嵩山之南。聽笙，用王子晉吹笙事，見卷八《酬令狐相公見寄》注。

【附録】

立秋夕有懷夢得　　白居易

露簟荻竹清，風扇蒲葵輕。一與故人別，再見新蟬鳴。是夕涼飆起，閑境入幽情。回燈見棲鶴，隔竹聞吹笙。夜茶一兩杓，秋吟三數聲。所思渺千里，雲外長洲城。（《白居易集》卷二九）

八月十五日夜半雲開然後玩月因書一時之景寄呈樂天〔一〕

半夜碧雲收，中天素月流。〔二〕開城邀好客，置酒賞清秋。影透衣香潤，光凝歌黛愁。〔三〕斜輝猶可玩，移宴上西樓。〔四〕

【校注】

〔一〕依劉集編次，詩大和七年八月在蘇州作。

〔二〕素月流：謝莊《月賦》：「白露曖空，素月流天。」

〔三〕歌黛：歌女眉毛。黛，青黑色顏料，用以畫眉。

〔四〕西樓：見前《到郡未浹日（略）》注。《全唐詩》此句下有注云：「西樓，白居易常賦詩之所也。」

【附録】

答夢得八月十五日夜玩月見寄　白居易

南國碧雲客，東京白首翁。松江初有月，伊水正無風。遠思兩鄉斷，清光千里同。不知娃館上，何似石樓中？（原注：其夜，余在龍門石樓上望月。）（《白居易集》卷三一）

秋日書懷寄白賓客〔一〕

州遠雄無益，〔二〕年高健亦衰。興情逢酒在，筋力上樓知。蟬噪芳意盡，雁來愁望時。商山紫芝客，〔三〕應不向秋悲。

【校注】

〔一〕依劉、白二集編次，詩大和七年秋在蘇州作。白賓客：白居易。《舊唐書·文宗紀下》：大和七年四月，「以河南尹白居易爲太子賓客，分司東都」。

〔二〕雄：列爲雄州。唐開元時分天下州府爲四輔、六雄、十望、十緊，以及上、中、下七等。《唐會要》卷七〇，江南道新升雄州有「蘇州，大曆十三年二月十一日升」。

〔三〕紫芝客：即商山四皓。《古今樂録》：「四皓隱居南山，高祖聘之不出，作《紫芝》之歌。」此指白居易，其《自詠》云：「白衣居士紫芝仙，半醉行歌半坐禪。」參見卷八《西池送白二十二東歸(略)》注。

【附録】

答夢得秋日書懷見寄　白居易

幸免非常病，甘當本分衰。眼昏燈最覺，腰瘦帶先知。樹葉霜紅日，髭鬚雪白時。悲愁緣欲老，老過卻無悲。(《白居易集》卷三一)

樂天見示傷微之敦詩晦叔三君子皆有深分因成是詩以寄〔一〕

吟君嘆逝雙絶句，〔二〕使我傷懷奏短歌。〔三〕世上空驚故人少，〔四〕集中唯覺祭文多。〔五〕芳林新葉催陳葉，流水前波讓後波。萬古到今同此恨，〔六〕聞琴淚盡欲如何！

【校注】

〔一〕詩大和七年秋在蘇州作。微之：元稹字。敦詩：崔群字。晦叔：崔玄亮字。元稹、崔群之卒，已見前《酬樂天見寄》注。白居易《唐故虢州刺史贈禮部尚書崔公(玄亮)墓誌銘》：「又除虢州刺史。……大和七年七月十一日遇疾，終於虢州廨舍。」

〔二〕嘆逝雙絶句：見附録。

〔三〕短歌：感傷人生易逝的悲歌。曹操《短歌行》：「對酒當歌，人生幾何。譬如朝露，去日苦多。」

陸機《短歌行》：「置酒高堂，悲歌臨觴。人生幾何，逝如朝霜。」

〔四〕故人少：大和六年去世的劉禹錫友人尚有楊歸厚、桂仲武，集中均有祭文。

〔五〕祭文多：白居易《與劉禹錫書》：「前月廿六日，崔（群）家送終事畢，執紼之時，長慟而已。況見所示祭文及祭微哀辭，豈勝悽咽！」《祭崔群文》、《元稹哀辭》劉集中今均不存。

〔六〕同此恨：江淹《恨賦》：「自古皆有死，莫不飲恨而吞聲。」

【附録】

微之敦詩晦叔相次長逝巋然自傷因成二絶　白居易

並失鵷鸞侶，空留麋鹿身。只應嵩洛下，長作獨游人。

長夜君先去，殘年我幾何？秋風滿衫淚，泉下故人多。（《白居易集》卷三一）

題于家公主舊宅〔一〕

樹繞荒臺葉滿池，簫聲一絶草蟲悲。〔二〕鄰家猶學宮人髻，〔三〕園客争偷御果枝。馬埒蓬蒿藏狡兔，〔四〕鳳樓煙雨嘯愁鴟。〔五〕何郎獨在無恩澤，〔六〕不似當初傅粉時。〔七〕

【校注】

〔一〕依劉、白二集編次，詩大和七年秋在蘇州作。于家公主：唐憲宗女永昌公主，下嫁于季友。《新唐書·諸帝公主傳》：「憲宗十八女。梁國惠康公主，始封普寧，帝特愛之，下嫁于季友。元和中，徙永昌，薨。」于季友爲于頔之子。《舊唐書·于頔傳》：「貞元十四年，爲襄州刺史，充山南東道節度觀察……累遷至左僕射、平章事、燕國公。俄而不奉詔旨，擅總兵據南陽，朝廷幾爲之旰食。及憲宗即位，威肅四方，頔稍戒懼，以第四子季友求尚主，憲宗以長女永昌公主降焉。」據白居易原詩，此詩爲和白詩而作，題上當有「和樂天」三字。

〔二〕簫聲一絶：婉言公主之死。《列仙傳》卷上：「簫史者，秦穆公時人也。善吹簫，能致孔雀白鶴於庭。穆公有女字弄玉，好之，公遂以女妻焉。日教弄玉作鳳鳴，居數年，吹似鳳聲，鳳凰來止其屋。公爲作鳳臺，夫婦止其上不下數年，一旦皆隨鳳凰飛去。」

〔三〕宮人髻：謂宮中髮式。《中華古今注》卷中：「隋大業中，令宮人梳朝雲近香髻、歸秦髻、奉仙髻、節暈妝。貞觀中梳歸順髻，又太真偏梳朵子作啼妝。又有愁來髻，又飛髻，又合髻，又百合髻，作白妝黑眉。」

〔四〕馬埒：馬射場。晉人王濟尚常山公主，「性豪侈，麗服玉食，時洛京地甚貴，濟買地爲馬埒，編錢滿之，時人謂爲『金溝』」。庾信《春賦》：「拂塵看馬埒，分朋入射堂。」

〔五〕鳳樓：即鳳臺，公主所居，見注〔二〕。樓，劉本、《叢刊》本作「棲」。鵩：猫頭鷹。

〔六〕何郎：三國魏何晏，字平叔，尚金鄉公主。此指于季友，時爲明州刺史。白居易有《寄明州于駙馬使君三絶句》。《寶刻叢編》卷一三明州：「《唐封孔子爲文宣王册》……大和七年七月明州刺史于季友建。」無恩澤：于頔貞元中爲藩鎮時跋扈，後入朝拜司空，元和中坐其子于敏殺人貶恩王傅，于敏賜死，季友亦追奪兩任官，長慶中季友兄于方又因以策畫干宰相被誅，故無恩澤可言。獨，劉本作「猶」。

〔七〕傅粉時：年青貌美之時。《世説新語·容止》：「何平叔美姿儀，面至白，魏明帝疑其傅粉。正夏月，與熱湯麵，既啖，大汗出，以朱衣拭，色轉皎然。」

【集評】

王夫之曰：點染工刻，初唐人不爲此，乃爲亦未必工。（《唐詩評選》卷四）

金聖嘆曰：前解悼公主，後解悲駙馬。看他從「葉滿池」上追説仙臺，從「草蟲悲」上追説「簫聲」，便自使人悵然心悲，並不更用多寫荒凉敗落也。三、四尤爲最工，若不寫得如此，便是平等人家，斷釵零鈿，不復成公主悼亡詩也。蓬蒿狡兔，煙雨愁鵾，此即「無恩澤」之三字也。七句「獨」字、「在」字，不許草草連續。蓋「在」而「獨」固是悲公主，乃「獨」而「在」卻是悲駙馬。人只知「獨」字之甚悲，即豈知「在」字之尤悲耶？設使駙馬早知如此，固真不如先一旦試黄泉，藉螻蟻以陪公主於地下之爲得算也。（《貫華堂選批唐才子詩》甲集七言律卷五下）

馮舒曰：淒淒惻惻，易淡易狹。此偏有味，偏説得開。四靈、九僧不能及也。黄、陳欲以枯硬高之，彌見其醜。（《瀛奎律髓彙評》卷三五）

紀昀曰：語太淺直。（同前）

何焯曰：比樂天詩更曲折有味，三、四妙絶。馮己蒼極稱此詩，以爲悲涼之中自饒才致，他人爲此而定薄矣。〔樹繞句〕「繞」字不如「滿」字。（卞孝萱《劉禹錫詩何焯批語考訂》）

【附録】

同諸客題于家公主舊宅　白居易

平陽舊宅少人游，應是游人到即愁。春穀鳥啼桃李院，絡絲蟲怨鳳凰樓。臺傾滑石猶殘砌，簾斷珍珠不滿鈎。聞道至今蕭史在，髭鬚雪白向明州。（《白居易集》卷三一）

酬樂天初冬早寒見寄〔一〕

乍起衣猶冷，微吟帽半欹。〔二〕霜凝南屋瓦，鷄唱後園枝。洛水碧雲曉，吴宫黄葉時。〔三〕兩傳千里意，書札不如詩。

【校注】

〔一〕詩大和七年冬在蘇州作。早寒：白居易原詩題作「早起」。

〔二〕欹：歪斜。

〔三〕吴宫：指蘇州，春秋時吴國建都於此。

【附録】

初冬早起寄夢得　白居易

起戴烏紗帽，行披白布裘。爐温先暖酒，手冷未梳頭。早景煙霜白，初寒鳥雀愁。詩成遣誰和？還是寄蘇州。（《白居易集》卷三一）

酬令狐相公歲暮遠懷見寄〔一〕依韻

別侣孤鶴怨，〔二〕沖天威鳳歸。〔三〕容光一以間，〔四〕夢想是耶非？〔五〕芳訊遠彌重，〔六〕知音老更稀。不如湖上雁，北向整毛衣。〔七〕

【校注】

〔一〕依劉集編次，詩大和八年春在蘇州作。令狐相公：令狐楚。楚原詩已佚。

〔二〕孤鶴：劉禹錫自喻。吴均《別鶴》：「別鶴尋故侣，聯翩遼海間。單棲孟津水，驚唳隴頭山。」

〔三〕沖天：《史記・滑稽列傳》：「此鳥不飞則已，一飞沖天。」威鳳：鳳之有威儀者，指令狐楚。歸：歸朝。《舊唐書・文宗紀下》：「（大和七年六月）以前河東節度使令狐楚檢校右僕射，兼吏部尚書。」

〔四〕容光：儀容風采。間：暌隔。

〔五〕是耶非：「是耶非耶」之省。《漢書·孝武李夫人傳》：「夫人卒，……上思念不已。方士齐人少翁言能致其神。乃夜張燈燭，設帷帳，陳酒肉，而令上居他帳。遥見好女如李夫人之貌，……又不得就視，上愈益相思悲感，爲作詩曰：『是邪，非邪？立而望之，偏何姗姗其來遲！』」

〔六〕芳訊：美好的音訊。

〔七〕毛衣：羽毛。沈約《詠湖中雁》：「刷羽同摇漾，一舉還故鄉。」

酬樂天見貽賀金紫之什〔一〕

久學文章含白鳳，〔二〕卻因政事賜金魚。〔三〕郡人未識聞謡詠，〔四〕天子知名與詔書。珍重賀詩呈錦繡，〔五〕願言歸計並園廬。舊來詞客多無位，金紫同游誰得如？〔六〕

【校注】

〔一〕詩大和七年冬末在蘇州作。金紫：紫衣、金魚袋。《新唐書·車服志》：「景雲中，詔衣紫者魚袋以金飾之，衣緋者以銀飾之。」唐制，官員三品以上服紫，五品以上服緋，視其階官品級而不視職事官，其階官不至三、五品而皇帝特恩賞賜者，稱爲「賜紫」或「賜緋」。參見卷七《酬嚴給事賀加五品（略）》注。蘇州爲上州，刺史從三品，但劉禹錫時階官未至三品，因在蘇州任上有政績，故賜紫。劉集中有大和七年十二月十六日《蘇州謝恩賜加章服表》（見卷十八），即爲謝賜金紫而作。

〔二〕含白鳳：謂有文才。《西京雜記》卷二：「揚雄著《太玄經》，夢吐白鳳凰，集《玄》之上，頃而滅。」《晉書·羅含傳》：「少有志尚，嘗晝卧，夢一鳥，文彩異常，飛入口中，因起驚説之。（叔母）朱氏曰：『鳥有文彩，汝後必有文章。』」

〔三〕政事：劉禹錫在蘇州甚有政績。劉禹錫《汝州謝上表》：「臣昨離班行，遠守江徼。……所部災荒……二年連遭水潦，百姓幸免流離。交割之時，户口增長。」即指在蘇州事。白居易《與劉禹錫書》：「洛下今年旱損至甚，……承貴部大稔，流亡悉歸，既遇豐年，又加仁政。」《吴郡志》卷六：「思賢堂，舊名思賢亭，以祠韋應物、白居易、劉禹錫，後改曰三賢堂。」又引仲并《三賢堂記》：「當大和中，劉亦繼來，乘郡荒疫之餘，撫摩安輯，免民於轉徙，文宗錫服以寵之。去之三四百歲，邦人懷慕之不衰。」

〔四〕郡人：蘇州百姓。識，原作「百」，據劉本、《叢刊》本、《全唐詩》改。謡詠：指頌德的歌謡。謝靈運《撰征賦》：「士頌歌於政教，民謡詠於渥恩。」

〔五〕錦繡：喻詩歌華麗。

〔六〕金紫同游：與白居易同游。白大和元年即獲賜金紫。《舊唐書》本傳：「文宗即位，徵拜秘書監，賜金紫。」

【集評】

何焯曰：末句蓋《簡兮》詩人之意。（卞孝萱《劉禹錫詩何焯批語考訂》）

【附録】

喜劉蘇州恩賜金紫遥想賀宴以詩慶之　白居易

海内姑蘇太守賢，恩加章綬豈徒然。賀賓喜色欺杯酒，醉妓歡聲遏管絃。魚佩葺鱗光照地，鶻銜瑞帶勢衝天。莫嫌鬢上些些白，金紫由來稱長年。（《白居易集》卷三一）

吟樂天自問愴然有作〔一〕

親友關心皆不見，風光滿眼倍傷神。洛陽城裏多池館，〔二〕幾處花開有主人？

【校注】

〔一〕詩大和八年春在蘇州作。白居易《自問》爲追悼元稹、崔玄亮而作，見附録。

〔二〕池館：花園别墅。李格非《書洛陽名園記後》：「唐貞觀、開元之間，公卿貴戚，開館列第於東都者，號千有餘邸。」

【附録】

自問　白居易

依仁臺廢悲風晚，履信池荒宿草春。（原注：晦叔亭臺在依仁，微之池館在履信。）自問老身騎馬出，洛陽城裏覓何人？（《白居易集》卷三一）

酬令狐相公親仁郭家花下即事見寄〔一〕

荀令園林好，〔二〕山公游賞頻。〔三〕豈無花下侣，遠望眼中人。〔四〕斜日漸移影，落英紛委塵。一吟相思曲，〔五〕惆悵江南春。

【校注】

〔一〕詩大和八年春在蘇州作。親仁：親仁坊，唐長安城中坊名，在朱雀門大街東第三街，街東從北第九坊。郭家：郭子儀家。《唐兩京城坊考》卷三「親仁坊」：「尚父汾陽郡王郭子儀宅。《譚賓録》曰：『宅居其地四分之一。……』又曰：『親仁里大啟其地，里巷負販之人，上至公子簪纓之士，出入不問。』」令狐楚原詩已佚。

〔二〕荀令：荀令公，參見卷一《廣宣上人寄在蜀與韋令公唱和詩卷（略）》注，此指郭子儀。乾元元年，郭以破賊功，進位中書令，見《舊唐書》本傳。

〔三〕山公：晉山濤及其子山簡，均稱山公。《晉書·山濤傳》：「除尚書僕射，加侍中，領吏部。……所奏甄拔人物，各爲題目，時稱『山公啟事』。」又：「（山簡鎮襄陽日）優游卒歲，惟酒是耽。諸習氏，荆土豪族，有佳園池，簡每出嬉游，多之池上，置酒輒醉，名之曰高陽池。時有童兒歌曰：『山公出何許，往至高陽池。日夕倒載歸，茗艼無所知。時時能騎馬，倒著白接䍦。』」令狐楚時爲吏部尚書，好游賞，故詩云。

〔四〕眼中人：見前《河南白尹有喜崔賓客歸洛(略)》注。

〔五〕相思曲：原名《懊儂歌》，屬樂府清商曲辭中吴聲歌。此指令狐楚原詩。

酬浙東李侍郎越州春晚即事長句〔一〕

越中藹藹繁華地，秦望峰前禹穴西。〔二〕湖草初生邊雁去，山花半謝杜鵑啼。青油晝卷臨高閣，〔三〕紅旆晴翻繞古堤。〔四〕明日漢庭徵舊德，〔五〕老人争出若邪溪。〔六〕後漢劉寵爲會稽，大治。及徵還，山陰縣有五六老叟，自若邪山谷間出，人齎百錢以送。寵勞之，答曰：「自明府下車，民不見吏。年老遭值聖明，故奉送。」寵爲人選一大錢受之也。

【校注】

〔一〕詩大和八年春在蘇州作。浙東：唐方鎮名，治所在越州，今浙江省紹興市。李侍郎：李紳，字公垂，元和初登進士第。長慶中，爲翰林學士，授户部侍郎。敬宗即位，爲張又新等所譖，貶端州司馬，移江州長史，再遷太子賓客分司東都。大和七年李德裕爲相，授浙東觀察使。事見《舊唐書》本傳。《舊唐書・文宗紀下》：大和七年閏七月，「癸未，以太子賓客李紳檢校左散騎常侍，兼越州刺史，充浙東觀察使」。李紳原詩佚。

〔二〕秦望：越州山名。禹穴：在越州會稽山。《水經注・漸江水》：「浙江又逕會稽山陰縣。……秦望山在州城正南，爲衆峰之傑，陟境便見。《史記》云，秦始皇登之，以望南海。……又有會稽之山……山東有湮井，去（禹）廟七里，深不見底，謂之禹井，云東游者多探其穴也。」《史記・太史公自序》：「上會稽，探禹穴。」

〔三〕青油：青油幕，參見卷二《覽董評事思歸之什（略）》注。

〔四〕古堤：指鏡湖湖堤。《元和郡縣圖志》卷二六「越州會稽縣」：「鏡湖，後漢永和五年太守馬臻創立，在會稽、山陰兩縣界築塘蓄水……堤塘周迴三百一十里，溉田九千頃。」

〔五〕舊德：資深有德的官吏。

〔六〕老人：原注所引事見《後漢書・劉寵傳》。若邪溪：即若耶溪。《水經注・漸江水》：「（大湖）西連會稽山……東帶若耶溪。……漢世劉寵作郡，有政績，將解任去治，此溪父老，人持百錢出送，寵各受一文。」《太平寰宇記》卷九六「越州會稽縣」：「若耶溪，在縣東南二十八里。」

和浙西王尚書聞常州楊給事製新樓因寄之作〔一〕

文昌星象盡東來，〔二〕油幕朱門次第開。〔三〕且上新樓看風月，會乘雲雨一時回。〔四〕尚書在南宮爲左丞，給事與禹錫皆是郎吏。

【校注】

〔一〕詩大和八年在蘇州作。浙西：唐方鎮名，治所在潤州，今江蘇省鎮江市。王尚書：王璠。《舊唐書》本傳：「王璠，字魯玉。……長慶中，累歷員外郎。十（字衍）四年，以職方郎中知制誥。

寶曆元年二月，轉御史中丞。時李逢吉爲宰相，與璠親厚，故自郎官掌誥，便拜中丞。恃逢吉之勢，稍横。……（大和）四年七月，拜京兆尹，兼御史大夫。十二月，遷左丞，判太常卿事。六年八月，檢校禮部尚書、潤州刺史、浙西觀察使。」王璠於大和八年十一月爲李德裕所代，見《舊唐書·文宗紀下》。楊給事：楊虞卿，大和七年二月自給事中出爲常州刺史，見前《寄毗陵楊給事》注。尚書左丞總吏、户、禮三部，下設左司郎中，爲左丞之副。大和五年王璠爲尚書左丞時，劉禹錫爲禮部郎中，楊虞卿爲左司郎中。蘇、常二州俱隸浙西，故王璠一直是劉、楊二人直接上級。王璠原詩已佚。

〔二〕文昌：星座名。《史記·天官書》：「斗魁戴匡六星，曰文昌宫。」《新唐書·百官志一》「尚書省」：「光宅元年，改尚書省曰文昌臺，俄曰文昌都省。」星象：指尚書省官員，古人以爲尚書省郎官上應列宿，見卷二《早春對雪奉寄澧州元郎中》注。

〔三〕油幕：青油幕，指浙西王璠賓幕，參見卷二《覽董評事思歸之什（略）》注。朱門：指楊虞卿新樓。次第：一一。

〔四〕雲雨：喻有利條件。《易·乾·文言》：「雲從龍，風從虎。」《三國志·吴書·周瑜傳》：「恐蛟龍得雲雨，終非池中物也。」

吴興敬郎中見惠斑竹杖兼示一絶聊以酬之〔一〕

一莖炯炯琅玕色，〔二〕數節重重玳瑁文。〔三〕拄到高山未登處，青雲路上願逢君。〔四〕

【校注】

〔一〕詩大和七或八年在蘇州作。吴興：郡名，即湖州，州治在今浙江嘉興。敬郎中：敬昕。《嘉泰吴興志》卷一四郡守題名：「敬昕，大和七年自婺州刺史拜。除吏部郎中，續加檢校本官，依前湖州刺史。後除常州。」敬昕原詩佚。

〔二〕炯炯：有光澤貌。琅玕：石而似玉者。杜甫《鄭駙馬宅宴洞中》：「留客夏簟青琅玕。」

〔三〕玳瑁：海中動物，似龜，背甲有黄黑色花紋，可作裝飾。

〔四〕青雲路：登山之路，雙關仕途。

松江送處州奚使君〔一〕

吴越古今路，〔二〕滄波朝夕流。從來別離地，能使管絃愁。江草帶煙暮，海雲含雨秋。知君五陵客，〔三〕不樂石門游。〔四〕

【校注】

〔一〕詩大和六年至八年秋在蘇州作。松江：即吴淞江。《吴郡志》卷一八：「松江，在郡南四十五里，南與太湖接，吴江縣在江瀆，垂虹跨其上，天下絶景也。」處州：州治在今浙江麗水縣。奚使君：奚姓處州刺史，名未詳。

〔二〕古今路：松江處吴、越古今往來要道。《元和郡縣圖志》卷二六「處州」：「春秋時爲越國。」蘇州，春秋吴都。自蘇赴處州水路必經太湖、松江。

〔三〕五陵客：指貴族子弟，參見卷四《贈劉景擢第》注。

〔四〕石門：處州名勝。《方輿勝覽》卷九「處州」：「石門洞，在青田縣七十五里，兩峰壁立，高數十丈，相對如門，因名。有瀑布直瀉至天壁，凡三百尺。自天壁飛灑至下潭，凡四百尺，有亭曰噴雪。」

酬朗州崔員外與任十四兄侍御同過鄙人舊居見懷之什時守吴郡〔一〕

昔日居鄰招屈亭，〔二〕楓林橘樹鷓鴣聲。一辭御苑青門去，〔三〕十見蠻江白芷生。〔四〕自此曾沾宣室召，〔五〕如今又守闔閭城。〔六〕何人萬里能相憶？同舍仙郎與外兄。〔七〕任侍御，予外兄。崔員外，南宮同官。

【校注】

〔一〕詩大和六年至八年秋在蘇州作。朗州：州治在今湖南省常德市。崔員外：名未詳，時當自員外郎出爲郎州刺史。侍御：唐人對監察御史和殿中侍御史的稱謂。任侍御：名未詳。崔、任二人詩亦佚。

〔二〕招屈亭：在朗州，見卷二《武陵書懷五十韻》、卷三《采菱行》注。

〔三〕御苑：天子宫苑。青門：漢長安東門，此代指長安，參見卷一《別友人後得書因以詩贈》注。

〔四〕蠻江：指沅水。沅水源出五溪，是五溪蠻雜居之地，見卷二《武陵書懷五十韻》注。《楚辭·九歌·湘夫人》：「沅有茝兮澧有蘭。」茝，同芷。劉禹錫永貞、元和中在朗州度過了十個年頭。

〔五〕宣室：漢未央宫中室名，見卷八《和蘇郎中尋豐安里舊居（略）》注。此用賈誼歸朝後被召見於宣室事，指己大和二年重返長安爲主客郎中。

〔六〕闔閭城：吴蘇州州城。《吴郡志》卷三：「闔閭城，吴王闔閭自梅里徙都，即今郡城。」

〔七〕仙郎：對尚書省郎官的美稱。

【集評】

何焯曰：叙致包括，流轉如丸。所親而又同病，言相憶止此二人，正嘆在位有氣力者（此句疑有奪誤）。（卞孝萱《劉禹錫詩何焯批語考訂》）

送霄韻上人游天台〔一〕

曲江僧向松江見，〔二〕又道天台看石橋。〔三〕鶴戀故巢雲戀岫，比君猶自不逍遥。〔四〕

【校注】

〔一〕詩云「松江」，當大和六年至八年秋作於蘇州。霄韻：長安慈恩寺僧。賈島有《送慈恩寺霄韻法師謁太原李司空》詩，約大和四年作。天台：山名，在今浙江天台縣境，見卷六《和令狐相公送趙常盈煉師（略）》注。

〔二〕曲江：在長安東南，爲游賞勝地，見卷五《送張盥赴舉》注。松江：在蘇州，見前《松江送處州奚使君》注。

〔三〕石橋：在天台山。《文選》孫綽《游天台山賦》：「跨穹隆之懸磴，臨萬丈之絶冥。」李善注：「懸磴，石橋也。顧愷之《啟蒙記》曰：『天台山石橋，路徑不盈尺，長數十步，步至滑，下臨絶冥之澗。』」

〔四〕鶴戀二句：古人常比方外之人爲閑雲野鶴。劉長卿《送方外上人》：「孤雲將野鶴，豈向人間住？」此詩更翻進一層。

送元簡上人適越〔一〕

孤雲出岫本無依，〔二〕勝境名山即是歸。久向吴門游好寺，〔三〕還思越水洗塵機。〔四〕浙江濤驚師子吼，〔五〕稽嶺峰疑靈鷲飛。〔六〕更入天台石橋路，〔七〕垂珠璀璨拂三衣。〔八〕

【校注】

〔一〕詩云「久向吴門」，當亦大和六年至八年秋在蘇州作。元簡：未詳。

〔二〕孤雲：此喻人之無拘束。陶潛《詠貧士》：「萬族各有託，孤雲獨無依。」又《歸去來兮辭》：「雲無心以出岫。」

〔三〕吴門：即蘇州。《吴地記》：「孔子登山，望東吴閶門，嘆曰：『吴門有白氣如練。』」閶門即蘇州西門。好寺：蘇州靈巖、秀峰、報恩、楓橋等都是名寺。

〔四〕塵機：塵世機心。

〔五〕浙江：即錢塘江。《水經注·漸江水》：「（錢塘）縣東有定、包諸山，皆西臨浙江，水流於兩山之間，江川急濬，兼濤水晝夜再來，來應時刻，常以月晦及望尤大。至二月、八月最高，峨峨二丈有餘。」師子吼：指濤聲，亦佛經中語，參見卷五《送鴻舉師游江西》注。

〔六〕稽嶺：即會稽山，在越州，見卷七《浙東元相公書嘆梅雨（略）》注。靈鷲：鳥名，亦雙闕佛經中靈鷲山，參見卷二《送僧元暠南游》注。

〔七〕石橋：見前詩注。

〔八〕垂珠：指天台山琪樹的果實。《文選》孫綽《游天台山賦》：「琪樹璀璨而垂珠。」李善注：「璀璨：珠垂貌。」三衣：僧衣，見卷四《送僧方及南謁柳員外》注。

【集評】

何焯曰：以彼法語運化越中名勝，想欲移掇不動。（卞孝萱《劉禹錫詩何焯批語考訂》）

西山蘭若試茶歌〔一〕

山僧後檐茶數叢，春來映竹抽新茸。宛然爲客振衣起，〔二〕自傍芳叢摘鷹觜。〔三〕斯須炒成滿室香，便酌砌下金沙水。〔四〕驟雨松聲入鼎來，〔五〕白雲滿碗花裴回。〔六〕悠揚噴鼻宿酲散，〔七〕清峭徹骨煩襟開。〔八〕陽崖陰嶺各殊氣，〔九〕未若竹下莓苔地。炎帝雖嘗未解煎，〔一〇〕桐君有籙那知味？〔一一〕新芽連拳半未舒，〔一二〕自摘至煎俄頃餘。木蘭墜露香微似，〔一三〕瑶草臨波色不如。〔一四〕僧言靈味宜幽寂，采采翹英爲嘉客。〔一五〕不辭緘封寄郡齋，磚井銅鑪損標格。〔一六〕何況蒙山顧渚春，〔一七〕白泥赤印走風塵。〔一八〕欲知花乳清泠味，〔一九〕須是眠雲跂石人。〔二〇〕

【校注】

〔一〕詩大和六年至八年秋在蘇州作。西山：在蘇州。《古今圖書集成·方輿匯編·職方典》卷六八一「蘇州府物産考」：「茶多出吴縣西山，穀雨前採焙，争先騰價，以雨前爲貴也。又虎丘西山地數畝，産茶極佳，烹之色白，香氣如蘭，但每歲所採不過二三十斛，止供官府采取，吴人嘗其味者絶少。」按，蘇州之西多山，虎丘、光福、鄧尉、銅阬諸山，山多有寺，此未詳確指。蘭若：梵語阿蘭若之省，佛寺。

〔二〕莞然：微笑貌。莞，原作「苑」，據《叢刊》本改。

〔三〕鷹觜：指茶芽，見卷三《嘗茶》。

〔四〕金沙水：金沙泉水，在湖州。《南村輟耕録》卷二六：「湖州長興州金沙泉，唐時用此水造紫筍茶進貢。」此但指上品泉水。

〔五〕驟雨松聲：狀茶水沸騰聲。鼎：煮茶器。

〔六〕白雲：狀茶上霧氣。花：指茶上泡沫。裴回：同徘徊，此指泡沫浮動。《甕牖閑評》卷六：「劉夢得茶詩：『山僧後檐茶數叢……白雲滿碗花徘徊。』此言煮茶也，北人皆如此，迨今猶然。」

〔七〕噴鼻：撲鼻。宿酲：隔宿猶存的酒意。

〔八〕煩襟：胸中煩惱。

〔九〕陽崖陰嶺：山南曰陽，山北曰陰。宋子婁《東溪試茶録》：「茶宜高山之陰而喜日陽之早。」

〔一〇〕炎帝：神農氏，相傳曾嘗百草。《淮南子·修務》：「古者，民茹草飲水，采樹木之實，食蠃蛖之肉，時多疾病毒傷之害。於是神農乃始教民播種五穀，相土地宜燥濕肥墝高下，嘗百草之滋味，水泉之甘苦，令民知所辟就。」飲茶起於後世，故云神農「未解煎」。

〔一一〕桐君：《隋書·經籍志》有《桐君藥録》三卷。陶弘景《本草序》云，桐君《采藥録》但「説其花葉形色」，故云「那知味」。

〔一二〕連拳：蜷曲未舒展貌。

〔一三〕木蘭：木名，皮辛香似桂。

〔一四〕瑶草：傳説中仙草。

〔一五〕采采：采摘。《詩·周南·芣苢》：「采采芣苢。」翹英：向上生長的茶芽。

〔一六〕磚井銅鑪：指普通的井水和煮茶器皿。標格：品格，指味道。古人對煮茶的水和器皿十分講究。明許次紓《茶疏》：「精茗蘊香，藉水而發，無水不可與論茶也。」又云：「金乃水母，錫備柔剛。味不鹹澀，作銚最良。」陸樹聲《茶寮記》：「泉品以山水爲上，次江水，井水次之。」

〔一七〕蒙山、顧渚：均産貢茶處。《元和郡縣圖志》卷三二「雅州嚴道縣」：「蒙山，在縣南一十里，今每歲貢茶，爲蜀之最。」同書卷二五「湖州烏程縣」：「顧山，在縣西北四十二里。貞元以後，每歲以進奉顧山紫笋茶，役工三萬人，累月方畢。」

〔一八〕白泥、赤印：指貢茶茶包上所加白色泥封與紅色印記。走風塵：指長途運輸。

〔一九〕花乳：煎茶時水面泡沫。《茶寮記》：「煎用活水，投茗器中，初入湯少許。俟湯茗相投即滿注。雲腳漸開，乳花浮面即味全。」

〔二〇〕跂：通倚，《叢刊》本作「卧」。眠雲跂石人：隱士高人。《茶寮記》：「煎茶非漫浪，要須其人與茶品相得，故其法□傳高流隱逸，有雲霞泉石磊塊胸次間者。」

【集評】

何焯曰：〔春來句〕暗插「竹下」一段。〔末聯〕東坡《食蠔帖》即此詩落句之意。（卞孝萱《劉禹錫詩何焯批語考訂》）

賀裳曰：劉禹錫……七言古大致多可觀。……《西山蘭若試茶歌》：「驟雨松聲入鼎來，白雲滿碗花徘徊。」令人渴吻生津。（《載酒園詩話又編》）

館娃宫在郡西南硯石山上前瞰姑蘇臺傍有採香徑梁天監中置佛寺曰靈巖即故宫也信爲絶境因賦二章〔一〕

館娃宫

宫館貯嬌娃，〔二〕當時意大誇。〔三〕艷傾吴國盡，〔四〕笑入楚王家。〔五〕月殿移椒壁，〔六〕天花代舜華。〔七〕唯餘採香徑，〔八〕一帶繞山斜。

【校注】

〔一〕詩大和六年至八年在蘇州作。館娃宫：在蘇州。《吴郡志》卷八：「館娃宫，《吴越春秋》、《吴地記》皆云：闔閭城西有山，號硯石山，山在吴縣西三十里，上有館娃宫。又《方言》曰，吴有館娃宫，今靈巖寺即其地也。上有琴臺、西施洞、硯池、玩花池。山前有採香徑，皆宫之故跡。」同書卷三一：「顯親崇報禪院，在靈巖山頂，舊名秀峰寺，吴館娃宫也。梁天監中始置寺。」天監：梁武帝蕭衍年號（五〇二—五一九）。餘見下詩注。二章：指本篇與《姑蘇臺》二詩。自「在郡西」至「二章」四十字，疑爲題下注，闌入題中。《全唐詩》卷三六四將《館娃宫》一律，分爲二絶，以足「二章」之數，而將《姑蘇臺》置於卷三五八《罷郡姑蘇北歸渡揚子津》題下，誤。

〔二〕嬌娃：指西施。《吴地記》：「胥葬亭……東二里有館娃宫，吴人呼西施作娃，夫差置，今靈巖山是也。」餘見卷六《白舍人曹長寄新詩（略）》注。

〔三〕大詩：極力炫耀，謂狂傲自大。揚雄《甘泉賦》：「上將大誇胡人以多禽獸。」

〔四〕艷傾吴國：李延年《歌》：「北方有佳人，絶世而獨立。一顧傾人城，再顧傾人國。」《吴越春秋》卷九：「越王謂大夫種曰：『孤聞吴王淫而好色……因此而謀，可乎？』種曰：『可破。夫吴王淫而好色，宰嚭佞以曳心，往獻美女，其必受之。惟王選擇美女二人而進之。』……乃使相者國中，得苧蘿山鬻薪之女曰西施、鄭旦，飾以羅縠，教以容步，習於土城，臨於都巷，三年學服而獻於吴。」《越絶書》卷五：「越興師伐吴，至五湖……吴王率其有禄與賢良遁而去。越追之，至餘杭山，禽夫差，殺太宰嚭。……吴王乃旬日而自殺也。」

〔五〕笑入句：其事未詳。《吴地記》：「《越絶書》曰：『西施亡吴國後，復歸范蠡，同泛五湖而去。』」《升庵詩話》卷三：「皮日休《館娃宫懷古》：『響屧廊中金玉步，採香徑裏綺羅身。不知水葬歸何處，溪月彎彎欲效顰。』杜牧之詩：『西子下姑蘇，一舸逐鴟夷。』後人遂謂范蠡載西施以去，然不見其所據。余按《墨子》云：『西施之沈，其美也。』蓋句踐平吴後，沈之於江也，又兼此詩可證。李義山《景陽井》一首，亦叶此意。」按李商隱詩亦有「惆悵吴王宫外水，濁泥猶得葬西施」之語。此云「入楚王家」者，蓋因越滅吴後，又爲楚所滅，吴越之地，均入楚國版圖，如西施仍在，亦當「笑入楚王家」矣。詩人但以情理推之，不必實有其事。

〔六〕月殿：月下之寺院殿堂。椒壁：指館娃宫。漢代後宫以椒和泥塗壁，見卷七《故洛城古牆》注。

〔七〕天花：雪花。張安國《詠雪》：「陰風慘淡天花落。」此雙關佛經中天女散花故事，參見卷三《送惠則法師（略）》注。蕣華：木槿花，喻美女容顏。《詩·鄭風·有女同車》：「有女同車，顔如舜華。」舜，通蕣。

〔八〕採香徑：《吴郡志》卷八：「採香徑，在香山之旁，小溪也。吴王種香於香山，使美人泛舟於溪以採香。今自靈巖山望之，一水直如矢，故俗又名箭涇。」

姑蘇臺〔一〕

故國荒臺在，前臨震澤波。〔二〕綺羅隨世盡，〔三〕麋鹿占時多。〔四〕築用金鎚力，〔五〕摧因石鼠窠。〔六〕昔年雕輦路，〔七〕唯有採樵歌。

【校注】

〔一〕詩與前詩同時作，爲組詩之一，參見前詩注。姑蘇臺：《越絶書》卷一二：「吴王……起姑胥臺，三年聚材，五年乃成，高見二百里。」《吴越春秋》卷二：「（闔閭）治姑蘇之臺，在吴縣西南三十里，有姑蘇山，亦名姑胥。」

〔二〕震澤：即太湖。《爾雅·釋地》郭璞注：「今吴縣南太湖，即震澤是也。」《越絶书》卷二：「胥門外有九曲路，闔閭造以游姑胥之臺，以望太湖，中窺百姓。」

〔三〕綺羅：絲織品，代指昔日繁華。李白《金陵》：「古殿吴花草，深宫晉綺羅。並隨人事滅，東逝與滄波。」

〔四〕麋鹿：《史記・淮南衡山列傳》：「臣聞子胥諫吴王，吴王不用，乃曰：『臣今見麋鹿游姑蘇之臺也。』」

〔五〕金鎚：鐵鎚。《漢書・賈山傳》：「（始皇）爲馳道，……道廣五十步，三丈而樹，厚築其外，隱以金椎。」服虔曰：「隱，築也，以鐵椎築之。」

〔六〕石鼠：《中華古今注》卷下：「螻蛄，一名石鼠。」

〔七〕輦：帝王后妃所乘之車。

題報恩寺〔一〕

雲外支硎寺，〔二〕名聲敵虎丘。〔三〕石文留馬蹟，〔四〕峰勢聳牛頭。〔五〕泉眼潛通海，〔六〕松門預帶秋。〔七〕遲回好風景，〔八〕王謝昔曾游。〔九〕

【校注】

〔一〕報恩寺：在蘇州西。《吴郡志》卷三二：「天峰院，在吴縣西二十五里南峰山，亦名支硎山，即東晉高僧支遁别庵也。……曾旼《記》：『闔閭城西二十餘里，山之顛有禪院，祥符詔書賜名天峰。』考於圖記，所謂報恩山南峰院是也。《記》言，晉僧支道林因石室林泉置報恩院。……寶曆以後，州刺史白居易、劉禹錫亦有《報恩寺》詩。」恩，原作「思」，據劉本、《叢刊》本改。

〔二〕支硎寺：即報恩寺。

〔三〕虎丘：虎丘山寺，見前《虎丘寺見元相公二年前題名愴然有詠》注。

〔四〕馬蹟：馬蹄印。《吴郡志》卷九：「支遁庵在南峰，古號支硎山，晉高僧支遁嘗居此。……道林喜養駿馬，今有白馬澗，云飲馬處也。庵旁石上有馬足四，云是道林飛步馬蹟也。」

〔五〕牛頭：支硎山寺前山峰名。《吴都文粹續集》卷二〇「支硎山」：「又有放鶴亭、馬跡石，以遁得名。山有南峰寺……南峰一名天峰，即唐支山院也。……又有牛頭峰，在寺門之下。」

〔六〕泉眼：泉水之源。《吴郡志》卷三二天峰院：「禹錫詩又有『泉眼潛通海』之語，皆已淹没，失其故處。」

〔七〕松門：徑松成門。秋：秋意，涼意。

〔八〕遲回：留連徘徊。

〔九〕王謝：王羲之、謝安等。《晉書·謝安傳》：「寓居會稽，與王羲之及高陽許詢、桑門支遁游處。出則漁弋山水，入則言詠屬文。」按：諸人同游止越州剡縣沃洲山，見白居易《沃洲山禪院記》，非蘇州支硎山。

楊柳枝詞八首〔一〕

塞北梅花羌笛吹，〔二〕淮南桂樹小山詞。〔三〕請君莫奏前朝曲，聽取新翻楊柳枝。〔四〕

【校注】

〔一〕詩約大和八年在蘇州作。《楊柳枝》：樂府近代曲詞。《樂府雜録》：「《楊柳枝》，白傅閒居洛邑時作，後入教坊。」白居易大和八年左右作《楊柳枝二十韻・序》：「《楊柳枝》，洛下新聲也。洛之小妓有善歌之者，詞章音韻，聽可動人，故賦之。」《碧鷄漫志》卷五：「《鑒誡録》云：『《柳枝歌》，亡隋之曲也。』……予考樂天晚年與劉夢得唱和此曲詞……蓋後來始變新聲，而所謂樂天《楊柳枝》者，稱其别創詞也。今黄鍾商有《楊柳枝》曲，仍是七字四句詩，與劉、白及五代諸子所製并同，但每句下各增三字一句，此乃唐時和聲。」白居易《楊柳枝詞八首》其一云：「古歌舊曲君休聽，聽取新翻楊柳枝。」劉詩其一亦云：「請君莫唱前朝曲，聽唱新翻楊柳枝。」二組詩命意相同，語言相似，當爲唱和之作，約略同時作。白詩約大和八年在洛陽作，詩中又有「蘇州楊柳任君誇」之句，晚唐薛能《柳枝詞五首》自注亦稱：「劉、白二尚書繼爲蘇州刺史，皆賦《楊柳枝詞》，世多傳唱。」故劉詩當與之同時，爲大和八年在蘇州作。劉禹錫此組《楊柳枝詞》原爲九首，但白詩僅八首，故劉詩亦當是八首，其九實乃開成四年所作絶句誤入，今剔出，别題爲《和樂天别柳枝絶句》，詳見卷十一該詩注。

〔二〕梅花：指樂府《梅花落》。《樂府解題》：「漢横吹曲二十八解，李延年造。魏以來唯傳十曲……七曰《折楊柳》。又有……《梅花落》八曲，合十八曲。」《樂府詩集》卷二四：「《梅花落》，本笛中曲也。按唐大角曲亦有……《大梅花》、《小梅花》等曲，今其聲猶有存者。」羌笛：

相傳笛出自羌人，見卷五《武昌老人説笛歌》注。

〔三〕淮南桂樹：《楚辭・招隱士》：「桂樹叢生兮山之幽。」王逸注：「《招隱士》者，淮南小山之所作也。昔淮南王安，博雅好古，招懷天下俊偉之士。自八公之徒，咸慕其德而歸其仁，各盡才智，著作篇章，分造辭賦，以類相從，故或稱大山，或稱小山，其義猶《詩》有《小雅》、《大雅》也。」

〔四〕翻：演奏。白居易《楊柳枝二十韻》：「塞北愁攀折，江南苦別離。……取來歌裏唱，勝向笛中吹。」

二

南陌東城春早時，〔一〕相逢何處不依依。〔二〕桃紅李白皆誇好，須得垂楊相發揮。〔三〕

【校注】

〔一〕南陌東城：指長安名勝，見卷一《戲贈崔千牛》。

〔二〕依依：《詩・小雅・采薇》：「昔我往矣，楊柳依依。」

〔三〕發揮：烘托映襯。

三

鳳闕輕遮翡翠幃，〔一〕龍池遥望麴塵絲。〔二〕御溝春水相暉映，〔三〕狂殺長安年少兒。

【校注】

〔一〕鳳闕：長安大明宮含元殿前有棲鳳、翔鸞二闕，見《唐語林》卷八。翡翠：翠緑色玉，此指翠緑色。

〔二〕龍池：在長安興慶宮。《舊唐書·音樂志二》：「《龍池樂》，玄宗所作也。玄宗龍潛之時，宅在隆慶坊，宅南坊人所居，變爲池，望氣者亦異焉。……玄宗正位，以坊爲宮，池水逾大，瀰漫數里，爲此樂以歌其祥也。」麴塵：酒麯所生細菌，色微黄如塵，此狀柳樹黄色嫩芽。《西溪叢語》卷上：「劉禹錫『龍墀遥望麴塵絲』，使鞠塵字者極多。《禮記·月令》：『薦鞠衣於上帝，告桑事。』注云：『如鞠塵色。』《周禮·内司服》：『鞠衣。』鄭司農云：『鞠衣，黄桑服也。色如鞠塵，象桑葉始生。』」

〔三〕御溝：流經宮中的水渠。旁多植柳。唐人省試有《御溝春柳》詩。

四

金谷園中鶯亂飛，〔一〕銅駝陌上好風吹。〔二〕城中桃李須臾盡，争似垂楊無限時。

【校注】

〔一〕金谷園：西晉石崇園，在洛陽西北金谷澗，見卷八《嘆水別白二十二》注。鶯亂飛：丘遲《與陳伯之書》：「暮春三月，江南草長，雜花生樹，群鶯亂飛。」

〔二〕銅駝陌：在洛陽，見卷二《泰娘歌》注。

【集評】

范晞文曰：白樂天《楊柳枝》云：「陶令門前四五樹……」劉禹錫云：「金谷園中鶯亂啼……」張祜云：「凝碧池邊斂翠眉，景陽樓下綰青絲。那勝妃子朝元閣，玉手和煙弄一枝？」薛能云：「和風煙樹九重城，夾路春陰十萬營。惟向邊頭不堪望，一株憔悴少人行。」三詩皆仿白，獨薛能一首變爲悽楚耳。（《對牀夜語》卷五）

五

花萼樓前初種時，〔一〕美人樓上鬥腰支。〔二〕如今拋擲長街里，露葉如啼欲恨誰？〔三〕

【校注】

〔一〕花萼樓：玄宗所建，在興慶宮中，見卷七《敬宗睿武昭愍孝皇帝挽歌》注。

〔二〕鬥腰支：（與柳枝）鬥賽腰肢纖細。

〔三〕露葉：帶露的柳葉。李賀《蘇小小墓》：「幽蘭露，如啼眼。」

【集評】

謝枋得曰：此首意謂人不能特立，隨時趨勢以求富貴者，與花萼前楊柳何異？……小人失勢，不責己而怨人，雖泣血漣如，亦無及也。（《注解章泉澗泉二先生選唐詩》卷一）

胡次焱曰：此乃夢得自道也。其與議禁中，所言必從，此「花萼樓前初種時」也。降武元衡，貶竇群，斥韓皋，此「美人樓上鬥腰肢」也。貶連州刺史，斥朗州司馬，易柳州，徙夔州，此「如今拋擲長街里」也。《問大鈞賦》，《謫九年賦》，叙張九齡事，爲《子劉子自傳》，此「露葉如啼欲恨誰」也。末句乃不敢怨人之詞，「欲恨誰」者，即《易》所謂「自我致寇，又誰咎也」，其悔心之萌乎？（《唐詩選脈會通評林》）

六

煬帝行宮汴水濱，〔一〕數株楊柳不勝春。晚來風起花如雪，飛入宮牆不見人。

【校注】

〔一〕煬帝：隋煬帝楊廣。汴水：流經今河南開封，隋煬帝開鑿運河，汴水成爲大運河的一段。《通鑑紀事本末》卷二六：「煬帝大業元年，命……發河南、淮北諸郡民，前後百餘萬，開通濟渠，自西苑引穀、洛水達於河。復自板渚引河，歷滎澤入汴。又自大梁之東引汴水入泗，達於淮。又發淮南民十餘萬開邗溝，自山陽至楊子入江。渠廣四十步，渠旁皆築御道，樹以柳，自長安至江都置離宮四十餘所。」

【集評】

謝枋得曰：煬帝荒淫不君，國亡身喪，行宮外殘柳數株，枝條柔弱，如不勝春風之摇蕩，柳花如雪飛宮牆，似若羞見時人者。隋之臣子仕唐，曾不曰國亡主滅，分任其咎。揚揚然無羞惡心，觀柳花亦可愧矣。（《注解章泉澗泉二先生選唐詩》卷一）

蔣一葵曰：弔亡隋者，多不出此意。如此落句，更出人意表。（《唐詩選脈會通評林》）

胡次焱曰：謝疊翁注……扶植世教，足以立頑廉貪。但「不見人」三字，恐只是《易》所謂「窺其户，闃其無人」之意。（同前）

唐汝詢曰：煬帝植柳汴宫旁，謂之柳塘。今柳花如雪，宫中無人，自足興慨。（《唐詩解》卷二九）

徐子擴曰：此詩只是形容亡國荒涼之態，疊山誚羞不見人，非也。李君虞《隋宫燕》詩「燕語如傷舊國春，宫花一落旋成塵。自從一閉風光後，幾度飛來不見人」，亦是此意。（《唐詩選》卷七）

沈德潛曰：〔末二句〕似勝李君虞《汴河曲》。（《唐詩别裁》卷二〇）

七

御陌青門拂地垂，〔一〕千條金縷萬條絲。如今綰作同心結，〔二〕將贈行人知不知？

【校注】

〔一〕青門：漢長安東門，見卷一《别友人後得書因以詩贈》注。

〔二〕同心結：用錦帶迴繞編結成的菱形結，以表男女相愛之情。梁武帝《有所思》：「腰中雙綺帶，夢爲同心結。」

八

城外春風吹酒旗，行人揮袂日西時。長安陌上無窮樹，唯有垂楊管别離。〔一〕

【校注】

〔一〕管别離：古人有折柳送别的習俗。《堅瓠續集》卷四：「送行折柳者，以人之去鄉正如木之離土，望其如柳之隨遇而安耳。」

【集評】

薛能《柳枝詞五首》其五：「劉白蘇臺總近時，當初章句是誰推？ 纖腰舞盡春楊柳，未有儂家一首詩。」自注：「劉、白二尚書繼爲蘇州刺史，皆賦《楊柳枝詞》，世多傳唱。 雖有才語，但文字太僻，宫商不高。 如可者，豈斯人之徒歟？ 洋洋乎唐風，其令虚愛。」（《全唐詩》卷五六一）

黄庭堅曰：劉賓客《柳枝詞》雖乏曹、劉、陸機、左思之豪壯，自爲齊、梁樂府之將帥也。（《山谷題跋》）

洪邁曰：薛能者，晚唐詩人，格調不能高，而妄自尊大。……但稍推杜陵，視劉、白以下蔑如也。今讀其詩，正堪一笑。 劉之詞云：「城外春風吹酒旗……」白之詞云：「紅板江橋清酒旗……」其風流氣概，豈能所可髣髴哉！（《容齋隨筆》卷七）

謝枋得曰：人之餞别，非驛亭則酒肆，多種楊柳，古人或折柳以贈，或攀柳而悲。 長安陌上樹木盡多，管别離者惟有垂楊耳。 意謂王公將相，位尊權重，其栽培桃李必多。 或辭官，或失勢，一旦去國，其門下士終始不相背負者甚少也。（《注解章泉澗泉二先生選唐詩》卷一）

《師友傳詩録》：問：「《竹枝》、《柳枝》自與絶句不同，而《竹枝》、《柳枝》亦有分别，請問其詳。」阮亭答：「《竹枝》泛詠風土，《柳枝》專詠楊柳，此其異也。」歷友答：「《竹枝》本出巴渝。 唐貞元中，劉夢得在沅湘，以其地俚歌鄙陋，乃作新詞九章，教里中兒歌之。 其詞稍以文語緣諸俚俗，若太加文藻，則非本色矣。世所傳『白帝城頭』以下九章是也。……後人一切諳風土者，皆沿其體。若《柳枝》詞，始於白香山《楊柳枝》一曲，蓋本六朝之《折楊柳》歌辭也。其聲情之儇利輕雋，與《竹枝》大同小異，與七絕微分，亦歌謡之一體也。」蕭亭答：「《竹枝》、《柳枝》，其語度與絶句無異，但於末句隨加竹枝、柳枝等語，因即語以名其詞，音節無分别也。」

翁方綱曰：《竹枝》泛詠風土，《柳枝》則詠柳，其大較也。然白公《楊柳枝詞》「葉含濃露如啼眼……」，於詠柳之中，寓取風情，此當爲《楊柳枝詞》本色。薛能乃欲搜難抉新，至謂劉、白宫商不高，亦妄矣。（《石洲詩話》卷二）

【附録】

楊柳枝詞八首　白居易

六么水調家家唱，白雪梅花處處吹。古歌舊曲君休聽，聽取新翻楊柳枝。
陶令門前四五樹，亞夫營裏百千條。何似東都正二月，黄金枝映洛陽橋。
依依裊裊復青青，勾引清風無限情。白雪花繁空撲地，緑絲條弱不勝鶯。
紅板江橋青酒旗，館娃宫暖日斜時。可憐雨歇東風定，萬樹千條各自垂。
蘇州楊柳任君誇，更有錢塘勝館娃。若解多情尋小小，緑楊深處是蘇家。
蘇家小女舊知名，楊柳風前别有情。剥條盤作銀環樣，卷葉吹爲玉笛聲。
葉含濃露如啼眼，枝裊輕風似舞腰。小樹不禁攀折苦，乞君留取兩三條。

人言柳葉似愁眉，更有愁腸似柳絲。柳絲挽斷腸牽斷，彼此應無續得期。（《白居易集》卷三一）

楊柳枝詞二首〔一〕

迎得春光先到來，淺黄輕緑映樓臺。只緣嫋娜多情思，便被春風長請挼。〔二〕

【校注】

〔一〕詩作年無考，《楊柳枝》既爲大和末洛下新聲，大抵在大和八年以後作，今連類附此。

〔二〕嫋娜：體態輕盈柔美貌。請挼：劉本作「挫摧」，《叢刊》本作「暗摧」，《全唐詩》作「倩猜」。

二

巫峽巫山楊柳多，朝雲暮雨遠相和。〔一〕因想陽臺無限事，爲君回唱《竹枝歌》。〔二〕

【校注】

〔一〕巫峽巫山、朝雲暮雨：均夔州事，參見卷四《竇夔州見寄（略）》、卷五《巫山神女廟》等詩注。

〔二〕陽臺：參見卷四《松滋渡望硤中》注。《竹枝歌》：巴渝民歌，參見卷五《竹枝詞九首》注。

楊柳枝〔一〕

楊子江頭煙景迷，〔二〕隋家宫樹拂金堤。〔三〕嵯峨猶有當時色，〔四〕半蘸波中水鳥棲。

【校注】

〔一〕詩云「楊子江」，疑與前《楊柳枝詞八首》同時作，連類繫此。

〔二〕楊子江：即揚子江，長江流經今江蘇揚州一段的別稱，其地有揚子縣、揚子津。後世通稱長江爲揚子江。

〔三〕隋家宮樹：即隋隄柳。隋煬帝所開運河至揚州揚子縣入長江。參見前《楊柳枝詞八首》注。金隄：堅固的隄防。張衡《西京賦》：「周以金隄，樹以柳杞。」

〔四〕嵯峨：高貌。有：劉本作「是」。

浪淘沙詞九首〔一〕

九曲黄河萬里沙，〔二〕浪淘風簸自天涯。如今直上銀河去，同到牽牛織女家。〔三〕

【校注】

〔一〕浪淘沙：樂府近代曲辭。組詩分詠各條江河，可見猶《楊柳枝》之詠楊柳，《浪淘沙》亦詠大浪淘沙事，不能據以考定詩之作年。白居易亦有《浪淘沙詞六首》，依原集編次，大和八年作，疑劉詩亦約略同時在蘇州作，酌編於此。其四《全唐詩》注「一作張籍詩」，張籍卷中未收，但中華書局版《張籍詩集》卷六收入，誤。

〔二〕九曲：《初學記》卷六引《河圖》：「黄河出崑崙山東北角，……河水九曲，長者入於渤海。」

〔三〕銀河：舊説黃河與天河通。《淵鑒類函》卷五引《荆楚歲時記》：「漢武帝令張騫使大夏，尋河源，乘槎經月而至一處，見城郭如州府，室内有一女織，又見一丈夫牽牛飲河。騫問曰：『此是何處？』答曰：『可問嚴君平。』織女取支機石與騫俱還。後至蜀，問君平。君平曰：『某年某月，客星犯牛、女。』支機石爲東方朔所識。」

二

洛水橋邊春日斜，〔一〕碧流清淺見瓊砂。〔二〕無端陌上狂風急，驚起鴛鴦出浪花。〔三〕

【校注】

〔一〕洛水橋：即天津橋，見卷七《酬楊八庶子（略）》注。

〔二〕清：原作「輕」，據《全唐詩》改。瓊砂：晶瑩如玉的沙石。

〔三〕花：原作「沙」，據劉本、《樂府詩集》、《全唐詩》改。

三

汴水東流虎眼文，〔一〕清淮曉色鴨頭春。〔二〕君看渡口淘沙處，渡卻人間多少人。

【校注】

〔一〕虎眼文：李白《涇溪東亭寄鄭少府諤》：「龍門蹙波虎眼轉。」王琦注：「謂水波旋轉，有光相映，若虎眼之光。」

〔二〕鴨頭：緑色如鴨頭。《急就篇》卷二顏師古注：「春草、雞翹、鳧翁，皆謂染彩而色似之，若今染家言鴨頭緑、翠毛碧云。」李白《襄陽歌》：「遥看漢水鴨頭緑，恰似葡萄初醱醅。」

四

鸚鵡洲頭浪颭沙，〔一〕青樓春望日將斜。〔二〕銜泥燕子争歸舍，獨自狂夫不憶家。〔三〕

【校注】

〔一〕鸚鵡洲：在今湖北武漢長江中。《太平寰宇記》卷一一二鄂州江夏縣：「鸚鵡洲，在大江東，縣西南二里。……《後漢書》云，黄祖爲江夏太守時，祖長子射大會賓客，有獻鸚鵡於此洲，故爲名。」洲，原作「舟」，據《全唐詩》改。颭：摇動。

〔二〕青樓：女子所居。曹植《美女篇》：「青樓臨大道，高門結重關。」

〔三〕狂夫：女子稱其夫。盧綸《妾薄命》：「妾年初二八，兩度嫁狂夫。」

五

濯錦江邊兩岸花，〔一〕春風吹浪正淘沙。女郎剪下鴛鴦錦，將向中流疋晚霞。〔二〕

【校注】

〔一〕濯錦江：即成都蜀江，見卷二一《江陵嚴司空見示（略）》注。《國史補》卷下：「凡物由水土，故……蜀人織錦初成，必濯於江水，然後文彩焕發。」

〔二〕疋：原作「定」，據劉本、《全唐詩》改。疋，同匹。匹晚霞：即與晚霞比美。

六

日照澄洲江霧開，〔一〕淘金女伴滿江隈。〔二〕美人手飾王侯印，〔三〕盡是沙中浪底來。

【校注】

〔一〕澄洲：意未詳，疑當作「橙洲」，即橘洲，在朗州龍陽縣沅江中，見卷一《韓十八侍御見示（略）》注。朗州産沙金。此組詩歌，前七首，每首各詠一水，故此首當是詠沅水。

〔二〕隈：水流彎曲處。

〔三〕手：明本、劉本、《樂府詩集》、《全唐詩》作「首」。

七

八月濤聲吼地來，〔一〕頭高數丈觸山回。須臾卻入海門去，〔二〕卷起沙堆似雪堆。

【校注】

〔一〕八月濤：指錢塘江潮，見前《送元簡上人適越》注。

〔二〕海門：江河入海之處。《西溪叢語》卷上：「（浙江）夾岸有山，南曰龕，北曰赭，二山相對，謂之海門，岸狹勢逼，涌而爲濤耳。」

八

莫道讒言如浪深，莫言遷客似沙沈。千淘萬灑雖辛苦，〔一〕吹盡狂沙始到金。

【校注】

〔一〕淘：原作「濤」，據明本、劉本改。灑：《叢刊》本作「漉」。

九

流水淘沙不暫停，前波未滅後波生。令人忽憶瀟湘渚，回唱迎神三兩聲。〔一〕

【校注】

〔一〕迎神三兩聲：即《瀟湘神詞》，見卷三《瀟湘神二首》注。

【集評】

王夫之曰：七言句既冗長，小詩章法短約，自非倜蕩搖漾，則爲體本疏而以密填之，殊不類矣。元帝二詩恰與劉夢得《浪淘沙》……合轍。蓋中唐人於此一體，殊勝盛唐。中唐以興會爲主，雅得元音故也。（《古詩評選》卷三。按，元帝二詩指梁元帝《别詩二首》：「别罷花枝不共攀，别後書信不相關。欲覓行人寄消息，依常潮水瞑應還。」「三月桃花合面脂，五月新油好煎澤。莫復臨時不寄人，謾道江中無估客。」）

尋汪道士不遇〔一〕

仙子東南秀，〔二〕泠然善御風。〔三〕笙歌五雲裏，〔四〕天地一壺中。〔五〕受籙金華洞，〔六〕焚香玉帝宫。〔七〕我來君閉户，應是向崆峒。〔八〕

【校注】

〔一〕汪道士：未詳。詩稱其爲「東南秀」，當大和六至八年間作於蘇州。

〔二〕仙子：仙人，此爲對道士的敬稱。東南秀：《南史・王筠傳》：「筠曰：『陸平原東南之秀。』」

〔三〕御風：乘風而行。《莊子・逍遥游》：「列子御風而行，泠然善也。」郭象注：「泠然，輕妙之貌。」

〔四〕五雲：五色祥雲，傳説仙人所居處有五色雲氣。

〔五〕壺中：用壺公事，見卷三《游桃源一百韻》注。

〔六〕受籙：接受道籙，爲入道的一種儀式，見卷七《同白二十二贈王山人》注。金華：山名。《洞天福地岳瀆名山記》：「金華山金華洞元洞天，五十里，在婺州金華縣，有皇初平赤松觀。」

〔七〕玉帝：道教所云天帝。

〔八〕崆峒：山名。《莊子・在宥》：「黄帝……聞廣成子在於空同之上，故往見之。曰：『我聞吾子達於至道，敢問至道之精。』」汝州有崆峒山，見卷十《酬鄭州權舍人（略）》注。按，此與前之金華洞，均爲用典，非實指。

別蘇州二首〔一〕

三載爲吴郡，〔二〕臨歧祖帳開。〔三〕雖非謝桀黠，〔四〕且爲一裴回。

【校注】

〔一〕詩大和八年秋離蘇州任作。《舊唐書·劉禹錫傳》：「授蘇州刺史，就賜金紫。秩滿入朝，授汝州刺史。」劉禹錫《汝州謝上表》：「伏奉去年七月十四日詔書，授臣使持節汝州諸軍事、守汝州刺史，兼御史中丞，充本道防禦使。」據劉禹錫《同州謝上表》「臨汝水之波，朝宗尚阻」之語，則罷蘇州後並未入朝。

〔二〕三載：劉禹錫大和六年二月抵蘇州，至大和八年秋，首尾三年。

〔三〕祖帳：陳設餞別送行筵席的帳幕。

〔四〕桀黠：兇橫狡詐。《史記·貨殖列傳》：「桀黠奴，人之所患也。惟刀間收取，使之逐漁鹽商賈之利。」謝桀黠，其事未詳。馮浩云：「謝桀黠，不解。必誤。疑作謝康樂，康樂有《初去郡》詩，亦不甚合。」黠：原作「點」，據劉本、《叢刊》本、《全唐詩》改。

二

流水閶門外，〔一〕秋風吹柳條。從來送客處，今日自魂銷。〔二〕

【校注】

〔一〕閶門：蘇州西門，見卷二《泰娘歌》注。

〔二〕從來：向來。魂銷：謂極度傷感。江淹《別賦》：「黯然銷魂者，唯別而已矣。」

發蘇州後登武丘寺望海樓〔一〕

獨宿望海樓，夜深珍木冷。〔二〕僧房已閉户，山月方出嶺。碧池涵劍彩，〔三〕寶刹摇星影。〔四〕卻憶郡齋中，虚眠此時景。〔五〕

【校注】

〔一〕詩大和八年秋離蘇州任時作。武丘寺：即虎丘寺，避唐太祖李虎諱改。望海樓：在虎丘東寺。海：原作「梅」，據劉本、《全唐詩》改。下同。白居易《題東武丘寺六韻》有「海當亭兩面，山在寺中心」之句。《古今圖書集成·山川典》卷九五「虎丘山部·藝文」引題作《宿望海樓》。張祜《題虎丘東寺》：「登樓海氣來。」

〔二〕珍木：古木。皮日休有《武丘寺前有古杉一本形狀醜怪圖之不盡（略）遂賦三百言以見志》詩。《古今圖書集成·職方典》卷六八二「蘇州府」：「虎丘山有古檜杉，在殿前，相傳晉王珉所植，唐末仍在。」

〔三〕碧池：指劍池。《越絶書》卷二：「闔廬冢在閶門外，名虎丘。下池廣六十步，水深丈五尺，銅槨三重。墳池六尺，玉鳧之流，扁諸之劍三千，方圓之口三千，時耗、魚腸之劍在焉。」

〔四〕刹：佛塔頂部裝飾，即相輪。摇星影：極言其高。

〔五〕虚眠句：謂因睡眠而白白辜負美好夜景。

罷郡姑蘇北歸渡揚子津〔一〕

幾歲悲南國，今朝賦北征。〔二〕歸心渡江勇，病體得秋輕。海闊石門小，〔三〕城高粉堞明。〔四〕金山舊游寺，〔五〕過岸聽鐘聲。〔六〕

【校注】

〔一〕詩大和八年自蘇州赴任汝州道中作。姑蘇：即蘇州，其地有姑蘇山、姑蘇臺等。揚子津：在長江北岸，爲揚、潤二州渡江往來必經的渡口，見卷五《别夔州官吏》注。

〔二〕北征：北行，班彪有《北征賦》，見《文選》。

〔三〕石門：當指海門山，見卷六《和浙西李大夫霜夜對月（略）》注。

〔四〕城：指潤州城。粉堞：城上白色矮牆。

〔五〕金山寺：《太平寰宇記》卷八九「潤州丹徒縣」：「金山澤心寺，在城東南揚子江中。按《圖經》云：『本名浮玉山，因頭陀開山得金，故名金山寺。』」

〔六〕鐘聲：張祜《題潤州金山寺》：「樹色中流見，鐘聲兩岸聞。」

【集評】

方回曰：俗諺云：於仕宦謂「賀下不賀上」。凡初至官者乃任事之始，未知其終也，故不賀。解

官而去，則所謂善終者也，故賀。夢得於此詩句句佳，三、四尤緊。（《瀛奎律髓》卷六）

查慎行曰：次聯着力在句末兩字。（《瀛奎律髓彙評》卷六）

紀昀：結句在有情無情之間，極有分寸。（同前）

何焯曰：〔過岸句〕金山亦不暇登，收足歸心之勇。（卞孝萱《劉禹錫詩何焯批語考訂》）

酬淮南牛相公述舊見貽〔一〕

少年曾忝漢庭臣，〔二〕晚歲空餘老病身。〔三〕初見相如成賦日，〔四〕尋爲丞相掃門人。〔五〕追思往事咨嗟久，〔六〕喜奉清光笑語頻。〔七〕猶有登朝舊冠冕，〔八〕待公三入拂埃塵。〔九〕

【校注】

〔一〕詩大和八年秋自蘇州赴任汝州途經揚州作。淮南：唐方鎮名，節度使治所在揚州。牛相公，牛僧孺，曾相穆宗、敬宗、文宗。《舊唐書》本傳：「（大和）六年十二月，檢校左僕射，兼平章事、揚州大都督府長史、淮南節度副大使，知節度事。」《雲溪友議》卷中：「襄陽牛相公赴舉之秋……嘗投贄於劉補闕禹錫。對客展卷，飛筆塗竄其文，且曰：『必先輩未期至矣。』雖拜（二字原作「然物」，據《太平廣記》改）謝齷齪，終爲怏怏。歷三十餘歲，劉轉汝州，隴西公鎮漢南，枉道駐旌旄信宿，酒酣，直筆以詩諭之。劉公承詩意，方悟往年改張牛公文卷，因戒子弟咸元（當作咸允）、承雍等曰：『吾立成人之志，豈料爲非。……汝輩修進，守中爲上也。』」《席上贈汝州劉中丞》，襄州節度牛僧孺詩曰：『粉署爲郎四十春，今來名輩更無人。休論世上昇沈事，且鬥尊前見在身。珠玉會應成咳唾，山川猶覺露精神。莫嫌恃酒輕言語，曾把文章謁後塵。』《奉和牛尚書》，汝州刺史劉禹錫：『昔年曾忝漢朝臣……待公三日拂埃塵。』牛公吟和詩，前意稍解，曰：『三日之事，何敢當焉。』於是移宴竟夕，方整前驅也。」按，劉禹錫未曾官補闕；劉禹錫爲汝州刺史時，牛僧孺正在淮南節度使任，無枉道過汝之事；牛僧孺鎮漢南在開成四年，劉禹錫亦無往謁之事，故岑仲勉《唐史餘瀋》卷三闢《友議》之妄。然全視爲「謠諑」或「瞎説」，又未免太過。據杜牧《唐故太子少師奇章郡開國公贈太尉牛公（僧孺）墓誌銘》，劉、牛二人早有交往。大和八年秋，劉禹錫自蘇州移汝州，道出揚州，時牛正在淮南節度使任，二人「述舊」唱和，自在情理之中。故二人唱和詩當劉赴任汝州經揚州時作，而非牛赴任揚州經汝州時作，《友議》恰將事實顛倒。至牛詩中之「粉署爲郎四十春」，《詩話總龜》前集卷一四引《古今詩話》作「二十春」。劉禹錫永貞元年始爲尚書郎，至大和八年整「三十年」。若作「二十」，則劉尚在夔州刺史任；若作「四十」，則爲會昌二年，時劉已卒。

〔二〕庭臣：即廷臣，朝臣。《漢書·田叔傳》：「叔等十人，上召見與語，漢廷臣無能出其右者。」劉禹錫爲監察御史在朝，年僅三十。

〔三〕晚歲：晚年。大和八年，禹錫年六十三。

〔四〕相如：司馬相如，此指牛僧孺。《史記》本傳：「客游梁，梁孝王令與諸生同舍。相如得與諸生游士居數歲，乃著《子虚》之賦。」杜牧《唐故太子少師奇章郡開國公贈太尉牛公（僧孺）墓誌銘》：「長安南下杜樊鄉東，文安（牛僧孺八代祖牛弘封文安侯）有隋氏賜田數頃、書千卷尚存，公年十五，依以爲學，不出一室，數年業就，名聲入都中。故丞相韋公執誼，以聰明氣勢，急於褒拔，如柳宗元、劉禹錫輩，以文學秀少，皆在門下。韋公亟令柳、劉於樊鄉訪公，曰願得一相見。」

〔五〕掃門人：《史記·齊悼惠王世家》：「魏勃少時，欲求見齊相曹參，家貧無以自通，乃常獨早夜掃齊相舍人門外。相舍人怪之，以爲物，而伺之，得勃。勃曰：『願見相君，無因，故爲子掃，欲以求見。』於是舍人見勃曹參，因以爲舍人。」大和四年，牛僧孺爲相，時劉禹錫在朝爲郎中，故云。

〔六〕咨嗟：嘆息。

〔七〕清光：高雅之風采。

〔八〕冠冕：朝服。

〔九〕三入：指三次入爲宰相。前此牛僧孺已於長慶三年、大和四年兩次爲相。《全唐詩》此句下有注云：「牛相再入中書，故以三入期之。」拂埃塵：謂彈冠相慶。

【集評】

馮舒曰：貼貼八句，只是人不可及。（《瀛奎律髓彙評》卷四二）

查慎行曰：通首跌宕可喜。（同前）

紀昀曰：此答思黯「曾把文章謁後塵」句，而巽言以解其嫌也。不注本事，了不知爲何語矣。語雖涉應酬，而立言委婉之中，尚不甚折身份，是古人有斟酌處。（同前）

【附録】

席上贈劉夢得　牛僧孺

粉署爲郎四（當作三）十春，今來名輩更無人。休論世上昇沈事，且鬥樽前見在身。珠玉會應成咳唾，山川猶覺露精神。莫嫌恃酒輕言語，曾把文章謁後塵。（《全唐詩》卷四六六）

將赴汝州途出浚下留辭李相公〔一〕

長安舊游四十載，〔二〕鄂渚一别十四年。〔三〕後來富貴已零落，〔四〕歲寒松柏猶依然。〔五〕初逢貞元尚文主，〔六〕雲闕天池共翔舞。〔七〕相看卻數六朝臣，〔八〕屈指如今無四五。夷門天下之咽喉，〔九〕昔時往往生瘡疣。〔一〇〕聯翩舊相來鎮壓，〔一一〕四海吐納皆通流。〔一二〕久别凡經幾多事，何由説得平生意？千思萬慮盡如空，一笑一言真可貴。世間何事最殷勤，白頭將相逢故人。功成名遂會歸老，〔一三〕請向東山爲近鄰。〔一四〕

【校注】

〔一〕詩大和八年秋自蘇州赴汝州途經汴州作。汝州：州治在今河南臨汝。浚下：指汴州，今河南開封，唐時爲宣武軍節度使治所。《元和郡縣圖志》卷七「汴州浚儀縣」：「因浚水爲名。」李相公，李程，字表臣。《舊唐書》本傳：「入爲吏部侍郎。……敬宗即位之五月，以本官同平章事。……（大和）七年六月，檢校司空、汴州刺史、宣武軍節度使。」《叢刊》本題下注「表臣」二字。

〔二〕四十載：《舊唐書・李程傳》：「貞元十二年進士擢第。」自大和八年上溯四十年爲貞元十一年，二人相識當在此時。

〔三〕鄂渚：指武昌。自大和八年上溯十四年爲長慶元年，時李程爲武昌軍節度使，劉禹錫赴夔州與程別於鄂渚，見卷五《鄂渚留别李二十六表臣大夫》注。

〔四〕零落：死亡。孔融《論盛孝章書》：「海内知識，零落殆盡。」

〔五〕松柏：比喻李程。《論語・子罕》：「歲寒然後知松柏之後凋。」依然：依然如故。

〔六〕貞元尚文主：指唐德宗李适，好文，今《全唐詩》存詩十五首。

〔七〕雲闕天池：代指朝廷。貞元末，劉、李同在朝爲御史。柳宗元貞元二十年五月二十二日作《祭李中丞文》有「故吏……文林郎、守監察御史劉禹錫」，「承務郎、監察御史裏行李程」。

〔八〕六朝：指德、順、憲、穆、敬、文宗六朝。

〔九〕夷門：戰國魏大梁東門，此指汴州，見卷六《和令狐相公送趙常盈煉師（略）》注。咽喉：喻軍事交通要衝，見卷六《客有話汴州新政（略）》注。

〔一〇〕瘡疣：瘡癤，喻禍亂。汴州常有軍亂，見卷六《客有話汴州新政（略）》注。

〔一一〕聯翩：《文選》陸機《文賦》：「浮藻聯翩。」李周翰注：「聯翩，鳥飛貌。」令狐楚以舊相鎮汴州，其後繼任者李逢吉、李程均曾爲宰相。

〔一二〕吐納：呼吸，指人員貨物交通往來。通流：無滯礙。

〔一三〕功成句：《老子》上篇：「功遂身退天之道。」

〔一四〕東山：謝安隱居處，此借指李程歸隱處。《晉書·謝安傳》：「安雖受朝寄，然東山之志，始末不渝，每形於言色。」

郡内書情獻裴侍中留守〔一〕

功成頻獻乞身章，〔二〕擺落襄陽鎮洛陽。〔三〕萬乘旌旗分一半，〔四〕八方風雨會中央。〔五〕兵符今奉黄公略，〔六〕書殿曾隨翠鳳翔。〔七〕心寄華亭一雙鶴，〔八〕日陪高步繞池塘。〔九〕

【校注】

〔一〕詩大和八年冬在汝州作。裴侍中：裴度。《舊唐書·文宗紀下》：「（大和八年三月）庚午，以山南東道節度使裴度充東都留守，依前守司徒，兼侍中。」據宋敏求輯《劉禹錫集·外集·後序》，《外集》卷三前二十七詩輯自劉禹錫、白居易、裴度三人唱和之《汝洛集》，二十七詩中之前十一詩又係禹錫在汝、同二州刺史任上作，而此詩居首，故當大和八年冬初至汝州作。

〔二〕乞身章：辭官的表章。據《舊唐書》本傳，裴度元和十二年平淮西吴元濟，迎立江王爲帝（即唐文宗），又請誅李同捷，平淄青，累建功勛，「度年高多病，上疏懇辭機務」。《劉禹錫集》中即有《爲裴相公讓官第一表》等三篇。

〔三〕擺落：擺脱。襄陽：唐時爲山南東道節度使治所。

〔四〕萬乘：指皇帝，古代天子兵車萬乘。一半：留守分皇帝儀仗的一半。姚合《和裴令公新成綠野堂即事》：「人間無此貴，半仗暮歸城。」

〔五〕中央：洛陽處天下之中。《文選》張衡《東京賦》：「總風雨之所交，然後以建王城。」薛綜注：「王城，今河南也。《周禮》曰：土圭之法，測土深，正日景，以求地中。四時之所交，風雨之所會，陰陽之所和，乃建王國也。」《封氏聞見記》卷七：「夫九州之地，洛陽爲土中，風雨之所交也。」

〔六〕兵符：調動軍隊的信物。黄公：黄石公，見卷八《酬鄆州令狐相公（略）》注。

〔七〕書殿：集賢殿書院。翠鳳：指裴度。沈約《游鍾山詩應西陽王教》：「翠鳳翔淮海，衿帶繞神坰。」大和中劉禹錫爲集賢學士時，裴度爲集賢院大學士，故云「隨翔」。

〔八〕華亭鶴：即白居易送裴度之雙鶴，見卷七《鶴嘆二首》注。

〔九〕陪：劉本作「隨」。

【集評】

葉夢得曰：七言難於氣象雄渾，句中有力，而紆餘不失言外之意。自老杜「錦江春色來天地，玉壘浮雲變古今」與「五更鼓角聲悲壯，三峽星河影動摇」等句之後，嘗恨無復繼者。韓退之筆力最爲傑出，然每苦意與語俱盡，《和裴晉公破蔡州回詩》所謂「將軍舊壓三司貴，相國新兼五等崇」，非不壯也，然意亦盡於此矣。不若劉禹錫《賀晉公留守東都》云「天子旌旗分一半，八方風雨會中州」，語遠而體大也。（《石林詩話》卷下。按，《存餘堂詩話》、《甌北詩話》卷一一所云略同，惟趙翼誤以劉禹錫此詩爲劉長卿詩。）

劉塤曰：閎偉尊壯。（《隱居通義》卷一〇）

賀裳曰：夢得最長於刻劃。……《郡内書情獻裴侍中留守》，其警句云：「萬乘旌旗分一半，八方風雨會中央。」不徒對仗整齊，氣象雄麗，且洛邑爲天下之中，度以上相居守，字字闢合，殆無虚設。顧有以「旌旗」對「風雨」不工爲言者，豈非小兒强作解人乎？（《載酒園詩話又編》）

朱庭珍曰：純用實字，傑句最少，不可多得。古今句可法者，如……劉中山「天子旌旗分一半，八方風雨會中州」……高唱入雲，氣魄雄厚，亦名句之堪嗣響工部者。（《筱園詩話》卷三）

奉送浙西李僕射相公赴鎮〔一〕 奉送至臨泉驛，書札見徵拙詩，時在汝州。

建節東行是舊游，〔二〕歡聲喜氣滿吴州。〔三〕郡人重得黄丞相，〔四〕童子争迎郭細侯。〔五〕詔下初辭温室樹，〔六〕夢中先到景陽樓。〔七〕自憐不識平津閣，〔八〕遥望旌旗汝水頭。〔九〕

【校注】

〔一〕詩大和八年末在汝州作。浙西：唐方鎮名，治所在潤州，今江蘇省鎮江市。李僕射：李德裕。《舊唐書》本傳：大和六年冬，自劍南召李德裕爲兵部尚書。七年二月，以本官同平章事，爲李訓、鄭注所惡。八年九月，復召李宗閔於興元，授中書侍郎、平章事，代德裕，出德裕爲興元節度使。德裕中謝日，自陳戀闕，不願出藩，遂改檢校尚書左僕射、潤州刺史、鎮海軍節度、蘇杭常潤觀察等使。同書《文宗紀下》：「（大和八年十一月）以兵部尚書李德裕檢校右僕射，充鎮海軍節度、浙江西道觀察等使。」

〔二〕建節：《新唐書·百官志四下》：「（節度使）辭日，賜雙旌雙節，行則建節。」李德裕長慶二年至大和三年曾爲浙西觀察使，故爲「舊游」。

〔三〕吴州：浙西所轄蘇、常、湖、杭等州，均春秋吴地。

〔四〕黄丞相：西漢黄霸。霸自潁川太守徵爲丞相，復爲潁川太守，見卷四《再授連州（略）》注。

〔五〕郭細侯：東漢郭伋，字細侯。《後漢書》本傳：「爲并州牧。……伋前在并州，素結恩德，及後入界，所到縣邑，老幼相攜，逢迎道路。……到西河美稷，有童兒數百，各騎竹馬，道次迎拜。伋問兒曹何自遠來，對曰：『聞使君到，喜，故來奉迎。』伋辭謝之。」據《舊唐書·李德裕傳》，德裕前在浙西，甚有德政，「儉於自奉」，「凡舊俗之害民者，悉革其弊」。

〔六〕温室樹：代指皇宫近密之地，見卷六《和浙西李大夫晚下北固山（略）》注。

〔七〕景陽樓：故址在潤州上元縣，今南京市。《南齊書·武穆裴皇后傳》：「上數游幸諸苑囿，載宫人從後車，宫内深隱，不聞端門鼓漏聲，置鐘於景陽樓上，宫人聞鐘聲，早起裝飾，至今此鐘唯應五鼓及三鼓也。」《六朝事跡編類》卷上「景陽樓」：「今法寶寺西南遺址尚存。」

〔八〕平津閣：即東閣。西漢公孫弘爲相，封平津侯，開東閣以延賢人，見卷六《和浙西李大夫伊川卜居》注。李德裕爲相時，劉禹錫正在蘇州，故云「不識」。

〔九〕汝水：《元和郡縣圖志》卷六「汝州梁縣」：「汝水，經縣南三里。」

【集評】

陳鶴崖曰：工整流麗，當與王、岑争坐，不可以時代論。歷下論詩，最愛李東川，於此等詩未齒及，以時代論人也。（《唐詩雋》）

《山滿樓箋注唐詩七言律》：「丞相」、「細侯」，借用而巧合，自是對偶中活法。

重送浙西李相公頃廉問江南已經七載後歷滑臺劍南兩鎮遂入相今復領舊地新加旌旆〔一〕

江北萬人看玉節，〔二〕江南千騎引金鐃。〔三〕鳳從池上游滄海，〔四〕鶴到遼東識舊巢。〔五〕城下清波含百谷，〔六〕窗中遠岫列三茅。〔七〕碧鷄白馬回翔久，〔八〕卻憶朱方是樂郊。〔九〕

【校注】

〔一〕詩大和八年末在汝州作。李相公：李德裕，見前詩。廉問：考察官吏善惡臧否。廉問江南，指爲浙江西道觀察使。《新唐書·百官志四下》：「觀察處置使，掌察所部善惡。」李德裕自長慶四年至大和三年在浙西觀察使任上七年。滑臺、劍南：指大和中李德裕爲滑州義成軍節度使及成都劍南西川節度使事。新加旌旄：謂改浙西觀察使爲節度使事。據《新唐書·方鎮表》，元和元年，浙西觀察罷領鎮海軍節度；大和九年，復置爲鎮海軍節度使。據《舊唐書》文宗紀、李德裕傳及劉禹錫此詩，復置鎮海軍節度當在大和八年。改觀察爲節度蓋爲寵李德裕之故。自「頃廉」以下二十九字疑爲題下注，闌入題中。

〔二〕玉節：玉製的符節。《周禮·地官·掌節》：「守邦國者用玉節。」

〔三〕金鐃：軍中樂器，見卷五《寄唐州楊八歸厚》注。《新唐書·百官志四下》：「（節度使）行則建節，樹六纛，中官祖送。次一驛，輒上聞。入境，州縣築節樓，迎以鼓角，衙仗居前，旌幢居中，大將鳴珂，金鉦鼓角居後。州縣賚印，迎於道左。」

〔四〕池上：謂鳳池，指中書省，見卷一《奉和中書崔舍人（略）》注。滄海：指浙西，其地濱海。李德裕自宰相出鎮浙西，故云。

〔五〕遼東鶴：用丁令威化鶴事，見卷八《遥和白賓客分司（略）》注。

〔六〕城：指潤州州城，下臨長江。百谷：衆水。《老子》下篇：「江海所以能爲百谷王者，以其善下之，故能爲百谷王。」

〔七〕遠岫：遠山。謝朓《郡内高齋閒坐答吕法曹》：「窗中列遠岫。」三茅：山名，即江蘇句容縣東南句曲山。《元和郡縣圖志》卷二五「潤州延陵縣」：「茅山，在縣西南三十五里，三茅得道之所。」《南史·陶弘景傳》：「止于句容之句曲山。……昔漢有三茅君得道，來掌此山，故謂之茅山。」

〔八〕碧鷄：指成都，有碧鷄坊。杜甫《西郊》：「時出碧鷄坊，西郊向草堂。」餘見卷一《洛中送楊處厚(略)》注。白馬：指滑州。《元和郡縣圖志》卷八「滑州白馬縣」：「黎陽津，一名白馬津。」回翔：盤旋飛翔。

〔九〕朱方：潤州丹徒古稱。《元和郡縣圖志》卷二五「潤州丹徒縣」：「本朱方地，後名谷陽。《春秋》魯襄二十八年，齊慶封奔吴，吴與之朱方，聚族而居之……即此地。」樂郊：樂土。《詩·魏風·碩鼠》：「逝將去汝，適彼樂郊。」

【集評】

《詩史》：蘇子容愛元、白、劉賓客輩詩，如《汝洛唱和》，皆往往成誦；苦不愛太白輩詩。曾誦《汝洛集·九日送人》云：「清秋方落帽，子夏正離群。」以爲假對工夫無及此聯。又舉劉夢得《送李文饒再鎮浙西》詩，以爲最著題。(《詩話總龜》前集卷六)

酬樂天謝衫酒見寄〔一〕

酒法衆傳吴米好，〔二〕舞衣偏尚越羅輕。〔三〕動摇浮蟻香濃甚，〔四〕裝束輕鴻意態生。〔五〕閱曲定知能自適，舉杯應嘆不同傾。終朝相憶終年別，對景臨風無限情。

【校注】

〔一〕詩約大和八年末九年初在汝州作。謝衫酒：指白居易《劉蘇州寄釀酒糯米李浙東寄楊柳枝舞衫偶因嘗酒試衫輒成長句寄謝之》詩。此詩乃酬答白詩之作，題中「謝」字原脱，據白原詩題補。白詩呼劉爲「劉蘇州」，蓋糯米爲劉在蘇州時所寄，至酒已釀成，復因嘗酒寄詩與劉，劉則已在汝州，故詩編入《汝洛集》中。

〔二〕吴米：吴地糯米。《新唐書·地理志五》，蘇州土貢有「大小香粳」。

〔三〕越羅：越地絲織品。《新唐書·地理志五》，越州土貢有「寶花、花紋等羅，白編、交梭、十樣花紋等綾，輕容、生縠、花紗，吴絹」。

〔四〕浮蟻：酒上浮沫，指酒。張衡《南都賦》：「醪敷徑寸，浮蟻若萍。」

〔五〕輕鴻：喻舞女。曹植《洛神賦》：「翩若輕鴻，婉若游龍。」

【附録】

劉蘇州寄釀酒糯米李浙東寄楊柳枝舞衫偶因嘗酒試衫輒成長句寄謝之　白居易

柳枝慢踏試雙袖，桑落初香嘗一杯。金屑醅濃吴米釀，銀泥衫穩越娃裁。舞時已覺愁眉展，醉後仍教笑口開。慚愧故人憐寂寞，三千里外寄歡來。（《白居易集》卷三二）

酬令狐相公首夏閒居書懷見寄〔一〕

蕙草芳未歇，〔二〕緑槐陰已成。金罍唯獨酌，〔三〕瑶瑟有離聲。翔泳各殊勢，〔四〕篇章空寄情。應憐三十載，未變使君名。貞元中自郎官出守，至今三十一年。

【校注】

〔一〕據自注，詩大和九年夏在汝州作。令狐楚原詩佚。

〔二〕蕙草：香草名，蘭屬，春暮始花。謝靈運《游赤石進帆海》：「首夏猶清和，芳草亦未歇。」

〔三〕金罍：酒器。《詩·周南·卷耳》：「我姑酌彼金罍，維以不永懷。」陳後主有《獨酌謡》。

〔四〕翔泳：鳥飛魚游，喻官場昇沈進退之不同。

送廖參謀東游二首〔一〕

九陌逢君又別離，〔二〕行雲別鶴本無期。〔三〕望嵩樓上忽相見，〔四〕看過花開花落時。

【校注】

〔一〕詩大和九年春末夏初在汝州作。廖參謀：曾爲淮南參謀，後爲僧，又還俗，餘未詳。或以爲廖參謀即廣宣，誤，參見卷八《謝淮南廖參謀秋夕見過之作》注。二首：二字原無，據劉本、《叢刊》本、《全唐詩》補。

〔二〕九陌：指京師大道。漢長安城中有八街九陌，見《三輔黄圖》卷二。劉禹錫與廖參謀相遇於長安，見卷八《謝淮南廖參謀秋夕見過之作》。

〔三〕行雲别鶴：猶閑雲野鶴，喻指廖參謀閒散無拘束之身。

〔四〕望嵩樓：在汝州。據《葉氏菉竹堂碑目》，劉禹錫此詩宋元祐中曾刻石於汝州學。張耒《早登望嵩樓望少室雪畏風不敢招客》：「臨汝城中春雪消，望嵩樓上對岧嶢。」

二

繁花落盡君辭去，緑草垂楊引征路。東道諸侯皆故人，〔一〕留連必是多情處。

【校注】

〔一〕東道諸侯：指東去路上的藩鎮或刺史。

奉和裴晉公涼風亭睡覺〔一〕

驪龍睡後珠元在，〔二〕仙鶴行時步又輕。方寸瑩然無一事，〔三〕水聲來似玉琴聲。

【校注】

〔一〕依劉集編次，詩大和九年夏在汝州作。裴晉公：裴度，封晉國公。今《全唐詩》卷三三五裴度有《涼風亭睡覺》詩，但劉師培《讀全唐詩書後》云，該詩似宋人丁謂所作，因丁謂亦封晉國公，故誤收。

〔二〕驪龍：黑龍，參見卷八《答樂天所寄詠懷且釋其枯樹之嘆》注。元：原。

〔三〕方寸：指心。《列子·仲尼》：「吾見子之心矣，方寸之地虚矣。」瑩然：光明澄澈。

【附録】

涼風亭睡覺　裴度

飽食暖行新睡覺，一甌新茗侍兒煎。脱巾斜倚繩牀坐，風送水聲來耳邊。（《全唐詩》卷三三五）

晝居池上亭獨吟〔一〕

日午樹陰正，獨吟池上亭。静看蜂教誨，〔二〕閑想鶴儀形。〔三〕法酒調神氣，〔四〕清琴入性靈。浩然機已息，〔五〕几杖復何銘〔六〕！

【校注】

〔一〕據白居易和詩在白集中編次，此詩大和九年夏在汝州作。

〔二〕蜂教誨：《詩·小雅·小宛》：「螟蛉有子，蜾蠃負之，教誨爾子，式穀似之。」傳：「螟蛉，桑蟲也。蜾蠃，蒲盧也。」箋：「蒲盧取桑蟲之子負持而去，煦嫗養之，以成其子。喻有萬民不能治，則能治者將得之。」《爾雅·釋蟲》「蜾蠃」郭璞注：「即細腰蜂也。」

〔三〕儀形：儀態形容。

〔四〕法酒：依法釀造之酒。《齊民要術》卷七有「法酒」條。

〔五〕浩然：廣大貌。此指胸襟開闊。機：機心，世俗爭競之心。

〔六〕几：老人居所凴；杖：老人行所持。几杖隨身，故刻銘其上以自儆戒。《太公金匱》載有武王《几銘》、《杖銘》。崔駰《與竇憲書》：「君子福大則愈懼，爵隆而愈恭，遠察近覽，俯仰有則，銘諸几杖，刻諸盤杅，矜矜業業，無殆無荒。」

【附録】

閑園獨賞（原注：因夢得所寄蜂鶴之詠，引成此篇以和之。）　白居易

午後郊園静，晴來景物新。雨添山氣色，風借水精神。永日若爲度，獨游何所親？仙禽狎君子，芳樹倚佳人。蟻鬥王争肉，蝸移舍逐身。蝶雙知伉儷，蜂分見君臣。蠢蠕形雖小，逍遥性即均。不知鵬與鷃，相去幾微塵？（《白居易集》卷三二）

和樂天閑園獨賞八韻前以蜂鶴拙句寄呈今辱蝸蟻妍詞見答因成小巧以取大咍〔一〕

永日無人事，芳園任興行。陶廬樹可愛，〔二〕潘宅雨新晴。〔三〕傅粉琅玕節，〔四〕薰香菡萏

莖。〔五〕榴花裙色好，〔六〕桐子藥丸成。〔七〕柳蠹枝偏亞，〔八〕桑閑葉再生。〔九〕睢盱欲鬥雀，〔一〇〕索漠不言鶯。〔一一〕動植隨四氣，〔一二〕飛沈含五情。〔一三〕槍榆與水擊，〔一四〕小大强爲名。〔一五〕

【校注】

〔一〕據白居易原詩在白集中編次，此詩大和九年夏在汝州作。蜂鶴拙句：指己之《晝居池上亭獨吟》。蝸蟻妍詞：指白居易《閑園獨賞》。哈：笑。自「前以」以下二十四字疑當爲題下注。

〔二〕陶廬：陶潛《讀山海經》：「孟夏草木長，繞屋樹扶疏。衆鳥欣有托，吾亦愛吾廬。」

〔三〕潘宅：潘岳《閑居賦序》：「自弱冠涉乎知命之年，八徙官而一進階，再免，一除名，一不拜職，遷者三而已矣。……於是覽止足之分，庶浮雲之志，築室種樹，逍遥自得。」其賦中有「退而閒居於洛之涘」之語，故以比退居洛下的白居易。

〔四〕傅粉：用何晏傅粉事的字面，參見前《題于家公主舊宅》注。琅玕節：指竹。琅玕，石而似玉，青色。

〔五〕薰香：用韓壽熏香事的字面，參見卷二《泰娘歌》注。菡萏：荷花花苞。

〔六〕榴花：石榴花，大紅色。梁元帝《烏棲曲》：「芙蓉爲帶石榴裙。」

〔七〕桐子：梧桐子，藥書中以之形容藥丸的大小。陶弘景《本草序》：「凡丸藥如梧子者，以二大豆準之。」

〔八〕蠹：蟲蛀。亞：低垂。

〔九〕桑閑：謂已過蠶時，無人采摘。

〔一〇〕睢盱：張目怒視貌。張衡《西京賦》：「武士赫怒……睢盱拔扈。」門雀：《歷代名畫記》卷八：「劉殺鬼……畫門雀於壁間，帝見之疑爲生，拂之方覺。」

〔一一〕索漠：無生氣貌，此指無聲。李白《贈范金卿》：「只應自索漠，留舌示山妻。」

〔一二〕四氣：猶四時。《禮記·樂記》：「奮至德之光，動四氣之和，以著萬物之理。」疏：「謂感動四時氣序之和平，使陰陽順序也。」

〔一三〕飛沈：鳥類和魚類。五情：《文選》曹植《上責躬應詔詩表》：「形影相弔，五情愧赧。」劉良注：「五情，喜、怒、哀、樂、怨。」

〔一四〕槍榆：決起而飛，觸榆枋而止的尺鷃，指小鳥。水擊：水擊三千里的鯤鵬，指大鳥。均見卷二《武陵書懷五十韻》注。

〔一五〕强爲名：强爲分別。《莊子·逍遥游》將尺鷃與鯤鵬相較，云「此小大之辯也」。郭象注：「苟足於其性，則雖大鵬無以自貴於小鳥，小鳥無羨於天地，而榮願有餘矣。故小大雖殊，逍遥一也。」

【集評】

何焯曰：〔末聯〕上以小巧取妍，仍以此二句收束，不離詩格。姚合以下不知也。（卞孝萱《劉禹錫

詩何焯批語考訂》）

酬令狐相公庭中白菊花謝偶書所懷見寄〔一〕

數叢如雪色，一旦冒霜開。寒蕊差池落，〔二〕清香斷續來。思深含别怨，芳謝惜年催。千里難同賞，〔三〕看看又早梅。

【校注】

〔一〕依劉集編次，詩當大和九年作。詩云「千里」，蓋秋末冬初作於汝州。令狐相公：令狐楚。楚愛白菊花，已見卷七《和令狐相公玩白菊》詩。楚原詩已佚。題中「書」字原奪，據劉本、《全唐詩》補。

〔二〕差池：不齊貌。

〔三〕千里：《元和郡縣圖志》卷六「汝州」：「西至上都九百八十里。」

酬喜相遇同州與樂天替代〔一〕

舊託松心契，〔二〕新交竹使符。〔三〕行年同甲子，〔四〕筋力羨丁夫。〔五〕别後詩成帙，〔六〕攜來酒滿壺。今朝停五馬，〔七〕不獨爲羅敷。〔八〕前章所言春草，白君之舞妓也，故有此答。

【校注】

〔一〕詩大和九年冬末赴同州途經洛陽時作。同州：州治在今陝西省大荔縣。《舊唐書·文宗紀下》：大和九年九月，「以太子賓客分司東都白居易爲同州刺史」；十月「乙未，以新授同州刺史白居易爲太子少傅分司，以汝州刺史劉禹錫爲同州刺史」。白居易雖授同州，但實際上並未離洛陽赴任，作有《詔授同州刺史病不赴任因詠所懷》詩。二人相遇乃在洛陽，故有後之聯句唱和。據劉禹錫《同州謝上表》，劉於大和九年十二月到同州任。題中「同州」等七字當爲題下注，闌入題中。

〔二〕松心契：堅貞如松柏的交誼。《禮記·禮器》：「其在人也，如竹箭之有筠也，如松柏之有心也。」

〔三〕竹使符：漢代郡守的信物。《漢書·文帝紀》：「九月，初與郡守爲銅虎符、竹使符。」唐代刺史信物爲銅魚符。

〔四〕同甲子：同庚。劉、白同年生，見卷八《和樂天耳順吟(略)》。

〔五〕丁夫：指少壯之人。《新唐書·食貨志》：「廣德元年，詔：……男子二十五爲成丁，五十五爲老。」

〔六〕帙：包書布套。白居易大和六年冬作《與劉蘇州書》：「歲月易得，行復周星，一往一來，忽又盈篋。……今復編而次焉，……命曰《劉白吳洛寄和卷》。」按，此後二人唱和之作甚多。

〔七〕五馬：代指刺史車駕。

〔八〕羅敷：樂府民歌中美女。樂府《陌上桑》：「秦氏有好女，自名爲羅敷。羅敷善蠶桑，采桑城南隅。……使君從南來，五馬立踟躕。……使君謝羅敷：『寧可共載否？』羅敷前置辭：『使君一何愚！使君自有婦，羅敷自有夫。』」此指白居易歌妓春草，見白原詩。

【附録】

喜見劉同州夢得 白居易

紫綬白髭鬚，同年二老夫。論心共牢落，見面且歡娱。酒好攜來否？詩多記得無？應須爲春草，五馬少踟躕。（《白居易集》卷三三）

喜遇劉二十八偶書兩韻聯句〔一〕

病來佳興少，老去舊游稀。笑語縱横作，杯觴絡繹飛。度。清談如冰玉，〔二〕逸韻貫珠璣。〔三〕高位當金鉉，〔四〕虚懷似布衣。〔五〕禹錫。已容狂取樂，仍任醉忘機。〔六〕捨眷將何適？〔七〕留歡便是歸。〔八〕居易。鳳儀常欲附，〔九〕蚊力自知微。〔一〇〕願假尊罍末，〔一一〕膺門自此依。〔一二〕紳。

【校注】

〔一〕詩大和九年冬末赴同州途經洛陽時作。劉二十八：劉禹錫，行二十八。參加聯句者尚有裴度、自居易、李紳。《舊唐書·文宗紀下》："大和九年五月，「以浙東觀察使李紳爲太子賓客，分司東都」。故時紳亦在洛陽。裴度時爲東都留守，見前《郡内書情獻裴侍中留守》注。

〔二〕冰玉：比喻談吐的清雅。冰，劉本、《全唐詩》作「水」。水玉，水精。

〔三〕逸韻：高雅的詩篇，指聯句詩。璣：不圓的珠。

〔四〕金鉉：金鼎，喻指三公。鉉，鼎耳，見卷六《浙西李大夫示述夢四十韻（略）》注。時裴度守司徒，爲三公，故云。

〔五〕布衣：平民。

〔六〕忘機：無世俗争競之心，見卷八《宴興化池亭送白二十二東歸聯句》注。兩句指醉後不拘形跡。

〔七〕眷：家眷。劉禹錫鑒於官場險惡，留眷洛中，隻身赴任，已作歸洛打算。

〔八〕歡：指姬妾伎樂之類。

〔九〕鳳儀：鳳凰的容儀，喻指裴度。《書·益稷》："「鳳凰來儀。」

〔一〇〕蚊力：微薄的力量，此李紳自謂。《莊子·秋水》："「使蚊負山，商蚷馳河也，必不勝任矣。」

〔一一〕樽、罍：均酒器名，此代指宴席。

〔一二〕膺門：李膺之門，人稱龍門，見卷八《遥和白賓客分司（略）》注。此指裴度之門。

劉二十八自汝赴左馮塗經洛中相見聯句〔一〕

不歸丹掖去，〔二〕銅竹漫云云。〔三〕唯喜因過我，須知未賀君。度。詩聞安石詠，〔四〕香見令公熏。〔五〕欲首函關路，〔六〕來披緱嶺雲。〔七〕居易。貂蟬公獨步，〔八〕鴛鷺我同群。〔九〕插羽先飛酒，〔一〇〕交鋒便戰文。〔一一〕紳。鎮嵩知表德，〔一二〕定鼎爲銘勛。〔一三〕顧鄙容商洛，〔一四〕徵歡候汝墳。〔一五〕禹錫。頃年多謔浪，〔一六〕此夕任喧紛。故態猶應在，〔一七〕行期未要聞。度。游藩榮已久，〔一八〕捧袂惜將分。〔一九〕詎厭杯行疾，唯愁日向曛。〔二〇〕居易。窮陰初莽蒼，〔二一〕離思漸氤氳。〔二二〕殘雪午橋岸，〔二三〕斜陽伊水濆。〔二四〕紳。上謨尊右掖，〔二五〕全略静東軍。〔二六〕萬頃徒稱量，〔二七〕滄溟詎有垠。〔二八〕禹錫。

【校注】

〔一〕詩大和九年冬末赴同州途經洛陽時作。左馮：左馮翊，即同州，參見卷二《送襄陽熊判官孺登（略）》注。參加聯句者尚有裴度、白居易、李紳。

〔二〕丹掖：紅色宫門，代指朝廷。王僧孺《爲南平王讓儀同表》：「神夢紫霄，心飛丹掖。」

〔三〕銅竹：銅虎符、竹使符，參見前《酬喜相遇同州與樂天替代》注。云云：猶伝伝，行貌。《白虎通·情性》：「魂猶伝伝也，行不休也。」二句謂劉禹錫遷轉甚頻，但不離刺史身份。

〔四〕安石：東晉謝安字。《晉書》本傳：「安本能爲洛下書生詠，有鼻疾，故其音濁，名流愛其詠而弗能及，或手掩鼻以斆之。」

〔五〕令公：荀令公，坐處三日香，見卷一《廣宣上人寄在蜀與韋令公唱和詩卷（略）》注。《舊唐書·文宗紀下》：大和九年十月，「東都留守、特進、守司徒、侍中裴度，進位中書令」。故稱「令公」，與前「安石」均指裴度。

〔六〕首路：啟程上路。函關：函谷關，自洛陽赴關中之同州經此。《元和郡縣圖志》卷二「華州華陰縣」：「潼關，在縣東北三十九里。……秦函谷關在漢弘農縣，即今靈寶縣西南十一里故關是也。……漢武帝元鼎三年，楊僕……請徙關於新安，武帝從之，即今新安縣東一里函谷故關是也。……至建安十六年，曹公破馬超於潼關，則是中間徙於今所。」

〔七〕緱嶺：即緱氏山。《元和郡縣圖志》卷五「河南府緱氏縣」：「緱氏山，在縣東南二十九里，王子晉得仙處。」披雲：《世説新語·識鑒》：「衛伯玉……見樂廣，奇之，……曰：『此人，人之水鏡也，見之若披雲霧睹青天。』」句指來洛陽與裴、白等會面。

〔八〕貂蟬：貂尾附蟬，侍中冠飾，見卷八《奉和裴侍中將赴漢南留别坐上諸公》注。公：指裴度，時加侍中。

〔九〕鴛鷺：朝官班行，此指劉、白。

〔一〇〕插羽：插羽以示迅急。

〔一一〕戰文：賽文，如分題限韻作詩或聯句之類。

〔一二〕嵩：嵩山。《元和郡縣圖志》卷五「河南府登封縣」：「嵩高山，在縣北八里……即中岳也。」

〔一三〕定鼎：即定都。鼎爲傳國重器。《左傳·宣公三年》：「成王定鼎於郟鄏。」《元和郡縣圖志》卷五「河南府」：「周成王定鼎於郟鄏，使召公先相宅，乃卜澗水東、瀍水西，是爲東都。今苑内故王城是也。」裴度時爲東都留守，故以鎮嵩、定鼎美之。

〔一四〕顧鄙：顧念鄙野之人。商洛：商州屬縣名。《高士傳》卷中：「四皓始皇時見秦政虐，乃共入商洛，隱地肺山，以待天下定。」此句似指時爲太子賓客的白居易與李紳。

〔一五〕徵歡：求得歡聚。汝墳：汝水隄岸。《詩·周南》有《汝墳》。劉禹錫剛罷汝州刺史，故以自指。

〔一六〕謔浪：戲謔放浪。《詩·邶風·終風》：「謔浪笑敖。」

〔一七〕故態：往日（狂放）的行爲舉止。《後漢書·嚴光傳》：「司徒侯霸與光素舊，遣使奉書。使人因謂光曰：『公聞先生至，區區欲即詣造，迫於典司，是以不獲。願因日暮，自屈語言。』光不答，乃投札與之，口授曰：『君房足下：位至鼎足，甚善。懷仁輔義天下悦，阿諛順旨要領絶。』霸得書，封奏之。帝笑曰：『狂奴故態也。』」

〔一八〕藩：籬笆。《莊子·大宗師》：「吾願游於其藩。」此指游於裴度門下。

〔一九〕捧袂：托起衣袖，謂奉陪。王勃《滕王閣序》：「今晨捧袂，喜託龍門。」

〔二〇〕曛：日暮。

〔二一〕窮陰：猶窮冬。鮑照《舞鶴賦》：「於是窮陰殺節，急景凋年。」莽蒼：蒼茫。疑當作「蒼莽」，方合平仄。

〔二二〕氤氳：雲煙彌漫貌，此指離思之盛。

〔二三〕午橋：洛陽地名。《舊唐書·裴度傳》：「東都立第於集賢里……又於午橋創別墅。」《唐兩京城坊考》卷五「東都」：「午橋莊在長夏門南五里。」

〔二四〕濆：水邊高地。《元和郡縣圖志》卷五「河南府河南縣」：「伊水，在縣東南十八里。」伊水分二支，一支東南入城，流經白居易、裴度所居宣教里和集賢里。

〔二五〕上謨：高明的謀略。右掖：中書省。時裴度爲中書令，故云。

〔二六〕全略：猶全策，周密的謀劃。東軍：關東的軍府藩鎮。

〔二七〕萬頃：言其廣大。《後漢書·黄憲傳》：「郭林宗少游汝南，先過袁閎，不宿而退。進往從憲，累日方還。或以問林宗，林宗曰：『奉高（袁閎字）之器，譬諸汎濫，雖清而易挹。叔度（黄憲字）汪汪若千頃（《世説新語·德行》作萬頃）陂，澄之不清，淆之不濁，不可量也。』」稱量：稱舉量度。

〔二八〕滄溟：大海。此稱頌裴度識量如大海之無邊。

將之官留辭裴令公留守〔一〕

祖帳臨伊水，〔二〕前旌指渭河。〔三〕風烟里數少，〔四〕雲雨别情多。〔五〕重疊受恩久，〔六〕邅回如命何。〔七〕東山與東閣，〔八〕終冀再經過。

【校注】

〔一〕詩大和九年冬末赴同州途經洛陽時作。之官：赴同州刺史任。裴令公：裴度，時已加中書令，參見前詩注。

〔二〕祖帳：陳設送行筵席的帳幕。伊水：流經裴度洛陽集賢里第，見前詩注。

〔三〕前旌：爲前導的旗幟。刺史出行以雙旌爲前導，已見前注。渭河：即渭水。《元和郡縣圖志》卷二「同州」：「《禹貢》云：『漆沮既從，灃水攸同。』言二水至此同流入渭，城居其地，故曰同州。」

〔四〕里數少：《元和郡縣圖志》卷二「同州」：「東至東都六百五十里。」

〔五〕雲雨：王粲《贈蔡子篤》：「風流雲散，一别如雨。」

〔六〕重疊句：劉禹錫累得裴度助力，見卷四《元和十年自朗州承召至京（略）》、卷八《廟庭偃松詩》諸詩注。

〔七〕邅回：行難進貌。

〔八〕東山：東晉謝安隱居處。東閣：漢公孫弘爲丞相時延接賓客處，屢見前注。

兩何如詩謝裴令公贈别二首〔一〕

一言一顧重，〔二〕重何如？今日陪游清洛苑，〔三〕昔年别入承明廬。〔四〕

【校注】

〔一〕詩大和九年冬末赴同州途經洛陽時作。兩何如詩：詩傚梁鴻《五噫歌》、張衡《四愁詩》之體，當爲一首兩章，非有兩首《兩何如詩》，頗疑今作兩首爲後人所分，「二首」二字亦爲後人所加。今仍其舊。裴度原詩已佚。

〔二〕顧重：顧念賞識。謝朓《和王主簿季哲怨情》：「平生一顧重。」

〔三〕清洛苑：洛陽宫苑，洛水流經其中。

〔四〕别：何焯曰：「疑作『隨』。」承明廬：西漢近臣宿值之所，在石渠閣外，此代指集賢院，參見卷二《寄楊八拾遺》注。

二

一東一西别，别何如？終期大冶再鎔鍊，〔一〕願託扶摇翔碧虚。〔二〕

【校注】

〔一〕大冶：優秀的冶煉工匠。《莊子·大宗師》：「大冶鑄金。」再鎔鍊：喻再次爲相。宰相總理政務，古詩文中常以陶鈞、爐冶喻之。

〔二〕扶摇：自下而上的暴風。《莊子·逍遥游》：鯤鵬「摶扶摇而上者九萬里」。碧虚：碧空。

冬夜宴河中李相公中堂命箏歌送酒〔一〕

朗朗鶤鷄絃，〔二〕華堂夜多思。〔三〕簾外雪已深，坐中人半醉。翠娥發清響，〔四〕曲盡有餘意。酌我莫憂狂，〔五〕老來無逸氣。〔六〕

【校注】

〔一〕河中：府名，今山西永濟，時爲河中節度使治所。李相公：李程，曾相敬宗。據《舊唐書·李程傳》，程大和四年三月，檢校尚書左僕射、平章事、河中尹、河中節度使；六年七月，徵爲左僕射；九年，復爲河中晉絳節度使；開成元年五月，復入爲右僕射。大和五年冬劉禹錫自京赴蘇州，大和九年自汝州赴同州，均有可能至河中與程相會，然此行他無可考，姑附於此。

〔二〕朗朗：明朗，此言箏聲清朗。鶤鷄：琴曲名。《文選》嵇康《琴賦》：「鶤鷄游絃。」李善注：「古相和歌有《鶤鷄曲》。」李周翰注：「琴有《鶤鷄》、《鴻雁》之曲。」

〔三〕多思：多情思。

〔四〕翠娥：美女。

〔五〕狂：指酒狂，俗言發酒瘋。《漢書·蓋寬饒傳》：「無多酌我，我乃酒狂。」

〔六〕逸氣：俊逸不凡之氣。曹丕《與吳質書》：「公幹有逸氣，但未遒耳。」

酬令狐相公季冬南郊宿齋見寄〔一〕

壇下雪初霽，〔二〕城南凍欲生。〔三〕齋心祠上帝，〔四〕高步領名卿。〔五〕沐浴含芳澤，〔六〕周旋聽珮聲。〔七〕猶憐廣平守，〔八〕寂寞竟何成。

【校注】

〔一〕詩大和九年十二月在同州作。季冬：舊曆十二月。《舊唐書·禮儀志一》：「每歲冬至，祀昊天上帝於圓丘。」宿齋：宿於致齋之所。唐制：祭祀有大、中、小之分，祭天爲大祀，散齋四日，致齋三日。散齋日官員照常理事，夜宿於家正寢；致齋日則宿於官署。《舊唐書·禮儀志一》：「致齋之日，三公於尚書省安置，餘官各於本司。若皇城内無本司，於太常郊社、太廟署安置。」令狐楚原詩已佚。

〔二〕壇：天壇。《舊唐書·禮儀志一》：祀昊天上帝，「其壇在京城明德門外道東二里，壇制四成，各高八尺一寸」。

〔三〕城南：古代祭天於南郊。明德門即唐長安城南面中門。

〔四〕齋心：此指内心虔誠專一。《莊子·人間世》：「顔回曰：『回之家貧，唯不飲酒、不茹葷者數月矣，如此則可以爲齋乎？』曰：『是祭祀之齋，非心齋也。』回曰：『敢問心齋。』仲尼曰：『一若志，無聽之以耳，而聽之以心；無聽之以心，而聽之以氣。……氣也者，虛而待物者也。唯道集虛。虛者，心齋也。』」

〔五〕領名卿：《舊唐書・文宗紀下》：大和九年十一月，「以左僕射令狐楚判太常卿事」。僕射師長百僚，太常卿總領祭祀之事，故云。

〔六〕沐浴：齋戒的一種儀式。祭祀時，「接神之官，皆沐浴給明衣」，見《舊唐書・禮儀志一》。

〔七〕周旋：謂舉行典禮時的揖讓進退。

〔八〕廣平守：《文選》謝朓《新亭渚別范零陵》：「廣平聽方籍，茂陵將見求。」李善注引王隱《晉書》：「鄭袤字林叔，爲中郎散騎常侍，會廣平太守缺，宣帝謂袤曰：『賢叔大匠渾垂，稱於平陽，魏郡蒙惠化，且盧子家、王子邕繼踵此郡，欲使世不乏賢，故復相屈。』」此以鄭袤自比，言己三十載「未變使君名」。

酬樂天閑卧見憶〔一〕

散誕向陽眠，〔二〕將閑敵地仙。〔三〕詩情茶助爽，藥力酒能宣。風碎竹間日，露明池底天。同年未同隱，緣欠買山錢。〔四〕

【校注】

〔一〕依劉、白二集編次，詩大和九年冬在同州作。

〔二〕散誕：閒散放誕。

〔三〕地仙：居於人間的仙人。白居易《池上即事》：「身閑當貴真天爵，官散無憂即地仙。」

〔四〕買山錢：歸隱之資。《世説新語·排調》：「支道林因人就深公買印山，深公答曰：『未聞巢由買山而隱。』」

【附録】

閒卧寄劉同州　　白居易

軟褥短屏風，昏昏醉卧翁。鼻香茶熟後，腰暖日陽中。伴老琴長在，迎春酒不空。可憐閒氣味，唯欠與君同。（《白居易集》卷三三）

酬樂天小亭寒夜有懷〔一〕

寒夜陰雲起，疏林暗鳥驚。斜風閃燈影，迸雪打窗聲。竟夕不能寐，同年知此情。漢皇無奈老，〔二〕何況本書生。

【校注】

〔一〕依劉集編次，詩大和九年冬在同州作。亭：白居易原詩作「庭」。

〔二〕漢皇：指漢武帝，好神仙長生之事，然終不免一死。

【附録】

小庭寒夜寄夢得　白居易

庭小同蝸舍，門閑稱雀羅。火將燈共盡，風與雪相和。老睡隨年減，衰情向夕多。不知同病者，争奈夜長何！（《白居易集》外集卷上）

劉禹錫全集編年校注卷十　詩　開成上

奉和裴令公新成緑野堂即事〔一〕

藹藹鼎門外，〔二〕澄澄洛水灣。〔三〕堂皇臨緑野，〔四〕坐卧看青山。位極卻忘貴，〔五〕功成欲愛閑。官名司管籥，〔六〕心術去機關。〔七〕禁苑陵晨出，〔八〕園花及露攀。池塘魚撥刺，〔九〕竹徑鳥綿蠻。〔一〇〕志在安蕭灑，〔一一〕嘗經歷險艱。高情方造適，〔一二〕衆意望徵還。〔一三〕好客交珠履，〔一四〕華筵舞玉顔。〔一五〕無因隨賀燕，〔一六〕翔集畫梁間。

【校注】

〔一〕依劉、白二集編次，詩開成元年春作。詩云「無因隨賀燕，翔集畫梁間」，蓋劉尚在同州任。緑野堂：裴度洛陽午橋莊堂名。《舊唐書·裴度傳》：甘露之變後，「中官用事，衣冠道喪，度以年及懸輿，王綱版蕩，不復以出處爲意。東都立第於集賢里。……又於午橋創別墅，花木萬株，中起涼臺暑館，名曰緑野堂。引甘水貫其中，釃引脈分，映帶左右。度視事之隙，與詩人白居易、劉禹錫酣宴終日，高歌放言，以詩酒琴書自樂，當時名士，皆從之游」。事，原作「書」，據劉本改。裴度原詩佚。

〔二〕藹藹：《文選》張載《詠史》：「藹藹東都門，群公祖二疏。」吕元濟注：「藹藹，盛貌。」鼎門：洛陽城南面中門。《唐兩京城坊考》卷五「東京外郭城」：「南面三門，正南曰定鼎門，南通伊闕，北對端門。」

〔三〕澄澄：澄澈貌。洛水：《元和郡縣圖志》卷五「河南府洛陽縣」：「洛水，在縣西南三里。」

〔四〕堂皇：無壁之堂。《漢書・胡建傳》：「列坐堂皇上。」師古曰：「堂無四壁曰皇。」

〔五〕位極：時裴度爲中書令、守司徒，居正一品，故位極人臣。

〔六〕管籥：開啟門户的鑰匙。留守管理陪都宫苑，需常巡視，故云。

〔七〕心術句：言裴度能推誠待人，無機詐權謀。

〔八〕禁苑：宫苑。陵，通凌。

〔九〕撥剌：魚躍擊水聲。撥，原作「拔」，據劉本改。

〔一〇〕綿蠻：鳥聲。《詩・小雅・綿蠻》：「綿蠻黄鳥。」

〔一一〕志在：謂隱居之志猶在，有如謝安，參見卷一《途次敷水驛（略）》注。蕭灑：同瀟灑，閒適自在貌。

〔一二〕造適：得到閒適。

〔一三〕徵還：徵召還朝。

〔一四〕珠履：以珠爲飾的鞋。《史記・春申君列傳》：「春申君客三千餘人，其上客皆躡珠履。」

〔一五〕玉顔：美女。曹植《洛神賦》：「轉眄流精，光潤玉顔。」

〔一六〕賀燕：《淮南子·説林》：「大廈成而燕雀相賀。」庾信《登州中新閣》：「徒然思燕賀。」

【附録】

奉和裴令公新成午橋莊緑野堂即事　白居易

舊徑開桃李，新池鑿鳳凰。只添丞相閤，不改午橋莊。遠處塵埃少，閑中日月長。青山爲外屏，緑野是前堂。引水多隨勢，栽松不趁行。年華玩風景，春事看農桑。花妒謝家妓，蘭偷荀令香。游絲飄酒席，瀑布濺琴牀。巢許終身隱，蕭曹到老忙。千年落公便，進退處中央。（原注：時裴加中書令。）（《白居易集》卷三三）

和裴令公新成緑野堂即事　姚合

結構立嘉名，軒窗四面明。丘牆高莫比，蕭宅僻還清。池際龜潛戲，庭前藥旋生。樹深檐稍邃，石峭徑難平。道曠襟情遠，神閑視聽精。古今功獨出，大小隱俱成。曙雨新苔色，秋風長桂聲。攜詩就竹寫，取酒對花傾。古寺招僧飯，方塘看鶴行。人間無此貴，半仗暮歸城。（《全唐詩》卷五〇一）

酬令狐相公杏園花下飲有懷見寄〔一〕

年年曲江望，〔二〕花發即經過。未飲心先醉，臨風思倍多。三春看又盡，〔三〕兩地欲如何？日望長安道，空成勞者歌。〔四〕

【校注】

〔一〕據劉集編次，詩開成元年春在同州作。杏園：在長安曲江旁，見卷四《送僧仲剬東游（略）》注。令狐楚原詩佚。

〔二〕曲江，劉本作「杏園」。望，《叢刊》本作「上」。

〔三〕三春：春季三月。

〔四〕勞者歌：《公羊傳·宣公十五年》何休注：「飢者歌其食，勞者歌其事。」劉禹錫《彭陽唱和集後引》：「予轉左馮，公登左揆，每恨近而不見，形於詠言。」

和令狐相公春早朝回鹽鐵使院中作〔一〕

柳動御溝清，威遲堤上行。〔二〕城隅日未過，山色雨初晴。鶯避傳呼起，〔三〕花臨府署明。簿書盈几案，要自有高情。

【校注】

〔一〕詩開成元年春在同州作。鹽鐵使院：朝廷掌管鹽鐵專賣事業的官署。《舊唐書·食貨志》：「開元已前，（財賦）事歸尚書省。開元已後，權移他官，由是有轉運使、租庸使、鹽鐵使、度支鹽鐵轉運使、常平鑄錢鹽鐵使、租庸青苗使、水陸運鹽鐵租庸使、兩税使，隨事立名，沿革不一。」

同書《令狐楚傳》：「（大和九年）十一月，李訓兆亂，京師大擾。訓亂之夜，文宗召右僕射鄭覃與楚宿於禁中，商量制敕，上皆欲用爲宰相。楚以王涯、賈餗冤死，叙其罪狀浮泛，仇士良等不悦，故輔弼之命移於李石。乃以本官領鹽鐵轉運等使。」同書《文宗紀下》：「（大和九年十二月）諸道鹽鐵轉運榷茶使令狐楚奏榷茶不便於民，請停，從之。」令狐楚原詩佚。

〔二〕威遲：緩行貌。堤：沙堤。《唐國史補》卷下：「凡拜相，禮絶班行，府縣載沙填路，自私第至子城東街，名曰沙堤。」

〔三〕傳呼：隨從吆喝清道。

令狐相公見示題洋州崔侍郎宅雙木瓜花頃接侍郎同舍陪宴樹下吟玩來什輒成和章〔一〕

金牛蜀路遠，〔二〕玉樹帝城春。〔三〕榮耀生華館，逢迎欠主人。〔四〕簾前疑小雪，〔五〕牆外麗行塵。來去皆回首，情深是德鄰。〔六〕

【校注】

〔一〕詩開成九年春末夏初在同州作。洋州：州治在今陝西洋縣。崔侍郎：崔侑。《舊唐書·文宗紀下》：「（大和九年七月）戊午，貶工部侍郎、充皇太子侍讀崔侑爲洋州刺史。」據《舊紀》及《資治通鑑》卷二四五，同月被貶有京兆尹楊虞卿、吏部侍郎李漢、刑部侍郎蕭澣、吏部郎中張諷、考功郎中蘇滌、户部郎中楊敬之等，時李訓、鄭注爲相，「所惡朝士，皆指目爲二李（李德裕、李宗閔）之黨，貶逐無虚日，班列殆空」。木瓜：薔薇科落葉喬木，春末夏初開花。瓜，原作「文」，據劉本、《叢刊》本、《全唐詩》改。同舍：同爲尚書省郎官。劉、崔同爲郎官當在大和三年前後。令狐楚原詩已佚。

〔二〕金牛：《水經注·沔水》：「秦惠王欲伐蜀而不知道，作五石牛，以金置尾下，言能屎金。蜀王負力，令五丁引之，成道。秦使張儀、司馬錯尋路滅蜀，因曰石牛道。」

〔三〕玉樹：樹的美稱，此指木瓜花樹。

〔四〕生華館，原作「華館裏」，據劉本、《全唐詩》改。主人：指崔侑，時在洋州，故家欠主人。

〔五〕疑，劉本作「凝」。

〔六〕德鄰：《論語·里仁》：「德不孤，必有鄰。」崔侑長安宅第當與令狐楚爲鄰，楚宅在開化坊，見卷八《和令狐相公别牡丹》注。

貞元中侍郎舅氏牧華州時余再忝科第前後由華覲謁陪登伏毒寺屢焉亦曾賦詩題於梁棟今典馮翊暇日登樓南望三峰浩然生思追想昔年之事因成篇題舊寺〔一〕

曾作關中客，〔二〕頻經伏毒巖。晴煙沙苑樹，〔三〕晚日渭川帆。〔四〕昔是青春貌，今悲白雪髯。郡樓空一望，含意卷高簾。

【校注】

〔一〕此詩據劉集編次，當開成元年春在同州作。貞元：唐德宗年號（七八五—八〇五）。舅氏：盧徵，貞元中爲華州刺史，見卷一《途次敷水驛（略）》注。伏毒寺：在華州。《古今圖書集成·職方典》卷五一三：「華州伏毒寺，唐杜少陵《憶鄭南玭》詩曰：『鄭南伏毒寺。』劉禹錫伏毒寺詩曰：『曾作關中吏，頻經伏毒巖。』以今考之，即《水經注》所謂馬嶺山。」馮翊：即同州，見卷二《送襄陽熊判官孺登（略）》注。三峰：華山有蓮花、明星、玉女三峰。《初學記》卷五引《華山記》：「其上有三峰直上，晴霽可覩。」《元和郡縣圖志》卷二「同州」：「南至華州八十里。」劉禹錫貞元中題華州伏毒寺詩已佚。原詩宋敏求編於外集卷三，當自《彭陽唱和集》中輯出，蓋令狐楚有和作，故編入《彭陽唱和集》中，今令狐楚和詩亦佚。

〔二〕關中：潼關以西的渭水流域關中平原。劉禹錫貞元九至十一年中應試長安，往來京洛間，常經此地，時尚未入仕，故自稱「關中客」。

〔三〕沙苑：同州苑名。《元和郡縣圖志》卷二「同州馮翊縣」：「沙苑，一名沙阜，在縣南十二里。……後魏文帝大統三年，周太祖爲相國，與高歡戰於沙苑，大破之。時太祖兵少，隱伏於沙草之中，以奇勝之。後於兵立之處，人栽一樹，以表其功。」

〔四〕渭川：即渭水，流經同、華二州。

送令狐相公自僕射出鎮南梁〔一〕

夏木正陰成，戎装出帝京。〔二〕沾襟辭闕淚，回首别鄉情。雲樹褒中路，〔三〕風煙漢上城。〔四〕前旌轉谷去，後騎踏橋聲。久領鴛行重，〔五〕無嫌虎綬輕。〔六〕終當提一筆，再入副蒼生。〔七〕

【校注】

〔一〕詩開成元年四月在同州作。南梁：梁州興元府，在長安南，故稱南梁；時爲山南西道節度使治所，治南鄭，今陝西漢中市東。《舊唐書·文宗紀下》：「（開成元年四月）以左僕射、諸道鹽鐵轉運使令狐楚檢校左僕射，爲山南西道節度使。」

〔二〕戎裝：軍裝。

〔三〕褒中：漢縣名，今陝西勉縣。《元和郡縣圖志》卷二二「興元府褒城縣」：「本漢褒中縣，……當斜谷大路。」

〔四〕漢上城：指興元府治南鄭。《元和郡縣圖志》卷二二「興元府南鄭縣」：「漢水，經縣南，去縣一百步。」

〔五〕鴛行：同鵷行，朝官班行，如鵷鷺之有序。令狐楚在朝時爲左僕射，「師長百僚」，爲二品以下朝官班行之首，而一品「三公」、「三太」常闕。參見《唐會要》卷二五。

〔六〕虎綬：見卷七《酬楊八庶子（略）》注。

〔七〕副：輔佐。蒼生：天下百姓。副蒼生指再入爲相，參見卷二《哭吕衡州時予方謫居》注。

送唐舍人出鎮閩中〔一〕

暫辭鴛鷺出蓬瀛，〔二〕忽擁貔貅鎮粤城。〔三〕閩嶺夏雲迎皂蓋，〔四〕建溪秋樹映紅旌。〔五〕山川遠地由來好，〔六〕富貴當年别有情。〔七〕了卻人間婚嫁事，〔八〕復歸朝右作公卿。〔九〕

【校注】

〔一〕詩開成元年五月在同州作。唐舍人：唐扶。《舊唐書》本傳：「開成初，正拜舍人。踰月，授福州刺史、御史中丞、福建團練觀察使。」同書《文宗紀下》：「（開成元年五月）以中書舍人唐扶爲福建觀察使。」

〔二〕鴛鷺：朝官班行，屢見前注。蓬瀛：海中仙山蓬萊、瀛洲。此代指中書省。

〔三〕貔貅：猛獸，喻武士。《史記·五帝本紀》：「軒轅……教熊羆、貔貅、貙、虎，以與炎帝戰於阪泉之野。」粤城：指福州。粤，通越。福建爲古閩越之地。

〔四〕閩嶺：泛指閩中山嶺。皂蓋：黑色車蓋。《後漢書·輿服志上》：「中二千石、二千石皆皂蓋，朱兩幡。」

〔五〕建溪：即建陽溪，閩江之北源。《元和郡縣圖志》卷二九「建州」：「建陽溪，一名建安水，在州西四百步，南流入福州界。」

〔六〕遠地：孫綽《游天台山賦》謂：四明、天台，「窮山海之瓌富，盡人神之壯麗」，但以「所立冥奥，其路幽迥」，「故事絶於常篇」。

〔七〕當年：猶言壯年。

〔八〕婚嫁：《後漢書·向長傳》：「隱居不仕。……建武中，男女娶嫁既畢……於是遂肆意，與同好北海禽慶俱游五岳名山，竟不知所終。」參見卷二《哭吕衡州時予方謫居》注。

〔九〕朝右：朝班之右。古代以右爲尊。

【集評】

何焯曰：五、六超脱語，更有味。（卞孝萱《劉禹錫詩何焯批語考訂》）

和令狐僕射相公題龍回寺〔一〕

兹地回鑾日，〔二〕皇家禪聖時。〔三〕路無胡馬蹟，〔四〕人識漢官儀。〔五〕天子旌旗度，法王龍象隨。〔六〕知懷去家嘆，經此益遲遲。相公家本咸陽，有喬木之思。

【校注】

〔一〕詩開成元年夏在同州作。龍回寺：在令狐楚自長安赴興元途中，其地未詳。令狐楚原詩已佚。

〔二〕回鑾：天子車駕轉回京師，龍回寺當即因此得名。

〔三〕禪聖：皇帝讓位於新君。《資治通鑑》卷二一八載：至德元載六月安史叛軍攻陷潼關，玄宗幸蜀，將發馬嵬驛，父老皆遮道請留。乃令太子於後宣慰父老。父老因曰：「至尊既不肯留，某等願帥子弟從殿下東破賊，取長安。」父老共擁太子馬，不得行。上乃分後軍二千人及飛龍厩馬從太子。七月，太子即位於靈武，是爲肅宗，尊玄宗爲上皇天帝。玄宗遂下詔禪位於肅宗。

〔四〕胡馬：指安史叛軍。

〔五〕漢官儀：《後漢書·光武帝紀》：「以光武行司隸校尉。……時三輔吏士東迎更始……見司隸僚屬，皆歡喜不自勝。老吏或垂涕曰：『不圖今日復見漢官威儀。』」

〔六〕法王：佛。《妙法蓮華經·譬喻品》載佛説偈云：「我爲法王，於法自在。」又《安樂行品》：「如來於三界中爲大法王，以法教化一切衆生。」龍象：佛家稱力量最大的羅漢，見卷六《謝寺雙檜》注。句言唐肅宗平叛勝利得佛法祐護。

送趙中丞自司金外郎轉官參山南令狐僕射幕府〔一〕趙氏兄弟皆僕射門客。

緑樹滿褒斜，〔二〕西南蜀路賒。驛門臨白草，〔三〕縣道過黄花。〔四〕相府開油幕，〔五〕門生逐絳紗。〔六〕行看布政後，〔七〕還從入京華。〔八〕

【校注】

〔一〕詩開成元年夏在同州作。趙中丞：趙柷。司金外郎：即金部員外郎。天寶十一載，改金部爲司金，見《新唐書·百官志一》。岑仲勉《郎官石柱題名新著録》金部員外郎有趙柷，在陸暢後二人，當大和末、開成初任。李商隱《代彭陽公（令狐楚）遺表》：「其節度留務，差行軍司馬趙祝……」祝當「柷」之形誤，知趙柷開成二年在令狐楚山南西道幕中。李商隱《贈趙協律皙》自注：「愚與趙俱出令吏部相公門下。」吏部相公，即指令狐楚；楚大和七年六月，以故相入朝爲吏部尚書。趙皙即趙柷之弟。《廣卓異記》卷一九「兄弟五人進士及第」條：「右按《登科記》，趙柷弟晰、格、櫟、榑五人皆進士及第。」趙晰當即趙皙。「外」字原無，據明本、劉本增。

〔二〕褒斜：谷名，自長安赴梁州、入蜀須經此谷。《元和郡縣圖志》卷二二「興元府褒城縣」：「褒水，源出縣西衙嶺川，斜水與褒水同源而派分。漢孝武時，人欲通褒斜道及漕，……言『抵蜀從故道，多坂，迴遠，今開褒水至斜，間百餘里，以車轉，從斜下渭，如此，漢中之穀可致，……且褒斜林木竹箭之饒，擬於巴蜀。』天子然之，……發數萬人，作褒斜道五百里，道果便近。」又：「褒谷山，在縣北五里，南口爲褒，北口爲斜，長四百七十里。」

〔三〕白草：洋州驛名。韓愈《唐故相權公墓碑》載，權德輿在山南西道任，以疾求還，「道薨於洋之白草」。草，原作「社」，據《叢刊》本改。

〔四〕黄花：水名，又唐縣名。《元和郡縣圖志》卷二二「鳳州梁泉縣」：「武德元年析置黄花縣，寶應元年省。」《大清一統志》卷二三七漢中府：「黄花川在鳳縣東北十里，唐黄花縣以此名。」

〔五〕油幕：青油幕，賓幕，見卷二《送李策秀才（略）》注。

〔六〕絳紗：即絳帳。馬融設絳帳以教生徒，見卷二《秋日過鴻舉法師寺院（略）》注。

〔七〕布政：施政。《南史·王籍傳》：「（籍）政化如神。……又爲錢塘縣，下車布政，咸謂數十年來未之有也。」

〔八〕京華：京師。

和令狐相公晚泛漢江書懷寄洋州崔侍郎閬州高舍人二曹長〔一〕

雨過遠山出，江澄暮霞生。〔二〕因浮濟川舟，遂作適野行。〔三〕郊樹映緹騎，〔四〕水禽避紅旌。田夫捐畚鍤，〔五〕織婦窺柴荆。〔六〕古岸夏花發，遥林晚蟬清。沿洄方玩境，鼓角已登城。〔七〕部内有良牧，〔八〕望中寄深情。臨觴念佳期，〔九〕泛瑟動離聲。〔一〇〕寂寞一病士，〔一一〕夙昔接群英。〔一二〕多謝謫仙侶，幾時還玉京？〔一三〕

【校注】

〔一〕據劉集原編次及詩中「夏花」之語，詩開成元年夏在同州作。崔侍郎：崔侑，已見前《令狐相公見示題洋州崔侍郎宅（略）》注。閬州：州治在今四川閬中縣。高舍人：高元裕。《舊唐書·

文宗紀下》：大和九年八月，「貶中書舍人高元裕爲閬州刺史」。同書《高元裕傳》：「李宗閔作相，用爲諫議大夫，尋改中書舍人。九年，宗閔得罪南遷，元裕出城餞送，爲李訓所怒，出爲閬州刺史。時鄭注入翰林，元裕草注制辭，言注以醫藥奉君親，注怒，會送宗閔，乃貶之。」令狐楚原詩佚。

〔二〕江澄句：謝朓《晚登三山還望京邑》：「餘霞散成綺，澄江静如練。」

〔三〕濟川：渡水，雙關令狐楚曾爲相事。《書·説命上》載殷高宗命傅説爲相之詞：「若濟巨川，用汝作舟楫。」適野：前往野外。《左傳·襄公三十一年》：「子産之從政也，擇能而使之……與裨諶乘以適野，使謀可否。」柳宗元《植靈壽木》：「白華鑒寒水，怡我適野情。」

〔四〕緹騎：紅衣馬隊。

〔五〕捐：棄。畚：畚箕。鍤：鍬類挖土工具。句謂農夫扔下工具觀看。

〔六〕柴荆：柴門，簡陋之門。

〔七〕鼓角：軍中樂器，以司昏曉。鼓角登城謂日已暮。

〔八〕良牧：賢良刺史。洋、閬二州均屬山南西道節度使管轄。

〔九〕佳期：指美好聚會。謝朓《晚登三山還望京邑》：「佳期悵何許，淚下如流霰。」

〔一〇〕泛：拂動，彈奏。

〔一一〕病士：禹錫自指，蓋時患足疾。禹錫《子劉子自傳》：「又遷同州。……後被足疾，改太子賓客，分司東都。」

〔二〕群英：衆多賢俊之士，指崔、高等人。江淹《別賦》：「蘭臺之群英。」

〔三〕多謝：殷勤問候。謫仙侶：指崔侑、高元裕。玉京：指長安。

酬鄭州權舍人見寄二十韻〔一〕

朱户陵晨啟，碧梧含早涼。人從桔柣至，〔二〕書到溱洧傍。〔三〕抃會因佳句，〔四〕情深取斷章。〔五〕愜心同笑語，〔六〕入耳勝笙簧。〔七〕憶昔三條路，〔八〕居鄰數仞牆。〔九〕舍人舊宅光福里，時忝東鄰。學堂青玉案，〔一〇〕緑服紫羅囊。〔一一〕麟角看成就，〔一二〕龍駒見抑揚。〔一三〕彀中飛一箭，〔一四〕雲際落雙鶬。〔一五〕舍人一舉登科，又判入等第。甸邑叨前列，〔一六〕天臺愧後行。〔一七〕鄙人離渭南主簿十年，舍人方尉此邑。及罹譴謫，重入南宮爲禮部郎中，舍人方任考功員外。鯉庭傳事業，〔一八〕鷄樹遂翱翔。〔一九〕書殿連鳷鵲，〔二〇〕神池接鳳凰。〔二一〕追游蒙尚齒，〔二二〕惠好結中腸。〔二三〕鄙人在集賢，與西掖接近，日夕追游。鎩翮方擡舉，〔二四〕危根易損傷。〔二五〕一麾憐棄置，〔二六〕五字借恩光。〔二七〕鄙人出牧姑蘇，舍人草制。汝海崆峒秀，〔二八〕溱流芍藥芳。〔二九〕風行能偃草，〔三〇〕境静不争桑。〔三一〕鄙人轉臨汝，舍人牧滎陽。轉旆趨關右，〔三二〕頒條匝渭陽。〔三三〕病吟猶有思，老醉已無狂。〔三四〕塵滿鴻溝道，〔三五〕沙驚白狄鄉。〔三六〕佇聞黄紙詔，促召紫微郎。〔三七〕

【校注】

〔一〕詩云「碧梧含早涼」，當開成元年早秋七月同州作。鄭州：今屬河南。權舍人：權璩。《新唐書·權德輿傳》：「子璩，字大圭，元和初擢進士。歷監察御史，有美稱。宰相李宗閔乃父門生，故薦爲中書舍人。時李訓挾寵，以《周易》博士在翰林，璩與舍人高元裕、給事中鄭肅、韓佽等連章劾訓。……及宗閔貶，璩屢表辯解，貶閬州刺史。文宗憐其母病，徙鄭州。」《舊唐書·文宗紀下》：「（大和九年八月）貶中書舍人權璩爲鄭州刺史。」二十，原作「十二」，原詩實爲二十韻，據乙。權璩原詩佚。

〔二〕桔柣：春秋鄭門名，此代指鄭州。《左傳·莊公二十八年》：「伐鄭，入於桔柣之門。」注：「桔柣，鄭遠郊之門也。」桔柣，原作「桔櫟」，《叢刊》本作「滎澤」，此據《全唐詩》改。

〔三〕漆沮：二水名，合流後稱漆沮水。同州在其入渭水處，見卷九《將之官留辭裴令公留守》注。

〔四〕抃會：歡笑鼓掌。

〔五〕取斷章：取其詩篇一部分加以諷誦。《左傳·襄公二十八年》：「賦詩斷章。」注：「譬如賦詩者，取其一章而已。」

〔六〕愜心：快意於心。

〔七〕笙簧：管樂器的通稱，此泛指音樂。孟郊《長安道》：「高閣何人家，笙簧正喧吸。」簧，原作「篁」，據《全唐詩》改。

〔八〕三條：指京師宫城南三條大道。班固《西都賦》：「披三條之廣路。」

〔九〕數仞牆：高牆。《論語·子張》：「夫子之牆數仞。不得其門而入，不知宗庙之美，百官之富。得其門者或寡矣。」「居鄰」句既指居里相鄰，亦雙關依權璩父權德輿門牆事。劉、權曾同居長安光福里。權德輿《唐故光禄大夫檢校尚書右僕射兼右衛上將軍南充郡王贈太子太保伊公（慎）神道碑銘》：「元和六年……薨於光福里。……鄙人與太保同居里閈。」劉禹錫少時爲權德輿器重推薦，德輿有《送劉秀才登科後侍從赴東京覲省序》，見附録四「詩文」。

〔一〇〕青玉案：此爲几案的美稱。張衡《四愁詩》：「美人贈我錦繡段，何以報之青玉案。」

〔一一〕紫羅囊：《晉書·謝玄傳》：「玄少好佩紫羅香囊，安患之而不欲傷其意，因戲賭取，即焚之，於此遂止。」

〔一二〕麟角：麒麟之角，喻其少而珍貴。《詩·周南·麟之趾》：「麟之角，振振公族。」《北史·文苑傳序》：『學者如牛毛，成者如麟角。』」

〔一三〕龍駒：猶言千里駒。《晉書·陸雲傳》：「幼時，吴尚書廣陵閔鴻見而奇之，曰：『此兒若非龍駒，當是鳳雛。』」抑揚：貶低或褒讚，此偏指褒揚。

〔一四〕彀中：《莊子·德充符》：「游於羿之彀中。」郭象注：「弓矢所及爲彀中。」

〔一五〕鶬：鳥名，大如鶴，青蒼色，見《爾雅·釋鳥》郭璞注。《列子·湯問》：「蒲且子之弋也，弱弓纖繳，乘風振之，連雙鶬於青雲之際。」《漢書·司馬相如傳》：「雙鶬下。」師古注：「鶬，鶬鴰也。」此以射箭喻科舉考試。據《登科記考》卷一六，權璩元和二年登進士第。

〔一六〕甸邑：京師屬縣。《書·禹貢》：「五百里甸服。」此指京兆府渭南縣。叨：猶忝，自謙之詞。劉禹錫貞元十九年自渭南縣主簿任監察御史，權璩元和中方爲渭南縣尉，故劉爲「前列」。

〔一七〕天臺：指尚書省。魏收《加齊王九錫册文》：「仍攝天臺，總參戎律。」後行：《通典》卷二三：尚書六曹，「吏部、兵部爲前行，户、刑爲中行，禮、工爲後行」。權璩大和中爲吏部考功員外郎，屬前行；劉禹錫爲禮部郎中，屬後行。

〔一八〕鯉：孔子之子孔鯉。《論語·季氏》：「（孔子）嘗獨立，鯉趨而過庭，曰：『學詩乎？』對曰：『未也。』曰：『不學詩，無以言。』鯉退而學詩。他日，又獨立，鯉趨而過庭。曰：『學禮乎？』對曰：『未也。』曰：『不學禮，無以立。』鯉退而學禮。」《新唐書·權德輿傳》：「德輿生三歲，知變四聲，四歲能賦詩，積思經術，無不貫綜。」此謂權璩能繼承其父的文章事業。

〔一九〕鷄樹：指中書近密之地，見卷八《和兵部鄭侍郎省中四松詩十韻》注。權德輿、權璩父子均曾任中書舍人，故云。

〔二〇〕書殿：集賢院書殿。《職官分紀》卷一五引《集賢注記》：長安「大明宫集賢院在光順門外大街之西，南鄰命婦院，北接宫垣」。鳷鵲：漢甘泉苑中觀名，見《三輔黄圖》卷四，此代指皇宫。

〔二一〕神池：即鳳凰池，指中書省，見卷一《奉和中書崔舍人（略）》注。長安集賢院在中書省西，見卷七《題集賢閣》注。

〔二二〕尚齒：尊重年長者。《莊子·天道》：「鄉黨尚齒。」蓋劉禹錫較權璩年長。

〔二三〕惠好：友情。中腸：内心。阮籍《詠懷詩》：「傾城迷下蔡，容好結中腸。」

〔二四〕鎩翮：傷殘的羽毛。此喻己之長期被貶。方擡舉：方將舉翼飛翔。

〔二五〕危根句：指己歸朝後裴度擬薦知制誥，復被排擠出長安事，參見卷七《再游玄都觀絶句》注。

〔二六〕一麾：一揮手。顔延之《五君詠·阮始平》：「屢薦不入官，一麾乃出守。」謂己出爲蘇州刺史，參見卷二《送李策秀才（略）》注。棄置：謝朓《始之宣城郡》：「棄置宛洛游，多謝金門裏。」

〔二七〕五字：指制敕。《三國志·魏書·鍾會傳》注引《世語》：「司馬景王命中書令虞松作表，再呈，輒不可意，命松更定。以經時，松思竭不能改。……會取視，爲定五字，松悦服。」孫逖《授達奚珣中書舍人制》：「草奏南宫，已擅一時之妙；掌綸西掖，愈彰五字之能。」句謂劉禹錫授蘇州刺史，權璩草制，宣揚了皇帝的恩光。

〔二八〕汝海：指汝州，州有汝水。《文選》枚乘《七發》：「南望荆山，北望汝海。」李善注：「汝稱海，大言之也。」崆峒：山名。《莊子·在宥》：「（黄帝）聞廣成子在於空同之上，故往見之。」《三水小牘》：「汝州臨汝縣南十八里，廣成坡之西垠，有小山曰崆峒，即黄帝訪道之地，廣成子所隱也。」句言己爲汝州刺史。

〔二九〕溱流：溱水。《元和郡縣圖志》卷八「鄭州新鄭縣」：「溱水，源出縣西北三十里平地。」《詩·鄭風·溱洧》：「溱與洧，方涣涣兮；士與女，方秉蕑兮。……維士與女，伊其相謔，贈之以芍藥。」句謂權璩爲鄭州刺史。

〔三〇〕偃草：草倒伏。《論語·顔淵》：季康子問政於孔子，孔子曰：「子欲善而民善矣。君子之德風，小人之德草，草上之風必偃。」

〔三一〕争桑：指訴訟糾紛。《史記·吴太伯世家》：「初，楚邊邑卑梁氏之處女與吴邊邑之女争桑，二女家怒相滅。兩國邊邑長聞之，怒而相攻，滅吴之邊邑。」

〔三二〕轉旆：旌旗行進方向改變。關右：關内。句指已移守關内之同州。

〔三三〕頒條：頒布詔條。匝：周遍。渭陽：渭水北岸。同州在渭水北岸。時同州連歲歉旱，詔書免當年青苗錢，並賜粟麥，頒條事指此，參見卷十九《謝恩賜粟麥表》。

〔三四〕有思：有情。無狂：没有狂態。蓋寬饒有酒狂，見卷七《酬楊八庶子（略）》注。

〔三五〕鴻溝：在鄭州。《後漢書·郡國志一》「河南尹」：「滎陽有鴻溝水。」文穎曰：「於滎陽下引河東南爲鴻溝，即官度水也。」

〔三六〕沙驚：塵沙飛起如同受驚。鮑照《蕪城賦》：「孤蓬自振，驚沙坐飛。」白狄：古代北方部落名。《左傳·僖公三十三年》：「郤缺獲白狄子。」注：「白狄，狄别種也。故西河郡有白部胡。」

〔三七〕黄紙：詔書，見卷二《酬元九院長自江陵見寄》注。紫微郎：中書舍人，指權璩。《舊唐書·職官志二》「中書省」：「開元元年改爲紫微省，五年復舊。」白居易爲中書舍人時作《紫薇花》：「獨坐黄昏誰是伴？紫薇花對紫微郎。」

【集評】

王楙曰：唐人詩句不一，固有采取前人之意，亦有偶然暗合者。……杜子美詩：「試吟青玉案，莫弄紫羅囊。」（按，杜甫《元日示宗武》中句。）劉夢得詩：「學堂青玉案，綵服紫羅囊。」……此類甚多。（《野客叢書》卷一九）

送盧處士歸嵩山別業〔一〕

世業嵩山隱，雲深無四鄰。藥爐燒姹女，〔二〕酒甕貯賢人。〔三〕曉日華陰霧，〔四〕秋風函谷塵。〔五〕送君從此去，鈴閣少談賓。〔六〕

【校注】

〔一〕盧處士：名未詳。據「函谷」、「鈴閣」之語，詩開成元年秋在同州刺史任作。

〔二〕姹女：汞，此指煉丹，見卷三《游桃源一百韻》注。

〔三〕賢人：濁酒。《三國志·魏書·徐邈傳》：「時科禁酒，而邈私飲，至於沈醉。校事趙達問以曹事，邈曰：『中聖人。』達白之太祖，太祖甚怒。度遼將軍鮮于輔進曰：『平日醉客謂酒清者爲聖人，濁者爲賢人。』」

〔四〕華陰：縣名，自同州赴嵩山經此。《太平御覽》卷一一引謝承《後漢書》：「河南張楷字公超，性好道術，能作五里霧於華陰。」

〔五〕函谷：關名，爲長安、洛陽往來必經之地。見卷九《劉二十八自汝赴左馮（略）》注。陸機《爲顧彦先贈婦》：「京洛多風塵，素衣化爲緇。」

〔六〕鈴閣：指州郡長官視事處，有鈴以備傳呼，參見卷二《早春對雪奉寄澧州元郎中》注。

自左馮歸洛下酬樂天兼呈裴令公〔一〕

新恩通籍在龍樓，〔二〕分務神都近舊丘。〔三〕自有園公紫芝侶，〔四〕時賓行四人盡在洛中。仍追少傅赤松游。〔五〕華林霜葉紅霞晚，〔六〕伊水晴光碧玉秋。〔七〕更接東山文酒會，〔八〕始知江左未風流。〔九〕王儉云：「江左風流宰相，惟有謝安。」

【校注】

〔一〕詩開成元年秋罷同州歸洛陽時作。左馮：左馮翊，即同州，見卷二《送襄陽熊判官孺登（略）》注。洛下：指洛陽。劉禹錫《汝洛集引》：「予代（白居易）居左馮。明年，予罷郡，以賓客入洛。」此後，禹錫足跡未離洛陽。裴令公：裴度。

〔二〕通籍：列名籍於宮門，參見卷二《酬元九院長自江陵見寄》注。龍樓：指太子東宫。《漢書·成帝紀》：「帝爲太子，……初居桂宫。上嘗急召，太子出龍樓門，不敢絶馳道。」張晏曰：「門樓上有銅龍，若白鶴、飛廉之爲名也。」句指己授太子賓客。

〔三〕分務：分司。神都：即洛陽。《唐會要》卷六八「河南尹」：「光宅元年九月五日，改爲神都。」舊丘：故園。劉禹錫原籍洛陽，見其《子劉子自傳》。

〔四〕園公：東園公，商山四皓之一。四皓曾作《紫芝歌》，見卷九《秋日書懷寄白賓客》注。時太子賓客分司除劉禹錫外尚有李德裕、蕭籍、李仍叔三人，見後《和李相公以平泉新墅獲方外之名（略）》注及《三月三日與樂天及河南李尹（略）》詩附録白居易《三月三日祓禊洛濱》序。

〔五〕少傅：太子少傅，從二品，「掌曉三師德行，以諭皇太子」，見《新唐書·百官志四上》。此指白居易。《舊唐書·文宗紀下》：大和九年十月，「以新授同州刺史白居易爲太子少傅分司」。赤松：古仙人名，見卷七《和樂天以鏡换杯》注。《史記·留侯世家》載：張良晚年行少傅事，曰：「今以三寸舌爲帝者師，封萬户，位列侯，此布衣之極，於良足矣。願棄人間事，欲從赤松子游耳。」乃學辟穀，導引輕身。

〔六〕華林：園名。《續談助》卷四引《大業雜記》：「（洛陽）積潤池東二十里有華林園，備池塘臨玩之處。」

〔七〕伊水：流經洛陽，屢見前注。

〔八〕東山：謝安隱居處，此指裴度洛陽第宅，參見卷九《將赴汝州途出浚下留辭李相公》注。

〔九〕江左：江東。自注中語見《南史·王儉傳》。

【附録】

喜夢得自馮翊歸洛兼呈令公　白居易

上客新從左輔回，高陽興助洛陽才。已將四海聲名去，又占三春風景來。甲子等頭憐共老，文章敵手莫相猜。鄒枚未用争詩酒，且飲梁王賀喜杯。（《白居易集》卷三三）

秋齋獨坐寄樂天兼呈吴方之大夫〔一〕

空齋寂寂不生塵，藥物方書繞病身。〔二〕纖草數莖勝静地，〔三〕幽禽忽至似佳賓。〔四〕世間憂喜雖無定，釋氏銷磨盡有因。〔五〕同向洛陽閑度日，莫教風景屬他人。

【校注】

〔一〕依劉、白二集編次，詩開成元年秋在洛陽作。吴方之：吴士矩，字方之，元稹從姨兄，曾官京兆府司録、侍御史、主客員外郎、郎中，見《元和姓纂》卷三及岑仲勉《唐郎官石柱題名新著録》。吴方之時爲秘書監分司東都，大夫當是他在江西觀察使任上所帶憲銜，參見後《吴方之大夫見示獨酌（略）》、《吴方之見示聽江西故吏朱幼恭歌三篇（略）》二詩注。

〔二〕方書：載醫方之書。

〔三〕静地：即浄地，清浄之地，佛寺。

〔四〕佳賓：即嘉賓。《詩·小雅·鹿鳴》：「我有嘉賓，鼓瑟吹笙。」

〔五〕釋氏：佛家。佛教以事物生起或死滅的主要條件爲因，輔助條件爲緣，世間一切變化均不出因緣二字。參見卷三《宿誠禪師山房題贈二首》注。

【附録】

答夢得秋庭獨坐見贈　白居易

林梢隱映夕陽殘，庭際蕭疏夜氣寒。霜草欲枯蟲思急，風枝未定鳥棲難。容衰見鏡同惆悵，身健逢杯且喜歡。應是天教相暖熱，一時垂老與閒官。（《白居易集》卷三三）

酬李相公喜歸鄉國自鞏縣夜泛洛水見寄〔一〕

鞏樹煙月上，〔二〕清光含碧流。且無三已色，〔三〕猶泛五湖舟。〔四〕鵬息風還起，〔五〕鳳歸林正秋。雖攀小山桂，此地不淹留。〔六〕

【校注】

〔一〕詩開成元年秋在洛陽作。李相公：李德裕。大和七年曾爲相，見卷九《奉送浙西李僕射相公赴鎮》注。《舊唐書·李德裕傳》：「（開成）元年七月，遷太子賓客。十一月，檢校户部尚書，復浙西觀察使。」鞏縣：今屬河南。《元和郡縣圖志》卷五「河南府鞏縣」：「洛水，東經洛汭，北對瑯邪渚入河，謂之洛口。」李德裕在洛陽有平泉莊，見卷六《和浙西李大夫伊川卜居》注。李德裕原詩佚。

〔二〕犖樹：犖縣花樹。唐玄宗《春晚宴兩相及禮官麗正殿學士》：「野霽伊川緑，郊明犖樹紅。」

〔三〕三已：三次罷黜。《論語·公冶長》：「令尹子文三仕爲令尹，無喜色；三已之，無愠色。」李德裕大和八年罷相後，累遭貶黜。《舊唐書·李德裕傳》：「尋改檢校尚書左僕射、潤州刺史、鎮海軍節度、蘇常杭潤觀察等使，代王璠。德裕至鎮，奉詔安排宫人杜仲陽於道觀，與之供給。仲陽者，漳王養母，王得罪，放仲陽於潤州故也。九年三月，左丞王璠、户部侍郎李漢進狀，論德裕在鎮，……結託漳王，圖爲不軌。……尋授德裕太子賓客，分司東都。其月，又貶袁州長史。……十一月，王璠與李訓造亂伏誅，而文宗深悟前事，知德裕爲朋黨所誣。明年三月，授德裕銀青光禄大夫，量移滁州刺史。七月，遷太子賓客。十一月，檢校户部尚書，復浙西觀察使。」

〔四〕五湖舟：用范蠡事，見卷六《白舍人見酬拙詩（略）》注。

〔五〕鵬息：用鯤鵬事，與下「鳳歸」均喻李德裕歸鄉。《莊子·逍遥游》：「（鵬鳥）怒而飛，其翼若垂天之雲。……鵬之徙於南冥也，水擊三千里，摶扶摇而上者九萬里。去以六月息者也。」

〔六〕小山桂：《楚辭》淮南小山《招隱士》：「桂樹叢生兮山之幽……攀援桂枝兮聊淹留。」兩句言李德裕雖來平泉别墅暫憩，但即將入朝大用，故不得淹留。

和李相公初歸平泉過龍門南嶺遥望山居即事〔一〕

暫别明庭去，〔二〕初隨優詔還。〔三〕曾爲鵩鳥賦，〔四〕喜過鑿龍山。〔五〕新墅煙火起，野程泉石間。巖廊人望在，〔六〕只得片時閑。

【校注】

〔一〕詩開成元年秋在洛陽作。平泉：李德裕在洛陽的别墅名，見卷六《和浙西李大夫伊川卜居》注。龍門：山名，即伊闕。《淮南子·本經》：「舜乃使禹……辟伊闕。」《水經注·伊水》：「昔大禹疏以通水，兩山相對，望之若闕，伊水歷其間北流，故謂之伊闕矣。」《元和郡縣圖志》卷五「河南府」：「初，煬帝嘗登邙山，觀伊闕，顧曰：『此非龍門耶？自古何因不建都於此？』」

〔二〕明庭：指朝廷。李德裕被貶事，參見前詩注。

〔三〕優詔：褒揚勉慰的詔書。

〔四〕鵩鳥賦：賈誼貶長沙時所作賦，見卷二《謫居悼往》注。

〔五〕鑿龍山：即龍門山。

〔六〕巖廊：朝堂，見卷八《送李尚書鎮滑州》注。人望：衆人所期望。此言李將入朝爲相，故「只得片時閑」。

【集評】

何焯曰：〔新墅句〕閑淡生動，此爲真才逸格。（卞孝萱《劉禹錫詩何焯批語考訂》）

【附録】

初歸平泉過龍門南嶺遥望山居即事　　李德裕

初歸故鄉陌，極望且徐輪。近野樵蒸至，平泉煙火新。農夫饋鷄黍，漁子薦霜鱗。惆悵懷楊僕，慚爲關外人。（《全唐詩》卷四七五）

和李相公平泉潭上喜見初月〔一〕

家山見初月，林壑悄無塵。幽境此何夕？〔二〕清光如爲人。潭空破鏡入，〔三〕風動翠蛾嚬。〔四〕會向瑣窗望，〔五〕追思伊洛濱。〔六〕

【校注】

〔一〕詩開成元年秋冬間在洛陽作。初月：新月。

〔二〕何夕：《詩·唐風·綢繆》：「今夕何夕，見此良人。」

〔三〕破鏡：喻新月。何遜《望新月示同羈》：「初宿長淮上，破鏡出雲明。」

〔四〕翠蛾：美女眉毛。嚬：通顰，皺眉。此狀水中之新月，風動似顰眉。

〔五〕瑣窗：刻有連鎖花紋的窗户，此代指宫中官署。

〔六〕伊洛濱：指平泉莊，在伊水之濱。

【集評】

何焯曰：〔林壑句〕應襯潭上。〔幽境句〕「喜」字，高妙。夢得詩在鹹酸之外如此。〔潭空句〕初月。（卞孝萱《劉禹錫詩何焯批語考訂》）

【附録】

潭上喜見初月　李德裕

簪組十年夢，園廬今夕情。誰憐故鄉月，復映碧潭生？皓彩松上見，寒光波際輕。還將孤賞意，暫寄玉琴聲。（《全唐詩》卷四七五）

和李相公以平泉新墅獲方外之名因爲詩以報洛中士君子兼見寄之什〔一〕

業繼韋平後，〔二〕家依崑閬間。〔三〕恩華辭北第，〔四〕瀟灑愛東山。〔五〕滿室圖書在，入門松菊閑。〔六〕垂天雖暫息，〔七〕一舉出人寰。〔八〕

【校注】

〔一〕李德裕原詩呼劉爲賓客，有「逕荒寒未掃」之語，當開成元年冬作於洛陽。《舊唐書·文宗紀下》：「（開成元年七月）以滁州刺史李德裕爲太子賓客。」時李德裕以賓客分司東都，故詩云「垂天暫息」。平泉新墅：即平泉莊，見卷六《和浙西李大夫伊川卜居》注。開成五年李重返洛陽，時在秋天，劉亦改官秘書監。

〔二〕韋平：漢韋賢及其子韋玄成，平當及其子平晏，均父子相繼爲相，見《漢書》本傳。句謂李德裕繼其父李吉甫爲相。

〔三〕崑閬：《十洲記》：「崑崙上有三角，其一角正北，名曰閬風巔。」句謂平泉美如仙境。

〔四〕北第：指李德裕長安第宅。《漢書·夏侯嬰傳》：「乃賜嬰北第第一。」師古曰：「北第者，近北闕之第。」

〔五〕東山：用謝安事，見卷十《將赴汝州途出浚下留辭李相公》注。

〔六〕松菊：陶潛《歸去來兮辭》：「三徑就荒，松菊猶存。」

〔七〕垂天：垂天之翼，見前《酬李相公喜歸鄉國（略）》注。

〔八〕出人寰：猶言（一飛）衝天。言李仍將大用。

【附録】

洛中士君子多以平泉見呼愧獲方外之名因以此詩爲報奉寄劉賓客　　李德裕

非高柳下逸，自愛竹林閑。才異居東里，愚因在北山。徑荒寒未掃，門設晝長關。不及鴟夷子，悠悠煙水間。（《全唐詩》卷四七五）

和樂天齋戒月滿夜對道場偶懷詠〔一〕

常修清淨去繁華，〔二〕人識王城長者家。〔三〕案上香煙鋪貝葉，〔四〕佛前燈焰透蓮花。〔五〕持齋已滿招閑客，理曲先聞命小娃。〔六〕明日若過方丈室，〔七〕還應問爲法來耶。〔八〕

【校注】

〔一〕據劉、白二集編次，詩開成元年十月初在洛陽作。齋戒月：《鷄肋編》卷上：「寅、午、戌月，世人多齋素，謂之三長善月。其事蓋出於佛書，云大海之内，凡有四洲，中國與四夷特南贍部一洲耳。天帝之宫有一鏡，能盡見世間人之所作，隨其善惡而禍福之。輪照四洲，每歲正、五、九月，正在南洲，故競作善以要福。至唐高祖武德二年，遂詔天下：自今正月、五月、九月，不行死刑，禁屠殺。」時白居易九月持齋一月方滿。道場：作法事之所。《梁書·庾詵傳》：「晚年以後，尤遵釋教，宅内立道場，環繞禮懺，六時不輟。」

〔二〕清淨：佛教指遠離罪惡煩惱。修清淨即奉佛。《俱舍經》卷一六：「永遠離一切惡行煩惱垢，故名曰清淨。」

〔三〕王城：指洛陽，有周代故王城，見卷九《劉二十八自汝赴左馮（略）》注；又雙關佛經中王舍城，瞿曇住中印度摩伽陀國之王舍城中，須達長者爲造精舍，見卷五《唐侍御寄游道林岳麓二寺詩(略)》注。長者：指白居易。

〔四〕貝葉：貝多樹葉，指佛經。《酉陽雜俎》卷一八：「貝多，出摩伽陀國，長六七丈，經冬不凋。此樹有三種。……貝多是梵語，漢翻爲葉。貝多婆力叉者，漢言葉樹也。西域經書，用此三種皮葉，若能保護，亦得五六百年。」

〔五〕蓮花：佛經言佛坐蓮花臺上，此謂燈焰形似蓮臺。

〔六〕理曲：練習樂曲。小娃：少女。

〔七〕方丈室：佛經中維摩詰居士所居室，室方一丈，能容大衆。此指白居易居室。

〔八〕爲法：《維摩詰所説經·不可思議品》載舍利弗等至維摩詰方丈問疾事：「爾時舍利弗，見此室中無有牀座，作是念：『斯諸菩薩、大弟子衆當於何坐？』長者維摩詰知其意，語舍利弗曰：『云何？仁者爲法來耶？求牀座耶？』」

【集評】

何焯曰：〔佛前句〕「透」字頂得「焰」字，精神。〔還應句〕□句不可傚。落句蘇氏兄弟多傚此體。(卞孝萱《劉禹錫詩何焯批語考訂》)

【附録】

齋戒滿夜戲招夢得　白居易

紗籠燈下道場前，白日持齋夜坐禪。無復更思身外事，未能全盡世間緣。明朝又擬親杯酒，今

夕先聞理管絃。方丈若能來問疾，不妨兼有散花天。（《白居易集》卷三三）

酬樂天齋滿日裴令公置宴席上戲贈〔一〕

一月道場齋戒滿，〔二〕今朝華幄管絃迎。〔三〕銜杯本自多狂態，〔四〕事佛無妨有佞名。〔五〕酒力半酣愁已散，文鋒未鈍老猶爭。平陽不獨容賓醉，〔六〕聽取喧呼吏舍聲。〔七〕

【校注】

〔一〕詩開成元年十月初在洛陽作，參見前詩注。

〔二〕一月道場：見前詩注。

〔三〕華幄：華美帳幕。

〔四〕銜杯：指飲酒。劉伶《酒德頌》：「捧罌承槽，銜杯漱醪。」狂態：《漢書・蓋寬饒傳》：「無多酌我，我乃酒狂。」

〔五〕佞名：阿諛諂媚之名。《世説新語・排調》：「二郗（愔、曇）奉道，二何（充、準）奉佛，皆以財賄。謝中郎云：『二郗諂於道，二何佞於佛。』」

〔六〕平陽：漢曹參封平陽侯，此指裴度。

〔七〕吏舍聲：屬吏居舍中飲酒喧嘩之聲。見卷八《和令狐相公以司空裴相見招（略）》注。

【附録】

長齋月滿攜酒先與夢得對酌醉中同赴令公之宴戲贈夢得　白居易

齋宫前日滿三旬，酒榼今朝一拂塵。乘興還同訪戴客，解酲仍對姓劉人。病心湯沃寒灰活，老面花生朽木春。若怕平原怪先醉，知君未慣吐車茵。（《白居易集》卷三三）

送從弟郎中赴浙西〔一〕并引

從弟三復，十餘年間，凡三爲浙右從事。〔二〕往年，主公入相，薦勳登朝。〔三〕中復從公鎮南，未幾而罷。〔四〕昨以尚書外郎奉使至洛，〔五〕旋承新命，改轅而東。三從公，皆在舊地，徵諸故事，夐無其倫。〔六〕故賦詩贈之，亦志異也。

銜命出尚書，〔七〕新恩換使車。漢庭無右者，〔八〕梁苑重歸歟。〔九〕又食建業水，〔一〇〕曾依京口居。〔一一〕劉前軍傳云：本莒人，世家京口。共經何限事，〔一二〕賓主兩如初。〔一三〕

【校注】

〔一〕詩開成元年冬在洛陽作。從弟郎中：劉三復。《舊唐書·劉鄴傳》：「父三復，聰敏絶人，幼善屬文。……長慶中，李德裕拜浙西觀察使，三復以……所業文詣郡干謁。德裕閲其文，倒屣迎之，乃辟爲從事，管記室。……德裕三爲浙西，凡十年，三復皆從之。……汝州刺史劉禹錫以宗人遇之，深重其才，嘗爲詩贈三復。」據此，詩似爲大和八年汝州作。按大和八年，劉禹錫在汝州有《奉送浙西李僕射相公赴鎮》及《重送浙西李相公（略）》二詩送李德裕，但其時德裕乃重鎮浙西。《舊唐書·文宗紀下》：「（開成元年十一月）以太子賓客分司東都李德裕檢校户部尚書，充浙西觀察使。」爲三鎮浙西。詩序云「三從公，皆在舊地」，又云三復乃「奉使至洛」，當開成元年冬作於洛陽。

〔二〕浙右：即浙西。

〔三〕主公：對府主的尊稱，指李德裕，德裕大和七年二月曾爲相。薦歟：薦舉。《舊唐書·劉鄴傳》：「大和中，德裕輔政，用（三復）爲員外郎。」據《郎官石柱題名新著録》，劉三復曾任主客員外郎。

〔四〕鎮南：指李德裕爲浙西節度使事。《舊唐書·李德裕傳》：「（大和八年）九月，出德裕爲興元節度使，……尋改……潤州刺史、鎮海軍節度。……九年三月，左丞王璠、户部侍郎李漢進狀，論德裕在鎮，厚賂仲陽，結託漳王，圖爲不軌。四月，……授德裕太子賓客，分司東都，其月，又貶袁州長史。」在鎮不到半年，故云「未幾而罷」。鎮南，《舊唐書·劉鄴傳》引此序作「之京」。

〔五〕至洛，《舊唐書·劉鄴傳》作「至潞」。此云「外郎」，則郎中當劉三復三入浙西幕時所加檢校官銜。

〔六〕敻：遠。倫：比。

〔七〕銜命：奉命。尚書：尚書省。

〔八〕無右者：無出其右者。《漢書·田叔傳》：「爲人廉直，喜任俠。游諸公，趙人舉之趙相趙午，言之趙王張敖，以爲郎中。數歲，趙王賢之，未及遷。會趙午、貫高等謀弑上，事發覺，漢下詔捕趙王及群臣反者。趙有敢隨王，罪三族。唯田叔、孟舒等十餘人赭衣自髡鉗，隨王至長安。趙王敖事白，得出，廢王爲宣平侯，乃進言叔等十人。上召見，與語，漢廷臣無能出其右者。上説，盡拜爲郡守、諸侯相。叔爲漢中守十餘年。」李德裕被誣與漳王謀反事與此相類，故用此典。

〔九〕梁苑：梁孝王苑，見卷六《和汴州令狐相公到鎮改月（略）》注。歸歟：《論語·公冶長》：「子在陳曰：『歸與！歸與！』」王粲《登樓賦》：「昔尼父之在陳兮，有歸歟之嘆音。」

〔一〇〕建業：今南京市。《宋書·五行志二》：「孫皓初，童謡曰：『寧飲建業水，不食武昌魚。寧還建業死，不止武昌居。』皓尋遷都武昌，民泝流供給，咸怨毒焉。」

〔一一〕京口：今江蘇鎮江。《元和郡縣圖志》卷二五「潤州」：「建安十四年，孫權自吴理丹徒，號曰京城，今州是也。十六年遷都建業，以此爲京口鎮。」劉宋時劉穆之曾官前將軍。《宋書·劉穆之傳》：「東莞莒人，……世居京口。」

〔一二〕何限：無限，《叢刊》本作「無限」。

〔一三〕如初：《左傳·隱公元年》：「遂爲母子如初。」

【集評】

何焯曰：結句包括，淡而有味。（卞孝萱《劉禹錫詩何焯批語考訂》）

酬令狐相公使宅别齋初栽桂樹見懷之作〔一〕

清淮南岸家山樹，〔二〕黑水東邊第一栽。〔三〕影近畫梁迎曉日，香隨緑酒入金杯。根留本土依江潤，葉起寒稜映月開。早晚陰成比梧竹，〔四〕九霄還放綵雛來。〔五〕

【校注】

〔一〕依劉集編次，詩開成元年冬在洛陽作。使宅：山南西道節度使廨宅。令狐楚原詩佚。

〔二〕清淮：淮水。《楚辭·招隱士》：「桂樹叢生兮山之幽。」王逸謂文爲淮南王賓客淮南小山所作，故稱桂樹爲「淮南家山樹」。何焯曰：「以桂叢爲家樹，用孔雀是夫子家禽例。」按《世説新語·言語》：「梁國楊氏子九歲，甚聰惠。孔君平詣其父，父不在，乃呼兒出，爲設果，果有楊梅，孔指以示兒曰：『此是君家果。』兒應聲答曰：『未聞孔雀是夫子家禽。』」

〔三〕黑水：在梁州興元府。《書·禹貢》：「華陽黑水惟梁州。」《元和郡縣圖志》卷二二「興元府城固縣」：「黑水，出縣西北太行山，南流入漢。」

〔四〕梧竹：梧桐與竹。相傳鳳凰非梧桐不棲，非竹實不食，見《莊子·秋水》。

〔五〕九霄：天最高處，指朝廷。綵雛：鳳雛。《山海經·南山經》：「丹穴之山……有鳥焉，其狀如雞，五采而文，名曰鳳皇。」古曲有《鳳將雛》。此指令狐楚子令狐滈、令狐綯等，時在朝爲官，欲歸覲省，故云。參見後《送國子令狐博士赴興元覲省》注。

吴方之見示獨酌小醉首篇樂天續有酬答皆含戲謔極至風流兩篇之中並蒙見屬輒呈濫吹益美來章〔一〕

閑門共寂任張羅，〔二〕静室同虚養太和。〔三〕塵世歡虞開意少，〔四〕醉鄉風景獨游多。〔五〕散金疏傅尋常樂，〔六〕枕麴劉生取次歌。〔七〕計會雪中争挈榼，〔八〕鹿裘鶴氅遞相過。〔九〕

【校注】

〔一〕依劉、白二集編次，詩開成元年冬作。吴方之：吴士矩，見前《秋齋獨坐寄樂天（略）》注。濫吹：猶濫竽充數，謙稱己詩。吴士矩原詩佚。

〔二〕張羅：張設捕雀網，謂門庭冷落。《史記·汲鄭列傳》：「始翟公爲廷尉，賓客闐門；及廢，門外可設雀羅。」

〔三〕太和：陰陽交會和合的元氣。《易·乾》：「保合大和，乃利貞。」大，通太。

〔四〕歡虞：猶歡娱。謝朓《始出尚書省》：「零落悲友朋，歡虞宴兄弟。」開意：開心。開，劉本作

「關」。

〔五〕醉鄉：見卷七《春池泛舟聯句》注。

〔六〕疏傅：漢疏廣，此指白居易。疏廣散金事見卷一《許給事見示（略）》注。尋常：經常。

〔七〕枕麴：枕藉於糟麴之上，形容醉態。劉生：晉劉伶，其所撰《酒德頌》云：「先生於是方捧罌承槽，銜杯漱醪，奮髯箕踞，枕麴藉糟，無思無慮，其樂陶陶。」此以劉伶自喻。取次：隨意。

〔八〕計會：計算，料想。挈榼：攜帶酒器。劉伶《酒德頌》：「動則挈榼提壺。」

〔九〕鹿裘：《水經注·汶水》：「昔孔子行於郕之野，遇榮啟期於是，衣鹿裘，被髮，琴歌，三樂之歡。」鶴氅：用晉王恭事，見卷一《奉和中書崔舍人（略）》注。遞：輪流。

【附録】

吴秘監每有美酒獨酌獨醉但蒙詩報不以飲招輒此戲酬兼呈夢得　　白居易

蓬山仙客下煙霄，對酒唯吟獨酌謡。不怕道狂揮玉爵，（原注：《記》云：「飲玉爵者弗揮。」）亦曾乘興換金貂。（原注：吴監前任散騎常侍。）君稱名士誇能飲，（原注：王孝伯云：「但常無事，讀《離騷》，痛飲，即可稱名士。」）我是愚夫肯見招？（原注：《獨酌謡》云：「愚夫子不招。」）賴有伯倫爲醉伴，何愁不解傲松喬！（《白居易集》卷三三）

吴方之見示聽江西故吏朱幼恭歌三篇頗有懷故林之思吟諷不足因而和之〔一〕

侯門故吏歌聲發，逸處能高怨處低。今歲洛中無雨雪，眼前風景似江西。

【校注】

〔一〕詩開成元年冬在洛陽作。江西：江南西道，唐方鎮名，治所在洪州（今江西省南昌市），轄洪、虔、饒、袁、贛、江、吉、信等八州。《舊唐書・文宗紀下》：「（大和七年四月）以同州刺史吴士智（矩之誤）爲江西觀察使。」故林：舊曾棲息之林。陶潛《歸田園居》：「羈鳥戀舊林，池魚思故淵。」朱幼恭：未詳，當是江西人，時吴士矩自江西歸洛爲秘書監分司，故隨來洛陽。吴士矩原詩已佚。

酬樂天偶題酒甕見寄〔一〕

從君勇斷抛名後，〔二〕世路榮枯見幾回？〔三〕門外紅塵人自走，甕頭清酒我初開。三冬學任胸中有，〔四〕萬户侯須骨上來。〔五〕何幸相招同醉處，洛陽城裏好池臺。〔六〕

【校注】

〔一〕據劉、白二集編次，詩開成元年冬在洛陽作。

〔二〕勇斷：勇下決斷，指白居易大和三年刑部侍郎任上謝病長告事。

〔三〕榮枯：植物茂盛與枯萎，喻仕途的昇沈進退。曹植《贈丁翼》：「積善有餘慶，榮枯可立須。」自從白居易歸洛後，牛李黨争及南北司之争愈演愈烈，其最著者如：大和五年二月，神策軍中尉王守澄誣宰相宋申錫與漳王湊謀反，貶宋申錫開州司馬；七年二月，李德裕爲相，牛黨楊虞卿一干人被貶出；八年，李宗閔爲相，牛黨重新起用，李德裕被貶袁州長史；九年，李訓、鄭注用事，李宗閔等均被貶逐，朝廷幾爲之空；其年十月，賜王守澄死；十一月，甘露之變，宰相、節度使王涯等十餘家族誅。詳參《舊唐書》及《資治通鑑》文宗紀。

〔四〕三冬：猶三年，見卷一《洛中送楊處厚（略）》注。

〔五〕萬户侯：食邑萬户的侯爵。《史記·李將軍列傳》：「文帝曰：『……如令子當高帝時，萬户侯豈足道哉。』」劉灣《出塞曲》：「死是征人死，功是將軍功。」曹松《己亥歲》：「憑君莫話封侯事，一將功成萬骨枯。」故云「骨上來」。

〔六〕池臺：指白居易洛陽履道坊宅，見卷七《鶴嘆二首》注。《洛陽名園記》：「大字寺園，唐白樂天舊園也。……今張氏得其半，爲會隱園，水竹尚甲洛陽。」

【附録】

題酒甕呈夢得　　白居易

若無清酒兩三甕，争向白鬚千萬莖？麴蘖銷愁真得力，光陰催老苦無情。凌煙閣上功無分，伏

火爐中藥未成。更擬共君何處去？且來同作醉先生。（《白居易集》卷三三）

答裴令公雪中訝白二十二與諸公不相訪之什〔一〕

玉樹瓊樓滿眼新，〔二〕的知開閤待諸賓。〔三〕遲遲未去非無意，擬作梁園坐右人。〔四〕

【校注】

〔一〕依劉、白二集編次，詩開成元年冬在洛陽作。

〔二〕玉樹瓊樓：狀雪覆蓋下樹木樓臺的晶瑩皎潔。

〔三〕的知：確知。開閤：用漢公孫弘開東閤以延賢人事以稱頌裴度，參見卷六《和浙西李大夫伊川卜居》注。

〔四〕梁園：漢梁孝王園，借指裴度洛陽第宅。謝惠連《雪賦》：「歲將暮，時既昏，寒風積，愁雲繁。梁王不悦，游於兔園。乃置旨酒，命賓友，召鄒生，延枚叟。相如末至，居客之右。俄而微霰零，密雪下。」

【附録】

雪中訝諸公不相訪　裴　度

憶昨雨多泥又深，猶能攜妓遠過尋。滿空亂雪花相似，何事居然無賞心？（《全唐詩》卷三三五）

酬令公雪中見贈訝不與夢得同相訪　白居易

雪似鵝毛飛散亂，人披鶴氅立徘徊。鄒生枚叟非無興，唯待梁王召即來。（《白居易集》卷三三）

樂天示過敦詩舊宅有感一篇吟之泫然追想昔事因成繼和以寄苦懷〔一〕

淒涼同到故人居，門枕寒流古木疏。向秀心中嗟棟宇，〔二〕蕭何身後散圖書。〔三〕本營歸計非無意，〔四〕唯算生涯尚有餘。〔五〕忽憶前言更惆悵，丁寧相約速懸車。〔六〕敦詩與予及樂天三人同甲子，平生相約，同休洛中。

【校注】

〔一〕據劉、白二集編次，詩開成元年冬在洛陽作。敦詩：崔群字。群大和六年八月卒，其宅在洛陽履道坊，與白居易同里，見白原詩注。

〔二〕向秀：晉人，與嵇康、吕安友善，後作《思舊賦》悼念二人，中有「棟宇存而弗毁兮，形神逝其焉如」句。參見卷五《傷愚溪》注。

〔三〕蕭何句：《史記·蕭相國世家》：「沛公至咸陽，……何獨先入收秦丞相御史律令圖書藏之。」散圖書事不詳。

〔四〕本營歸計：指崔群爲歸隱而預修履道宅事，見白居易原詩自注。

〔五〕生涯：生命的盡頭。《莊子·養生主》：「吾生也有涯，而知也無涯。」崔群卒時年僅六十一，故云「尚有餘」。

〔六〕懸車：將車懸掛，示不復出，指辭官家居。《後漢書·張儉傳》：「儉見曹氏世德已萌，乃闔門懸車，不豫政事。」自注中「及」原作「友」，據《全唐詩》改。

【集評】

何焯曰：五、六極有味，此退之貴勇也。（卞孝萱《劉禹錫詩何焯批語考訂》）

【附録】

與夢得偶同到敦詩宅感而題壁　　白居易

山東纔副蒼生願，（原注：《漢書》云：「山東出相。」）川上俄驚逝水波。履道淒涼新第宅，（原注：敦詩宅在履道，修造初成。）宣城零落舊笙歌。（原注：崔家妓樂，多歸宣州也。）園荒唯有薪堪採，門冷兼無雀可羅。今日相隨偶同到，傷心不是故經過。（《白居易集》卷三三）

閒坐憶樂天以詩問酒熟未〔一〕

案頭開縹帙，〔二〕肘後檢青囊。〔三〕唯有達生理，〔四〕應無治老方。減書存眼力，〔五〕省事養心王。〔六〕君酒何時熟？相攜入醉鄉。〔七〕

【校注】

〔一〕據劉集編次，詩開成元年冬在洛陽作。

〔二〕縹帙：淡青色包書布套，代指書。徐陵《玉臺新詠序》：「開茲縹帙，散此縚繩。」帙，原作「秩」，據劉本、《全唐詩》改。

〔三〕青囊：指醫學方書。《後漢書・華佗傳》張驥補注引《神仙綱鑒》：「吴押獄者每以酒食供奉，佗感其恩，告曰：『我死非命，有青囊未傳，二子不能繼業，修書與汝，可往取之。』」《隋書・經籍志三》有葛洪《肘後方》三卷。

〔四〕達生理：謂拋棄世俗事務的養生之道。《莊子・達生》：「達生之情者，不務生之所無以爲。……悲夫，世之人以爲養形足以存生……夫欲免爲形者，莫如棄世。棄世則無累，無累則正平，正平則與彼更生，更生則幾矣。」

〔五〕減書：少看書。晉人張湛以「損讀書」爲「明目延年」的六方之一，見其《嘲范寧》。

〔六〕心王：佛教語，即心。《涅槃經・壽命品》：「是身如城，血肉筋骨皮裹其上，手足以爲卻敵樓櫓，目爲竅孔，頭爲殿堂，心王居中。」

〔七〕醉鄉：見卷七《春池泛舟聯句》注。

酬樂天請裴令公開春加宴〔一〕

高名大位能兼有，恣意遨游是特恩。〔二〕二室煙霞成步障，〔三〕三川風物是家園。〔四〕晨窺

苑樹韶光動，晚渡河橋春思繁。〔五〕絃管常調客常滿，但逢花處即開尊。〔六〕

【校注】

〔一〕詩開成元年冬末在洛陽作。酬，據白居易原詩題，疑當作「同」或「和」。加，劉本作「嘉」。

〔二〕特恩：皇帝的特殊恩典。上句指裴度，此句則指己與白爲賓客分司，閒適無事。

〔三〕二室：即嵩山。《元和郡縣圖志》卷五「河南府登封縣」：「嵩高山，在縣北八里。……東曰太室，西曰少室，嵩高總名，即中岳也。」步障：郊野用以遮蔽他人視綫及風塵的屏幃。

〔四〕三川：河、洛、伊三水，均流經洛陽。

〔五〕苑樹：宮苑中樹。韶光：春光。河橋：此當指洛水上天津橋，見卷七《酬楊八庶子（略）》注。沈佺期《洛陽道》：「九門開洛邑，雙闕對河橋。」

〔六〕開尊：即開宴。《後漢書・孔融傳》：「常嘆曰：『坐上客恒滿，尊中酒不空，吾無憂矣。』」

【附録】

對酒勸裴令公開春游宴　白居易

時泰歲豐無事日，功成名遂自由身。前頭更有忘憂日，向上應無快活人。自去年來多事故，從今日去少交親。宜須數數謀歡會，好作開成第二春。（《白居易集》卷三三）

令狐相公頻示新什早春南望遐想漢中因抒短章以寄誠素〔一〕

軍城臨漢水，旌旆起春風。遠思見江草，歸心看塞鴻。野花沿古道，新葉映行宮。〔二〕唯有詩兼酒，朝朝兩不同。

【校注】

〔一〕依劉集編次，詩開成二年春在洛陽作。漢中：郡名，即興元府。《新唐書・地理志四》：「興元府漢中郡。赤。本梁州漢川郡。……天寶元年更郡名，興元元年爲府。」令狐楚原詩佚。

〔二〕行宫：皇帝出行所居的宫殿。唐德宗時，朱泚反。興元元年三月，車駕幸梁州；六月，改梁州爲興元府，官名、品秩視京兆、河南，故在興元有行宫。

酬令狐相公見寄〔一〕

才兼文武播雄名，〔二〕遺愛芳塵滿洛城。〔三〕身在行臺爲僕射，〔四〕書來甪里訪先生。〔五〕閒游占得嵩山色，〔六〕醉卧高聽洛水聲。千里相思難命駕，〔七〕七言詩裏寄深情。

【校注】

〔一〕依劉集編次，詩開成二年春在洛陽作。令狐楚原詩佚。

〔二〕才兼文武：令狐楚以舊相爲興元節度使，故云。

〔三〕遺愛：官吏德政遺留的恩澤，參見卷二《衢州徐員外使君遺以縞紵（略）》注。芳塵：猶芳蹤。令狐楚長慶四年官河南尹，大和三年又爲東都留守，均在洛陽，故云。

〔四〕行臺：指節度使府，見卷二《江陵嚴司空見示（略）》注。令狐楚時以左僕射兼興元節度使。

〔五〕角里：複姓，商山四皓中有角里先生。時劉禹錫爲太子賓客，故以自喻。參見卷八《西池送白二十二東歸（略）》注。

〔六〕嵩山：在洛陽東南。

〔七〕命駕：備車出行。《世説新語·簡傲》：「嵇康與吕安善，每一相思，千里命駕。」《元和郡縣圖志》卷二二「興元府」：「東北至東都一千六十二里。」

酬令狐相公春思見寄〔一〕

一紙書封四句詩，芳晨對酒遠相思。〔二〕長吟盡日西南望，猶及殘春花落時。

【校注】

〔一〕依劉集編次，詩開成二年春在洛陽作。

〔二〕芳晨：春日早晨。

【附録】

春思寄夢得樂天　令狐楚

花滿中庭酒滿樽，平明獨坐到黄昏。春來詩思偏何處，飛過函關入鼎門。（《全唐詩》卷三三四）

城内花園頗曾游玩令公居守亦有素期適值春霜一夕委謝書實以答令狐相公見謔〔一〕

樓下花園最占春，〔二〕年年結侶採花頻。繁霜一夜相撩治，〔三〕不似佳人似老人。今年春霜，百花顦顇，唯近水處不衰。

【校注】

〔一〕依劉集編次，詩開成二年春在洛陽作。令公：指裴度，時以中書令兼東都留守。素期：預約，指賞花約會。

〔二〕樓：據令狐楚原詩，指五鳳樓，在洛陽皇城中。白居易有《五鳳樓曉望》詩。

〔三〕撩治：料理。《説文·手部》：「撩，理也。」王念孫疏證：「撩與料聲近義同。」

【附録】

皇城中花園譏劉白賞春不及　令狐楚

五鳳樓西花一園，低枝小樹盡芳繁。洛陽才子何曾愛，下馬貪趨廣運門。（《全唐詩》卷三三四）

令狐相公見示新栽蕙蘭二草之什兼命同作〔一〕

上國庭前草，〔二〕移來漢水潯。〔三〕朱門雖易地，〔四〕玉樹有餘陰。〔五〕艷彩凝還泛，清香絶復尋。光華童子佩，〔六〕柔軟美人心。〔七〕惜晚含遠思，賞幽空獨吟。寄言知聲者，〔八〕一奏風中琴。

【校注】

〔一〕依劉集編次，詩開成二年春在洛陽作。令狐楚原詩已佚。

〔二〕上國：指京師長安。庭前草：指蘭、蕙。《晉書·謝玄傳》：「（謝）安嘗戒約子姪，因曰：『子弟亦何豫人事，而正欲使其佳？』諸人莫有言者，玄答曰：『譬如芝蘭玉樹，欲使其生於庭階耳。』」

〔三〕潯：水邊。

〔四〕朱門：達官顯宦家紅漆大門，此指令狐楚邸宅，自長安移來興元。

〔五〕玉樹：樹木的美稱，亦用以比喻人儀容之美，此指令狐楚。《世説新語·容止》：「魏明帝使后弟毛曾與夏侯玄共坐，時人謂『蒹葭倚玉樹』。」

〔六〕童子佩：《詩·衛風·芄蘭》：「芄蘭之支，童子佩觿。」傳：「芄蘭，草也。君子之德當柔潤温良。」

〔七〕美人心：鮑照《蕪城賦》：「東都妙姬，南國麗人，蕙心紈質，玉貌絳脣。」

〔八〕聲，劉本、《全唐詩》作「音」。

【集評】

何焯曰：〔艷彩二句〕濃淡相參。（卞孝萱《劉禹錫詩何焯批語考訂》）

和令狐相公南齋小燕聽阮咸〔一〕

阮巷久蕪沈，〔二〕四絃有遺音。〔三〕雅聲發蘭室，〔四〕遠思含竹林。〔五〕坐絶衆賓語，庭移芳樹陰。飛觴助真氣，〔六〕寂聽無流心。〔七〕影似白團扇，調諧朱絃琴。一毫不平意，幽怨古猶今。

【校注】

〔一〕依劉集編次，詩開成二年春在洛陽作。燕：通宴。阮咸：晉人，阮籍之姪；又絃樂器，以阮咸所造而得名。《隋唐嘉話》卷下：「元行沖賓客爲太常少卿，有人於古墓中得銅物，似琵琶而身正圓，莫有識者。元視之，曰：『此阮咸所造樂具。』乃令匠人改以木，爲聲甚清雅。今呼爲阮咸者是也。」《晉書·阮咸傳》：「咸任達不拘，與叔父籍爲竹林之游。……妙解音律，善彈琵琶，雖處世，不交人事，惟共親知絃歌酣宴而已。」令狐楚原詩已佚。

〔二〕阮巷：指阮咸所居巷。《晉書·阮咸傳》：「咸與籍居道南，諸阮居道北，北阮富而南阮貧。」阮，劉本、《叢刊》本作「陋」。蕪沈：荒蕪冷落。

〔三〕四絃：指阮咸。遺音：《禮記·樂記》：「清廟之瑟，朱絃而疏越，一倡而三嘆，有遺音者矣。」

〔四〕蘭室：對令狐楚南齋的美稱。

〔五〕竹林：指竹林七賢。阮咸與竹林七賢之游，見卷一《許給事見示（略）》注。句謂阮咸之聲有竹林隱逸之思。

〔六〕飛觴：舉杯飲酒。真氣：自然之氣。

〔七〕流心：流盪之心。無流心，謂聽者專一。

【附録】

和令狐僕射小飲聽阮咸　白居易

掩抑復淒清，非琴不是箏。還彈樂府曲，别占阮家名。古調何人識？初聞滿座驚。落盤珠歷歷，摇珮玉琤琤。似勸杯中物，如含林下情。時移音律改，豈是昔時聲！（《白居易集》卷三三）

和樂天洛城春齊梁體八韻〔一〕

帝城宜春入，游人喜日長。〔二〕草生季倫谷，〔三〕花出莫愁坊。〔四〕斷雲發山色，〔五〕輕風漾水光。樓前戲馬地，〔六〕樹下鬥鷄場。〔七〕白頭自爲侶，緑酒亦滿觴。潘園觀種植，〔八〕謝墅閱池塘。〔九〕至閑似隱逸，過老不悲傷。相問焉功德，〔一〇〕銀黄游故鄉？〔一一〕

【校注】

〔一〕依劉、白二集編次，詩開成二年春在洛陽作。齊梁體：又稱齊梁格，指齊、梁之際形成的一種未臻成熟的格律詩。《雲溪友議》卷上載開成元年秋文宗詔：進士試，「其所試賦，則準常規，詩則依齊梁體格」。《宣室志》卷四引陸喬語：「某常覽昭明所集《文選》，見其編録詩句，皆不拘音律，謂之『齊梁體』。」吴喬《圍爐詩話》卷二：「唐初盧、駱所作，有聲病者是『齊梁體』。李杜諸公不用聲病者，乃是『古調』。」故與古詩相較，齊梁體詩可謂講求「聲病」，但與唐人近體律絶相較，又「不拘音律」。

〔二〕日長：春日晝長夜短。

〔三〕季倫谷：即金谷，在洛陽西北金谷澗。季倫，晉石崇字，參見卷八《嘆水別白二十二》注。

〔四〕莫愁坊：莫愁所居之坊，此泛指洛陽坊里。梁武帝《河中之水歌》：「洛陽女兒名莫愁。」

〔五〕發：映發。

〔六〕戲馬：馳馬游戲。《南史·傅弘之傳》：「弘之素習騎乘，於姚泓馳道内戲馬，甚有姿制。」

〔七〕鬥鷄：古代一種游戲。曹植《名都篇》：「鬥鷄東郊道，走馬長楸間。」沈約《宿東園》：「陳王鬥鷄道，安仁采樵路。」

〔八〕潘園：晉潘岳之園。潘岳閒居洛陽作《閒居賦》云：「築室種樹，逍遥自得。」

〔九〕謝墅：東晉謝靈運別墅。《宋書·謝靈運傳》：「靈運父祖並葬始寧縣，並有故宅及墅，遂移籍會稽，修營別業，傍山帶江，盡幽居之美。」其《登池上樓》有「池塘生春草，園柳變鳴禽」之句。

〔一〇〕焉：何，原作「爲」，據劉本、《全唐詩》改。功德：佛家語，指布施、奉佛等事，此雙關功勛德業。

〔一一〕銀黄：代指官印。《漢書·楊僕傳》：「因用歸家，懷銀黄，垂三組，誇鄉里。」師古注：「銀，銀印也。黄，金印也。」句謂己既享朝廷優厚俸禄，又得優游故鄉。

【附録】

洛陽春贈劉李二賓客（原注：齊梁格。）　白居易

水南冠蓋地，城東桃李園。雪銷洛陽堰，春入永通門。淑景方靄靄，游人稍喧喧。年豐酒漿賤，日晏歌吹繁。中有老朝客，華髮映朱軒。從容三兩人，藉草開一樽。樽前春可惜，身外事勿論。明日期何處？杏花游趙村。（原注：洛城東有趙村，杏花千餘樹。）（《白居易集》卷二九）

三月三日與樂天及河南李尹奉陪裴令公泛洛禊飲各賦十二韻〔一〕

洛下今修禊，群賢勝會稽。〔二〕盛筵陪玉鉉，〔三〕通籍盡金閨。〔四〕波上神仙妓，岸傍桃李蹊。〔五〕水嬉如鷺振，〔六〕歌響雜鶯啼。歷覽風光好，〔七〕沿洄意思迷。〔八〕棹歌能儷曲，〔九〕墨客競分題。〔一〇〕翠幄連雲起，〔一一〕香車向道齊。人誇綾步障，〔一二〕馬惜錦障泥。〔一三〕塵暗宫牆外，霞明苑樹西。舟形隨鷁轉，〔一四〕橋影與虹低。川色晴猶遠，烏聲暮欲棲。唯餘蹋青伴，〔一五〕待月魏王隄。〔一六〕

【校注】

〔一〕據白居易詩序，詩開成二年三月在洛陽作。李尹：李珏，字待價，進士及第，歷右拾遺、吏部員

外郎、司勳員外郎知制誥，兩《唐書》有傳。《舊唐書》本傳：「大和五年，李宗閔、牛僧孺在相，與珏親厚，改度支郎中知制誥，遂入翰林充學士。七年三月，正拜中書舍人。九年五月，轉户部侍郎充職。七月，宗閔得罪，珏坐累，出爲江州刺史。開成元年四月，以太子賓客分司東都，遷河南尹。」裴令公：裴度，已見前注。三月三日：上巳節，古人此日濯於水邊，祓除不祥，參見卷八《和滑州李尚書上巳憶江南禊事》注。時與其會者，有白居易、劉禹錫等十五人，見附録白居易詩序。李珏、裴度等人詩均佚。

〔二〕會稽：今浙江省紹興市。王羲之《蘭亭集序》：「永和九年，歲在癸丑，暮春之初，會於會稽山陰之蘭亭，修禊事也。群賢畢至，少長咸集。」

〔三〕玉鉉：玉製的提鼎工具。鉉，鼎杠，在鼎最高處，故以指代三公等居於高位的大臣，此指裴度。《易·鼎》：「上九，鼎玉鉉，大吉，無不利。」

〔四〕通籍：爲朝官。金閨：猶金門。《文選》江淹《别賦》：「金閨之諸彦。」李善注：「金閨，金馬門也。」參見卷二《酬元九院長自江陵見寄》注。此指與會群官，見白居易詩序。

〔五〕「波上」句：謂河中船上載妓樂，望之如神仙中人。蹊：小徑。桃李蹊：謂桃李盛開，游人衆多。《史記·李將軍列傳》：「諺曰：『桃李無言，下自成蹊。』」

〔六〕水嬉：水上音樂歌舞雜技等表演。《述異記》卷上：「夫差作天池，池中造青龍舟，舟中盛陳妓樂，日與西施爲水嬉。」鷺振：白鷺振翅。《詩·周頌》有《振鷺》篇。

〔七〕歷覽：遍觀。謝靈運《登江中孤嶼》：「江南倦歷覽，江北曠周旋。」

〔八〕沿：順流而下。洄：逆流而上。謝靈運《過始寧墅》：「水涉盡洄沿。」

〔九〕棹歌：划船時所唱之歌。《南史·羊侃傳》：「善音律，自造《采蓮》、《棹歌》兩曲，甚有新致。」儷：合。

〔一〇〕墨客：文士。分題：分題賦詩。

〔一一〕翠幄：緑色帳幕。

〔一二〕綾步障：錦緞所作郊野遮蔽風塵的布障。石崇爲誇富，作錦布障五十里，見《世説新語·汰侈》。

〔一三〕障泥：垂於馬鞍韉下方以防濺泥的遮蔽物。《世説新語·術解》：「王武子善解馬性，嘗乘一馬，著連錢障泥，前有水，終日不肯渡。王云：『此必是惜障泥。』使人解去，便徑渡。」

〔一四〕鷁：水鳥。古人畫鷁於船首，故代指船，參見卷三《游桃源詩一百韻》注。

〔一五〕踏青：春日郊游，參見卷四《荆州歌二首》注。

〔一六〕魏王：唐太宗第四子李泰，封魏王。《永樂大典》本《河南志》「魏王池」：「初建都，築隄壅水北流，餘水停成此池。下與洛水潛通，深處至數頃，水鳥翔泳，荷芰翻覆，爲都城之勝。貞觀中，以賜魏王泰，故號爲魏王池。」

【集評】

何焯曰：樂天固不可及，此作亦自秀整。齊韻容易窘人，非夢得幾於閣筆矣。（卞孝萱《劉禹錫詩

【附録】

三月三日祓禊洛濱　　白居易

開成二年三月三日，河南尹李待價以人和歲稔，將禊於洛濱。前一日，啟留守裴令公。公明日召太子少傅白居易、太子賓客蕭籍、李仍叔、劉禹錫、前中書舍人鄭居中、國子司業裴惲、河南少尹李道樞、倉部郎中崔瑨、司封員外郎張可續、駕部員外郎盧言、虞部員外郎苗愔、和州刺史裴儔、淄州刺史裴洽、檢校禮部員外郎楊魯士、四門博士談弘謨等一十五人，合宴於舟中。由斗亭歷魏隄，抵津橋，登臨泝沿，自晨及暮。簪組交映，歌笑間發。前水嬉而後妓樂，左筆硯而右壺觴。望之若仙，觀者如堵。盡風光之賞，極游泛之娱。美景良辰，賞心樂事，盡得於今矣。若不記録，謂洛無人。晉公首賦一章，鏗然玉振，顧謂四座，繼而和之。居易舉酒抽毫，奉十二韻以獻。（原注：座上作。）

三月草萋萋，黄鶯歇又啼。柳橋晴有絮，沙路潤無泥。禊事修初畢，游人到欲齊。金鈿耀桃李，絲管駭鳧鷖。轉岸迴船尾，臨流簇馬蹄。鬧翻楊子渡，踏破魏王隄。妓接謝公宴，詩陪荀令題。舟同李膺泛，醴爲穆生攜。水引春心蕩，花牽醉眼迷。塵街從鼓動，煙樹任鴉棲。舞急紅腰凝，歌遲翠黛低。夜歸何用燭？新月鳳樓西。（《白居易集》卷三三）

題裴令公林亭〔一〕殘句

櫻桃帶雨胭脂濕，楊柳當風緑綫低。

【校注】

〔一〕此聯劉禹錫本集不載，見河世寧《全唐詩逸》卷上。裴令公：裴度，屢見前注。詩當開成二年春在洛陽作。

寄賀東川楊尚書慕巢兼寄西川繼之二公近從弟兄情分偏睦早忝游舊因成是詩〔一〕

太華蓮峰降岳靈，〔二〕兩川棠樹接郊坰。〔三〕政同兄弟人人樂，〔四〕曲奏塤篪處處聽。〔五〕楊葉百穿榮會府，〔六〕芝泥五色耀天庭。〔七〕各抛筆硯誇旄鉞，〔八〕莫遣文星讓將星。〔九〕

【校注】

〔一〕東川：劍南東川，唐方鎮名，治所在今四川三臺。慕巢：楊汝士字。汝士元和四年進士，累辟使府，長慶元年爲左補闕，歷户部員外郎、職方郎中、中書舍人、工部侍郎、同州刺史、兵部侍郎等職，兩《唐書》有傳。西川：劍南西川，治所在今四川成都。繼之：楊嗣復字。嗣復年二十登進士第，歷秘書郎、右拾遺、太常博士、刑部禮部員外郎、中書舍人、禮户二部侍郎、尚書左丞等職，兩《唐書》有傳。《舊唐書·楊嗣復傳》：「嗣復與牛僧孺、李宗閔皆權德輿貢舉門生，情義相得，進退取捨，多與之同。……（大和七年）宗閔罷相，德裕輔政。七月，以嗣復檢校禮部尚書、梓州刺史、劍南東川節度觀察等使。九年，宗閔復知政事。三月，以嗣復檢校户部尚書、成都尹、劍南西川節度副大使知節度事、觀察處置等使。開成二年十月，入爲户部侍郎，領諸道鹽鐵轉運使。」《舊唐書·楊汝士傳》：「開成元年七月，轉兵部侍郎。其年十二月，檢校禮部尚書、梓州刺史、劍南東川節度使。時宗人嗣復鎮西川，兄弟對居節制，時人榮之。」據《新唐書·宰相世系一下》，楊汝士、楊嗣復屬楊氏越公房，同爲楊鈞九世孫，故爲近從弟兄。白居易和詩有「暮春」字樣，詩開成二年三月作。「二公」以下十八字，疑當爲題下注，闌入題中。楊汝士原詩佚。

〔二〕太華：西岳華山別名，山有蓮花峰。岳靈：山岳之神靈。《詩·大雅·崧高》：「維岳降神，生甫及申。維甫及申，維周之翰。」箋：「申，申伯也。甫，甫侯也。皆有賢知，入爲周之楨榦之臣。」楊汝士兄弟均虢州弘農人，地近華山。

〔三〕兩川：東川及西川合稱。棠樹：即甘棠，指官吏德政教化，參見卷二《途次敷水驛（略）》注。坰：遠郊。《爾雅·釋地》：「邑外謂之郊，郊外謂之牧，牧外謂之野，野外謂之林，林外謂之坰。」

〔四〕政同兄弟：政績均爲優秀。《論語·子路》：「魯、衛之政，兄弟也。」春秋魯、衛均爲姬姓諸侯國，魯爲周公之後，衛爲周公弟康叔之後。

〔五〕塤篪：兩種古樂器名，喻兄弟，參見卷八《樂天寄洛下新詩（略）》注。

〔六〕楊葉：猶柳葉。百穿：百中。《史記·周本紀》：「楚有養由基者，善射者也，去柳葉百步而射之，百發而百中之。」會府：指尚書省。《史記·天官書》：「斗魁戴匡六星曰文昌宮。」《新唐書·天文志》：「斗魁謂之會府。」唐代科舉考試由尚書省禮部主持。此以善射喻屢中高科。楊汝士兄弟曾遍歷高科，見卷七《早秋送臺院楊侍御歸朝》注。《舊唐書·楊嗣復傳》：「僕射於陵子也。初，於陵十九登進士第，二十再登博學宏詞科。……（嗣復）年二十，進士擢第。二十一，又登博學宏詞科。……權知禮部侍郎，寶曆元年、二月（年），選貢士六十八人，後多至達官。」《新唐書·楊嗣復傳》：「嗣復領貢舉時，（父）於陵自洛入朝，乃率門生出迎，置酒第中。於陵坐堂上，嗣復與諸生坐兩序。始於陵在考功，擢浙東觀察使李師稷及第，時亦在焉。人謂楊氏上下門生，世以爲美。」

〔七〕芝泥：印泥，見卷六《浙西李大夫示述夢四十韻（略）》注。五色：指詔書，見卷六《和汴州令狐相公到鎮改月（略）》注。天庭：即朝廷。楊汝士、楊嗣復均曾爲中書舍人，掌朝廷制誥，故云。

〔八〕筆硯：代指文事。旄鉞：代指兵權。《書·牧誓》：「王左杖黄鉞，右秉白旄以麾。」唐代節度使賜雙旌雙節，節以旄牛尾爲飾。鉞，兵器，形制似斧，古代作爲賦予專征伐的權力的象徵。

〔九〕文星：主文運的星宿。將星：大將上應的星宿。句謂莫因統軍而荒廢文事。

【附録】

同夢得暮春寄賀東西川二楊尚書　白居易

龍節對持真可愛，雁行相接更堪夸。兩川風景同三月，千里江山屬一家。魯衛定知聯氣色，潘楊亦覺有光華。（原注：予與二公，皆忝姻戚。）應憐洛下分司伴，冷宴閒游老看花。（《白居易集》卷三三）

送國子令狐博士赴興元覲省〔一〕

相門才子高陽族，〔二〕學省清資五品官。〔三〕諫院過時榮棣萼，〔四〕謝庭歸去蹋芝蘭。〔五〕山頭花帶煙嵐晚，棧底江涵雪水寒。〔六〕伯仲到家人盡賀，〔七〕柳營蓮府遞相歡。〔八〕

【校注】

〔一〕詩云「雪水寒」，當開成二年春在洛陽作。令狐博士：令狐緒。《舊唐書·令狐楚傳》：「子緒、綯。」李商隱有《爲令狐博士緒補闕綯謝宣祭表》。興元：今陝西漢中。開成元年令狐楚爲興元節度使，二年十二月卒於鎮。時令狐緒當以國子博士分司洛陽，赴興元覲父，故劉禹錫作詩送。

〔二〕高陽族：上古高陽氏後裔。高陽氏有才子八人，見卷六《和浙西李大夫伊川卜居》注。劉禹錫《彭陽侯令狐氏先廟碑》謂令狐楚遠祖魏顆出令狐文子，「其先文王之昭」。相傳周之先人帝嚳即顓頊高陽氏之族子。

〔三〕學省：國子監。清資：《舊唐書・職官志一》：「職事官資，則清濁區分，以次補授。……國子博士……爲清官。」《新唐書・百官志三》「國子監」：「國子學博士五人，正五品上。」

〔四〕諫院：唐時掌諫諍的官署。《舊唐書・文宗紀下》：大和九年十二月，「置諫院印」。按當時但有諫院之名，而諫議大夫、補闕、拾遺三類諫官均分左右，分隸門下、中書兩省。棣萼：棠棣之花，喻兄弟，參見卷七《敬宗睿武昭愍孝皇帝挽歌》注。令狐緒弟令狐綯時爲補闕，故云。

〔五〕謝庭：謝安之庭。謝玄以爲人欲己子弟佳，如欲芝蘭玉樹盡生己之階庭，已見前《令狐相公見示新栽蕙蘭（略）》注。此稱頌令狐楚多佳子弟。李商隱《代彭陽公遺表》：「男國子博士緒，左補闕綯，左武衛兵曹參軍綸等。」綸，《新唐書・宰相世系五下》作「緘」。

〔六〕棧：山路險阻處以竹木架設的通道。雪水：冰雪溶化的水。

〔七〕伯仲：兄弟。

〔八〕柳營：軍營，見卷八《和滑州李尚書上巳憶江南禊事》注。蓮府：對幕府的美稱，見卷五《和東川王相公（略）》注。

再經故元九相公宅池上作〔一〕

故池春又至，一到一傷情。雁鶩群猶下，〔二〕蛙蠙衣已生。〔三〕竹叢身後長，〔四〕臺勢雨來傾。〔五〕六尺孤安在？〔六〕人間未有名。

【校注】

〔一〕詩當作於開成初返洛陽後不久，即開成二年春。元九：元稹，曾相穆宗，大和五年卒，已見前注。稹有宅在東都履信坊，見白居易《過元家履信宅》詩。劉禹錫大和五年冬自長安赴蘇州、大和九年自汝州赴同州，經洛陽，但都不是在春天。

〔二〕鶩：野鴨。王筠《和吴主簿詩六首》：「日照鴛鴦殿，萍生雁鶩池。」

〔三〕蛙蠙衣：《莊子·至樂》：「得水土之際，則爲蛙蠙之衣。」成玄英疏：「蛙蠙之衣，青苔也。」陸德明音義引司馬云：「言物根在水土際，布在水中，就水上視不見，按之可得，如張綿在水中，楚人謂之蛙蠙之衣。」蠙，蚌蛤。

〔四〕身後：元稹死後。

〔五〕臺勢句：桓譚《新論》載雍門周以琴説孟嘗君：「千秋萬歲後，高臺既已傾，曲池又已平。」

〔六〕六尺孤：指元稹遺孤道護。《論語·泰伯》：「可以託六尺之孤。」《後漢書·李固傳》注：六尺，「謂年十五以下」。白居易《唐故武昌軍節度使元公墓誌銘》：「一子曰道護，三歲。」至開成二年已九歲。

奉送李户部侍郎自河南尹再除本官歸闕〔一〕

昔年内署振雄詞，〔二〕今日東都結去思。〔三〕宮女猶傳《洞簫賦》，〔四〕國人先詠衮衣詩。〔五〕

華星卻復文昌位，〔六〕別鶴重歸太一池。〔七〕想到金門待通籍，〔八〕一時驚喜見風儀。〔九〕

【校注】

〔一〕詩開成二年三月在洛陽作。李侍郎：李珏。《舊唐書·李珏傳》：「開成元年四月，以太子賓客分司東都，遷河南尹。二年五月，李固言入相，召珏復爲户部侍郎，判本司事。」同書《文宗紀下》載召回事在開成二年三月，判本司事則在同年五月。《傳》云五月召珏，蓋將入爲户部侍郎及判本司二事混言之。本官：指户部侍郎，李珏前曾爲户部侍郎，故云「再除」，參見前《三月三日與樂天及河南李尹（略）》詩注。

〔二〕内署：指翰林院，在大明宫中銀臺門内。雄詞：雄健文詞，此指翰林中書制誥。李珏曾爲翰林學士，見前《三月三日與樂天及河南李尹（略）》詩注。

〔三〕去思：吏民對去職官員的懷念。《漢書·何武傳》：「其所居亦無赫赫之名，去後常見思。」李珏自河南尹召歸，故云。

〔四〕洞簫賦：漢王褒所作賦名，見卷八《酬滑州李尚書秋日見寄》注。

〔五〕衮衣：畫龍的禮服，古代爲皇帝及上公之服。《詩·豳風·九罭》：「鴻飛遵陸……於女信宿。是以有衮衣兮，無以我公歸兮，無使我心悲兮。」小序：「美周公也。」箋：「周公西歸而東都之人心悲，思恩德之愛至深也。」

〔六〕華星：明亮之星，指李珏。文昌：指尚書省，參見卷九《和浙西王尚書（略）》注。

〔七〕太一池：即太液池，喻朝廷，參見卷八《吐綬鳥詞》注。一，劉本、《文苑英華》作「乙」。

〔八〕金門通籍：見卷二《酬元九院長自江陵見寄》注。

〔九〕風儀：風度儀容。

【集評】

何焯曰：「歸闕」便當入相。「先詠」二字，寓頌於思，敏妙無跡，且託諸通國想望，則出於不言同然之公心，非己因事攀附，亦有地步。今人用之收結，則詞冗而意卑矣。（卞孝萱《劉禹錫詩何焯批語考訂》）

和令狐相公詠梔子花〔一〕

蜀國花已盡，〔二〕越桃今正開。〔三〕色疑瓊樹倚，〔四〕香似玉京來。〔五〕且賞同心處，〔六〕那憂別葉催。〔七〕佳人如擬詠，何必待寒梅？〔八〕

【校注】

〔一〕依劉集編次，詩開成二年初夏作。令狐楚原詩佚。

〔二〕蜀國：此指漢中一帶。建安二十四年，劉備保有漢中，群下上備爲漢中王，以漢中、巴、蜀、廣漢、犍爲爲國，見《三國志》本傳。

〔三〕越桃：梔子花別名。《本草綱目》卷三六：「蘇頌曰：『入藥用山梔子，方書所謂越桃也。時珍曰：『巵子入夏開花，大如酒杯，白瓣黄蕊。』」

〔四〕瓊樹：傳説中仙樹。《漢書·司馬相如傳下》注引張揖云：「瓊樹生崑崙西流沙濱，大三百圍，高萬仞。」

〔五〕玉京：天上神仙所居。《雲笈七籤》卷二一引《玉京山經》：「玉京山冠於八方諸大羅天，……山有七寶城，城有七寶宫，宫有七寶玄臺，……即太上無極虚皇大道君之所治也。」

〔六〕同心：徐悱婦《摘同心梔子贈謝娘因附此詩》：「兩葉雖爲贈，交情永未因。同心何處恨？梔子最關人。」韓翃《送王少府歸杭州》：「梔子同心好贈人。」

〔七〕別葉：別枝之葉，落葉。鮑照《玩月城西門廨中》：「歸華先委露，別葉早辭風。」

〔八〕寒梅：王維《雜詩三首》：「來日綺窗前，寒梅著花未？」庾信《詠畫屏風二十四首》：「今朝梅樹下，定有詠花人。」按劉禹錫《予自到洛中與樂天爲文酒之會（略）》亦有「童子能騎竹，佳人解詠梅」之句，當有出典，未詳。

予自到洛中與樂天爲文酒之會時時措詠樂不可支則慨然共憶夢得而夢得亦分司至止歡愜可知因爲聯句〔一〕

成周文酒會，〔二〕吾友勝鄒枚。〔三〕唯憶劉夫子，〔四〕而今又到來。度。欲迎先倒屣，〔五〕入坐便傾杯。〔六〕飲許伯倫户，〔七〕詩推公幹才。〔八〕並以本事。居易。久曾聆郢唱，〔九〕重喜上燕臺。〔一〇〕晝話牆陰轉，宵歡斗柄回。〔一一〕禹錫。新聲還共聽，故態復相咍。〔一二〕遇物皆先賞，從花半未開。度。起時烏帽側，〔一三〕散處玉山頹。〔一四〕墨客喧東閤，〔一五〕文星犯上台。〔一六〕居易。詠吟君稱首，疏放我爲魁。〔一七〕憶戴何勞訪？〔一八〕憶夢得，夢得分司而來。留髠不用猜。〔一九〕宴席上老夫暫起，樂天密坐不動。度。奉觴承麴蘖，〔二〇〕落筆捧瓊瑰。〔二一〕醉弁無妨側，〔二二〕詞鋒不可摧。此兩韻，美令公也。居易。水軒看翡翠，〔二三〕石徑踐莓苔。童子能騎竹，〔二四〕佳人解詠梅。〔二五〕陪游南宅之境。禹錫。洛中三可矣，〔二六〕鄴下七悠哉。〔二七〕自向風光急，不須絃管催。度。樂觀魚踴躍，閑愛鶴裴回。煙柳青凝黛，波苹緑撥醅。〔二八〕居易。春榆初改火，〔二九〕律管又飛灰。〔三〇〕紅藥多遲發，〔三一〕碧松宜亂栽。禹錫。馬嘶駝陌上，〔三二〕鷁泛鳳城隈。〔三三〕色色時堪惜，〔三四〕些些病莫推。〔三五〕度。涸流尋軋軋，〔三六〕餘刃轉恢恢。〔三七〕從此知心伏，無因敢自媒。〔三八〕禹錫。室隨親客入，〔三九〕席許舊寮陪。逸興嵇將阮，〔四〇〕交情陳與雷。〔四一〕此二句屬夢得也。居易。洪爐思哲匠，〔四二〕大廈要群材。它日登龍路，〔四三〕應知免曝鰓。〔四四〕禹錫。

【校注】

〔一〕詩云「春榆初改火」，當開成二年四月在洛陽作。予：裴度自謂。據宋敏求《劉賓客文集外集後序》，此詩收於裴度與劉、白唱和詩集《汝洛集》中，故聯句詩題以裴度爲主。措詠：措詞吟詠，作詩。措，劉本、《全唐詩》作「構」。參加聯句者有裴度、劉禹錫、白居易。

〔二〕成周：周東都洛邑，代指洛陽。《元和郡縣圖志》卷五「河南府」：「又卜瀍水東，召公往營之，是爲成周。」

〔三〕鄒枚：西漢著名文人鄒陽、枚乘。《漢書·鄒陽傳》：「陽與吴嚴忌、枚乘等俱仕吴，皆以文辯著名。……是時，景帝少弟梁孝王貴盛，亦待士。於是鄒陽、枚乘、嚴忌……皆去之梁，從孝王游。」

〔四〕劉夫子：指劉禹錫。《史記·司馬相如列傳》：「梁孝王來朝，從游説之士齊人鄒陽、淮陰枚乘、吴莊忌（即嚴忌）夫子之徒。」索隱：「夫子是美稱，時人以爲號。」

〔五〕倒屣：匆忙中倒穿鞋子。《三國志·魏書·王粲傳》：「粲徙長安，左中郎將蔡邕見而奇之。時邕才學顯著，貴重朝廷，常車騎填巷，賓客盈座。聞粲在門，倒屣迎之。」

〔六〕入，原作「亦」，據劉本改。

〔七〕伯倫：晉劉伶字。伶嗜酒，見卷四《酬馬大夫以愚獻通草（略）》注。户：指酒量。唐人以酒量大者爲高户。白居易《戲贈夢得兼呈思黯》：「陳郎中處爲高户。」自注：「陳商郎中酒户涓滴。」

〔八〕公幹：漢末劉楨字。曹丕《與吴質書》：「公幹有逸氣，但未遒耳。其五言詩之善者，妙絶時人。」此聯推許劉禹錫之酒量詩才。

〔九〕郢唱：郢中人所歌《陽春》、《白雪》之類，見卷二《江陵嚴司空見示（略）》注。句指己與白居易唱和已久。

〔一〇〕燕臺：燕昭王爲郭隗所築黄金臺，見卷二《武陵書懷五十韻》注。句謂己再度爲裴度所禮遇。

〔一一〕斗柄回：言夜已深。斗柄，指北斗七星中玉衡、開陽、摇光三星。

〔一二〕故態：狂態，見卷九《劉二十八自汝赴左馮（略）》注。哈：笑。

〔一三〕烏帽側：《北史·獨孤信傳》：「信在秦州，嘗因獵日暮，馳馬入城，其帽微側。詰旦而吏人有戴帽者，咸慕信而側帽焉。」此形容醉態。

〔一四〕玉山頹：形容醉態，見卷一《揚州春夜（略）》注。

〔一五〕東閤：漢丞相公孫弘接待賓客之所。參見卷六《和浙西李大夫伊川卜居》注。

〔一六〕文星：主文運的星宿，白居易謂己及劉禹錫。上台：星名，謂裴度。《晉書·天文志》：「三台六星，兩兩而居，……三公之位也。……西近文昌二星曰上台。」古人以爲人事上應天象。《後漢書·嚴光傳》：「（光與光武帝）共偃卧，光以足加帝腹上。明日，太史奏客星犯御座甚急。」句謂己與裴度不拘形跡。此下似脱劉禹錫詩兩聯。

〔一七〕疏放：疏懶放曠。爲魁：爲首。

〔一八〕憶戴：憶戴安道，見卷一《奉和中書崔舍人八月十五日夜玩月二十韻》注。

〔一九〕留髡：留淳于髡，見卷二《武陵書懷五十韻》注。

〔二〇〕奉觴：獻酒。麴蘖：即麴糵，酒母，代指酒。

〔二一〕瓊瑰：美玉，喻指詩。

〔二二〕弁：帽子。《詩·小雅·賓之初筵》：「是曰既醉，不知其郵。側弁之俄，屢舞傞傞。」

〔二三〕翡翠：翠鳥，一種水鳥。

〔二四〕騎竹：見卷九《奉送浙西李僕射（略）》注。李白《長干行》：「郎騎竹馬來，繞牀弄青梅。」

〔二五〕詠梅：庾信《詠畫屏風二十四首》：「今朝梅樹下，定有詠花人。」佳人詠梅事未詳。

〔二六〕三：指在座的裴、劉、白三人。

〔二七〕鄴下：見卷二《遥傷丘中丞》注。七：指建安七子。曹丕《典論·論文》：「今之文人，魯國孔融文舉、廣陵陳琳孔璋、山陽王粲仲宣、北海徐幹偉長、陳留阮瑀元瑜、汝南應瑒德璉、東平劉楨公幹，斯七子者，於學無所遺，於辭無所假，咸自以騁驥騄於千里，仰齊足而並馳。」悠哉：悠遠，已成歷史。

〔二八〕撥醅：未經過濾的酒。

〔二九〕改火：《論語·陽貨》：「鑽燧改火。」何晏集解：「《周書·月令》有更火之文，春取榆柳之火，夏取棗杏之火，季夏取桑柘之火，秋取柞楢之火，冬取槐檀之火。一年之中，鑽火各異木，故曰改火也。」《春明退朝録》卷中：「唐時惟清明取榆柳火以賜近臣戚里。」

〔三〇〕飛灰：律管飛葭灰，見卷六《和汴州令狐相公到鎮改月（略）》注。

〔三一〕紅藥：芍藥。

〔三二〕駝陌：銅駝陌，見卷二《泰娘歌》注。

〔三三〕鷁：水鳥，畫於船首，代指船。鳳城：此指洛陽。

〔三四〕色色：各種景色。

〔三五〕些些：唐人口語，猶小小。推：推辭，指推辭游賞之事。

〔三六〕涸流：乾涸水流，喻己文思枯竭。軋：通乙。《文選》陸機《文賦》：「兀若枯木，豁若涸流。……理翳翳而愈伏，思乙乙其若抽。」李善注：「乙，難出之貌。」

〔三七〕恢恢：寬廣貌。《莊子·養生主》載，庖丁解牛技巧高妙，自云：「彼節者有間，而刀刃者無厚，以無厚入有間，恢恢乎其於游刃必有餘地矣。」此謂裴、白文才有餘。

〔三八〕自媒：自爲媒妁，自我推薦。曹植《求自試表》：「夫自衒自媒者，士女之醜行也。」

〔三九〕隨：任憑。

〔四〇〕嵇將阮：嵇康與阮籍，見卷八《門下相公榮加册命（略）》注。

〔四一〕陳與雷：陳重與雷義。《後漢書·雷義傳》：陳重少與同郡雷義爲友，「鄉里爲之語曰：『膠漆自謂堅，不如陳與雷。』」

〔四二〕洪爐：大火爐，此以熔金鑄物喻宰相綜理朝政。哲匠：大匠。王維《和僕射晉公扈從温湯》：「謀猷歸哲匠，詞賦屬文宗。」

〔四三〕登龍：登龍門，見卷八《遥和白賓客分司（略）》注。

〔四四〕曝鰓：喻受挫。相傳魚集龍門之下，得上者化爲龍，不得上者曝鰓點額而還，見《藝文類聚》卷九六引《辛氏三秦記》。

奉和裴令公夜宴〔一〕

天下蒼生望不休，東山雖有但時游。〔二〕從來海上仙桃樹，〔三〕肯逐人間風露秋？〔四〕

【校注】

〔一〕詩開成元年秋至二年五月間在洛陽作。裴度原詩佚。

〔二〕蒼生：百姓。東山：謝安隱居處。此指裴度洛陽午橋莊。《晉書·謝安傳》載，安年四十餘，始有仕進意，征西大將軍桓温請爲司馬。將發新亭，朝士咸送，中丞高崧戲之曰：「卿累違朝旨，高卧東山，諸人每相與言：『安石不肯出，將如蒼生何！』」

〔三〕仙桃樹：用王母桃事，見卷三《游桃源一百韻》注。

〔四〕肯：豈肯。詩以仙桃樹不隨人間風露零落，稱頌裴度健康長壽。

奉送裴司徒令公自東都留守再命太原〔一〕本封晉國公，兩任相去十六年。

星使出關東，〔二〕兵符賜上公。〔三〕山河歸舊國，〔四〕管籥換離宮。〔五〕行色旌旗動，軍聲鼓

角雄。愛棠餘故吏，〔六〕騎竹見新童。〔七〕漢壘三秋静，〔八〕胡沙萬里空。〔九〕其如天下望，〔一〇〕旦夕詠清風。〔一一〕

【校注】

〔一〕詩開成二年五月在洛陽作。裴司徒：裴度。《舊唐書·文宗紀下》：「（開成二年五月）以東都留守裴度爲太原尹、北都留守、河東節度使，依前守司徒、中書令。」裴度元和十四年至長慶二年間曾任河東節度使，故爲「再命」。

〔二〕星使：使者，見卷五《酬馮十七舍人宿（略）》注。關東：函谷關以東地區。

〔三〕上公：《後漢書·百官志》：「太傅上公一人。」此指官位極尊崇者。

〔四〕舊國：太原晉地。裴度河東聞喜（今屬山西）人，又封晉國公，故云。

〔五〕管籥：鑰匙。籥，通鑰。東都洛陽、北都太原均有宫室，由留守掌管。

〔六〕愛棠：如召伯甘棠的遺愛。句謂裴度前任河東節度時的德政猶爲故吏所懷念，參見卷二《途次敷水驛（略）》注。

〔七〕騎竹句：用郭伋事，謂裴度將受到河東百姓歡迎，參見卷九《奉送浙西李僕射（略）》注。

〔八〕三秋静：謂無戰事。吐蕃等常以秋季入侵。《新唐書·陸贄傳》：「西北邊歲調河南、江淮兵，謂之防秋。」

〔九〕胡沙：胡人居西北，其地多風沙，故以喻邊患。李白《永王東巡歌》：「但用東山謝安石，爲君談笑静胡沙。」

〔一〇〕其如，劉本作「空餘」。

〔一一〕詠清風：作詩誦德，望其速歸朝右。《詩·大雅·烝民》：「天監有周，昭假于下，保兹天子，生仲山甫。……仲山甫徂齊，式遄其歸。吉甫作誦，穆如清風。」疏：「此言周人欲山甫之速歸。」參見卷八《門下相公榮加册命（略）》注。

酬樂天聞新蟬見贈〔一〕

碧樹有蟬後，〔二〕煙雲改容光。瑟然引秋氣，芳草日夜黄。〔三〕夾道喧古槐，臨池思垂楊。離人下憶淚，〔四〕志士激剛腸。昔聞阻山川，〔五〕今聽同匡牀。〔六〕人情便所遇，音韻豈殊常。因之比笙竽，送我游醉鄉。〔七〕

【校注】

〔一〕據白居易原詩，詩開成二年夏在洛陽作。《禮記·月令·仲夏之月》：「蟬始鳴。」

〔二〕有，《全唐詩》作「鳴」。

〔三〕瑟然：蕭瑟貌。芳草：「芳」字原闕，據劉本、《叢刊》本、《全唐詩》補。日夜黄：左思《雜詩》：「秋風何洌洌，白露爲朝霜。柔條旦夕勁，緑葉日夜黄。」

〔四〕離人句：盧思道《聽鳴蟬》：「暫聽別人心即斷，纔聞客子淚先垂。」

〔五〕阻山川：謂在兩地。大和二年白居易、劉禹錫同在長安，白作《聞新蟬寄劉二十八》詩寄劉，劉作《答白刑部聞新蟬》酬之，詩見卷七。次年，白歸洛陽，劉在長安，復作《始聞蟬有懷白賓客（略）》寄白，見卷八。

〔六〕匡牀：方正之牀。

〔七〕醉鄉：見卷七《春池泛舟聯句》注。

【附録】

開成二年夏聞新蟬贈夢得（原注：十年來，常與夢得索居。同在洛下，每聞蟬，多有寄答，今喜以此篇唱之。敏按，「同在洛下」四字當移於「今喜」之下。）　白居易

十載與君別，常感新蟬鳴。今年共君聽，同在洛陽城。噪處知林静，聞時覺景清。涼風忽嫋嫋，秋思先秋生。殘槿花邊立，老槐陰下行。雖無索居恨，還動長年情。且喜未聾耳，年年聞此聲。（《白居易集》卷三六）

酬令狐相公新蟬見寄〔一〕

相去三千里，聞蟬同此時。清吟曉露葉，愁噪夕陽枝。忽爾絃斷絶，俄聞管參差。〔二〕洛橋碧雲晚，西望佳人期。〔三〕

【校注】

〔一〕依劉集編次，詩開成二年夏在洛陽作。相公：令狐楚，時在興元尹、山南西道節度使任上。令狐楚原詩佚。

〔二〕絃：琴瑟之類。管：笙簫之類。《初學記》卷三〇褚玠《風裏蟬賦》：「或孤吟而暫斷，乍亂響而還連。」

〔三〕佳人：指令狐楚。江淹《雜體詩·休上人》：「日暮碧雲合，佳人殊未來。」

酬思黯見示小飲四韻〔一〕

拋卻人間第一官，〔二〕俗情驚怪我方安。兵符相印無心戀，〔三〕洛水嵩雲恣意看。〔四〕三足鼎中知味久，〔五〕百尋竿上擲身難。〔六〕追呼故舊連宵飲，直到天明興未闌。〔七〕

【校注】

〔一〕據白居易同作詩，詩開成二年六月在洛陽作。思黯：牛僧孺字。《舊唐書·牛僧孺傳》：「（大和）六年十二月，檢校左僕射、兼平章事、揚州大都督府長史、淮南節度副大使、知節度事。……開成初，搢紳道喪，閽寺弄權，僧孺嫌處重藩，求歸散地，累拜章不允，凡在淮甸六年。開成二年五月，加檢校司空，食邑二千户，判東都尚書省事、東都留守、東畿汝防禦使。」

〔二〕第一官：《梁書·劉孝綽傳》：「高祖謂舍人周舍曰：『第一官當用第一人。』」此指淮南節度使，其治所揚州是唐代最繁榮的商業都會。《容齋隨筆》卷九：「諺稱『揚一益二』，謂天下之盛，揚爲一而蜀次之也。」

〔三〕兵符相印：淮南節度使掌兵權，時牛僧孺又帶平章事銜，故云。

〔四〕洛水嵩雲：泛指洛陽景物。《舊唐書·牛僧孺傳》：「僧孺識量弘遠，心居事外，不以細故介懷。洛都築第於歸仁里。任淮南時，嘉木怪石，置之階廷，館宇清華，竹木幽邃，常與詩人白居易吟詠其間，無復進取之懷。」

〔五〕三足鼎：喻相位，參見卷三《庭梅詠寄人》注。牛僧孺長慶三年至寶曆元年、大和四年至六年曾兩次爲相。

〔六〕百尋竿：高百尋的竹竿，指緣竿的雜技，比喻官位高而危險。《國史補》卷上：「元載擅權累年，客有爲《都盧緣橦歌》諷其至危之勢。」都盧尋橦，即緣竿的雜伎。擲身：抽身求退。

〔七〕闌：盡。

【附録】

同夢得酬牛相公初到洛中小飲見贈（原注：時牛相公辭罷揚州節度，就拜東都留守。）

白居易

淮南揮手抛紅旆，洛下回頭向白雲。政事堂中老丞相，制科場裏舊將軍。宮城煙月饒全占，關

塞風光請中分。詩酒放狂猶得在，莫欺白叟與劉君。（《白居易集》卷三三）

酬樂天醉後狂吟十韻〔一〕

來章有「移家住醉鄉」之句。

散誕人間樂，〔二〕逍遥地上仙。〔三〕詩家登逸品，〔四〕釋氏悟真筌。〔五〕制誥留臺閣，〔六〕歌詞入管絃。處身於木鴈，〔七〕任世變桑田。〔八〕吏隱情兼遂，〔九〕儒玄道兩全。〔一〇〕八關齋適罷，〔一一〕三雅興尤偏。〔一二〕文墨中年舊，〔一三〕松筠晚歲堅。〔一四〕魚書曾替代，〔一五〕香火有因緣。〔一六〕陸法和云，與梁元帝於空王寺佛前有香火因緣。欲向醉鄉去，猶爲色界牽。〔一七〕好吹楊柳曲，〔一八〕爲我舞金鈿。〔一九〕

【校注】

〔一〕據劉、白二集編次及白詩題「呈思黯」之語，詩開成二年夏在洛陽作。

〔二〕散誕：閒散放任。

〔三〕地上仙：地仙，神仙而居於人間者。

〔四〕逸品：藝術品格超凡絶俗者。李嗣真《書後品》分書法家爲十等，列逸品爲首，登逸品者唯五人，云：「若超吾逸品之才者，亦復敻絶終古。」

〔五〕真筌：同真詮，真諦精義。

〔六〕制誥句：白居易曾爲翰林學士、中書舍人，掌制誥，故云。

〔七〕處身句：用《莊子·山木》事，謂處身於有用、無用之間。白居易《偶作》：「木雁一篇須記取，致身才與不才間。」參見卷三《游桃源一百韻》注。

〔八〕變桑田：滄海變桑田，見卷三《漢壽城春望》注。

〔九〕吏隱：爲如同隱居的閒散官。白居易《中隱》：「大隱住朝市，小隱入丘樊。……不如作中隱，隱在留司官。」

〔一〇〕儒玄：儒家經學與道家玄學。《梁書·武帝紀》：「少而篤學，洞達儒玄。」

〔一一〕八關齋：佛家語，即齋戒。佛家有禁殺、盜、淫等七戒，又「不食非時食」爲齋，合稱爲八齋戒或八關齋戒。《荊楚歲時記》卷一：「二月八日，釋氏下生之日，迦文成道之時，信舍之家，建八關齋。」

〔一二〕三雅興：酒興。《太平御覽》卷八四五：「劉表有酒爵三：大曰伯雅，次曰仲雅，小曰季雅。」

〔一三〕文墨：此指詩歌唱和。劉集中劉、白唱和始於元和五年左右，時劉三十八歲，已入中年，參見卷二《翰林白二十二學士（略）》注。

〔一四〕松筠：松竹，堅貞耐寒，參見卷一《許給事見示（略）》注。

〔一五〕魚書：刺史信物，代指刺史，見卷二《早春對雪（略）》注。劉、白曾相代爲同州刺史，見卷九《酬喜相遇同州（略）》注。

〔一六〕香火因緣：謂均事佛。《北齊書·陸法和傳》載法和語：「法和是求佛之人，尚不希釋梵天王坐處，豈規王位？但於空王佛所與主上有香火因緣，見主人應有報至，故求援耳。」

〔一七〕色界：佛教語，三界之一，在欲界之上，無色界之下。此界諸天但有色相，無男女情欲。《法苑珠林》卷七引《涅槃經》：「世間雖有上妙清浄園林，然死屍處中，則爲不浄，衆共捨之，不生愛著。色界亦爾。雖復浄妙，以有身故，諸佛菩薩悉共捨之。」爲色界牽，謂不能捨棄歌舞聲色等耳目之娱。

〔一八〕楊柳曲：即《楊柳枝》曲，見卷九《楊柳枝》注。

〔一九〕金鈿：婦女頭上片狀的金屬飾物，此借指舞妓。

【集評】

何焯曰：〔處身聯〕此當是甘露事後語。（卞孝萱《劉禹錫詩何焯批語考訂》）

【附録】

分司洛中多暇數與諸客宴游醉後狂吟偶成十韻因招夢得賓客兼呈思黯奇章公

白居易

性與時相遠，身將世兩忘。寄名朝士籍，寓興少年場。老豈無談笑？貧猶有酒漿。隨時來伴侣，逐日用風光。數數游何爽，些些病未妨。天教榮啟樂，人恕接輿狂。改業爲逋客，移家住醉鄉。不論招夢得，兼擬誘奇章。要路風波險，權門市井忙。世間無可戀，不是不思量。（《白居易集》卷

三四）

酬留守牛相公宫城早秋寓言見寄〔一〕

曉月映宫樹，秋光起天津。〔二〕涼風稍動葉，宿露未生塵。景氣尚芳麗，曠望感心神。揮毫成逸韻，開閤遲來賓。〔三〕擺去將相印，漸爲逍遥身。如招後房宴，〔四〕卻要白頭人。〔五〕

【校注】

〔一〕詩開成二年七月在洛陽作。見寄，疑當作「見示」，白居易和詩題作「示」。時劉、牛同在洛陽，不須「寄」。牛僧孺原詩佚。

〔二〕天津：洛陽天津橋，見卷七《酬楊八庶子（略）》注。

〔三〕開閤：用公孫弘事，見卷六《和浙西李大夫伊川卜居》注。

〔四〕後房：内室，内眷所居。

〔五〕白頭人：劉禹錫自謂。牛僧孺好女色聲伎，故以此語戲之。白居易《酬思黯戲贈同用狂字》：「鍾乳三千兩，金釵十二行。」自注：「思黯自誇前後服鍾乳三千兩，甚得力，而歌舞之妓頗多。」

【附録】

酬牛相公宫城早秋寓言見示兼呈夢得（原注：時夢得有疾。）　白居易

七月中氣後，金與火交争。一聞白雪唱，暑退清風生。碧樹未摇落，寒蟬始悲鳴。夜涼枕簟滑，

秋燥衣巾輕。疏受老慵出，劉楨疾未平。何人伴公醉？新月上宫城。（《白居易集》卷三〇）

和河南裴尹侍郎宿齋太平寺詣九龍祠祈雨二十韻〔一〕

有事九龍廟，潔齋梵王祠。〔二〕玉簫何時絶？〔三〕碧樹空涼颸。〔四〕吏散埃壒息，〔五〕月高庭宇宜。重城肅穆閉，〔六〕澗水潺湲時。〔七〕人稀夜復閑，慮静境亦隨。緬懷斷鼇足，〔八〕凝想乘鸞姿。〔九〕朱明盛農節，〔一〇〕膏澤方愆期。〔一一〕瞻言五靈瑞，〔一二〕能救百穀萎。〔一三〕咿喔晨鷄鳴，〔一四〕闌干斗柄垂。〔一五〕修容謁神像，〔一六〕注意陳正詞。〔一七〕驚飆起泓泉，〔一八〕若召雷雨師。〔一九〕黑煙聳鱗甲，灑液如棼絲。〔二〇〕豐隆震天衢，〔二一〕列缺揮火旗。〔二二〕炎空忽淒緊，〔二三〕高溜懸綆縻。〔二四〕生物已霶霈，〔二五〕濕雲稍離披。〔二六〕丹霞啟南陸，〔二七〕白水含東菑。〔二八〕熙熙飛走適，〔二九〕藹藹草樹滋。〔三〇〕浮光動宫觀，遠思盈川坻。〔三一〕吴公敏於政，〔三二〕謝守工爲詩。〔三三〕商山有病客，〔三四〕言賀舒厖眉。〔三五〕

【校注】

〔一〕詩開成二年七月在洛陽作。河南裴尹：河南尹裴潾。《舊唐書·文宗紀下》：「（開成三年二月）以兵部侍郎裴潾爲河南尹。」太平寺：在洛陽。《唐兩京城坊考》卷五「東京外郭城」：「太平寺，垂拱二年太平公主建。」九龍祠：當即九龍廟。《古今圖書集成·方輿匯編·職方典》「河南府登封縣」：「九龍廟在嵩山東九龍潭上。」《舊唐書・文宗紀下》：「（開成二年七月）乙亥，以久旱徙市，閉坊門。」同書《五行志》：「開成二年，河南、河北旱。」故有祈雨之舉。裴潾原詩佚。

〔二〕梵王祠：佛寺，指太平寺。梵王，大梵天王的省稱。

〔三〕玉簫：用秦穆公小女弄玉吹簫事，見卷三《團扇歌》注。玉簫絶：指太平公主之死。

〔四〕颸：微風。

〔五〕埃壒：塵土。

〔六〕重城：九重城，指洛陽城。

〔七〕澗：洛陽水名。《水經注・澗水》：「澗水出新縣南白石山……東南入於洛。」

〔八〕緬懷：遠念，追想。斷鼇足：《淮南子・覽冥》：「往古之時，四極廢，九州裂，天不兼覆，地不周載，火爁炎而不滅，水浩洋而不息，猛獸食顓民，鷙鳥攫老弱。於是女媧煉五色石以補蒼天，斷鼇足以立四極。」此指太平公主助玄宗勘定武韋、立睿宗之事。《新唐書・太平公主傳》：「玄宗將誅韋氏，主與秘計，遣子崇簡從。事定，將立相王，未有以發其端者。主顧温王乃兒子，可劫以爲功，乃入見王曰：『天下事歸相王，此非兒所坐。』乃掖王下，取乘輿服進睿宗。睿宗即位，主權由此震天下，加實封至萬户，三子封王，餘皆祭酒、九卿。……朝廷大政事非關決不下，間不朝，則宰相就第咨判，天子殆晝可而已。」

〔九〕乘鸞姿：亦用弄玉事，見卷三《團扇歌》注。江淹《怨歌行》：「畫作秦王女，乘鸞向煙霧。」

〔一〇〕朱明：《爾雅·釋天》：「夏爲朱明。」農節：農事繁忙的季節。

〔一一〕膏澤：指雨水。杜預《春秋左氏傳序》：「膏澤之潤。」疏：「膏澤以雨多之故，所潤者博。」愆期：失期，不及時。

〔一二〕五靈：此指龍神。杜預《春秋左氏傳序》：「麟鳳五靈，王者之嘉瑞也。」疏：「麟、鳳與龜、龍、白虎五者，神靈之鳥獸。」

〔一三〕百穀：各種穀物。《詩·周頌·良耜》：「播厥百穀。」萎：枯萎。

〔一四〕咿喔：鷄啼聲。

〔一五〕闌干：横斜貌。斗柄垂：謂夜將盡，參見前《予自到洛中（略）》注。

〔一六〕修容：整飾衣冠儀容。

〔一七〕注意：專心誠意。正詞：嚴肅的言詞。

〔一八〕驚飆：突起之風。泓泉：深泉，指九龍潭。

〔一九〕雷雨師：司雷雨之神。阮籍《清思賦》：「雷師奮而下雨。」《風俗通義·祀典》：「玄冥，雨師也。」

〔二〇〕棼絲：亂絲，見卷四《海陽十詠》注。

〔二一〕豐隆：雷神。《淮南子·天文》：「季春三月，豐隆乃出，以將其雨。」高誘注：「豐隆，雷也。」天衢：天上道路，指天空。

〔二二〕列缺：閃電。《漢書・揚雄傳》：「辟歷列缺，吐火施鞭。」應劭曰：「列缺，天隙電照也。」

〔二三〕淒緊：有寒冷意。《文選》殷仲文《南州桓公九井作》：「風物自淒緊。」呂延濟注：「淒寒緊急也。」

〔二四〕溜：屋檐。綆：汲水用繩子。縻：牛繮繩。王粲《詠史詩》：「涕下如綆縻。」

〔二五〕霶霈：大雨，此指獲得充沛的雨水。

〔二六〕濕雲：雨雲。離披：分散貌。

〔二七〕南陸：南方原野。

〔二八〕菑：休耕之田，此泛指田野。

〔二九〕熙熙：和樂貌。飛走：飛禽走獸。

〔三〇〕藹藹：茂盛貌。

〔三一〕坻：水中小洲。

〔三二〕吴公：漢河南守，政事天下第一，見卷八《白侍郎大尹自河南寄示（略）》注。吴公與下謝守均借指裴潾。

〔三三〕謝守：謝朓，曾爲宣城太守，工詩。

〔三四〕商山：用四皓事，見卷八《西池送白二十二東歸（略）》注。病客：禹錫自謂。時禹錫有疾，參見前詩附録白居易詩及後《秋中暑退贈樂天》等詩。

〔三五〕尨眉：《文選》王褒《四子講德論》：「尨眉耇耇之老。」李善注：「尨，雜也，謂眉有白黑雜色。」

牛相公留守見示城外新墅有溪竹秋月親情多往宿游恨不得去因成四韻兼簡洛中親故之什兼命同作〔一〕

別墅洛城外，月明村野通。〔二〕光輝滿池上，〔三〕絲管發舟中。堤艷菊花露，島涼松葉風。高情限清禁，〔四〕寒漏滴深宫。

【校注】

〔一〕詩云「菊花」、「寒露」，當開成二年晚秋在洛陽作。牛相公：牛僧孺，時爲東都留守，見前《酬思黯見示小飲四韻》注。新墅：即劉禹錫詩中多次提及的牛僧孺南莊。牛僧孺原詩佚。

〔二〕野，劉本作「徑」。

〔三〕池，原作「地」，據劉本改。

〔四〕高情：指牛僧孺。清禁：宫禁。

牛相公見示新什謹依本韻次用以抒下情〔一〕

劇韻新篇至，〔二〕因難始見能。雨天龍變化，晴日鳳騫騰。〔三〕游海驚何極，〔四〕聞韶素不曾。〔五〕愜心時摶髀，〔六〕擊節自麾肱。〔七〕符彩添隃墨，〔八〕波瀾起剡藤。〔九〕揀金光熠熠，〔一〇〕壘壁勢層層。〔一一〕珠媚多藏賈，〔一二〕花撩欲定僧。〔一三〕封來真寶物，寄與愧交朋。〔一四〕已老無時疾，〔一五〕時洛中時癘，多傷少年。長貧望歲登。〔一六〕雀羅秋寂寂，〔一七〕蟲翅曉薨薨。〔一八〕羸驥方辭絆，〔一九〕虛舟已絶絙。〔二〇〕榮華甘死別，〔二一〕健羡亦生憎。〔二二〕玉柱琤瑽韻，〔二三〕金觥雹凸稜。〔二四〕何時良宴會，〔二五〕促膝對華燈。〔二六〕

【校注】

〔一〕詩云「雀羅秋寂寂」，當開成二年秋在洛陽作。牛相公：牛僧孺，見前詩。依本韻次用：謂和詩依次使用原詩押韻所用字。牛僧孺原詩所用當爲蒸韻。《舊唐書·元稹傳》：「稹與同門生白居易友善。居易雅能詩，就中愛驅駕文字，窮極聲韻，或爲千言，或五百言律詩，以相投寄。小生自審不能過之，往往戲排舊韻，別創新辭，名爲次韻相酬，蓋欲以難相挑。」牛僧孺原詩佚。

〔二〕劇韻：窄險之韻。《南史·蕭統傳》：「每游宴祖道，賦詩至十數韻，或作劇韻，皆屬思便成，無所點易。」

〔三〕騫騰：高舉飛騰。

〔四〕極：盡頭，邊際。《莊子·秋水》：「秋水時至，百川灌河，涇流之大，兩涘渚涯之間，不辨牛馬。於是焉河伯欣然自喜，以天下之美爲盡在己。順流而東行，至於北海，東面而視，不見水端。於是焉河伯始旋其面目，望洋向若而嘆曰：『……今我覩子之難窮也。吾非至於子之門則殆矣，吾長見笑於大方之家。』」

〔五〕韶：相傳舜樂名。《論語·述而》：「子在齊，聞韶，三月不知肉味。曰：『不圖爲樂之至於斯也。』」

〔六〕愜心：有當於心，快意。搏髀：以手拍股。搏，劉本、《全唐詩》作「拊」。

〔七〕擊節：打拍子，亦表示贊賞。麾：通揮。肱：手的上臂。

〔八〕符彩：玉的紋理光澤。《文選》左思《蜀都賦》：「金沙銀礫，符采彪炳。」劉逵注：「符采，玉之横文也。」隃墨：隃麋縣所産墨。《宋書·百官志》：「漢儀：（尚書）丞、郎月賜赤管大筆一雙，隃麋墨一丸。」《漢書·地理志》：「右扶風有隃麋縣。」

〔九〕剡藤：剡溪藤所造的紙。剡溪，即曹娥江上游，在今浙江境。《唐國史補》卷下：「紙則有越之剡藤、苔箋。」

〔一〇〕揀：簡選。《世説新語·文學》：「孫興公云：『潘（岳）文爛若披錦，無處不善；陸（機）文若排沙簡金，往往見寶。』」《史通·直筆》：「披沙揀金，時有獲寶。」熠熠：閃光貌。

〔一一〕壘壁：軍營壁壘。《史記·白起列傳》：「趙軍築壘壁而守之。」壘壁，劉本、《全唐詩》作「累璧」，謂重疊的玉璧，亦通。鮑照《河清頌》：「如彼七緯，累璧重珠。」按此云「勢層層」，似仍以作「壘壁」爲長。

〔一二〕媚：媚悦。陸機《文賦》：「石藴玉而山輝，水懷珠而川媚。」多藏賈：聚積大量財貨的商賈。

《老子》：「多藏厚亡。」

〔一三〕撩：撩撥，引逗。欲定僧：將入定的僧人。

〔一四〕交朋：朋友。交，劉本、《叢刊》本作「文」。

〔一五〕時疾：流行病，傳染病。

〔一六〕歲登：農作物豐收。

〔一七〕雀羅：捕雀網。句謂門庭冷落，可張雀羅，見卷一《百舌吟》注。

〔一八〕薨薨：蟲飛振翅聲。《詩·齊風·雞鳴》：「蟲飛薨薨。」

〔一九〕羸驥：瘦馬。辭絆：擺脱羈絆，指己爲閒散之賓客分司官而言。

〔二〇〕虚舟：空船，喻己自由自在之身。《莊子·列禦寇》：「巧者勞而知者憂，無能者無所求，飽食而遨游，泛若不繫之舟，虚而遨游者也。」絶絙：斷纜。絙，大繩。

〔二一〕死别：永别。

〔二二〕健羨：争勝多欲。《漢書·司馬遷傳》：「去健羨，黜聰明。」如淳曰：「知雄守雌，是去健也；不見可欲，使心不亂，是去羨也。」生憎：極端憎厭。盧照鄰《長安古意》：「生憎帳額繡孤鸞，好取門簾貼雙燕。」

〔二三〕玉柱：指樂器。柱，琴瑟上的枕絃木。琤瑽：象聲詞，象音樂聲。

〔二四〕觥：酒器。鼉凸稜：酒器上鑄凸起的雲雷形花紋。米芾《畫史》：「蔣永仲收古銅兕觥，其形勢骨髗，凹凸全備，轉旋縧索，亦如余家畫。」

〔二五〕良宴會：美好宴會。《古詩十九首》：「今日良宴會，歡樂難具陳。」

〔二六〕促膝：膝蓋相接，謂親密。

秋中暑退贈樂天〔一〕

暑服宜秋著，清琴入夜彈。人情皆向菊，風意欲摧蘭。〔二〕歲稔貧心泰，天涼病體安。相逢取次第，〔三〕卻甚少年歡。

【校注】

〔一〕依劉集編次及「病體」語，詩當開成二年秋末在洛陽作。

〔二〕摧蘭：《淮南子·説林》：「蘭芝欲修而秋風敗之。」

〔三〕次第：《詩詞曲語辭匯釋》卷四：「次第，迅急之辭。」

【集評】

方回曰：三、四已佳，五、六十分佳絶。（《瀛奎律髓》卷一二）

馮舒曰：即如此四句，尚不分景與情也。（《瀛奎律髓彙評》卷一二）

查慎行曰：三、四新穎可喜。（同前）

紀昀曰：究是三、四比興深微，五、六直，宋人習語耳，虛谷謦所可及也。（同前）

秋晚病中樂天以詩見問力疾奉酬〔一〕

耳虛多聽遠，〔二〕展轉晨鷄鳴。〔三〕一室背燈卧，〔四〕中庭掃葉聲。〔五〕蘭芳經雨敗，〔六〕鶴病得秋輕。肯蹋衡門草，〔七〕唯應是友生。〔八〕

【校注】

〔一〕據《白居易集》原詩編次，詩開成二年秋末在洛陽作。力疾：勉力支撑。

〔二〕虛：虛静。

〔三〕展轉：反覆不能入睡。《詩·周南·關雎》：「輾轉反側。」

〔四〕燈，原作「爐」，據劉本、《叢刊》本、《全唐詩》改。

〔五〕庭掃，劉本作「夜拂」，《全唐詩》作「宵掃」。

〔六〕敗，劉本作「散」。

〔七〕衡門：横木爲門，指己之簡陋居室。《詩·陳風·衡門》：「衡門之下，可以棲遲。」傳：「横木爲門，言淺陋也。」

〔八〕友生：友人，指白居易。《詩·小雅·常棣》：「雖有兄弟，不如友生。」

【附録】

夢得卧病攜酒相尋先以此寄　　白居易

病來知少客，誰可以爲娱？日晏開門未？秋寒有酒無？自宜相慰問，何必待招呼。小疾無妨飲，還須挈一壺。（《白居易集》卷三四）

和樂天燒藥不成命酒獨醉〔一〕

九轉欲成就，〔二〕百神陰主持。〔三〕嬰啼鼎上去，〔四〕老貌鏡前悲。卻顧空丹竈，〔五〕回心向酒卮。〔六〕醺然耳熱後，〔七〕暫似少年時。

【校注】

〔一〕依白集原詩編次，詩開成二年秋在洛陽作。燒藥：煉丹。《西溪叢語》卷下歷舉樂天集中涉及煉丹之詩句，並云：「《燒藥不成命酒獨酌》……是樂天久留意金丹，爲之而不成也。……又作《醉吟先生傳》云：『設不幸吾好藥，治衣削食，煉鉛燒汞，至於無所成，有所誤，奈之何！今吾幸不好彼。』又《答客》詩云：『海山不是吾歸處，歸即應歸兜率天。』則是晚年藥術竟無所得，乃歸依内典耳。」

〔二〕九轉：九轉金丹。轉，指丹爐中藥物在燒煉時所起化學變化。《抱朴子·金丹》：「一轉之丹，服之三年得仙。二轉之丹，服之二年得仙。三轉之丹，服之一年得仙。四轉之丹，服之半年得仙。五轉之丹，服之百日得仙。六轉之丹，服之四十日得仙。七轉之丹，服之三十日得仙。八轉之丹，服之十日得仙。九轉之丹，服之三日得仙。」

〔三〕陰：暗中，劉本作「應」。

〔四〕嬰啼：形容煉丹時丹爐中的聲音。《周易參同契》下篇：「嗷嗷聲甚悲兮，嬰兒之慕母。」鼎上去：謂煉丹失敗。

〔五〕丹竈：煉丹爐竈。

〔六〕酒巵：酒器。

〔七〕醺然耳熱：醉貌。楊惲《報孫會宗書》：「酒後耳熱，仰天拊缶而呼嗚嗚。」

【附録】

燒藥不成命酒獨醉　白居易

白髮逢秋王，丹砂見火空。不能留奼女，争免作衰翁？賴有杯中緑，能爲面上紅。少年心不遠，只在半酣中。（《白居易集》卷三三）

和令狐相公九日對黄白二菊花見懷〔一〕

素萼迎寒秀，〔二〕金英帶露香。〔三〕繁華照旄鉞，〔四〕榮盛對銀黄。〔五〕琮璧交輝映，〔六〕衣裳

雜彩章。晴雲遥蓋覆，秋蝶近悠揚。空想逢九日，何由陪一觴。〔七〕滿叢佳色在，未肯委嚴霜。〔八〕

【校注】

〔一〕依劉集編次，詩開成二年九月在洛陽作。令狐相公：令狐楚。

〔二〕素萼：指白菊。

〔三〕金英：指黄菊。湯惠休《贈鮑侍郎》：「玳枝兮金英，緑葉兮紫莖。」

〔四〕繁華：即繁花。旄鉞：旌旄節鉞，節度使儀仗。何焯曰：「初不解『旄鉞』二字之妙，以爲只是令狐是節度使，故下此字。再味之，則《書》云『白旄黄鉞』，恰對黄白二菊。古人作詩，何嚴如此！今人爲之也易，安能窺其美滿也？元唱云：『鬢雪徒云白，腰金未是黄。』此則一句中兼二菊。」

〔五〕銀黄：指黄白二菊，雙關金印、銀印，見前《酬樂天醉後狂吟十韻》注。

〔六〕琮璧：黄色和白色的玉器，喻指黄白二菊。《周禮·春官·宗伯》：「以黄琮禮地。」《史記·蘇秦列傳》：「白璧百雙。」

〔七〕觴：酒器。重九日飲菊花酒。《西京雜記》卷三：「九月九日飲菊花酒，令人長壽。」

〔八〕嚴霜：寒霜。謝朓《暫使下都夜發新林至京邑寄西府同僚》：「常恐鷹隼擊，時菊委嚴霜。」

【附録】

九日黄白二菊花盛開對懷劉二十八　令狐楚

西花雖未謝，二菊又初芳。鬢雪徒云白，腰金未是黄。曙光凌露彩，宵艶射星芒。日正開邊树，風清發更香。山椒應散亂，籬下倍熒煌。泛酒遥相憶，何由共醉狂？（《古今歲時雜詠》卷三五）

分司東都蒙襄陽李司徒相公書問因以奉寄〔一〕

早忝金馬客，〔二〕晚爲商洛翁。〔三〕知名四海内，〔四〕多病一生中。〔五〕舉世往還盡，〔六〕何人心事同？幾時登峴首，〔七〕恃舊揖三公？〔八〕

【校注】

〔一〕詩云「多病」，當開成二年秋冬間洛陽作。襄陽：郡名，即襄州，今湖北省襄樊市，唐時爲山南東道節度使治所。李司徒相公：李程。《舊唐書》本傳：「（開成）二年，檢校司徒，出爲襄州刺史、山南東道節度使。」同書《文宗紀下》：「（開成二年三月）甲戌，以左僕射李程爲山南東道節度使。」

〔二〕金馬客：指朝官。見卷一《韓十八侍御見示岳陽樓别賓司直詩（略）》注。

〔三〕晚，原作「曉」，據明本、劉本、《叢刊》本、《全唐詩》改。商洛翁：商山四皓。時劉禹錫爲太子賓客，故以四皓自比。參見卷八《西池送白二十二東歸（略）》注。

〔四〕知名句：姚合《送劉禹錫郎中赴蘇州》：「三十年來天下名。」白居易《哭劉尚書夢得》：「四海齊名白與劉。」

〔五〕多病：禹錫自幼多病，見卷十五《傳信方述》。開成二年秋冬間有疾，已見前諸詩。

〔六〕往還：相與交往的友人。

〔七〕峴首：襄陽山名，見卷八《奉和裴侍中將赴漢南（略）》注。

〔八〕侍舊：倚仗老交情。劉禹錫與李程有深分，見卷五《鄂渚留別李二十六表臣大夫》、卷九《將赴汝州途出浚下（略）》等詩注。揖：拱手爲禮，爲平輩相見的一般禮節。《漢書·高帝紀》：「酈生不拜，長揖。」三公：指李程，時加司徒，爲三公之一。三，何焯曰：「疑作『山』。末句收到襄陽，自應用山簡事。」按山簡事，見卷九《酬令狐相公親仁郭家（略）》注。然此在强調己與李程官品懸隔，但交情深厚，故不必用山簡事。

裴令公見示誚樂天寄奴買馬絶句斐然仰和且戲樂天〔一〕

常奴安得似方回？〔二〕爭望追風絶足來？〔三〕若把翠娥酬緑耳，〔四〕始知天下有奇才。

【校注】

〔一〕據白集編次，詩開成二年秋冬間在洛陽作。裴令公：裴度，時爲北都留守，在太原。

〔二〕方回：晉郗鑒長子郗愔字。《世説新語・品藻》：「郗司空家有傖奴，知及文章，事事有意，王右軍向劉尹稱之。劉問：『何如方回？』王曰：『此正小人有意向耳，何得便比方回？』劉曰：『若不如方回，故是常奴耳。』」此戲言白居易奴爲常奴。

〔三〕追風：古代名馬名。《古今注》卷中：「秦始皇有七名馬：一曰追風，二曰白兔……」絶足：奔馳神速之足，謂千里馬。曹丕《與孫權送馬書》：「中國雖饒馬，其知名絶足，亦時有之耳。」

〔四〕翠娥：美女。緑耳：周穆王八駿之一。《水經注・河水》：「（桃林）多野馬，造父於此得驊騮、緑耳、盜驪之乘，以獻周穆王。」以妾换馬事，見卷四《夔州竇員外使君見示（略）》注。

【附録】

酬樂天寄奴買馬絶句（殘句，題擬）　裴度

君若有心求逸足，我還留意在名姝。（《唐詩紀事》卷三三）

酬裴令公贈馬相戲（原注：裴詩云：「君若有心求逸足，我還留意在名姝。」蓋引妾换馬戲，意亦有所屬也。）　白居易

安石風流無奈何，欲將赤驥换青娥。不辭便送東山去，臨老何人與唱歌？（《白居易集》卷三四）

酬樂天詠老見示〔一〕

人誰不願老，〔二〕老去有誰憐？身瘦帶頻減，〔三〕髮稀冠自偏。廢書緣惜眼，〔四〕多灸爲隨

年。〔五〕經事還諳事，閲人如閲川。〔六〕細思皆幸矣，〔七〕下此便翛然。〔八〕莫道桑榆晚，〔九〕爲霞尚滿天。

【校注】

〔一〕據劉集編次，詩開成二年或三年在洛陽作。

〔二〕顧，劉本作「顧」。

〔三〕帶頻減：謂帶減腰圍。《南史·沈約傳》載沈約與徐勉書，言己老病，云：「百日數旬，革帶常應移孔；以手握臂，率計月小半分。」

〔四〕廢書：見前《閑坐憶樂天（略）》注。

〔五〕灸：以藥物熏烤穴位的治療方法。隨年：隨順年齡的增長。

〔六〕閲人：陸機《嘆逝賦》：「川閲水以成川，水滔滔而日度；世閲人而爲世，人冉冉而行暮。人何世而弗新，世何人之能故？」

〔七〕幸矣：謂己僥幸。文宗朝，牛李黨争，朝官屢遭貶黜，甘露之變，宰相以下遭族誅者十餘家，故云。

〔八〕翛然：《莊子·大宗師》陸德明音義：「自然無心而自爾之謂。」

〔九〕桑榆：謂日將落，喻老年，見卷九《樂天寄重和晚達冬青（略）》注。左思《魏都賦》：「彼桑榆之末光，踰長庚之初輝。」

【集評】

劉克莊曰：夢得歷德、順、憲、穆、敬、文、武七朝，其詩尤多感慨，惟「在人雖晚達，於樹比冬青」之句差閑婉。答樂天云：「莫道桑榆晚，爲霞尚滿天。」亦足見其精華，老而不竭。（《後村先生大全集》卷一七）

胡震亨曰：劉禹錫播遷一生，晚年洛下閑廢，與緑野、香山諸老優游詩酒間，而精華不衰，一時以詩豪見推，公亦自有句云：「莫道桑榆晚，爲霞尚滿天。」……公自貞元登第，歷德、順、憲、穆、敬、文、武七朝，同人凋落且盡，而靈光巋然獨存，造物者亦有以償其所不足矣。人生得如是，何憾哉！（《唐音癸籤》卷二五）

瞿佑曰：劉夢得……暮年與裴、白優游緑野堂，有「在人稱晚達，於樹比冬青」之句，又云「莫道桑榆晚，爲霞尚滿天」，其英邁之氣，老而不衰如此。（《歸田詩話》卷上）

何焯曰：四語中極起伏之勢。結句氣既不衰，文章必傳無疑。故是劉、柳分重，與乾没不已語又別。（卞孝萱《劉禹錫詩何焯批語考訂》）

【附録】

詠老贈夢得　　白居易

與君俱老也，自問老何如？眼澀夜先卧，頭慵朝未梳。有時扶杖出，盡日閉門居。懶照新磨鏡，休看小字書。情於故人重，跡共少年疏。唯是閒談興，相逢尚有餘。（《白居易集》卷三一）

洛濱病卧户部李侍郎見惠藥物詼以文星之句斐然仰酬〔一〕

隱几支頤對落暉，〔二〕故人書信到柴扉。周南留滯商山老，〔三〕星象如今屬少微。〔四〕

【校注】

〔一〕據《白居易集》中和詩編次，詩開成二年冬作。户部李侍郎：李珏，見前《奉送李户部侍郎（略）》注。詼：戲詼。文星：文昌星，主文運的星宿，比喻優秀的文人。李珏原詩已佚。

〔二〕隱几：憑几。《莊子·徐無鬼》：「南伯子綦隱几而坐，仰天而嘘。」支頤：以手支托面頰。

〔三〕周南：指洛陽。《史記·太史公自序》：「天子始建漢家之封，而太史公留滯周南，不得與從事。」如淳曰：「周南，洛陽也。」張晏曰：「洛陽而謂周南者，自陕以東皆周南之地也。」商山老：商山四皓。時劉禹錫仍爲太子賓客，故以四皓自比。參見卷八《西池送白二十二東歸（略）》注。

〔四〕少微：星名，一名隱士星，見卷八《贈樂天》注。蓋李珏原詩稱劉禹錫占「文星」，故禹錫自謙云但占隱士星而已。

【附録】

看夢得題答李侍郎詩詩中有文星之句因戲和之　白居易

看題錦繡報瓊瑰，俱是人天第一才。好遣文星守躔次，亦須防有客星來。（《白居易集》卷三四）

和樂天洛下雪中宴集寄汴州李尚書〔一〕

洛城無事足杯盤，〔二〕風雪相和歲欲闌。〔三〕樹上因依見寒鳥，〔四〕座中收拾盡閒官。〔五〕笙歌要請頻何爽，〔六〕笑語忘機拙更歡。〔七〕遥想兔園今日會，〔八〕瓊林滿眼映旗竿。〔九〕

【校注】

〔一〕詩開成二年冬末在洛陽作。汴州：今河南開封，時爲宣武軍節度使治所。李尚書：李紳。《舊唐書·李紳傳》：「（大和）九年，李訓用事，李宗閔復相，與李訓、鄭注連衡排擯德裕罷相，紳與德裕俱以太子賓客分司。開成元年，鄭覃輔政，起德裕爲浙西觀察使，紳爲河南尹。六月，檢校户部尚書、汴州刺史、宣武節度、宋亳汴潁觀察等使。」

〔二〕足杯盤：多宴會。

〔三〕歲欲闌：一年將盡。

〔四〕因依：互相依靠倚傍。阮籍《詠懷》：「迴風吹四壁，寒鳥相因依。」

〔五〕收拾：收集，招納。閒官：按與開成二年冬洛陽之會者有太子少傅分司白居易，太子賓客分司劉禹錫、李仍叔，均爲分司閒散之官。

〔六〕要：通邀。

〔七〕忘機：無機詐之心。

〔八〕兔園：漢梁孝王園，故址在宣武軍所轄之宋州，見卷六《和汴州令狐相公到鎮改月（略）》注。此借指汴州。

〔九〕瓊林：玉樹之林，形容樹林爲冰雪覆蓋，晶瑩皎潔。

【附録】

洛下雪中頻與劉李二賓客宴集因寄汴州李尚書　白居易

水南水北雪紛紛，雪裏歡游莫厭頻。日日暗來唯老病，年年少去是交親。碧氈帳暖梅花濕，紅燎爐香竹葉春。今日鄒枚俱在洛，梁園置酒召何人？（《白居易集》卷三四）

酬思黯代書見戲〔一〕

官冷如漿病滿身，〔二〕陵寒不易過天津。〔三〕少年留守多情興，〔四〕請待花時作主人。

【校注】

〔一〕詩開成二年冬在洛陽作。思黯：牛僧孺字。牛僧孺原詩佚。

〔二〕官冷：官職清閒冷落。杜甫《醉時歌》：「諸公衮衮登臺省，廣文先生官獨冷。」《三國志·魏書·夏侯玄傳》注引《魏略》：「及司馬宣王久病……曹爽專政，（李）豐依違二公間，無有適莫，故于時有謗書曰：『曹爽之勢熱如湯，太傅父子冷如漿，李豐兄弟如游光。』」

〔三〕陵：通凌。天津：天津橋，在洛陽皇城正南，入皇城官署當過此橋。見卷七《酬楊八庶子（略）》注。
〔四〕少年留守：指牛僧孺，時年五十八，爲東都留守。

裴侍郎大尹雪中遺酒一壺兼示喜眼疾初平一絶有閑行把酒之句斐然仰酬〔一〕

卷盡輕雲月更明，〔二〕金篦不用且閑行。〔三〕若傾家釀招來客，〔四〕何必池塘春草生。〔五〕

【校注】

〔一〕詩開成二年冬在洛陽作。裴侍郎大尹：河南尹裴潾，見前《和河南裴尹侍郎（略）》注。《舊唐書·文宗紀下》，開成三年正月，以前荆南節度使韋長爲河南尹，故裴潾當爲韋長所代。裴潾原詩已佚。

〔二〕輕雲：薄雲，喻眼中白翳。《世説新語·巧藝》：「顧長康（愷之）好寫起人形，欲圖殷荆州（仲堪）。殷曰：『我形惡，不煩耳。』顧曰：『明府正爲眼爾。但明點童（瞳）子，飛白拂其上，使如輕雲之蔽月。』」劉孝標注：「仲堪眇目故也。」

〔三〕金篦：金屬薄片，佛經載有金篦刮眼之術。《涅槃經·如來性品》：「如目盲人爲治目故，造詣良醫，是時良醫即以金錍決其眼膜。」

〔四〕家釀：家中自釀之酒。《世説新語·賞譽》：「劉尹云：『見何次道飲酒，使人欲傾家釀。』」

〔五〕春草生：謝靈運《登池上樓》：「池塘生春草，園柳變鳴禽。」

令狐僕射與予投分素深縱山川阻修然音問相繼今年十一月僕射疾不起聞予已承訃書寢門長慟後日有使者兩輩持書並詩計其日時已是卧疾手筆盈幅翰墨尚新律詞一篇音韻彌切收淚握管以成報章雖廣陵之絃於今絶矣而蓋泉之感猶庶聞焉焚之繐帳之前附于舊編之末〔一〕

前日寢門慟，〔二〕至今悲有餘。〔三〕已嗟萬化盡，〔四〕方見八行書。〔五〕滿紙傳相憶，裁詩怨索居。〔六〕危絃音有絶，〔七〕哀玉韻由虚。〔八〕忽嘆幽明異，〔九〕俄驚歲月除。〔一〇〕文章雖不朽，〔一一〕精魄竟焉如？〔一二〕零淚沾青簡，〔一三〕傷心見素車。〔一四〕凄涼從此後，無復望雙魚。〔一五〕

【校注】

〔一〕詩開成二年歲末在洛陽作。令狐僕射：令狐楚。《舊唐書·文宗紀下》：「（開成二年十一月）丁丑，興元節度使令狐楚卒。」管：筆。報章：《詩·小雅·大東》：「跂彼織女，終日七襄。雖則七襄，不成報章。」此指酬答之詩。令狐楚來詩爲「律詞」，白居易和劉禹錫之答令狐楚詩亦爲七律，疑劉禹錫別有七律「報章」，已佚，非指本詩。廣陵絃：見卷九《西川李尚書知愚與元武昌有舊（略）》注。蓋泉：蓋山之泉。蓋泉之感，謂死者魂靈有所應感。劉孝標《重答劉秣陵沼書》：「蓋山之泉，聞絃歌而赴節。」《太平寰宇記》卷一〇三「宣州涇縣」引紀義《宣城記》：「蓋山一百許步有舒姑泉。俗傳云，昔有舒氏女，未適人，其父析薪於此。女忽坐泉處，牽挽不動。父遽歸告家。比來，唯見清泉湛然。其母曰女性好音樂，乃作絃歌，即泉涌浪迴，復有赤鯉一雙，躍出嬉戲。」繐帳：靈帳。舊編：指劉與令狐唱和詩集《彭陽唱和集》。詳見劉禹錫《彭陽唱和集後引》。令狐楚原詩佚。

〔二〕寢門：內室之門。《禮記・檀弓上》：「孔子曰：『師，吾哭諸寢。朋友，吾哭諸寢門之外。』」

〔三〕悲有餘：有餘悲。陶潛《挽歌》：「親戚或餘悲，他人亦已歌。」

〔四〕萬化：隨萬物遷化，死亡。曹丕《典論・論文》：「日月逝於上，體貌衰於下，忽然與萬物遷化，斯志士之大痛也。」

〔五〕八行書：即書信，見卷八《西池送白二十二東歸（略）》注。

〔六〕索居：孤獨地居於一方。《禮記・檀弓上》：「子夏曰：『吾離群而索居，亦已久矣。』」

〔七〕危絃：高張急絃，容易斷絕，參見卷十二《調瑟詞》注。

〔八〕哀玉：詩篇如玉聲之哀。杜甫《又於韋處乞大邑瓷碗》：「扣如哀玉錦城傳。」由，劉本、《叢刊》本作「猶」。

〔九〕幽明：陰間與人世，指死生。

〔一〇〕除：逝去。《詩·唐風·蟋蟀》：「日月其除。」

〔一一〕文章句：曹丕《典論·論文》：「蓋文章經國之大業，不朽之盛事。」參見卷十九《唐故相國贈司空令狐公集紀》注。

〔一二〕精魄：精氣魂魄。焉如：何往。《漢書·司馬遷傳》：「長逝者魂魄，私恨無窮。」向秀《思舊賦》：「形神逝其焉如？」

〔一三〕青簡：竹簡，古代書寫工具。此指令狐楚著作。劉孝標《重答劉秣陵沼書》：「青簡尚新，而宿草將列，泫然不知涕之無從也。」

〔一四〕見，原作「具」，據劉本、《叢刊》本、《全唐詩》改。素車：送葬之車。東漢范式字巨卿，張劭字元伯，相與爲友。後張劭寢疾篤，嘆曰：「恨不見吾死友。」尋而卒。式忽夢見元伯曰：「吾以某日死，當以爾時葬。」式恍然覺，具告太守，請往奔喪。「式未及到，而喪已發引。既至壙，將窆，而柩不肯進。其母撫之曰：『元伯，豈有望邪？』遂停柩移時，乃見有素車白馬，號哭而來。其母望之曰：『是必范巨卿也。』巨卿既至……因執紼而引，柩於是乃前。」

〔一五〕雙魚：指書信。樂府《飲馬長城窟行》：「客從遠方來，遺我雙鯉魚。呼兒烹鯉魚，中有尺素書。」

【附録】

令狐相公與夢得交情素深眷予分亦不淺一聞薨逝相顧泫然旋有使來得前月末歿之前數日書

及詩寄贈夢得哀吟悲嘆寄情於詩詩成示予感而繼和　白居易

緘題重疊語殷勤，存殁交親自此分。前月使來猶理命，今朝詩到是遺文。銀鉤見晚書無報，玉樹埋深哭不聞。最感一行絶筆字，尚言千萬樂天君。（原注：令狐與夢得手札後云：「見樂天君，爲伸千萬之誠也。」）（《白居易集》卷三四）

劉禹錫全集編年校注卷十一　詩　開成下、會昌

元日樂天見過因舉酒爲賀〔一〕

漸入有年數，〔二〕喜逢新歲來。震方天籟動，〔三〕寅位帝車回。〔四〕門巷掃殘雪，林園驚早梅。與君同甲子，〔五〕壽酒讓先杯。〔六〕

【校注】

〔一〕據白居易詩在原集中編次，此詩當開成三年元日在洛陽作。

〔二〕有年：謂高年。劉禹錫本年年六十七。

〔三〕震方：東方。《易·説卦》：「震，東方也。」天籟：各種自然音響，此指風聲。《禮記·月令·孟春之月》：「東風解凍。」

〔四〕寅位：《漢書·律曆志》：「太族：族，奏也，言陽氣大，奏地而達物也。位於寅，在正月。」帝車：北斗星，見卷七《同樂天和微之深春二十首》注。《鶡冠子·環流》：「斗柄東指，天下皆春。」

〔五〕同甲子：同年，劉、白同生於大曆七年。

〔六〕壽酒：祝壽之酒，此指元日所飲酒。讓先杯：《容齋續筆》卷二：「今人元日飲屠酥酒，自小者起，相傳已久，然固有來處。後漢李膺、杜密以黨人同繫獄，值元日，於獄中飲酒，曰：『正旦從小起。』《時鏡新書》晉董勛云：……『俗以小者得歲，故先酒賀之；老者失時，故後飲酒。』《初學記》載《四民月令》云：『正旦進酒次第，當從小起，以年小者起先。』唐劉夢得、白樂天元日舉酒賦詩，劉云：『與君同甲子，壽酒讓先杯。』白云：『與君同甲子，歲酒合誰先？』白又有《歲假內命酒》一篇云：『歲酒先拈辭不得，被君推作少年人。』」

【附録】

新歲贈夢得　　白居易

暮齒忽將及，同心私自憐。漸衰宜減食，已喜更加年。紫綬行聯袂，籃輿出比肩。與君同甲子，歲酒合誰先？（《白居易集》卷三四）

洛中早春贈樂天〔一〕

漠漠復靄靄，〔二〕半晴將半陰。春來自何處？無跡日以深。韶嫩冰後水，〔三〕輕盈煙際林。藤生欲有託，柳弱不自任。〔四〕花意已含蓄，鳥言尚沉吟。期君當此時，與我恣追尋。翻愁爛漫後，〔五〕春暮卻傷心。

【校注】

〔一〕據劉、白二集編次，詩開成三年正月在洛陽作。

〔二〕漠漠：彌漫廣布貌。謝朓《游東田》：「遠樹曖阡阡，生煙紛漠漠。」靄靄：雲盛貌。陶潛《停雲》：「靄靄停雲，濛濛時雨。」

〔三〕韶嫩：美好柔弱。

〔四〕不自任：不自勝，不堪負荷。

〔五〕爛漫：花盛開。

【附録】

和夢得洛中早春見贈七韻　白居易

衆皆賞春色，君獨憐春意。春意竟如何？老夫知此味。燭餘減夜漏，衾暖添朝睡。恬和臺上風，虚潤池邊地。開遲花養艷，語懶鶯含思。似訝隔年齋，如勸迎春醉。何日同宴游？心期二月二。（原注：此日出齋，故云。）（《白居易集》卷三六）

述舊賀遷寄陝虢孫常侍〔一〕

南宫、左輔，兩處交代。

南宫幸襲芝蘭後，〔二〕左輔曾交印綬來。〔三〕多病未離清洛苑，〔四〕新恩已歷望仙臺。〔五〕關頭古塞桃林静，〔六〕城下長河竹箭回。〔七〕聞道隨車有零雨，〔八〕此時偏動子荆才。〔九〕

【校注】

〔一〕詩開成三年二月在洛陽作。陝虢：唐方鎮名，治所在陝州，今河南三門峽市。常侍：左右散騎常侍。孫常侍：孫簡。《唐代墓誌彙編續集》咸通〇九九《孫簡墓誌銘》：「拜同州刺史。……遷陝虢觀察使、檢校右散騎常侍，兼御史中丞。」《舊唐書·文宗紀下》：「（開成三年二月）丁未，以同州刺史孫簡爲陝虢觀察使。」

〔二〕南宮：尚書省。芝蘭：香草名，此喻美孫簡。《説苑·雜言》：「孔子曰：『與善人居，如入蘭芷之室，久而不聞其香，即與之化矣。』」《孫簡墓誌銘》：「寶曆元年，以司勛員外郎判吏部。廢置，轉禮部郎中。」劉禹錫三入尚書省，其爲屯田員外郎，乃繼段平仲；爲主客郎中，乃繼張籍；故孫簡當大和三年劉禹錫禮部郎中之前任。

〔三〕左輔：左馮翊，即同州。《三輔黄圖》卷一：「武帝太初元年，改内史爲京兆尹，與左馮翊、右扶風，謂之三輔。」開成元年秋，劉禹錫罷同州，當爲孫簡所代。

〔四〕多病句：禹錫自謂。清洛苑：指洛陽宮苑，兼用戾太子博望苑事，指己在洛陽爲太子賓客分司。參見卷八《遥和白賓客分司（略）》注。

〔五〕望仙臺：在陝州。《太平寰宇記》卷六「陝州陝縣」：「望仙臺，在縣西南十三里。漢文帝親謁河上公，公既上昇，故築此臺以望祭之。」

〔六〕關：指函谷關。古塞：指桃林塞。《元和郡縣圖志》卷六「陝州靈寶縣」：「桃林塞，自縣以西至潼關，皆是也。春秋時，晉侯使詹嘉處瑕，守桃林之塞。《三秦記》曰：『桃林塞在長安東四百里，若有軍馬經過，好行則牧華山，休息林下；惡行則決河漫延，人馬不得過矣。』」

〔七〕長河：黄河。竹箭：形容河水湍急。《元和郡縣圖志》卷六「陝州陝縣」：「州理城，即古虢國城。《西征記》曰：『陝縣……北臨黄河，懸水百餘仞，臨之者皆爲悚慄。』」《慎子》：「河下龍門，流駛如竹箭，駟馬追之不及。」

〔八〕隨車：《後漢書·鄭弘傳》李賢注引謝承《書》：「弘消息繇賦，政不煩苛，行春，天旱，隨車致雨。」《藝文類聚》卷五〇引謝承《後漢書》：「百里嵩爲徐州刺史，州境遭旱，嵩行部，傳車所經，甘雨輒注。東海金鄉、祝其兩縣，僻在山間，嵩傳車不往，二縣獨不雨。父老干請，嵩曲路到二縣，入界即雨。」

〔九〕子荆：晉孫楚字，《晉書》本傳稱其「才藻卓絶，爽邁不群」。孫楚《征西官屬送於陟陽候作詩》：「晨風飄歧路，零雨被秋草。」《宋書·謝靈運傳論》：「子荆零雨之章，正長朔風之句，並直舉胸情，非傍詩史，正以音律調韻，取高前式。」此以孫楚比美孫簡。

和樂天燕李周美中丞宅池上賞櫻桃花〔一〕

櫻桃千萬枝，照耀如雪天。王孫燕其下，〔二〕隔水疑神仙。宿露發清香，初陽動暄妍。〔三〕

妖姬滿髻插，〔四〕酒客折枝傳。〔五〕同此賞芳月，〔六〕幾人有華筵？ 杯行勿遽辭，好醉逸三年。〔七〕

【校注】

〔一〕詩云「三年」，當開成三年春在洛陽作。 燕：通宴。 李周美：李仍叔。《新唐書·宗室世系上》「蜀王房」：「宗正卿仍叔，字周美，初名章甫。」李仍叔時爲太子賓客分司，見卷十《三月三日與樂天及河南李尹（略）》附白居易詩序。 李仍叔宅在洛陽履信坊，白居易有《履信池櫻桃島醉後走筆（略）》詩。

〔二〕王孫：宗室子弟。 李仍叔爲蜀王湛六世孫，故云。

〔三〕暄妍：和暖妍麗。

〔四〕妖姬：妖艷婦女。 歐陽修《洛陽風俗記》：「洛陽之俗，大抵好花。 春時，城中無貴賤，皆插花，雖負擔者亦然。」

〔五〕折枝傳：飲酒行令。 唐人野外飲宴時行鞍馬令，往往折柳枝等傳令。 參見卷八《宴興化池亭送白二十二東歸聯句》注。

〔六〕芳月：春月。

〔七〕逸，劉本作「過」。 三年：開成三年，但亦雙關千日酒一醉三年事，參見卷六《和令狐相公謝太原李侍中寄蒲桃》注。

【附録】

櫻桃花下有感而作（原注：開成三年春，李美周賓客南池者。）　白居易

藹藹美周宅，櫻繁春日斜。一爲洛下客，十見池上花。爛漫豈無意？爲君占年華。風光饒此樹，歌舞勝諸家。失盡白頭伴，長成紅粉娃。停杯兩相顧，堪喜且堪嗟。（原注：白頭伴、紅粉娃，皆有所屬。）（《白居易集》卷三六）

酬牛相公獨飲偶醉寓言見示〔一〕

宮漏夜丁丁，〔二〕千門閉霜月。〔三〕華堂列紅燭，絲管静中發。歌眉低有思，〔四〕舞體輕無骨。〔五〕主人啟酡顔，〔六〕酣暢浹肌髪。〔七〕猶思城外客，〔八〕阡陌不可越。〔九〕春意日夕深，此歡無斷絶。

【校注】

〔一〕詩云「春意日夕深」，當開成三年春作。牛相公：牛僧孺。牛僧孺原詩佚。

〔二〕宮漏：宮中漏刻，一種以滴水計時的計時器。丁丁：象聲詞，此指滴漏聲。

〔三〕千門：指皇宮。《史記·封禪書》：「作建章宮，度爲千門萬户。」

〔四〕有思：有情。

〔五〕無骨：柔若無骨。

〔六〕酡顔：醉顔。酡，飲酒臉紅。

〔七〕酣暢：暢飲。《晉書·阮修傳》：「常步行，以百錢掛杖頭，至酒店，便獨酣暢。」浹：通徹。《漢書·禮樂志》：「樂本情性，浹肌膚而臧骨髓。」

〔八〕城：指宫城。城外客，指劉禹錫自己和白居易。

〔九〕阡陌：田間小路。古諺：「越陌度阡，更爲客主。」曹操《短歌行》：「越陌度阡，枉用相存。」

【集評】

何焯曰：高格細律。〔宫漏四句〕四句括「獨飲」，超妙。〔猶思二句〕倒映發端，是「獨」字。〔此歡句〕反收「偶」字。（卞孝萱《劉禹錫詩何焯批語考訂》）

【附録】

和思黯居守獨飲偶醉見示六韻時夢得和篇先成頗爲麗絶因添兩韻繼而美之

白居易

宫漏滴漸闌，城烏啼復歇。此時若不醉，争奈千門月？主人中夜起，妓燭前羅列。歌袂默收聲，舞鬟低赴節。絃吟玉柱品，酒透金杯熱。朱顔忽已酡，清奏猶未闋。妍詞黯先唱，逸韻劉繼發。鏗然雙雅音，金石相磨戛。（《白居易集》卷三六）

和思黯憶南莊見示〔一〕

丞相新家伊水頭，〔二〕智囊心匠日增修。〔三〕化成池沼無痕跡，〔四〕奔走清波不自由。〔五〕臺上看山徐舉酒，潭中見月慢回舟。〔六〕從來天下推尤物，〔七〕合屬人間第一流。〔八〕

【校注】

〔一〕據劉、白二集編次，詩開成三年春在洛陽作。南莊：牛僧孺洛陽莊，在洛陽城南。牛僧孺原詩佚。

〔二〕伊水：《元和郡縣圖志》卷五「河南府河南縣」：「伊水，在縣東南十八里。」

〔三〕智囊：足智多謀的人物。《史記·樗里子列傳》：「樗里子滑稽多智，秦人號曰『智囊』。」心匠：猶匠心，内心策劃運籌。

〔四〕化成句：謂莊中人工池沼而無人工痕跡。

〔五〕奔走句：流水被引入池中，故不自由。

〔六〕慢，劉本作「漫」。

〔七〕尤物：異物，美好事物。

〔八〕第一流：見卷八《和令狐相公言懷寄河中楊少尹》注。

【附録】

奉和思黯自題南莊見示兼呈夢得　　白居易

謝家別墅最新奇，山展屏風花夾籬。曉月漸沈橋腳底，晨光初照屋梁時。臺頭有酒鶯呼客，水面無塵風洗池。除卻吟詩兩閑客，此中情狀更誰知？（《白居易集》卷三四）

和樂天春詞依憶江南曲拍爲句〔一〕

春去也，多謝洛城人。弱柳從風疑舉袂，叢蘭裛露似沾巾。〔二〕獨坐亦含嚬。〔三〕

【校注】

〔一〕依劉、白二集編次，詩開成三年夏在洛陽作。憶江南：曲名。《樂府雜録》：「《望江南》，始自朱崖李太尉鎮浙西日，爲亡妓謝秋娘所撰。本名《謝秋娘》，後改此名，亦曰《夢江南》。」《詞譜》卷一：「《憶江南》，此詞乃李德裕爲謝秋娘作，故名《謝秋娘》，因白居易詞更今名。又因劉禹錫詞有『春去也，多謝洛城人』句，名《春去也》。」曲拍：曲調的節拍。題，《樂府詩集》卷八二作《憶江南二首》，此爲其一。白居易原詩爲三首，疑劉詩或有遺逸。

〔二〕裛：通浥，沾濕。沾巾：哭泣。

〔三〕含嚬：同含顰，皺眉，愁苦貌。

【集評】

陸時雍曰：仿佛隋音。（《唐詩鏡》卷三六）

陳廷焯曰：婉麗。（《别調集》卷一）

況周頤曰：唐賢爲詞，往往麗而不流，與其詩不甚相遠也。劉夢得《憶江南》「春去也」云云，流麗之筆，下開北宋子野、少游一派。唯其出自唐音，故能流而不靡，所謂風流高格調，其在斯乎！（《蕙風詞話》卷二）

【附録】

憶江南詞三首（原注：此曲亦名《謝秋娘》，每首五句。）　白居易

江南好，風景舊曾諳。日出江花紅似火，春來江水緑如藍，能不憶江南？

江南憶，最憶是杭州。山寺月中尋桂子，郡亭枕上看潮頭。何日更重游？

江南憶，其次憶吴宫。吴酒一杯春竹葉，吴娃雙舞醉芙蓉。早晚復相逢。（《白居易集》卷三四）

憶江南〔一〕

春過也，共惜艷陽年。〔二〕猶有桃花流水上，無辭竹葉醉樽前，〔三〕惟待見青天。〔四〕

【校注】

〔一〕此詩劉集未載，見《樂府詩集》卷八二，爲《憶江南》二首其一，其二即《和樂天春詞依憶江南曲

拍爲句》。白居易原作爲《憶江南詞三首》，故此當與前詩同時作。《全唐詩》收作《和樂天春詞依望江南曲拍爲句》其二。

〔二〕艷陽年：春天。鮑照《學劉公幹體》：「兹辰自爲美，當避艷陽年。」

〔三〕竹葉：酒名。張協《七命》：「乃有荆南烏程，豫北竹葉。」白居易《薔薇正開春酒初熟因招劉十九張大夫崔二十四同飲》：「甕頭竹葉經春熟，階底薔薇入夏開。」

〔四〕青天：指白居易。《世説新語·賞譽》：「衛伯玉爲尚書令，見樂廣與中朝名士談議，奇之……命子弟造之，曰：『此人，人之水鏡也，見之若披雲霧而覩青天。』」

送蘄州李郎中赴任〔一〕

楚關蘄水路非賒，〔二〕東望雲山日夕佳。〔三〕薤葉照人呈夏簟，〔四〕松花滿碗試新茶。〔五〕樓中飲興因明月，〔六〕江上詩情爲晚霞。〔七〕北地交親長引領，〔八〕早將玄鬢到京華。〔九〕

【校注】

〔一〕據白居易同送詩「春風門外有紅旗」句及白集編次，詩開成三年春在洛陽作。蘄州：州治在今湖北蘄春。李郎中：李播。《唐詩紀事》卷四七：「李播，登元和進士第，以郎中典蘄州。」播，字子烈，趙郡人，曾爲大理評事，後官杭州刺史，見杜牧《寄李播評事》、《杭州新造南亭子記》等。

〔二〕楚關：楚有穆陵關，在黄州，與蘄州相鄰，見卷四《平蔡州三首》注。蘄水：《元和郡縣圖志》卷二七「蘄州蘄春縣」：「蘄水，西南經縣三里。」

〔三〕日夕佳：陶潛《飲酒》：「山氣日夕佳，飛鳥相與還。」

〔四〕蕤：草本植物，即萹頭，葉細長。韓愈《鄭群贈簟》：「蘄州笛竹天下知。」白居易《寄李蘄州詩》自注：「蘄州出好笛並蕤葉簟。」又《寄蘄州簟與元九因題六韻》：「滑如鋪蕤葉，冷似卧龍鱗。」

〔五〕松花：狀茶上浮沫。《膳夫經手録》：「蘄州茶、鄂州茶、至德茶，以上三處出者，並方斤厚片，自陳、蔡以北，幽、并以南，人皆尚之。」

〔六〕樓中句：用庾亮事，見卷二《送李策秀才（略）》注。

〔七〕晚霞：謝朓《晚登三山還望京邑》：「餘霞散成綺，澄江静如練。」

〔八〕引領：伸長脖頸。《孟子·梁惠王上》：「天下之民，皆引領而望之矣。」

〔九〕玄鬢：黑髮。

【集評】

顧嗣立曰：作詩用故實，以不露痕跡爲高，昔人所謂使事如不使也。盛庶齋如梓謂：「杜詩『荒庭垂橘柚，古壁畫龍蛇』，皆寓禹事，於題禹廟最切；『青青竹筍迎船出，白白江魚入饌來』，皆養親事，於題中扶侍字最切。」余謂劉賓客詩「樓中飲興因明月，江上詩情爲晚霞」，一用庾亮，一用謝朓，

讀之使人不覺，亦是此法。（《寒廳詩話》）

洛中春末送杜録事赴蘄州〔一〕

尊前花下長相見，明日忽爲千里人。〔二〕君過午橋回首望，〔三〕洛城猶自有殘春。

【校注】

〔一〕詩在集中次前詩之後，當亦開成三年春在洛陽作。録事：州府屬官，有録事參軍事及録事，見《新唐書·百官志四下》。杜録事：名未詳。白居易晚年洛陽游伴中有杜録事，見其《和杜録事題紅葉》、《天壇峰下贈杜録事》等詩，當是一人。

〔二〕千里人：《元和郡縣圖志》卷二七「蘄州」：「西北至東都一千七百里。」

〔三〕午橋：在洛陽城南，見卷九《劉二十八自汝赴左馮（略）》注。杜録事南赴蘄州經此。

思黯南墅賞牡丹花〔一〕

偶然相遇人間世，〔二〕合在增城阿姥家。〔三〕有此傾城好顔色，天教晚發賽諸花。

【校注】

〔一〕詩開成三年春末在洛陽作。思黯：牛僧孺字。南墅：即牛僧孺南莊，在洛陽城南。

〔二〕人間世：即人間。《莊子》有《人間世》篇。

〔三〕增城：即層城，仙境。阿姥：西王母。均見卷七《同樂天和微之深春二十首》注。

和牛相公游南莊醉後寓言戲贈樂天兼見示〔一〕

城外園林初夏天，就中野趣在西偏。〔二〕薔薇亂發多臨水，鸂鶒雙游不避船。〔三〕水底遠山雲似雪，橋邊平岸草如煙。白家唯有杯觴興，〔四〕欲把頭盤打少年。〔五〕

【校注】

〔一〕詩開成三年四月在洛陽作。《千載佳句》載白居易《同夢得醉後戲贈》句：「唯缺與君同制令，一時封作醉鄉侯。」疑與此詩同作。牛僧孺原詩佚。

〔二〕野趣：熱愛郊野自然的情趣。

〔三〕鸂鶒：水鳥名，形似鴛鴦而大，色紫，又名紫鴛鴦。

〔四〕白家：指白居易。杯觴興：酒興。

〔五〕頭盤：即投盤，骰盤，投骰之盤，唐人飲酒時用以擲骰行令。《國史補》卷下：「飲酒……國朝有頭盤，有抛打。」元稹《贈崔元儒》：「殷勤夏口阮元瑜，二十年前舊飲徒。……今日頭盤三兩擲，翠娥潛笑白髭鬚。」

【集評】

王夫之曰：腹、頷兩聯，七言勝境。結亦與樂府相表裏。唐七言律如此工者不能十首以上，乃一向堙没，總爲皎然一項人以烏豆换睛也，一嘆。（《唐詩評選》卷四）

樂天少傅五月長齋廣延緇徒謝絶文友坐成睽間因以戲之〔一〕

一月長齋戒，〔二〕深居絶送迎。不離通德里，〔三〕便是法王城。〔四〕舉目皆僧事，全家少俗情。精修無上道，〔五〕結念未來生。〔六〕賓閣田衣占，〔七〕書堂信鼓鳴。〔八〕戲童爲塔像，〔九〕啼鳥學經聲。黍用青菰角，〔一〇〕葵承玉露烹。〔一一〕馬家供薏苡，〔一二〕劉氏餉蕪菁。〔一三〕暗網籠歌扇，〔一四〕流塵晦酒鐺。〔一五〕不知何次道，〔一六〕作佛幾時成？

【校注】

〔一〕據劉、白二集編次，此詩開成三年五月在洛陽作。少傅：太子少傅。《新唐書·百官志四上》「東宫官」：「少師、少傅、少保各一人，從二品。」《舊唐書·白居易傳》：「開成元年，除同州刺史。辭疾不拜。尋授太子少傅，進封馮翊縣開國侯。」長齋：唐制以正月、五月、九月爲長齋月，見卷十《和樂天齋戒月滿（略）》注。緇徒：僧侣，多著黑色僧衣，故稱。睽間：分離阻隔。

〔二〕一，劉本、《叢刊》本、《全唐詩》作「五」。

〔三〕通德里：鄭玄居里名，此借指白居易所居洛陽履道坊，參見卷五《傷愚溪三首》注。

〔四〕法王城：此指佛寺。法王，佛，見卷十《和令狐僕射相公題龍回寺》注。

〔五〕無上道：佛教語，謂佛法最精深的教義。《楞嚴經》：「我王獲是圓通修證無上道。」

〔六〕結念：專一係念。未來生：即來世。佛教以爲人生有過去、現在、未來三世，識神常不滅。

〔七〕田衣：水田衣，即袈裟，因用許多方形布塊拼合而成，似水田界劃得名。此指僧人。

〔八〕信鼓：僧徒作法事所用鼓。

〔九〕塔：佛教建築。《魏書·釋老志》：「建宮宇，謂爲塔。塔亦胡言，猶宗廟也。」《釋氏六帖》卷一八：「《異相》云，五百童子，江岸聚沙爲佛塔。」

〔一〇〕菰：即茭白，其葉狹長。角：包成角黍（粽子）。

〔一一〕葵：葵菜。二句言白居易持齋斷葷。

〔一二〕薏苡：植物名，果實可入藥。《後漢書·馬援傳》：「初，援在交阯，常餌薏苡實，用能輕身省欲，以勝瘴氣。南方薏苡實大，援欲以爲種，軍還，載之一車。」注引《神農本草經》：「薏苡味甘，微寒，主風濕痹下氣，除筋骨邪氣，久服輕身益氣。」

〔一三〕餉：贈送。蕪菁：蔬菜名，即蔓菁。《三國志·蜀書·先主傳》注引胡沖《吳歷》：「曹公數遣親近密覘諸將有賓客酒食者，輒因事害之。備時閉門，將人種蕪菁。曹公使人窺門。既去，備謂張飛、關羽曰：『吾豈種菜者乎，曹公必有疑意，不可復留。』」

〔一四〕暗網：蛛網，多在隱蔽處。

〔一五〕酒鐺：温酒器。

〔一六〕何次道：晉何充，字次道，事佛而佞。《世説新語·排調》：「何次道往瓦官寺禮拜甚勤。阮思曠語之曰：『卿志大宇宙，勇邁千古。』何曰：『今日何故見推？』阮曰：『我圖數千户郡，尚不能得，卿乃圖作佛，不亦大乎！』」

【集評】

何焯曰：〔忝用四句〕薏苡、蕪青，屬對尤工。四句補足「五月長齋」。（卞孝萱《劉禹錫詩何焯批語考訂》）

【附録】

酬夢得以予五月長齋延僧徒絶賓友見戲十韻　白居易

賓客懶逢迎，翛然池館清。檐閒空燕語，林静未蟬鳴。葷血還休食，杯觴亦罷傾。三春多放逸，五月暫修行。香印朝煙細，紗燈夕焰明。交游諸長老，師事古先生。（原注：竺乾古先生也。）禪後心彌寂，齋來體更輕。不唯忘肉味，兼擬減風情。蒙以聲聞待，難將戲論爭。虚空若有佛，靈運恐先成。

（《白居易集》卷三四）

樂天池館夏景方妍白蓮初開綵舟空泊唯邀緇侶因以戲之〔一〕

池館今正好，主人何寂然？白蓮方出水，碧樹未鳴蟬。静室宵聞磬，齋廚晚絶煙。〔二〕蕃

僧如共載，〔三〕應不是神仙。〔四〕

【校注】

〔一〕據劉、白二集編次，此詩開成三年五月在洛陽作。白蓮：白居易履道宅池中所種。其《白蓮池泛舟》：「白藕新花照水開，紅窗小舫信風回。」又《池上篇・序》：「罷蘇州刺史時，得太湖石、白蓮、折腰菱、青板舫以歸。」

〔二〕絶煙：僧徒有過午不食的戒律，故晚絶煙。

〔三〕蕃僧：外國僧人。共載：共乘（船）。

〔四〕神仙：用李、郭仙舟事，見卷五《和東川王相公（略）》注。

樂天是月長齋鄙夫此時愁卧里閭非遠雲霧難披因以寄懷遂爲聯句所期解悶焉敢驚禪〔一〕

五月長齋月，文心苦行心。〔二〕蘭葱不入户，〔三〕薝蔔自成林。〔四〕夢得。護戒先辭酒，〔五〕嫌喧亦徹琴。〔六〕塵埃賓位静，香火道場深。〔七〕樂天。我清馴狂象，〔八〕吾餘施衆禽。〔九〕定知於佛佞，〔一〇〕豈復向書淫？〔一一〕夢得。欄藥凋紅艷，〔一二〕庭槐换緑陰。風光徒滿目，雲霧未披襟。樂天。樹爲清凉倚，池因盥漱臨。蘋芳遭燕拂，蓮圻待蜂尋。夢得。舍下環流水，〔一三〕

窗中列遠岑。〔一四〕苔斑錢剥落，〔一五〕石怪玉嶔崟。〔一六〕樂天。 鵲頂迎秋禿，〔一七〕鶯喉入夏喑。〔一八〕柳絲垂色綫，〔一九〕棘刺露長鍼。〔二〇〕夢得。 散秩身猶幸，〔二一〕趨朝力不任。〔二二〕官將才共拙，〔二三〕年與病交侵。樂天。 徇樂非時選，〔二四〕忘機似陸沈。〔二五〕鑒容稱四皓，〔二六〕捫腹有三壬。〔二七〕夢得。 攜手慚連璧，〔二八〕同心許斷金。〔二九〕紫芝雖繼唱，〔三〇〕前後各任賓客。 白雪少知音。〔三一〕樂天。 憶罷吴門守，〔三二〕相逢楚水潯。〔三三〕舟中頻曲宴，〔三四〕夜後各加斟。夢得。 燭淚銷殘漏，〔三五〕絃聲間遠砧。酡顔舞長袖，〔三六〕密坐接華簪。〔三七〕樂天。 持論峰巒峻，〔三八〕戰文矛戟森。〔三九〕笑言誠莫逆，〔四〇〕造次必相箴。〔四一〕夢得。 往事渾如昨，〔四二〕餘歡迄至今。 迎君常倒屣，〔四三〕訪我輒攜衾。〔四四〕樂天。 陰魄初離畢，〔四五〕時有雨候。 陽光正在參。〔四六〕五月之節。 待公休一食，〔四七〕縱飲共狂吟。夢得。

【校注】

〔一〕詩開成二年至會昌元年數年間五月作，今以類相從，酌編於此。雲霧難披：難以見面。《世説新語·賞譽》：衛伯玉命子弟往見樂廣，曰：「『此人，人之水鏡也，見之若披雲霧而覩青天。』」

驚禪：驚擾禪定，使用心不能專一。

〔二〕文心：《文心雕龍·序志》：「夫文心者，言爲文之用心也。」「文心」二字原闕，據《全唐詩》補。

苦行心：向佛修行之心。苦行爲佛家修行方式的一種。

〔三〕蘭葱：佛教徒所忌食的五辛中的一種。《法苑珠林》卷一一三：「《雜阿含經》云：不應食五辛。何等爲五？一者木葱，二者革葱，三者蒜，四者興蕖，五者蘭葱。」

〔四〕薝蔔：花名，或云即梔子花。見卷五《和樂天題真娘墓》注。

〔五〕護戒：守持戒律。《魏書·釋老志》：佛教「又有五戒，去殺、盜、淫、妄言、飲酒」。

〔六〕徹：通撤，撤去。

〔七〕香火：佛教徒以香火供奉佛。道場：作法事之所。

〔八〕清：涼，劉本、《全唐詩》作「静」。狂象：佛教語，比喻人妄心狂迷。《涅槃經》卷三一：「心輕躁動轉，難捉難調，馳騁奔逸，如大惡象。」《雜寶藏經》卷七：「佛在王舍城，爾時提婆達多放護財醉象，欲得害佛。佛時舉右手，護財白象見五百師子，象時恐怖，即便調順。」

〔九〕吾，《全唐詩》作「餐」。施衆禽：施食物與衆鳥，體現佛教徒所謂好生之德。

〔一〇〕於佛佞：對佛諂媚。何充兄弟「佞於佛」，見卷二《送僧元暠南游》注。

〔一一〕向書淫：沈迷於書籍中。《晉書·皇甫謐傳》：「耽玩典籍，忘寢與食，時人謂之『書淫』。」

〔一二〕欄藥：種於籬笆中的芍藥。

〔一三〕流水：指伊水，流經白居易履道宅。白居易有《亭西牆下伊渠水（略）》詩。

〔一四〕遠岑：遠山。謝朓《郡内高齋閒坐答吕法曹》：「窗中列遠岫，庭際俯喬林。」

〔一五〕錢：形容青苔形狀如銅錢。剥落：猶駁犖，色雜貌。《漢書·司馬相如傳》：「赤瑕駁犖，雜臿其間。」注引郭璞曰：「駮犖，采點也。」

〔一六〕嶔崟：山高貌。此狀石。白居易罷蘇州刺史，攜太湖石歸，見前詩注。

〔一七〕秃：脱毛。《爾雅翼》卷一三：「（鵲）涉秋七日，首無故皆髡。相傳以爲是日河鼓與織女會於漢東，役烏鵲爲梁以渡，故毛皆脱去。」

〔一八〕喑：啞。

〔一九〕綫，原作「綖」，據劉本、《叢刊》本改。句，《全唐詩》作「緑楊垂嫩色」。

〔二〇〕棘刺，《全唐詩》作「綖棘」。

〔二一〕散秩：閒官，指爲分司官。秩，官吏品級。

〔二二〕趨朝：奔走於朝堂，指任朝廷實職。趨，小步快走，以示恭敬。不任：不勝。

〔二三〕才，原作「方」，據劉本改。

〔二四〕徇樂：追求游樂。時選：官吏選補。楊炯《王勃集序》：「咸亨之初，乃參時選。」句謂己爲官不稱職。

〔二五〕忘機：無世俗争競欺詐之心。陸沈：無水而沈。《莊子·則陽》：「方且與世違，而心不屑與之俱，是陸沈也。」郭象注：「人中隱者，譬無水而沈也。」

〔二六〕鑒容：照鏡。四皓：見卷八《西池送白二十二東歸（略）》注。句謂己鬚髮皓白，與太子賓客官職相稱。

〔二七〕捫：撫摸。三壬：星象家謂腹有三壬爲長壽之徵。《三國志·魏書·管輅傳》：「背無三甲，腹無三壬，此皆不壽之驗。」

〔二八〕連璧：用潘岳、夏侯湛事，見卷二《奉和淮南李相公（略）》注。

〔二九〕斷金：利可斷金，喻友情深厚。《易·繫辭上》：「二人同心，其利斷金。」

〔三〇〕紫芝：商山四皓所作歌名，見卷九《秋日書懷寄白賓客》注。繼唱：謂己繼白居易爲太子賓客。

〔三一〕白雪：指詩歌，參見卷二《江陵嚴司空見示（略）》注。

〔三二〕吴門：即蘇州。

〔三三〕楚水：指長江。潯：水邊。白居易罷蘇州刺史，與劉禹錫會於長江揚子津，見卷六《酬樂天揚州初逢席上見贈》。

〔三四〕曲宴：小宴。嵇康《琴賦》：「華堂曲宴，密友近賓。」

〔三五〕燭淚，劉本作「濁酒」。殘漏：夜漏將盡，謂夜深。

〔三六〕酡顔：醉顔，指歌舞妓。《楚辭·招魂》：「美人既醉，朱顔酡些。」長袖：《韓非子·五蠹》：「諺曰：長袖善舞，多財善賈。」

〔三七〕密坐：座位靠得很近。接華簪：冠簪相接，言極爲親密。

〔三八〕持論：提出意見主張。峰巒峻：形容見解高明。

〔三九〕戰文：賽文，指聯句或限時限韻作詩等，可較才情之高下捷緩。森：森然不可犯。

〔四〇〕莫逆：相合無間。《莊子·大宗師》：「三人相視而笑，莫逆於心，遂相與爲友。」

〔四一〕造次：倉促，輕率。箴：規勸。

〔四二〕渾：簡直，幾乎，原作「輒」，劉本、《全唐詩》作「應」，據《叢刊》本改。

〔四三〕倒屣：匆忙中穿倒鞋子，見卷十《予自到洛中（略）》注。

〔四四〕攜衾：抱被，謂同宿。

〔四五〕陰魄：月。離：通麗，附麗，接近。畢：星宿名。《詩·小雅·漸漸之石》：「月離于畢，俾滂沱矣。」《史記·天官書》正義：「畢動，兵起；月宿則多雨。」

〔四六〕參：星宿名。《歲華紀麗》卷二：「五月，日居參宿，律中蕤賓。」

〔四七〕休一食：謂齋戒日滿。佛教有每日一食，過午不食的戒律。梁武帝蕭衍信佛，「日止一食，膳無鮮腴」，見《梁書·武帝紀》。白居易《龍華寺主家小尼》：「夜靜雙林怕，春深一食飢。」

和牛相公題姑蘇所寄太湖石兼寄李蘇州〔一〕

震澤生奇石，〔二〕沈潛得地靈。〔三〕初辭水府出，〔四〕猶帶龍宫腥。〔五〕發自江湖國，〔六〕來榮卿相庭。從風夏雲勢，〔七〕上漢古查形。〔八〕拂拭魚鱗見，〔九〕鏗鏘玉韻聆。煙波含宿潤，苔蘚助新青。嵌穴胡雛貌，〔一〇〕纖鋩蟲篆銘。〔一一〕孱顔傲林薄，〔一二〕飛動向雷霆。〔一三〕煩熱近還散，餘酲見便醒。〔一四〕凡禽不敢息，〔一五〕浮壒莫能停。〔一六〕静稱垂松蓋，鮮宜映鶴翎。忘憂常目擊，素尚與心冥。〔一七〕眇小欺湘燕，〔一八〕團圓笑落星。〔一九〕徒然想融結，〔二〇〕安可測年齡。采取詢鄉耋，〔二一〕搜求按舊經。〔二二〕垂鈎入空隙，隔浪動晶熒。〔二三〕有獲人争賀，歡謡衆共聽。一州驚閲寶，千里遠揚舲。〔二四〕覩物洛陽陌，懷人吴御亭。〔二五〕寄言垂天翼，〔二六〕早晚起滄溟。〔二七〕

【校注】

〔一〕詩開成三年夏在洛陽作。牛相公：牛僧孺。白居易《太湖石記》：「今丞相奇章公嗜石。……公爲司徒，保釐河洛，治家無珍産，奉身無長物，惟東城置一第，南郭營一墅。……性不苟合，居常寡徒，游息之時，與石爲伍。石有族聚，太湖爲甲，羅浮、天竺之徒次焉。今公之所嗜者甲也。先是，公之僚吏多鎮守江湖，知公之心，惟石是好，乃鈎深致遠，獻瑰納奇，四五年間，纍纍而至。公於此物，獨不廉讓，東第南墅，列而置之。」姑蘇：即蘇州。李蘇州：李道樞。《舊唐書·文宗紀下》：「（開成四年閏正月）以蘇州刺史李道樞爲浙東觀察使。」開成二年，李道樞爲河南少尹，見白居易《三月三日祓禊洛濱·序》。依白集編次，此詩開成三年夏作，時李道樞正在蘇州刺史任。《文苑英華》題首有「奉」字，「兼」上有「見示」二字。

〔二〕震澤：太湖别名，見卷九《館娃宫在郡西南（略）》注。

〔三〕沈潛：深沉柔弱，指地德。《書·洪範》：「沈潛剛克，高明柔克。」孔穎達疏：「地之德沈深而柔弱矣，而有剛，能出金石之物也。」地靈：大地靈秀之氣。《吴郡志》卷二九：「太湖石，出洞庭西山，以生水中爲貴。」

〔四〕水府：水神所轄區域，此即指水中。

〔五〕龍宫：龍王宫殿。相傳太湖洞庭山南有洞穴，深百餘尺，由此可至龍宫，見《太平廣記》卷四一八引《梁四公記》。

〔六〕發，劉本作「登」。

〔七〕夏雲勢：嵯峨山勢。顧愷之《神情詩》：「夏雲多奇峰。」

〔八〕漢：天河。查：水中浮木。星查上漢事見卷一《逢王二十學士入翰林（略）》注。

〔九〕魚鱗：石面經水浪多年沖擊形成的痕跡。《吴郡志》卷二九：「太湖石……在水中，歲久爲波濤所沖撞，皆成嵌空。石面鱗鱗作靨，名彈窩，亦水痕也。没人縋下鑿取，極不易得。石性温潤奇巧，扣之鏗然如鍾磬，自唐以來貴之。」

〔一〇〕嵌穴：石上洞穴。胡雛：胡人，其額鼻等高聳，眼窩深陷，故以狀石。

〔一一〕纖鋩：細微，指石上的痕跡。蟲篆：古代的一種字體。《漢書·藝文志》：「六體者，古文、奇字、篆書、隸書、繆篆、蟲書。」師古曰：「蟲書謂爲蟲鳥之形，所以書幡信也。」

〔一二〕孱顔：即巉巖，山高峻貌，此以狀石。林薄：山林。《楚辭·九章·涉江》王逸注：「叢木曰林，草木交錯曰薄。」

〔一三〕飛動句：言石如龍蛇有隨雷霆飛去之勢。白居易《太湖石記》：「富哉石乎，厥狀非一，有盤拗秀出，如靈丘鮮雲者……又有如虬如鳳，若跧若動，將翔將踴，如鬼如獸，若行若驟，將攫將鬥者。」

〔一四〕酲：病酒。

〔一五〕息，《文苑英華》作「宿」。

〔一六〕浮壒：浮塵。

〔一七〕素尚：清廉高尚的志向。冥：暗合。

〔一八〕湘燕：湘中石燕。《水經注·湘水》：「東南流逕石燕山東，其山有石，紺而狀燕，因以名山。其石或大或小，若母子焉。及其雷風相薄，則石燕群飛，頡頏如真燕矣。」

〔一九〕落星：隕石。《水經注·廬江水》：「（宫亭）湖中有落星石，周迴百餘步，高五丈，上生竹木。傳曰：有星墜此，因以名焉。」

〔二〇〕融結：融化聚結，指石的形成。孫綽《游天台山賦》：「融而爲川瀆，結而爲山阜。」

〔二一〕鄉耋：當地老人。《詩·秦風·車鄰》傳：「八十曰耋。」《左傳·僖公九年》注：「七十曰耋。」耋，《文苑英華》作「老」。

〔二二〕經：圖經，即地方志。唐代州府各有圖經，記載本州山川、物産、風土、民情等。

〔二三〕晶熒：光亮貌。

〔二四〕揚舲：猶揚帆，指以船載運。舲，有窗的小船。劉勰《彌勒石像碑》：「揚舲游水，馳錫禹山。」

〔二五〕御亭：在蘇州吴縣。《太平寰宇記》卷九二「常州無錫縣」：「御亭驛，在州東南百三十八里。《輿地志》：御亭，在吴縣西六十里，吴大帝所立。梁庾肩吾詩云『御亭一回望，風塵日已昏』，即此也。……開皇十八年改爲御亭驛。」

〔二六〕垂天翼：指鵬鳥，喻李道樞，參見卷十《和李相公以平泉新墅獲方外之名（略）》注。

〔二七〕滄溟：海。蘇州濱海。起滄溟，謂李道樞必將大用。

【附録】

李蘇州遺太湖石奇狀絶倫因題二十韻奉呈夢得樂天　牛僧孺

胚渾何時結？嵌空此日成。掀蹲龍虎鬥，挾怪鬼神驚。帶雨新水（冰）静，輕敲碎玉鳴。攙叉鋒刃簇，縷絡釣絲縈。近水摇奇冷，依松助澹清。通身鱗甲隱，透穴洞天明。醜凸隆胡準，深凹刻兕觵。雷風疑欲變，陰黑訝將行。噤瘁微寒早，輪囷數片横。地祇愁墊壓，鼇足困支撑。珍重姑蘇守，相憐懶慢情。爲探湖裏物，不怕浪中鯨。利涉餘千里，山河僅百程。池塘初展見，金玉自凡輕。側眩魂猶悚，周觀意漸平。似逢三益友，如對十年兄。旺興添魔力，消煩破宿酲。媿人當綺皓，視秩即公卿。（原注：南朝有司空石，蓋以定石之流品。）念此園林寶，還須别識精。詩仙有劉白，爲汝數逢迎。

（《全唐詩》卷四六六）

奉和思黯相公以李蘇州所寄太湖石奇狀絶倫因題二十韻見示兼呈夢得　白居易

錯落復崔嵬，蒼然玉一堆。峰駢仙掌出，罅坼劍門開。峭頂高危矣，盤根下壯哉。精神欺竹樹，氣色壓亭臺。隱起磷磷狀，凝成瑟瑟胚。廉稜露鋒刃，清越扣瓊瑰。岌嶪形將動，巍峨勢欲摧。奇應潛鬼怪，靈合蓄雲雷。黛潤沾新雨，斑明點古苔。未曾棲鳥雀，不肯染塵埃。尖削琅玕笋，窪剜馬瑙罍。海神移碣石，畫障簇天台。在世爲尤物，如人負逸才。渡江一葦載，入洛五丁推。出處雖無意，升沉亦有媒。（原注：媒爲李蘇州。）拔從水府底，置向相庭隈。對稱吟詩句，看宜把酒杯。終隨金礪用，不學玉山頹。疏傅心偏愛，園公眼屢回。共嗟無此分，虚管太湖來。（原注：居易與夢得俱典姑蘇，而不獲此石。）（《白居易集》卷三四）

牛相公林亭雨後偶成〔一〕

飛雨過池閣，浮光生草樹。新竹開粉奩，〔二〕初蓮爇香炷。〔三〕野花無時節，水鳥自來去。若問知境人，人間第一處。

【校注】

〔一〕據劉、白二集編次，詩開成三年夏在洛陽作。據白居易同和詩題，此詩亦爲和牛僧孺詩而作，題上疑脱「和」字。

〔二〕粉奩：婦女脂粉匣。開粉奩，謂笋殼脱落，露出帶粉的新竹。

〔三〕爇：燃燒。香炷：狀初生荷葉，卷裹如香炷。

【附録】

奉和思黯相公雨後林園四韻見示　白居易

新晴夏景好，復此池邊地。煙樹緑含滋，水風清有味。便成林下隱，都忘門前事。騎吏引歸軒，始知身富貴。（《白居易集》卷三四）

和牛相公夏末雨後寓懷見示〔一〕

金火交争正抑揚，〔二〕蕭蕭飛雨助清商。〔三〕曉看紈扇恩情薄，〔四〕夜覺紗鐙刻數長。〔五〕樹上早蟬才發響，〔六〕庭中百草已無光。〔七〕當年富貴亦惆悵，〔八〕何況悲翁髮似霜〔九〕！

【校注】

〔一〕據劉、白二集編次，詩開成三年六月在洛陽作。牛僧孺原詩佚。

〔二〕金火：指夏秋。《書·洪範》疏：「夏，火位也。秋，金位也。」《禮記·月令·仲夏之月》：「日長至，陰陽争，死生分。」抑揚：起伏，進退。按，開成三年宰相有楊嗣復、李珏、鄭覃、陳夷行，黨争激烈。《資治通鑑》卷二四六開成三年：「陳夷行性介直，惡楊嗣復爲人，每議政事，多相詆斥。」又云：「李固言與楊嗣復、李珏善，故引居大政，以排鄭覃、陳夷行，每議政之際，是非鋒起，上不能決也。」文宗爲之嘆曰：「宰相喧爭如此，可乎！」《舊唐書·鄭覃傳》：「李固言復爲宰相。固言與李宗閔、杨嗣復善，覃憎之。……三年，楊嗣復自西川入拜平章事，與覃尤相矛盾，加之以固言、李珏，入對之際，是非蜂起。」參見同書陳夷行、李珏、楊嗣復等人傳。劉、白、牛諸詩當有感於此而作。

〔三〕清商：秋風。《漢書·律曆志》：「商爲金。」潘岳《悼亡》：「清商應秋至，溽暑隨節闌。」

〔四〕紈扇：細密白綢所製扇。班婕妤失寵，作《怨歌行》，以秋扇見捐自喻，見卷三《團扇歌》注。此亦喻指官員貶謫事。

〔五〕鐙：同燈。刻數：漏刻之數。夏至後，晝漸短，夜漸長，故刻數長。

〔六〕早蟬：《禮記·月令·仲夏之月》：「蟬始鳴。」

〔七〕無光：暗淡枯萎。《離騷》：「恐鵜鴂之先鳴兮，使夫百草爲之不芳。」

〔八〕當年：壯年。牛僧孺開成三年年五十九。

〔九〕悲翁：劉禹錫自謂。

【附録】

酬思黯相公晚夏雨後感秋見贈　白居易

暮去朝來無歇期，炎涼暗向雨中移。夜長只合愁人覺，秋冷先應瘦客知。兩幅彩箋揮逸翰，一聲寒玉振清辭。無憂無病身榮貴，何故沈吟亦感時？（《白居易集》卷三四）

酬樂天晚夏閒居欲相訪先以詩見貽〔一〕

池榭堪臨泛，翛然散鬱陶。〔二〕步因驅鶴緩，吟爲聽蟬高。林密添新竹，枝低縋晚桃。〔三〕酒醅晴易熟，〔四〕藥圃夏頻薅。〔五〕老是班行舊，〔六〕閑爲鄉里豪。〔七〕經過更何處？風景屬吾曹。〔八〕

【校注】

〔一〕依劉、白二集編次，詩開成三年六月在洛陽作。

〔二〕翛然：悠然自得之貌。鬱陶：《楚辭·九辯》：「豈不鬱陶而思君兮，君之門以九重。」王逸注：「憤念蓄積盈胸臆也。」

〔三〕縋：下垂。

〔四〕醅：未過濾的酒。熟，原作「塾」，據劉本、《全唐詩》改。

〔五〕薅：除草。

〔六〕班行：官員朝班行列。句謂己昔在長安、今在洛陽均與白居易同列。

〔七〕鄉里豪：鄉里之貴者。句亦《和樂天洛城春齊梁體八韻》「銀黄游故鄉」之意。

〔八〕吾曹：我輩。

【附録】

晚夏閒居絶無賓客欲尋夢得先寄此詩　白居易

魚筍朝餐飽，蕉紗暑服輕。欲爲窗下寢，先傍水邊行。晴引鶴雙舞，秋生蟬一聲。無人解相訪，有酒共誰傾？老更諳時事，閑多見物情。只應劉與白，二叟自相迎。（《白居易集》卷三四）

和牛相公南溪醉歌見寄〔一〕

脱屣將相守沖謙，〔二〕惟於山水獨不廉。〔三〕枕伊背洛得勝地，〔四〕鳴皋少室來軒檐。〔五〕相去聲形面勢默指畫，〔六〕言下變化隨顧瞻。〔七〕清池曲榭人所致，野趣幽芳天與添。有時轉入潭島間，珍木如幄藤爲簾。忽然便有江湖思，沙礫平淺草纖纖。怪石釣出太湖底，珠樹移自天台尖。〔八〕崇蘭迎風緑泛艷，〔九〕坼蓮含露紅襳襜。〔一〇〕修廊架空遠岫入，弱柳覆檻流波沾。渚蒲抽英劍脊動，〔一一〕岸荻迸筍錐頭銛。〔一二〕攜觴命侶極永日，此會雖數心無厭。〔一三〕人皆置莊身不到，富貴難與逍遥兼。唯公出處得自在，〔一四〕決就放曠辭炎炎。〔一五〕坐賓盡歡恣談謔，愧我掉頭還奮髯。〔一六〕能令商於多病客，〔一七〕亦覺自適非沈潛。〔一八〕

【校注】

〔一〕詩開成三年夏在洛陽作。南溪：當在牛僧孺洛陽城南別墅南莊。牛僧孺原詩佚。

〔二〕脱屣：脱鞋。《史記・封禪書》載漢武帝語：「吾誠得如黄帝（上天仙去），吾視去妻子如脱屣耳。」守沖謙：保持沖淡謙和的胸懷。

〔三〕不廉：貪。

〔四〕伊、洛：洛陽二水名。

〔五〕鳴皋少室：二山名，在洛陽南。《元和郡縣圖志》卷五「河南府登封縣」：「少室山，在縣西十里。」又「陸渾縣」：「明皋山，在縣東北十五里。」

〔六〕相：觀察。默，原作「然」，據劉本改。指畫：指揮謀劃。

〔七〕言下變化：謂變化迅速。隨顧瞻：隨目光前後移動。

〔八〕怪石：見前《和牛相公題姑蘇所寄太湖石（略）》注。珠樹：《山海經・海外南經》：「三珠樹在厭火北，生赤水上，其爲樹如柏，葉皆爲珠。」天台：山名，在今浙江台州。孫綽《游天台山賦》：「琪樹璀燦而垂珠。」

〔九〕泛艷：即泛灩，光彩浮動貌。《楚辭・招魂》：「光風轉蕙，泛崇蘭些。」

〔一〇〕坼：開放。襳襹：即襝襹，衣下垂貌。

〔一一〕劍脊：蒲葉初生如劍。李咸用《和殷衙推春霖即事》：「柳眉低帶泣，蒲劍鋭初抽。」

〔一二〕筍：狀荻初生之葉。銛：鋒利。《毛詩草木鳥獸蟲魚疏》卷上：「葭，或謂之荻。其初生三月中，其心挺出，其下本大如箸，上鋭而細。」

〔一三〕數：多次，頻繁。厭：滿足。

〔一四〕出處：或出或處，指出仕與歸隱。

〔一五〕放曠：閒散。炎炎：火光盛貌，指富貴者顯赫權勢。揚雄《解嘲》：「炎炎者滅，隆隆者絶。」

〔一六〕掉頭：摇頭。奮髯：指飲酒興奮。劉伶《酒德頌》：「奮髯箕踞，枕麴藉糟。」

〔一七〕商於：地名。《太平寰宇記》卷一四一「商州」：「古商於之地。」四皓隱於商州商山，見卷八《西池送白二十二東歸（略）》注。劉禹錫時爲太子賓客，多病，故自稱「商於多病客」。

〔一八〕沈潛：沈埋潛退，此謂居散秩，不得志。

酬樂天感秋涼見寄〔一〕

庭晚初辨色，林秋微有聲。槿衰猶强笑，〔二〕蓮迥卻多情。〔三〕檐燕歸心動，〔四〕韝鷹俊氣生。〔五〕閒人占閒景，酒熟且同傾。

【校注】

〔一〕據劉、白二集編次，詩開成三年秋在洛陽作。

〔二〕槿：木槿，參見卷四《竇夔州見寄（略）》注。强笑：喻殘花。

〔三〕迥：孤獨。

〔四〕歸心動：《禮記·月令·孟秋之月》：「玄鳥歸。」注：「玄鳥，燕也。」

〔五〕韝：手臂上立鷹的皮套。鮑照《代東武吟》：「昔如韝上鷹，今似檻中猿。」俊氣：俊逸之氣。

【附録】

雨後秋涼　白居易

夜來秋雨後，秋氣颯然新。團扇先辭手，生衣不著身。更添砧引思，難與簟相親。此境誰偏覺？貧閑老瘦人。（《白居易集》卷三四）

新秋對月寄樂天〔一〕

月露發光彩，此時方見秋。夜涼金氣應，〔二〕天静火星流。〔三〕蛩響偏依井，〔四〕螢飛直過樓。相知盡白首，清景没追游。〔五〕

【校注】

〔一〕據劉、白二集編次，詩開成三年秋在洛陽作。

〔二〕金氣：秋氣，古人以五行配四時，秋爲金。

〔三〕火星：即大火。《詩·豳風·七月》：「七月流火。」朱熹《集傳》：「流，下也。火，大火，心星也。以六月之昏加於地之南方，至七月之昏則下而西流矣。」

〔四〕蛩：蟋蟀别名。

〔五〕没，劉本、《全唐詩》作「復」。

【集評】

何焯曰：〔此時句〕「新」字。〔螢飛句〕的是新秋語。〔清景句〕落句暗使秋興事。復追游，言當口日達夜。（卞孝萱《劉禹錫詩何焯批語考訂》）

【附録】

酬夢得早秋夜對月見寄　白居易

吾衰寡情趣，君病懶經過。其奈西樓上，新秋明月何？庭蕪淒白露，池色淡金波。況是初長夜，東城砧杵多！（《白居易集》卷三四）

早秋雨後寄樂天〔一〕

夜雲起河漢，〔二〕朝雨灑高林。梧葉先風落，草蟲迎濕吟。簟涼扇恩薄，〔三〕室静琴思深。且喜火前别，〔四〕安能懷寸陰？〔五〕

【校注】

〔一〕據劉、白二集編次，詩開成三年秋在洛陽作。

〔二〕河漢：銀河。

〔三〕扇恩薄：謂天涼後扇被拋棄，參見卷三《團扇歌》。

〔四〕火，劉本、《全唐詩》作「炎」。

〔五〕寸陰：短暫的光陰。《淮南子·原道》：「聖人不貴尺之璧而重寸之陰，時難得而易失也。」《晉書·陶侃傳》載侃語云：「大禹聖者，乃惜寸陰；至於衆人，當惜分陰。豈可逸游荒醉，生無益於時，死無聞於後，是自棄也。」

【集評】

何焯曰：猶近六代氣味。〔室静句〕秋涼雨後，乃無弦急之患。第六入妙。（卞孝萱《劉禹錫詩何焯批語考訂》）

和樂天秋涼閑卧〔一〕

暑退人體輕，雨餘天色改。荷珠貫索斷，〔二〕竹粉殘妝在。高僧掃室請，逸客登樓待。槐柳漸蕭疏，閑門少光彩。〔三〕

【校注】

〔一〕據劉、白二集編次，詩開成三年秋在洛陽作。

〔二〕貫索：穿珠串的繩索。

〔三〕閑，劉本作「閒」。

【附録】

秋涼閑卧　白居易

殘暑晝猶長，早涼秋尚嫩。露荷散清香，風竹含疏韻。幽閒竟日卧，衰病無人問。薄暮宅門前，槐花深一寸。（《白居易集》卷二九）

酬樂天小臺晚坐見憶〔一〕

小臺堪遠望，獨上清秋時。有酒無人勸，看山秖自知。幽禽囀深竹，孤蓮落静池。高門勿遽掩，好客無前期。〔二〕

【校注】

〔一〕據劉、白二集編次，詩開成三年秋在洛陽作。

〔二〕前期：事先期約。

【集評】

何焯曰：腹連幽遠。（卞孝萱《劉禹錫詩何焯批語考訂》）

【附録】

小臺晚坐憶夢得　白居易

汲泉灑小臺，臺上無纖埃。解帶面西坐，輕襟隨風開。晚涼閑興動，憶同傾一杯。月明候柴户，藜杖何時來？（《白居易集》卷三〇）

樂天以愚相訪沽酒致歡因成七言聊以奉答〔一〕

少年曾醉酒旗下，〔二〕同輩黄衣頷亦黄。〔三〕蹴蹋青雲尋入仕，〔四〕蕭條白髮且飛觴。〔五〕令徵古事歡生雅，〔六〕客喚閒人興任狂。〔七〕猶勝獨居荒草院，蟬聲聽盡到寒螿。〔八〕

【校注】

〔一〕據白居易詩「相看七十欠三年」之語，詩當開成三年秋在洛陽作，時劉、白年六十七。

〔二〕酒旗：酒店招引顧客的幌子。

〔三〕黄衣：平民所著。《舊唐書·輿服志》載武德四年八月敕：「流外及庶人服紬、絁、布，其色通用黄，飾用銅鐵。」頷亦黄：謂年少。《北史·崔㥄傳》：「神武葬後，㥄又竊言：『黄頷小兒，堪當重任不？』」

〔四〕蹴蹋：踩踏。青雲：喻高位。

〔五〕飛觴：傳杯飲酒。

〔六〕令：酒令。喝酒以徵引古事行令，故「雅」。

〔七〕任，原作「在」，據劉本、《全唐詩》改。

〔八〕寒螿：寒蟬。《禮記·月令·孟秋之月》：「白露降，寒蟬鳴。」

【附録】

與夢得沽酒閑飲且約後期　白居易

少時猶不憂生計，老後誰能惜酒錢？共把十千沽一斗，相看七十欠三年。閑徵雅令窮經史，醉聽清吟勝管絃。更待菊黄家醖熟，共君一醉一陶然。（《白居易集》卷三四）

酬皇甫十少尹暮秋久雨喜晴有懷見示〔一〕

雨餘獨坐卷簾帷，便得詩人喜霽詩。〔二〕摇落從來長年感，〔三〕慘舒偏是病身知。〔四〕掃開雲霧呈光景，〔五〕流盡潢汙見路歧。〔六〕何況菊香新酒熟，〔七〕神州司馬好狂時〔八〕！

【校注】

〔一〕詩開成三年九月在洛陽作。皇甫十少尹：皇甫曙，字朗之，白居易兒女親家，開成初曾官澤州刺史，時官河南府少尹，開成五年春，復出爲絳州刺史，見於白居易詩中。《全唐文補遺》第四輯劉玄章《皇甫煒墓誌》：「蜀州刺史諱徹……生汝州刺史、贈尚書右丞諱曙，人藝兼茂，甲乙連登，歷聘名藩，薦居郎位，亞尹洛邑，再相宫坊，調護儲闈，五典劇郡。以詩酒遣興，以雲水娱情。」白居易《醉吟先生傳》：「與……彭城劉夢得爲詩友，安定皇甫朗之爲酒友。」久雨：《舊唐書·文宗紀下》：開成三年八月「山南東道諸州大水，田稼漂盡」。白居易開成三年作《久雨閑悶對酒偶吟》：「自夏及秋晴日少。」又《與牛家妓樂雨後合宴》：「八月連陰秋雨時。」皇甫曙原詩已佚。

〔二〕喜霽詩：《南史·謝瞻傳》：「六歲能屬文，……與從叔琨、族弟靈運俱有盛名。嘗作《喜霽》詩，靈運寫之，琨詠之。王弘在坐，以爲三絶。」

〔三〕摇落：動摇零落。宋玉《九辯》：「悲哉，秋之爲氣也！蕭瑟兮草木摇落而變衰。」長年：老年人。《淮南子·説山》：「桑葉落而長年悲。」

〔四〕慘舒：悲慼與舒暢。張衡《西京賦》：「夫人在陽時則舒，在陰時則慘。」《文心雕龍·物色》：「春秋代序，陰陽慘舒；物色之動，心亦摇焉。」陽謂春夏、晴明等，陰謂秋冬、陰雨等。

〔五〕開，原作「閑」，據劉本、《叢刊》本、《全唐詩》改。光景：陽光。

〔六〕潢汙：小水。《左傳·隱公三年》：「潢汙行潦之水。」疏引服虔曰：「畜小水謂之潢，水不流謂之汙。」路歧：用楊朱哭歧路事，見卷二《送李策秀才（略）》注。李白《古風》：「惻惻泣路歧，哀哀悲素絲。路歧有南北，素絲易變移。」此句實亦有感於政局險惡而發。

〔七〕菊香新酒：《西京雜記》卷三：「九月九日飲菊華酒，令人長壽。菊華舒時，並採莖葉，雜黍米釀之，至來年九月九日始熟就飲焉，故謂之菊華酒。」孰：通熟。

〔八〕神州司馬：即河南少尹。《唐會要》卷六八「洛陽州」：「光宅元年九月五日，改爲神州都，神龍元年二月五日，復爲東都。」又「河南尹」：「顯慶二年置司馬，……開元元年改爲少尹。」好狂：用謝奕狂司馬事，見卷七《送王司馬之陝州》注。

秋晚新晴夜月如練有懷樂天〔一〕

雨歇晚霞明，風調夜景清。月高微暈散，〔二〕雲薄細鱗生。露草百蟲思，秋林千葉聲。相望一步地，〔三〕脈脈萬重情。〔四〕

【校注】

〔一〕據劉、白二集編次，詩開成三年晚秋在洛陽作。練：白絹。崔顥《七夕》：「長安城中月如練。」

〔二〕暈：此指月亮周圍的光圈。

〔三〕一步：極言其近。《晉書·庾亮傳》：「足下無過雷池一步也。」劉禹錫洛陽宅與白居易所居履道坊相近。白有《池上早春即事招夢得》，詩云：「經過莫慵懶，相去兩三坊。」

〔四〕脈脈：通眽眽，凝視貌。《古詩十九首》：「河漢清且淺，相去復幾許。盈盈一水間，脈脈不得語。」

【附録】

酬夢得暮秋晴夜對月相憶　白居易

霽月光如練，盈庭復滿池。秋深無熱後，夜淺未寒時。露葉團荒菊，風枝落病梨。相思懶相訪，應是各年衰。（《白居易集》卷三四）

酬僕射牛相公晉國池上別後至甘棠館忽夢同游因成口號見寄〔一〕

已嗟池上別魂驚，忽報夢中攜手行。此夜獨歸還乞夢，老人無睡到天明。

【校注】

〔一〕詩開成三年九月在洛陽作。牛相公：牛僧孺。《舊唐書》本傳：「（開成）三年九月，徵拜左僕射。仍令左軍副使王元直賚告身宣賜。舊例，留守入朝，無中使賜詔例，恐僧孺退讓，促令赴闕。僧孺不獲已，入朝。」晉國池：當指裴度在洛陽宅第中池，度封晉國公。甘棠館：在自洛陽赴長安途中，參見卷一《題壽安甘棠館二首》注。牛僧孺原詩佚。

酬端州吴大夫夜泊湘川見寄一絶〔一〕

夜泊湘川逐客心，月明猿苦血沾襟。湘妃舊竹痕猶淺，〔二〕從此因君染更深。

【校注】

〔一〕詩開成三年秋在洛陽作。端州：州治在今廣東省肇慶市。吴大夫：吴士矩。《新唐書》本傳：「開成初，爲江西觀察使，饗宴侈縱，一日費凡十數萬。初至，庫錢二十七萬緡，晚年才九萬，軍用單匱，無所仰。事聞，中外共申解，得以親議，文宗弗窮治也。貶蔡州別駕。諫官執處其罪，不納。於是御史中丞狄兼謩建言：『陛下擢任士矩，非私也。士矩負陛下而治之，亦非私也。請遣御史至江西即訊，使杜江淮它鎮循習意。』帝聽，乃流端州。」《舊唐書·文宗紀下》：「（開成三年五月）辛酉，詔：前江西觀察使吴士規（矩）坐贓，長流端州。」吴士矩原詩佚。

〔二〕湘妃舊竹：《博物志》卷八：「堯之二女，舜之二妃，曰湘夫人。舜崩，二妃啼，以涕揮竹，竹盡斑。」

和僕射牛相公追感韋裴六相登庸皆四十餘未五十薨没豈早榮早枯之義今年將六十猶粗强健因親故勸酒率然成篇并見寄之作〔一〕

坐鎮清朝獨殷然，〔二〕閒徵故事數前賢。〔三〕用才同踐鈞衡地，〔四〕稟氣終分大小年。〔五〕威鳳本池思泛泳，〔六〕仙查舊路望回旋。〔七〕猶憐綺季深山裏，〔八〕唯有松風與石田。〔九〕

【校注】

〔一〕詩開成三年冬在洛陽作。牛相公：牛僧孺，長慶三年爲相，年四十四，開成三年年五十九，故云

「年將六十」。韋裴六相：韋當指韋執誼，據《舊唐書》本傳及丁居晦《承旨學士壁記》，貞元元年「入翰林爲學士，年纔二十餘」，永貞元年爲相，同年貶崖州，卒於貶所，其爲相及卒時年均四十餘；裴指裴垍。《南部新書》庚卷：「裴垍入相之年纔四十四，鬚髮盡白。」據《舊唐書·裴垍傳》，垍元和三年爲相，元和六年卒，年四十七；此外尚有馬周，《舊唐書》本傳云，馬周貞觀「十八年，遷中書令」，年四十四，「二十二年卒，年四十八」；又有崔湜，據《舊唐書》本傳及《新唐書·宰相表上》，崔湜景龍三年爲相，年三十八，開元元年卒，年四十三；餘二人不詳。登庸：舉而用之，此指爲相。《書·堯典》：「疇咨若時登庸。」傳：「庸，用也。」牛僧孺原詩佚。

〔二〕殷然：傷感貌。

〔三〕故事：舊事。

〔四〕鈞衡地：秉鈞持衡之地，相位。

〔五〕秉氣：秉受天地自然之氣。大小年：長短不齊的年壽。《莊子·逍遥游》：「小年不及大年。……朝菌不知晦朔，蟪蛄不知春秋，此小年也。楚之南有冥靈者，以五百歲爲春，五百歲爲秋。上古有大椿者，以八千歲爲春，八千歲爲秋。」

〔六〕威鳳：鳳之有威儀者。本池：鳳凰池，指中書省，見卷一《奉和中書崔舍人（略）》注。句謂牛將重入中書爲相。

〔七〕仙查：即仙槎。傳説有人乘槎至天上，見卷一《逢王二十學士入翰林（略）》注。據《新唐書·

宰相表下》，牛僧孺曾兩度爲相，並於長慶三年、大和五年兩度官中書侍郎，故詩有「本池」、「舊路」之語。

〔八〕綺季：商山四皓之一綺里季的省稱，此借指己之太子賓客身份。

〔九〕松風：陶弘景愛松風，見卷一《謝柳子厚寄疊石硯》注。石田：貧瘠多石的薄田。《左傳·哀公十一年》載伍員語：「猶獲石田也，無所用之。」

和僕射牛相公以離闕庭七年班行親故亡没十無一人再覩龍顔喜慶雖極感嘆風燭能不愴然因成四韻并示集賢中書二相公所和〔一〕

久辭龍闕擁紅旗，〔二〕喜見天顔拜赤墀。〔三〕三省英寮非舊侶，〔四〕萬年芳樹長新枝。〔五〕交朋接武居仙院，〔六〕幕客追風入鳳池。〔七〕雲母屏風即施設，〔八〕可憐榮耀冠當時。

【校注】

〔一〕詩開成三年冬在洛陽作。闕庭：朝廷。牛僧孺大和六年出鎮淮南，至開成三年已七年。龍顔：皇帝容顔。感嘆風燭：感嘆人生易老。樂府《怨詩行》：「百年未幾時，奄若風吹燭。」集賢、中書二相公：指楊嗣復與李珏，詳見後注。牛僧孺原詩，楊嗣復、李珏和詩均佚。

〔二〕龍闕：蕭何營造未央宫，建蒼龍、玄武二闕，見《史記·高祖本紀》司馬貞索隱，此代指朝廷。

擁紅旗：謂爲節度使、留守等方面大員。

〔三〕天顔：皇帝容顔。赤墀：宫中塗成紅色的臺階，泛指宫中殿庭。

〔四〕三省：指尚書、中書、門下三省。英寮：同英僚，賢能的官吏。

〔五〕萬年樹：宫中樹名，見卷三《送慧則法師（略）》注。

〔六〕交朋：朋友，指楊嗣復。接武：足跡相接，相繼。仙院：集賢院，見卷八《酬令狐留守巡内（略）》注。《舊唐書·牛僧孺傳》：「（長慶四年）十二月，加金紫階，進封郡公、集賢殿大學士、監修國史。」同書《楊嗣復傳》：「嗣復與牛僧孺、李宗閔皆權德輿貢舉門生，情義相得，進退取捨，多與之同。……開成二年十月，入爲户部侍郎，領諸道鹽鐵轉運使。三年正月，與同列李珏並以本官同平章事。」《權載之文集》卷首載楊嗣復序，具銜爲「銀青光禄大夫、充集賢殿大學士楊嗣復」。兩人均曾爲集賢殿大學士，故云「接武」。

〔七〕幕客：幕僚，指李珏。追風：追隨其後。鳳池：指中書省，見卷一《奉和中書崔舍人（略）》注。《卓異記》「與使主同時爲相」條：「牛公出鎮武昌，辟珏爲書記。」《新唐書·宰相表下》：開成三年九月，「珏、嗣復爲中書侍郎」。牛僧孺前曾兩爲中書侍郎，故云「追風」，但李珏爲相時牛僅爲僕射，《卓異記》謂二人「同時爲相」則誤。

〔八〕雲母屏風：以雲母爲飾的屏風。《後漢書·鄭弘傳》：「弘少爲鄉嗇夫，太守第五倫行春，見而深奇之，召署督郵，舉孝廉。……元和元年，（弘）代鄧彪爲太尉，時舉將第五倫爲司空，班次在下，每正朔朝見，弘曲躬而自卑。帝問知其故，遂聽置雲母屏風，分隔其間，由此以爲故事。」時牛爲僕射，班次在李珏之下，故云。

【集評】

何焯曰：第四句襯得活脱，卻亦妙。（卞孝萱《劉禹錫詩何焯批語考訂》）

和僕射牛相公見示長句〔一〕

静得天和興自濃，〔二〕不緣宦達性靈慵。〔三〕大鵬六月有閑意，〔四〕仙鶴千年無躁容。〔五〕流輩盡來多嘆息，〔六〕官班高後少過從。〔七〕唯應加築露臺上，〔八〕剩見終南雲外峰。〔九〕

【校注】

〔一〕詩約大和三年秋冬間在洛陽作。牛相公：牛僧孺。僧孺原詩佚。

〔二〕天和：自然的和氣。《莊子·知北游》：「若正汝形，一汝視，天和將至。」

〔三〕性靈：猶言性情。慵：疏懶。

〔四〕大鵬：即《莊子》寓言中鯤所化鵬，「去以六月息」，見卷十《和李相公以平泉新墅獲方外之名（略）》注。

〔五〕仙鶴：與上大鵬均喻牛僧孺。《古今注》卷中：「鶴千歲則變蒼，又二千歲則變黑，所謂玄鶴也。」

〔六〕流輩：謂同輩人。

〔七〕過從：交往。《舊唐書·職官志二》尚書都省：「尚書令一員，正二品，武德中，太宗爲之，自是闕而不置。……左右僕射各一員，從二品，……掌統理六官，綱紀庶務，以貳令之職。自不置令，僕射總判省事。」同書《牛僧孺傳》：「徵拜左僕射。……是時，宰輔皆僧孺僚舊，未嘗造其門。上頻宣召，託以足疾。」

〔八〕露臺：露天平臺。《漢書·文帝紀》：「（帝）嘗欲作露臺，召匠計之，值百金。」句謂於平臺上再加建築，使可遠眺。

〔九〕剩：盡，唯。終南：山名，在長安南。

和僕射牛相公寓言二首〔一〕

兩度竿頭立定誇，〔二〕回眸舉袖拂青霞。〔三〕盡抛今日貴人樣，復振前朝名相家。〔四〕御史近來休直宿，〔五〕尚書依舊趁參衙。〔六〕具瞻尊重誠無敵，〔七〕猶憶洛陽千樹花。〔八〕

【校注】

〔一〕詩約開成三年秋冬間在洛陽作。牛相公：牛僧孺。僧孺原詩佚。

〔二〕竿頭：竹竿之巔。唐代雜技有緣橦之戲，即爬竿。《類説》卷六引《教坊記》：「教坊一小兒，筋斗絶倫，乃衣以彩繒，梳洗，雜於内妓中上。頃緣長竿上，倒立，尋復去手。久之，垂手抱竿，翻身而下。」顧況《險竿歌》：「宛陵女兒擘飛手，長竿横空上下走。」《景德傳燈録》卷一〇載景岑禪師偈：「百尺竿頭不動人，雖然得入未爲真。」句喻指牛僧孺長慶、大和中兩次爲相。

〔三〕回眸舉袖：描摹緣竿人在竿頭的得意的姿態。青霞：猶青雲，指高位。

〔四〕前朝：指隋朝。杜牧《唐故太子少師奇章郡開國公贈太尉牛公（僧孺）墓誌銘》：「八代祖弘，以德行儒學相隋氏，封奇章郡公。」《隋書·牛弘傳》：「弘榮寵當世。……隋室舊臣，始終信任，悔吝不及，惟弘一人而已。」傳後史臣贊曰：「（牛弘）採百王之損益，成一代之典章，漢之叔孫，不能尚也。」

〔五〕近，劉本、《全唐詩》作「定」。直宿：謂休假日及夜間當直。《封氏聞見記》卷五：「御史舊例：初入臺陪直二十五日，節假直五日，謂之伏豹。」御史有糾察百官之權，此云牛僧孺能整肅朝綱，御史公務清簡，故可停止「直宿」。

〔六〕尚書：指尚書省官員。趁參衙：趕着來官衙參謁。《舊唐書·王璠傳》載李絳疏云：「左右僕射，師長庶僚，開元中，名之丞相。其後雖去三事機務，猶總百司之權，表狀之中，不署其姓，尚書已下，每月合衙。……禮儀之崇，中外特異。」

〔七〕具瞻：爲衆所瞻仰，此指官位崇高。《詩·小雅·節南山》：「赫赫師尹，民具爾瞻。」傳：「具，俱；瞻，視。」箋：「此言尹氏，汝居三公之位，天下之民俱視汝之所爲。」

〔八〕洛陽千樹花：牛僧孺在洛陽歸仁里有宅，又有南莊，已見前注。

二

心如止水鑒常明，〔一〕見盡人間萬物情。雕鶚騰空猶逞俊，〔二〕驊騮齒足自無驚。〔三〕時來未覺權爲祟，〔四〕貴了方知退是榮。〔五〕只恐重重世緣在，〔六〕事須三度副蒼生。〔七〕

【校注】

〔一〕止水：《莊子·德充符》：「人莫鑒於流水，而鑒於止水。」又《天道》：「水静則明燭鬚眉，平中準，大匠取法焉。……聖人之心静乎，天地之鑒也，萬物之鏡也。」

〔二〕雕鶚：均猛禽。《爾雅翼》卷一六：「雕者，鶚之類。土黄色，健飛。擊沙漠中，空中盤旋，無細不覩。」逞俊：逞其俊逸之姿，謂施展才幹。

〔三〕驊騮：名馬，周穆王八駿之一。齒足：謂年已高。幼馬每歲增一齒。

〔四〕時來：謂官運亨通時。爲祟：爲禍。

〔五〕貴了：貴盡，勢去。

〔六〕世緣：塵世因緣，謂種種因素。

〔七〕三度副蒼生：第三次副百姓之望，擔任宰相。蒼生用謝安事，見卷二《哭吕衡州時予方謫居》注。

和陳許王尚書酬白少傅侍郎長句因通簡汝洛舊游之什〔一〕

寥廓高翔不可追，〔二〕風雲失路暫相隨。〔三〕方同洛下書生詠，〔四〕又建軍前大將旗。〔五〕雪裏命賓開玉帳，〔六〕飲中請號駐金巵。〔七〕竹林一自王戎去，〔八〕嵇阮雖貧興未衰。〔九〕

【校注】

〔一〕詩云「雪裏命賓」，當開成三年冬在洛陽作。陳許：唐方鎮名。《新唐書·方鎮表二》：貞元三年，置陳許節度使，治許州；貞元十年，賜號忠武軍節度。許州州治在今河南省許昌市。王尚書：王彦威，太原人，少孤貧，苦學，通《三禮》，因獻書得太常博士。文宗朝，累轉司封員外郎中，歷諫議大夫、河南少尹、司農卿、平盧軍節度使，開成元年召拜户部侍郎，貶衛尉卿。兩《唐書》有傳。《舊唐書·文宗紀下》：「（開成三年七月）甲子，以衛尉卿王彦威檢校禮部尚書，充忠武軍節度使。」白少傅侍郎：白居易，時爲太子少傅分司，大和中曾官刑部侍郎。王彦威原詩佚。

〔二〕寥廓高翔：自由翱翔於天空。謝朓《暫使下都夜發新林至京邑贈西府同僚》：「常恐鷹隼擊，時菊委嚴霜。寄言罻羅者，寥廓已高翔。」此謂王彦威仕途順利，升遷迅速，故不可追攀。寥，原作「廖」，據劉本、《叢刊》本、《全唐詩》改。

〔三〕風雲失路：喻仕途受挫。《舊唐書·王彦威傳》：「開成元年，召拜户部侍郎，尋判度支。……

彦威既掌利權，心希大用。時内官仇士良、魚弘志禁中用事。先是，左右神策軍多以所賜衣物於度支中估，判使多曲從，厚給其價。開成初，有詔禁止，然趨利者猶希意從其請託。至是，彦威大結私恩，凡内官請託，無不如意，物議鄙其躁妄。復修王播舊事，貢奉羨餘，殆無虚日。會邊軍上訴衣賜不時，兼之朽故，宰臣惡其所爲，令攝度支人吏付臺推訊。……及人吏受罰，左授衛尉卿。」同書《文宗紀下》：「（開成二年八月）以尚書户部侍郎、判度支王彦威爲衛尉卿，分司東都。」故劉、白得與之「暫相隨」於洛陽。

〔四〕洛下書生詠：用謝安事，見卷十《劉二十八自汝赴左馮（略）》注。此指詩歌唱和。據白居易原詩自注，開成三年春，王彦威曾與劉、白同賞李仍叔履信宅櫻桃花，參見前《和樂天燕李周美（略）》詩。

〔五〕又建句：指爲節度使。《舊唐書·文宗紀下》：「（大和九年二月）以司農卿王彦威兼御史大夫，充平盧軍節度使。」今再爲節度使，故云「又建」。建，劉本、《全唐詩》作「見」。

〔六〕玉帳：主帥帳幕，見卷二《奉和淮南李相公（略）》注。

〔七〕號：軍中口令。駐金巵：停杯。

〔八〕王戎：晉人，與嵇康、阮籍同爲竹林七賢之一，後官至中書令、司徒，此借指王彦威。《晉書·王戎傳》：「嘗經黄公酒壚下過，……曰：『吾昔與嵇叔夜、阮嗣宗酣暢於此。竹林之游，亦預其末。』」

〔九〕嵇阮：嵇康、阮籍，此喻己與白居易。《晉書·阮咸傳》：「咸與籍居道南，諸阮居道北，北阮富而南阮貧。」興：酒興。

【附録】

天寒晚起引酌詠懷寄許州王尚書汝州李常侍　白居易

葉覆冰池雪滿山，日高慵起未開關。寒來更亦無過醉，老後何由可得閒？四海故交唯許汝，十年貧健是樊蠻。相思莫忘櫻桃會，一放狂歌一破顏。（原注：櫻桃花時，數與許、汝二君歡會甚樂。）（《白居易集》卷三四）

奉和鄭相公以寄考功十弟山薑花俯賜篇詠〔一〕

采擷黄薑蕊，〔二〕封題青瑣闈。〔三〕共聞調膳日，〔四〕正是退朝歸。響爲纖筳發，〔五〕情隨綵翰飛。〔六〕故將天下寶，〔七〕萬里與光輝。〔八〕

【校注】

〔一〕詩開成三年在洛陽作。鄭相公：鄭覃。考功十弟：覃弟鄭朗。《舊唐書·鄭覃傳》附《鄭朗傳》：「（大和）五年，李宗閔、牛僧孺輔政，宗閔以覃與李德裕相善，薄之。……七年春，德裕作相。五月，以覃爲御史大夫。……八年，遷户部尚書。其年，德裕罷相，宗閔復知政，與李訓、鄭注同排斥李德裕、李紳。二人貶黜，覃亦左授秘書監。九年六月，楊虞卿、李宗閔得罪長流，復以覃爲刑部尚書。十月，遷尚書右僕射，兼判國子祭酒。訓、注伏誅，召覃入禁中草制敕。明日，以本官同平章事，封滎陽縣公，食邑二千户。覃弟朗……開成中，爲起居郎。……轉考功郎中。四年，遷諫議大夫。」開成三年鄭覃爲相時，其弟鄭朗正在考功郎中任。岑仲勉《唐人行第録》以相公爲鄭餘慶，十弟爲其子鄭澣，謂「十弟」爲「劉禹錫對澣之稱謂」。然詩云「共聞調膳日，正是退朝歸」，知相公及十弟均在朝爲官，共侍高堂，當爲兄弟而非父子，故其説實誤。考功，屬吏部。《新唐書·百官志一》尚書省吏部：「考功郎中、員外郎，各一人，掌文武百官功過、善惡之考法及其行狀。」山薑花：見卷四《崔元受少府（略）》注。寄，劉本、《叢刊》本、《全唐詩》無此字。鄭覃原詩已佚。

〔二〕采擷：采摘。

〔三〕封題：包裝題識。青瑣闈：宫中鏤刻有青色圖案的小門，見卷七《酬嚴給事賀加五品（略）》注。唐人常用青瑣爲門下省故事。據《新唐書·宰相表下》，鄭覃開成元年正月兼門下侍郎，而鄭餘慶雖兩度爲相，但一則以中書侍郎，一則以尚書左丞，益知鄭相公非鄭餘慶，當是鄭覃。

〔四〕共，原作「供」，據劉本、《全唐詩》改。調膳：調和飲食，指侍奉高堂父母。殷遥《送友人下第歸省》：「到家調膳後，吟好送斜暉。」

〔五〕纖筳：細草，指山薑。筳，通莛，草細莖。筳，原作「筵」，據《叢刊》本改。句：劉本作「香爲綺筵發」。

〔六〕綵翰：彩筆，指詩篇。

〔七〕天下寶：劉琨《答盧諶書》：「天下之寶，當與天下共之。」

〔八〕萬里：猶天下。時劉在洛陽，故云。與，劉本作「共」。

賀樂天談氏外孫女初生〔一〕殘句，題擬。

從此引鴛雛。〔二〕

【校注】

〔一〕詩劉禹錫本集不載，僅存此殘句，見《白居易集》卷三五《談氏外孫生三日喜是男偶吟成篇兼戲呈夢得》自注。白詩作於開成五年，自注云劉禹錫詩「前年」作，知劉詩作於開成三年。談氏：白居易女，嫁談元謨。

〔二〕鴛雛：即鵷雛，鸞鳳之屬，此指男孩。

【附録】

談氏外孫生三日喜是男偶吟成篇兼戲呈夢得　白居易

玉牙珠顆小男兒，羅薦蘭湯浴罷時。芣苢春來盈女手，梧桐老去長孫枝。慶傳媒氏燕先賀，喜報談家烏預知。明日貧翁具鷄黍，應須酬賽引雛詩。（原注：前年談氏外孫女初生，夢得有賀詩云：「從此引鴛雛。」今幸是男，前言似有徵，故云。）（《白居易集》卷三五）

夜宴福建盧常侍宅因送之鎮〔一〕

暫駐旌旗洛水隄，綺筵紅燭醉蘭閨。〔二〕美人美酒長相逐，莫怕猿聲發建溪。〔三〕

【校注】

〔一〕詩開成四年閏正月在洛陽作。福建：唐方鎮名，治所在福州。盧常侍：盧貞。《舊唐書·文宗紀下》：「（開成四年閏正月）丙午，以大理卿盧貞爲福建觀察使。」常侍，散騎常侍，當爲盧貞在福建任上所加檢校官銜。

〔二〕蘭閨：芳香高雅的居室。閨，内室。

〔三〕相逐：相追隨。建溪：即閩江北源，參見卷十《送唐舍人出鎮閩中》注。《太平寰宇記》卷一〇〇「南劍州」：「聞猿閣，在州南，常有二猿長啼於溪之南嶺。」

贈樂天〔一〕殘句，題擬。

唯君比萱草，〔二〕相見可忘憂。

【校注】

〔一〕此聯《劉禹錫集》本集不載，見《白居易集》卷三四《酬夢得比萱草見贈》題下注。據白集編次，詩開成四年春在洛陽作。

〔二〕萱草：《詩·衛風·伯兮》：「焉得諼草，言樹之背。」傳：「諼草令人忘憂。」諼草，即萱草。

【附録】

酬夢得比萱草見贈（原注：來篇云：「唯君比萱草，相見可忘憂。」）　白居易

杜康能散悶，萱草解忘憂。借問萱逢杜，何如白見劉？老衰勝少夭，閑樂笑忙愁。試問同年內，何人得白頭？（《白居易集》卷三四）

和僕射牛相公春日閒坐見懷〔一〕

官曹崇重難頻入，〔二〕第宅清閒且獨行。階蟻相逢如偶語，〔三〕園蜂速去恐違程。〔四〕人於紅藥唯看色，〔五〕鶯到垂楊不惜聲。〔六〕東洛池臺怨抛擲，〔七〕移文非久會應成。〔八〕

【校注】

〔一〕詩云「東洛池臺怨抛擲」，當開成四年春在洛陽作。牛相公：牛僧孺。僧孺原詩佚。

〔二〕官曹：官署。崇重：崇高重要。僕射權重，參見前《和僕射牛相公寓言二首》注。

〔三〕偶語：相對私語。《史記·秦始皇本紀》：「偶語詩書者棄市。」

〔四〕違程：耽誤規定的期限。

〔五〕紅藥：芍藥。唯看色，《全唐詩》校：一作「偏憐色」。

〔六〕不惜聲：謂盡情啼唱。

〔七〕東洛：東都洛陽。時牛僧孺在長安官僕射，其南莊在洛陽，故「怨抛擲」。

〔八〕移文：官府文書的一種。《文選》孔稚珪《北山移文》吕向注：「鍾山在都北，其先，周彦倫隱於此山，後應詔出爲海鹽縣令，欲卻過此山，孔生乃假山靈之意移之，使不許得至，故云《北山移文》。」文中有「使我高霞孤映，明月獨舉，青松落陰，白雲誰侣」等語，均是「怨抛擲」之詞。

【集評】

方回曰：階蟻、園蜂一聯，似已有江西體。「鶯到垂楊不惜聲」，絶唱也。（《瀛奎律髓》卷十）

王夫之曰：夢得深於影刺，此亦謗史也。「鶯到垂楊不惜聲」，情語無雙。（《唐詩評選》卷四）

何焯曰：鈎黨刺促，閒坐縱觀，豈不如蜂蟻之紛紜乎？只寫春日景物，略於首尾致意，深妙。第五言中書崇重，眷戀者多。第六則攀附者众，不能不爲之紆意。我爲牛公計，惟有趨駕東洛而已。（《瀛奎律髓彙評》卷十）

查慎行曰：陸放翁七律全學劉賓客，細味乃得之。（同前）

紀昀曰：三、四究非佳語，不得以新取之。六句自好，五句湊泊不稱。結二句笨。（同前）

何焯曰：中四句是比小人成群，紛紛洶洶，如蟻之蠧，如蜂之毒，人主反假以名器，寄以耳目，如宋申錫已蒙冤竄逐以去，獨居深念，思違遠其禍。階蟻園蜂，喻守澄、注也。憐紅藥之色，君子不得於君，則有美人香草之思。求鶯谷之聲，雖遷於崇重之高位，不忘在深谷之故侶，指見懷也。落句遂勸渠決求分司，勿復濡滯，恐旦暮變作，欲清閒袖手，不可得也。（卞孝萱《劉禹錫詩何焯批語考訂》）

送李中丞赴楚州〔一〕

緹騎朱旗入楚城，〔二〕士林皆賀振家聲。〔三〕兒童但喜迎賢守，〔四〕故吏猶應記小名。〔五〕萬頃水田連郭秀，四時煙月映淮清。憶君初得崑山玉，〔六〕同向揚州攜手行。〔七〕

【校注】

〔一〕詩開成四年在洛陽作。李中丞：李師稷。楚州：州治在今江蘇淮安。《金石續編》卷一一《楚州使院石柱題名》：「使朝請大夫、使持節楚州諸軍事、守楚州刺史李師稷，開成四年三月廿四日。」

〔二〕緹騎：紅衣馬隊，與朱旗均爲刺史儀仗先導。

〔三〕士林：文士之林。《新唐書·宰相世系二上》「江夏李氏」，謂李師稷爲李善五世孫，李邕玄孫。《千唐誌齋藏誌》載《柳均靈表》，「外孫江夏李師稷撰」，稱「師稷曾王父北海郡守」，知師稷實爲李善玄孫，李邕曾孫。《新唐書》誤其世次。《新唐書·李邕傳》：「父善，有雅行，淹貫古今，不能屬辭，故人號爲『書簏』。……居汴、鄭間講授，諸生四遠至，傳其業，號『文選學』。」據傳，邕少知名。爲文長於碑頌，聞名天下，時稱「李北海」。善、邕均有大名，後家道中衰，至師稷復振，故云「振家聲」。

〔四〕兒童：暗用郭伋事，見卷九《奉送浙西李僕射（略）》注。

〔五〕故吏：當指李師稷祖父或父親在楚州爲官時的部屬，其事無考。

〔六〕得崑山玉：指及第。《晉書·郤詵傳》：「臣舉賢良對策，爲天下第一，猶桂林之一枝，崑山之片玉。」故後以得玉、折桂爲及第代稱。據《新唐書·楊嗣復傳》，李師稷乃楊於陵任考功員外郎時擢別頭及第，楊於陵貞元十一、十二年爲考功員外郎，李師稷及第當在此時。

〔七〕揚州：今屬江蘇。《新唐書·李邕傳》：「揚州江都人。」貞元十二年，劉禹錫父劉緒於揚州遇疾，禹錫請告東歸，故與李師稷「攜手」同行。參見劉禹錫《子劉子自傳》。

寄陝州姚中丞〔一〕時分司東都。

八月天地肅，〔二〕二陵風雨收。〔三〕旌旗闕下來，〔四〕雲日關東秋。〔五〕禹跡想前事，〔六〕漢臺餘故丘。〔七〕裴回襟帶地，〔八〕左右帝王州。〔九〕留滯悲昔老，〔一〇〕恩光榮徹侯。〔一一〕相思望棠樹，〔一二〕一寄商聲謳。〔一三〕

【校注】

〔一〕詩開成四年八月在洛陽作。陝州：州治在今河南三門峽市，唐時爲陝虢觀察使治所。姚中丞：姚合，吴興人。元和十一年進士，歷校書郎，武功主簿，富平尉，監察御史，殿中侍御史，户部員外，金、杭二州刺史，刑、户二部郎中，諫議大夫，給事中，終官秘書監。能詩，人稱「武功體」。事見《書法叢刊》二〇〇九年第一期載《姚合墓誌銘》拓片。《舊唐書·文宗紀下》：「(開成四年八月)庚戌朔，以給事中姚合爲陝虢觀察使。」中丞，御史中丞，《姚合墓誌》：「復出廉問陝服，兼御史中丞。」

〔二〕天地肅：《禮記·月令·孟秋之月》：「天地始肅。」注：「肅，嚴急之言也。」

〔三〕二陵：指殽山，在唐陝州硤石縣境。《左傳·僖公三十二年》：「殽有二陵焉。其南陵，夏后皋之墓也。其北陵，文王之所避風雨也。」

〔四〕闕下：指長安。姚合自給事中出鎮，故云。

〔五〕關東：潼關之東。陝虢觀察使所轄陝、虢、汝三州均在潼關之東。

〔六〕禹跡：大禹治水的遺跡。《左傳·襄公四年》：「芒芒禹跡，畫爲九州。」陝州硤石縣黄河中有砥柱山，相傳爲大禹治水遺跡。參見卷一《詠史》注。

〔七〕漢臺：指漢代所修望仙臺，在陝州，見前《述舊賀遷寄陝虢孫常侍》注。

〔八〕裴回：同徘徊。襟帶地：如衣襟、衣帶之地，謂形勢險要。張衡《西京賦》：「巖險周固，襟帶易守。」

〔九〕左右：東西。帝王州：指西都長安、東都洛陽，陝州適在二都之間。

〔一〇〕留滯句：劉禹錫此以太史公「留滯周南」事自比，參見卷十《洛濱病卧（略）》注。

〔一一〕恩光：恩寵光輝。徹侯：漢代爵位二十級中最高的一級。《漢書·百官公卿表上》：「徹侯，金印紫綬，避武帝諱，曰通侯或曰列侯。」師古曰：「言其爵位上通於天子。」據墓誌，姚合在赴陝虢時得到「賜金章紫綬」的榮寵。

〔一二〕棠樹：用召伯甘棠故事，參見卷一《途次敷水驛（略）》注。

〔一三〕商聲：秋聲，悲愴之聲。謳：歌謠。

【集評】

何焯曰：平平叙致，自多感慨。（卞孝萱《劉禹錫詩何焯批語考訂》）

和樂天别柳枝絶句〔一〕題擬

輕盈嫋娜占年華，〔二〕舞榭歌臺處處遮。春盡絮飛留不得，隨風好去落誰家？

【校注】

〔一〕詩開成四年冬在洛陽作。柳枝：即白居易家妓樊素。開成四年冬，居易病，遣去，作《不能忘情吟》，其序云：「樂天既老，又病風，乃録家事，會經費，去長物。妓有樊素者，年二十餘，綽綽有歌舞態，善唱《楊枝》，人多以曲名名之，由是名聞於洛下。籍在經費中，將放之。」《唐詩紀事》卷三九：「（白居易）五年《春盡獨吟》云：『病共樂天相伴住，春隨樊子一時歸。』樂天妓樊素也，善歌《楊柳枝》，人多以曲名名之。樂天病，去之。夢得詩云：『春盡絮飛留不得，隨風好去落誰家？』」此詩原作《楊柳枝詞九首》其九，實誤，今爲補詩題，次於此。參見附録白原詩及答詩。白居易《別柳枝》爲《病中詩十五首》之一，序云開成己未歲（四年）十月作，劉詩當與之同時作。《注解章泉澗泉二先生選唐詩》卷一謝枋得釋此詩，云首句謂「小人柔邪便佞，趨炎炙熱，專寵怙恩」，次句言「小人爲權貴所信任，妄作威福」，三句謂「主人失勢受禍，賓客盡散」，末句言小人「背故知而趨新知，如柳絮隨風墮落，不擇地亦不擇人」。但今既知此詩爲和樂天別愛妓樊素而作，則不過抒嘆惋之情而已，別無深意可求。

〔二〕裊娜：細長柔弱貌。

【附録】

別柳枝　白居易

兩枝楊柳小樓中，裊娜多年伴醉翁。明日放歸歸去後，世間應不要春風。（《白居易集》卷三五）

前有別柳枝絶句夢得繼和云春盡絮飛留不得隨風好去落誰家又復戲答　白居易

柳老春深日又斜，任他飛向別人家。誰能更學孩童戲，尋逐春風捉柳花？（同前）

病中一二禪客見問因以謝之〔一〕

勞動諸賢者，〔二〕同來問病夫。添鑪搗鷄舌，〔三〕灑水浄龍鬚。〔四〕身是芭蕉喻，〔五〕行須邛竹扶。〔六〕醫王有妙藥，〔七〕能乞一丸無？

【校注】

〔一〕詩開成四年在洛陽作。禪客：僧人。一二，原作「三」，當爲「一二」之合體，據明本、劉本、《叢刊》本改。白居易開成四年冬作《歲暮病懷贈夢得》詩自注：「時與夢得同患足疾。」此詩云「行須邛竹扶」，當亦開成四年冬作。

〔二〕勞動：煩勞。

〔三〕鑪：香爐。鷄舌：鷄舌香。《夢溪筆談》卷二六引《齊民要術》云：「鷄舌香，世以其似丁子，故一名丁子香，即今丁香是也。」

〔四〕龍鬚：草名，可以編席。《古今注》卷下：「龍鬚草，一名縉雲草。……今有虎鬚草，江東亦織以爲席。」《新唐書·地理志一》「鳳翔府」：「土貢：榛實、龍鬚席、蠟燭。」鬚，原作「須」，據《叢刊》本、《全唐詩》改。

〔五〕芭蕉喻：芭蕉中空，生實則枯，佛經中常以喻人身體之不堅。《維摩詰所説經·觀衆生品》：「菩薩觀衆生，如智者見水中月，如水上泡，如芭蕉堅，如電久住。」《大般涅槃經·壽命品》：「今心憔悴，當觀是身，猶如芭蕉。」

〔六〕邛竹：邛竹杖。庾信有《邛竹杖賦》。《竹譜》：「笻竹高節實中，狀若人刻，爲杖之極。《廣志》云，出南廣邛都縣。然則邛是地名。」

〔七〕醫王：醫者之王，佛經中稱頌佛爲醫王。《涅槃經·迦葉菩薩品》：「如來所有一切善行爲調伏諸衆生故，譬如醫王，所有醫力悉爲療治一切病苦。」又云：「雪山中雖有毒草，亦有妙藥。」

【集評】

黄徹曰：《賓客集》：「添爐搗鷄舌，灑水浄龍鬚。」駱賓王：「桃花嘶别路，竹葉瀉離尊。」此體甚衆。惟柳子厚《從崔中丞過盧少府郊居》一聯最工，云：「蒔藥閑庭延國老，開尊虚室值賢人。」只似稱座客，而有兩意，蓋甘草爲國老，濁酒爲賢人故也。夢得又有「藥爐燒姹女，酒甕貯賢人」，近於湯燖右軍矣。（《䂬溪詩話》卷三）

方回曰：鷄舌香、龍鬚席，各去一字便佳。（《瀛奎律髓》卷四四）

何焯曰：句句切禪客，第三句僧來只添茶也。（《瀛奎律髓彙評》卷四四）

紀昀曰：此便格韻不同。劉、白並稱，中山未必甘也。結處雙關，大雅，不落小巧法門。（同前）

貧居詠懷贈樂天〔一〕殘句，題擬。

若有金揮勝二疏。〔二〕

【校注】

〔一〕此句劉禹錫本集不載，見《白居易集》卷三五《酬夢得貧居詠懷見贈》自注。據白詩自注及編次，詩當開成四年冬末作，時禹錫已改秘書監分司東都。

〔二〕二疏：漢疏受、疏廣，其揮金事見卷一《許給事見示（略）》注。

【附録】

酬夢得貧居詠懷見贈　　白居易

歲陰生計兩蹉跎，相顧悠悠醉且歌。廚冷難留烏止屋，（原注：《詩》云：「瞻烏爰止，于誰之屋？」言烏多止富家之屋也。）門閑可與雀張羅。病添莊舄吟聲苦，貧欠韓康藥債多。日望揮金賀新命，（原注：來篇云：「若有金揮勝二疏。」）俸錢依舊又如何！（原注：時夢得罷賓客，除秘監，俸祿略同，故云。）（《白居易集》卷三五）

酬太原狄尚書見寄〔一〕

家聲烜赫冠前賢，〔二〕時望穹崇鎮北邊。〔三〕身上官銜如座主，〔四〕幕中談笑取同年。〔五〕幽并俠少趨鞭弭，〔六〕燕趙佳人奉管絃。〔七〕仍把天兵書號筆，〔八〕遠題長句寄山川。〔九〕

【校注】

〔一〕詩開成四年在洛陽作。狄尚書：狄兼謨，狄仁傑曾姪孫。登進士第，爲襄陽推官，召爲左拾遺，歷尚書郎、鄭州刺史、給事中、御史中丞，轉兵部侍郎。兩《唐書》附見《狄仁杰傳》。《舊唐書》本傳：「開成初……轉兵部侍郎。明年，檢校工部尚書、太原尹，充河東節度使。」同書《文宗紀下》：「（開成三年十二月）以兵部侍郎狄兼謨爲河東節度使。」狄兼謨原詩佚。

〔二〕家聲：家族的美譽。狄兼謨曾叔祖狄仁杰兩度相武后，舉賢任能，進言武則天召還中宗，爲一代名臣。《舊唐書》史臣贊曰：「犯顔忤旨，返政扶危，是人難事，狄能有之。終替武氏，克復唐基，功之莫大，人無以師。」烜赫：顯赫。烜，原作「烜」，據劉本、《叢刊》本、《全唐詩》改。

〔三〕穹崇：高貌。

〔四〕座主：唐代進士稱主考官爲座主，此指李程。《唐摭言》卷一：「有司謂之座主。」《全唐文補遺》卷九令狐綯《狄兼謨墓誌銘》：「李宰相程，司取士柄，選公於衆，擢登上第。」《舊唐書·李程傳》「拜中書舍人，權知京兆尹事。（元和）十二年，權知禮部貢舉。」據狄兼謨墓誌，在太原節度任上，加檢校兵部尚書。又據《李程傳》：程寶曆二年罷相，亦檢校兵部尚書，爲太原節度使，故云其「官銜如座主」。

〔五〕同年：同年登第進士。《唐摭言》卷一：「（進士）俱捷謂之同年。」按，參狄兼謨太原幕之同年未詳。

〔六〕幽并：幽州、并州。太原爲古并州之地，參見卷二《和董庶中古散調詞（略）》注。趨鞭弭：趨走於前，爲執鞭弭。弭，弓兩端末梢彎曲處，此代指弓。《左傳·僖公二十三年》：「左執鞭弭，右屬櫜鞬。」

〔七〕燕趙：戰國二國名。《古詩十九首》：「燕趙多佳人，美者顔如玉。」

〔八〕天兵：太原有天兵軍，見卷九《令狐相公自天平移鎮太原（略）》注。號：軍中口令。

〔九〕長句：七言詩。山川：疑當作「三川」，即河南府，今洛陽，見卷六《和汴州令狐相公到鎮改月（略）》注。

【集評】

馮舒曰：應酬詩畢竟高不過此公，未必勝吾邑之桑聾（按，無名氏批云「桑聾，謂桑柳州悦」），然桑聾至此亦不可勝。（《瀛奎律髓彙評》卷四二）

紀昀：中山乃作此鄙語！（同前）

許印芳：全首庸俗，應酬詩易犯此病，亦最忌犯此病。（同前）

歲夜詠懷〔一〕

彌年不得意，〔二〕新歲又如何？念昔同游者，而今有幾多？以閑爲自在，將壽補蹉跎。〔三〕春色無情故，〔四〕幽居亦見過。

【校注】

〔一〕詩開成四年除夕在洛陽作。歲夜：除夕。同作詩者有白居易、盧貞、牛僧孺三人。劉、白、盧三詩作於洛陽，牛詩則在長安遥和之作。開成四年牛僧孺年六十，故白居易詩云其「六旬」、「今年已入手」，時劉、白均患足疾，見白居易《歲暮病懷贈夢得》自注，故盧貞詩有「莫嘆步趨防」

之語。

〔二〕彌年：連年。

〔三〕蹉跎：不得志。

〔四〕無情故：没有親戚故舊的關係，一視同仁。

【附録】

歲夜詠懷兼寄思黯　白居易

遍數故交親，何人得六旬？（原注：與思黯、夢得數往還淪没者，少得過六十。）今年已入手，餘事豈關身。老自無多興，春應不揀人。陶窗與弘閣，風景一時新。（《古今歲時雜詠》卷四一）

樂天夢得有歲夜詩聊以奉和　牛僧孺

惜歲歲今盡，少年應不知。淒涼數流輩，歡喜見孫兒。暗減渾身力，潛添兩鬢絲。莫愁花笑老，花自幾多時？（同前）

奉和劉賓客二十八丈歲夜詠懷　盧　貞

文翰走天下，琴樽卧洛陽。貞元朝士盡，新歲一悲涼。名早緣才大，官遲爲壽長。時來知病已，莫嘆步趨妨。（同前。按，此盧貞乃字子蒙之盧貞，爲元稹好友，官至侍御史，開成、會昌中退居洛陽，非前《夜宴福建盧常侍宅因送之鎮》詩中之盧貞。《全唐詩》等均誤二人爲一人。）

文宗元聖昭獻孝皇帝挽歌三首〔一〕

繼體三才理，〔二〕承顔九族親。〔三〕禹功留海内，〔四〕殷曆付天倫。〔五〕調露曲長在，〔六〕秋風詞尚新。〔七〕本支方百代，〔八〕先讓棣華春。〔九〕

【校注】

〔一〕詩開成五年正月在洛陽作。文宗：李昂，穆宗第二子。《舊唐書·文宗紀下》：「（開成五年正月）辛巳，上崩於大明宫之太和殿，壽享三十三。群臣謚曰元聖昭獻皇帝，廟號文宗。其年八月十七日，葬於章陵。」

〔二〕繼體：繼位。《公羊傳·文公九年》：「繼文王之體。」《漢書·師丹傳》：「先帝暴棄天下，而陛下繼體。」三才：天、地、人。理：治。三才理，謂風調雨順，天下太平。

〔三〕承顔：承順顔色，指侍奉父母。杜甫《奉賀陽城郡王太夫人恩命加鄧國太夫人》：「委曲承顔體，鶱飛報主身。」九族：《書·堯典》：「以親九族。」後人或云從自身計起，上至高祖下至玄孫爲九族，或云爲父族四、母族三、妻族二之合稱。《舊唐書·文宗紀下》：「時憲宗郭后居興慶宫，曰太皇太后，敬宗母寶曆太后及上母蕭太后，時呼『三宫太后』。帝性仁孝，三宫問安，其情如一。」

〔四〕禹功：大禹平水土之功。文宗大和初曾平定滄景李同捷叛亂。

〔五〕殷曆：殷代曆法，此指帝位。天倫：兄弟。《穀梁傳·隱公元年》：「兄弟，天倫也。」范寧注：「兄先弟後，天之倫次。」殷制兄終弟及。敬宗李湛爲穆宗長子，文宗爲穆宗次子，武宗李瀍爲穆宗第五子，兄弟相繼爲帝，故云。

〔六〕調露：唐高宗年號，又樂曲名。《舊唐書·音樂志三》載武則天撰《大享昊天樂章十二首》：「始奏承雲娱帝賞，復歌調露暢韶英。」同書《馮定傳》：「文宗每聽樂，鄙鄭、衛聲。」

〔七〕秋風詞：漢武帝所作，見卷七《三鄉驛樓（略）》注。文宗能詩，今《全唐詩》存詩四首。

〔八〕本支：謂宗室後代。《詩·大雅·文王》：「文王孫子，本支百世。」傳：「本，本宗也；支，支子也。」

〔九〕棣華：棠棣之華，喻指兄弟，參見卷七《敬宗睿武昭愍孝皇帝挽歌》注。文宗傳位於弟，故云。

【集評】

何焯曰：「調露」一聯，謂其好文也。文宗命陳王嗣位，宦官弒之，而立潁王瀍爲太弟。落句蓋有諷也。（卞孝萱《劉禹錫詩何焯批語考訂》）

二

月落宫車動，〔一〕風凄儀仗間。路唯瞻鳳翣，〔二〕人尚想龍顔。〔三〕御宇方無事，〔四〕乘雲遂不還。〔五〕聖情悲望處，〔六〕兄日下西山。〔七〕

【校注】

〔一〕宫車：帝王所乘之車。《文選》江淹《恨賦》：「秦帝按劍，諸侯西馳。……一旦魂斷，宫車晚出。」李善注：「《史記》，王稽謂范睢曰：『宫車一日晏駕，是事之不可知也。』韋昭曰：凡初崩爲宴駕者，臣子之心，猶謂宫車晏駕而晚出。」

〔二〕鳳翣：用羽毛編成的扇形儀仗，參見卷一《德宗神武孝文皇帝挽歌》注。

〔三〕龍顔：皇帝容顔。

〔四〕御宇：天子統治國土。

〔五〕乘雲：婉言死。《莊子·天地》：「千歲厭世，去而上仙，乘彼白雲，至於帝鄉。」

〔六〕聖：指新即位的唐武宗。

〔七〕兄日：即兄，日爲君象，故稱「兄日」。《唐音癸籤》卷二三：「人君兄日、姊月，出《春秋感精符》。武宗以弟及，故用之。今本作『沈日』是淺學所改。又劉有公主下嫁詩：『天母親調粉，日兄憐賜花。』」按「天母」一聯乃陸暢《雲安公主下降奉詔作催妝詩》中句，胡震亨誤植。

三

享國十五載，〔一〕升天千萬年。龍鑣仙路遠，〔二〕騎吹禮容全。〔三〕日下初陵外，〔四〕人悲舊劍前。〔五〕周南有遺老，〔六〕掩淚望秦川。〔七〕

【校注】

〔一〕十五載：文宗寶曆二年（八二六）十二月即位，至開成五年（八四〇）正月，首尾十五年。

〔二〕龍鑣：猶龍馬，指皇帝靈車。鑣，馬勒，代指馬。謝朓《七夕賦》：「龍鑣蹀兮玉鑾整，睠星河兮不可留。」

〔三〕騎吹：騎馬樂隊。

〔四〕初陵：初建尚未命名的陵墓，此謂文宗章陵。《漢書·元帝紀》：「以渭城壽陵亭部原上爲初陵。」服虔曰：「元帝初置陵，未有名也，故曰『初』。」

〔五〕舊劍：指皇帝遺物。《水經注·河水》：「（走馬水）出西南長城北陽周縣故城南橋山，……山上有黄帝冢故也。帝崩，惟弓劍存焉，故世稱黄帝仙矣。」

〔六〕周南遺老：禹錫自謂。周南，指洛陽，參見卷十《洛濱病卧（略）》注。

〔七〕秦川：泛指關中渭水流域。王維《和太常韋主簿五郎温湯寓目之作》：「秦川一半夕陽開。」

洛中送崔司業使君扶侍赴唐州〔一〕

緑野方城路，〔二〕殘春柳絮飛。風嗚驌驦馬，〔三〕日照老萊衣。〔四〕洛苑魚書至，〔五〕江村雁户歸。〔六〕相思望淮水，〔七〕雙鯉不應稀。〔八〕

【校注】

〔一〕據白集編次，詩開成五年三月在洛陽作。司業：國子司業，國子監副長官。崔司業：名未詳。唐州：州治在今河南泌陽。白居易原亦有詩送，但自注呼之爲郎中，或崔乃自郎中遷司業。

〔二〕方城：唐州屬縣名。《元和郡縣圖志》卷二一「唐州方城縣」：「隋改置方城縣，取方城山爲名。」

〔三〕驌驦：馬名，見卷五《寄唐州楊八歸厚》注。

〔四〕老萊衣：用老萊子戲彩娛親事，見卷二《送韋秀才道沖赴制舉》注。時崔侍親赴任，故云。

〔五〕洛苑：洛陽有神都苑。魚書：刺史信物，見卷二《早春對雪奉寄澧州元郎中》。時崔當以國子司業分司東都，獲唐州之命，故有此句。

〔六〕雁户：流動遷徙的鄉民。《談苑醍醐》卷七：「《唐書》：『編民有雁户，謂流民也。』」

〔七〕淮水：《元和郡縣圖志》卷二一「唐州桐柏縣」：「淮水，出縣南桐柏山。」

〔八〕雙鯉：書信，見卷十《令狐僕射與予投分甚深（略）》注。

【附録】

送唐州崔使君侍親赴任　白居易

連持使節歷專城，獨賀崔侯最慶榮。烏府一拋霜簡去，朱輪四從板輿行。（原注：崔郎中從殿中連典四郡，皆侍親赴任。）發時正許沙鷗送，到日方乘竹馬迎。唯慮郡齋賓友少，數杯春酒共誰傾？（《白

居易集》卷三五）

送河南皇甫少尹赴絳州〔一〕

祖帳臨周道，〔二〕前旌指晉城。〔三〕午橋群吏散，〔四〕亥字老人迎。〔五〕詩酒同行樂，〔六〕別離方見情。從兹洛陽社，〔七〕吟詠欠書生。〔八〕

【校注】

〔一〕據白居易同送詩編次，詩開成五年春在洛陽作。皇甫少尹：皇甫曙，時自河南少尹出爲絳州刺史，參見前《酬皇甫十少尹（略）》注。絳州：州治在今山西新絳。

〔二〕祖帳：餞行時所設帳幕。周道：大道。《詩·小雅·何草不黄》：「有棧之車，行彼周道。」

〔三〕晉城：指絳州，春秋晉地。《元和郡縣圖志》卷一二「絳州曲沃縣」：「本晉舊都絳縣地。」

〔四〕午橋：在洛陽，見卷九《劉二十八自汝赴左馮（略）》注。

〔五〕亥字老人：指絳州老人。《左傳·襄公三十年》：「晉悼夫人食輿人之城杞者。絳縣人或年長矣，無子，而往與於食。有與疑年，使之年。曰：『臣，小人也，不知紀年。臣生之歲，正月甲子朔，四百有四十五甲子矣。其季於今三之一也。』吏走問諸朝。師曠曰：『……七十三年矣。』史趙曰：『亥有二首六身，下二如身，是其日數也。』士文伯曰：『然則二萬六千六百有六旬也。』」古代以籌計數，亥字，指其數以算籌排列，形如古文亥字。

〔六〕同行，《叢刊》本作「每同」。

〔七〕洛陽社：《晉書·董京傳》：「初與隴西計吏俱至洛陽，被髮而行，逍遥吟詠，常宿白社中。……孫楚時爲著作郎，數就社中與語。」

〔八〕欠書生：暗用謝安能爲洛下書生詠事，見卷九《劉二十八自汝赴左馮（略）》注。

【集評】

黄徹曰：史趙釋絳縣老人年數云：「亥有二首六身。」蓋離析「亥」字點畫而上下之，如算籌縱横然，則下其二首爲二萬，六身各一縱一横，爲六千六百六十，正合其甲子之日數，傳以趙之明曆。劉賓客《送人赴絳州》云：「午橋群吏散，亥字老人迎。」義山《贈絳臺老驛吏》云：「過客不勞詢甲子，惟書亥字與時人。」可謂善使事矣。（《䂬溪詩話》卷九）

又曰：張文潛《法雲懷无咎》云：「獨覺欠此公。」或傳某生語，文潛自以「欠」字爲得意。然夢得《送皇甫》云：「從兹洛陽社，吟詠欠書生。」……張何得意之有？（同前卷三）

方回曰：自洛赴絳，故以亥字老人事，上搭對午橋爲偶，詩家常例也。五、六方有味。前四句只是形模，不下「周道」、「晉城」四字，則「午橋」亦唤不來。（《瀛奎律髓》卷二四）

馮班曰：前四句精工，若曰「詩家常例」，似非公議。（《瀛奎律髓彙評》卷二四）

紀昀曰：前半工而無味。後半亦平淺。（同前）

余成教曰：劉夢得詩云：「午橋群吏散，亥市（字）老人迎。」張祜詩云：「野橋經亥市，山路過申州。」陸詩云：「閑教辨藥童名甲，静識窺巢鶴姓丁。」皮詩云：「共守庚申夜，同看乙巳占。」李洞詩云：「一谷勢開午，孤峰聳起丁。」開後人以干支相對法門。（《石園詩話》卷二）

【附録】

皇甫郎中親家翁赴任絳州宴送出城贈别　白居易

慕賢入室交先定，結援通家好復成。新婦不嫌貧活計，嬌孫同慰老心情。洛橋歌酒今朝散，絳路風煙幾日行？欲識離群相戀意，爲君扶病出都城。（《白居易集》卷三五）

奉和吏部楊尚書太常李卿二相公策免後即事述懷贈答十韻〔一〕

文雅關西族，〔二〕衣冠趙北都。〔三〕有聲真漢相，〔四〕無纇勝隋珠。〔五〕當軸龍爲友，〔六〕臨池鳳不孤。〔七〕九天開内殿，〔八〕百辟看晨趨。〔九〕誡滿懲欹器，〔一〇〕成功别大鑪。〔一一〕餘芳在公論，〔一二〕積慶是神扶。〔一三〕步武離台席，〔一四〕徊翔集帝梧。〔一五〕銓材秉秦鏡，〔一六〕典樂去齊竽。〔一七〕蕭灑風塵外，逢迎詩酒徒。唯應待華皓，〔一八〕更食萬錢廚。〔一九〕

【校注】

〔一〕詩開成五年八月作。楊尚書：楊嗣復。李卿：李珏。《資治通鑑》卷二四六：「（開成五年）五月己卯，門下侍郎、同平章事楊嗣復罷爲吏部尚書。……（八月）庚午，門下侍郎、同平章事李珏坐爲山陵龍輴陷，罷爲太常卿。……初，上之立非宰相意，故楊嗣復、李珏相繼罷去，召淮南節度使李德裕入朝。九月甲戌朔，至京師。丁丑，以德裕爲門下侍郎、同平章事。」據《通鑑》同卷記載，開成五年正月，文宗「疾甚，命知樞密劉弘逸、薛季稜引楊嗣復、李珏至禁中，欲奉太子監國。中尉仇士良、魚弘志以太子之立，功不在己，乃言太子幼，且有疾，更議所立。李珏曰：『太子位已定，豈得中變！』士良、弘志遂矯詔立瀍爲太弟……説太弟賜楊賢妃、安王溶、陳王成美死」。李瀍即位後，楊、李遂罷相，後復遭貶逐。楊、李二人原詩已佚。

〔二〕關西族：《後漢書·楊震傳》：「弘農華陰人也。……明經博覽，無不窮究，諸儒爲之語曰：『關西孔子楊伯起。』……自震至彪，四世太尉，德業相繼，與袁氏俱爲東京名族云。」楊嗣復乃楊於陵子，楊震後人，參見卷四《和南海馬大夫聞楊侍郎（略）》注。

〔三〕衣冠：仕宦之家。趙北都：戰國趙都邯鄲，漢爲趙國，後改置趙郡。據《新唐書·宰相世系二上》，李珏出趙郡李氏東祖房，趙郡爲李氏著望。

〔四〕有聲：有好名聲。真漢相：見卷九《令狐相公自天平移鎮太原（略）》注。

〔五〕纇：珠的缺陷。隋珠：隋侯珠，見卷四《送周魯儒赴舉》注。

〔六〕當軸：指爲相。《漢書·鄭弘傳》贊云：「車丞相履伊、呂之列，當軸處中，括囊不言。」龍爲友：《天馬歌》中句，見《漢書·禮樂志》，師古曰：「言今更無與匹者，唯龍可爲之友耳。」

〔七〕臨池：用鳳池事，指入中書省，見卷一《奉和中書崔舍人（略）》注。楊、李同日爲相，故「不孤」，參見前《和僕射牛相公以離闕庭（略）》注。

〔八〕九天：天最高處，指皇宫。

〔九〕百辟：百官。晨趨：指早朝。趨，小步快走。

〔一〇〕誡滿：警惕自滿。懲：警戒，原作「澄」，據《叢刊》本、《文苑英華》改。欹器：《荀子·宥坐》：「孔子觀於魯桓公之廟，有欹器焉。孔子問於守廟者曰：『此爲何器？』守廟者曰：『此蓋爲宥坐之器。』孔子曰：『吾聞宥坐之器者，虚則欹，中則正，滿則覆。』……弟子挹水而注之，中而正，滿而覆，虚而欹。孔子喟然而嘆曰：『吁，惡有滿而不覆者哉！』」楊倞注：「欹器，傾欹易覆之器。宥，與右同，言人君可置於座右以爲戒也。」

〔一一〕大鑪：猶洪鑪，鎔鑄金屬的大火爐，喻相位。

〔一二〕餘芳：遺留的善政。《晉書·儒林傳序》：「餘芳遺烈，焕乎可紀者也。」公論：《世説新語·品藻》：「王大將軍下，庾公問：『聞卿有四友……何者居其右？』王曰：『自有人。』又問：『何者是？』王曰：『噫，其自有公論。』」

〔一三〕積慶：多福。《易·坤》：「積善之家，必有餘慶。」神扶：神靈輔助。

〔一四〕步武：指很短的距離。《國語·周語》：「夫目之察度也，不過步武尺寸之間。」韋昭注：「六尺爲步，半步爲武。」台席：指相位。

〔一五〕帝梧：《韓詩外傳》卷八：「鳳乃止帝東園，集帝梧桐，食帝竹實，没身不去。」張正見《賦得威鳳棲梧》：「丹山有威鳳，來集帝梧中。」二句言楊、李二人左遷罷相後，仍在朝任顯職，去相位不遠。

〔一六〕銓材：權衡甄選人才。秦鏡：秦宮之鏡，能照見人心膽，見卷六《歷陽書事七十四韻》注。此句屬楊嗣復。《新唐書·百官志一》「尚書吏部」：「尚書一人，正三品……掌文選、勛封、考課之政，以三銓之法官天下之材，以身、言、書、判、德行、才用、勞效較其優劣而定其留放，爲之注擬。」

〔一七〕典樂：此句屬李珏。《新唐書·百官志三》「太常寺」：「卿一人，正三品。……掌禮樂、郊廟、社稷之事，總郊社、太樂、鼓吹、太醫、太卜、廩犧、諸祠廟等署。」齊竽：濫竽充數如齊東郭先生者，見卷七《途次華州（略）》注。

〔一八〕華皓：高年白髮。《隋書·李穆傳》：「吕尚以期頤佐周，張蒼以華皓相漢。」皓，劉本、《全唐詩》作「誥」。華誥：誥書的美稱，指除授的制書。於義爲長。

〔一九〕更食句：指再爲相。《晉書·何曾傳》「武帝襲王位，以曾爲晉丞相，加侍中。……然性奢豪，務在華侈，帷帳車服，窮極綺麗，廚膳滋味，過於王者。……食日萬錢，猶曰『無下箸處』。」杜甫《飲中八仙歌》：「左相日興費萬錢。」

送前進士蔡京赴學究科〔一〕 時舊相楊尚書掌選。

耳聞戰鼓帶經鋤，〔二〕振發名聲自里閭。〔三〕已是世間能賦客，〔四〕更攻窗下絕編書。〔五〕朱

門達者誰能識？〔六〕絳帳諸生盡不如。〔七〕幸遇天官舊丞相，〔八〕知君無翼上空虛。〔九〕

【校注】

〔一〕詩開成五年夏在洛陽作。前進士：已及第進士。《唐摭言》卷一：「進士得第，謂之『前進士』。」學究科：制舉科目之一。據《雲麓漫鈔》卷六載，大和二年有「學究周易處士」科，當即詩所稱學究科。《唐摭言》卷九「好及第惡登科」：「許孟容進士及第，學究登科，時號錦褾子上著莎衣。蔡京與孟容同。」《雲溪友議》卷中：「邕州蔡大夫京者，故令狐相公楚鎮滑臺之日，因道場見於僧中，令京挈瓶鉢。彭陽公曰：『此童眉目疏秀，進退不懾，惜其卑幼，可以勸學乎？』師從之，乃得陪學相國子弟。後以進士舉上第，乃彭陽令狐公之舉也。尋又學究登科，而作尉畿服。」蔡京後歷御史，大中中爲澧、撫二州刺史，邕管觀察使。賈島《送蔡京》：「躍蹄歸魯日，帶漏別秦星。易折芳條桂，難窮邃義經。」蓋蔡京登進士第後應學究科舉非止一次。題注中楊尚書爲楊嗣復，開成五年五月罷相爲吏部尚書，見前詩注；同年八月貶湖南觀察使，見《舊唐書・武宗紀》，故詩當作於開成五年六七月間。

〔二〕戰鼓：德、憲二宗時，淄青李正己、李納，成德李惟岳、王承宗，滄景李同捷均曾叛亂，蔡京魯人（見前引賈島詩），與上述諸道鄰近，故常聞戰鼓。帶經鋤：《漢書・兒寬傳》：「治《尚書》，……貧無資用，……時行賃作，帶經而鋤，休息輒讀誦。」

〔三〕名聲，《全唐詩》作「聲名」。里閭：鄉里。閭，里巷大門。

〔四〕能賦客：《北史·陽休之傳》：「好學，愛文藻。時人爲之語曰：『能賦能詩陽休之。』」唐進士科試詩賦。句謂蔡京已登進士第。

〔五〕絶編書：指《周易》。《史記·孔子世家》：「孔子晚而喜《易》，……讀《易》，韋編三絶。」謂編綴竹簡之皮條多次磨斷。

〔六〕朱門達者：達官貴人。

〔七〕絳帳諸生：後漢經學家馬融設絳帳授生徒，見卷二《秋日過鴻舉法師寺院（略）》注。

〔八〕天官：即吏部。《新唐書·百官志一》「尚書省吏部」：「武后光宅元年，改吏部曰天官。」舊丞相：指楊嗣復，參見前詩注。

〔九〕無翼：無羽翼，謂蔡京出身孤寒，無人汲引。空虛：即天空。

送李庚先輩赴選〔一〕

一家何啻十朱輪，〔二〕諸父雙飛秉大鈞。〔三〕曾脱素衣參幕客，〔四〕復爲精舍讀書人。〔五〕離筵洛水侵杯色，征路函關向晚塵。〔六〕今日山公舊賓主，〔七〕知君不負帝城春。〔八〕

【校注】

〔一〕詩約開成五年在洛陽作。李庚：當爲李庾之誤。岑仲勉《續貞石證史》：「劉禹錫《送李庚先輩赴選》詩：……『雙飛秉鈞』者謂程與石，石以大和九年末相，詩當作於開成時。庚、庾字近易訛，不知是同人否。」李庾會昌三年官荆南節度使推官、協律郎，大中十年，以殿中侍御史分司東都，見於《唐代墓誌彙編》會昌〇二三《于君夫人李氏墓誌》及大中一一五《李晝墓誌》；庾字子虔，官至湖南觀察使兼御史大夫，見《新唐書・宗室世系上》。先輩：唐人對及第進士的敬稱。《唐語林》卷三：「李石從子庾，少擢進士第，石之力也。」赴選：赴京參吏部銓選。

〔二〕朱輪：指達官，漢太守二千石以上得乘朱輪。楊惲《報孫會宗書》：「惲家方隆盛時，乘朱輪者十人。」

〔三〕諸父：父親的兄弟行。秉大鈞：爲相。《詩・小雅・節南山》：「尹氏大師……秉國之均。」《漢書・律曆志》引作「鈞」。據《新唐書・宗室世系上》，李庾乃李程姪，李石從姪。李程相憲宗，李石相文宗。《新唐書・宰相表下》：大和九年十一月乙丑，「户部侍郎、判度支李石守本官，同中書門下平章事」；開成三年正月，「丙子，石以中書侍郎、同中書門下平章事、荆南節度使」。

〔四〕素衣：白衣，平民所著。參幕客：爲幕僚。

〔五〕精舍：讀書之所，見卷三《游桃源一百韻》注。

〔六〕函關：函谷關，已見前注。

〔七〕山公：山濤，曾領吏部，見卷九《酬令狐相公親仁郭家（略）》注。此疑指時爲吏部尚書的楊嗣復，楊於大和末開成初鎮西川，見卷十《寄賀東川楊尚書慕巢（略）》注。疑李庾於李石爲相時及第，隨即參楊嗣復幕府，故與楊爲「舊賓主」。

〔八〕不負帝城春：不辜負長安春光，謂得以銓選授官。

【集評】

何焯曰：此必庚之「諸父」恩意甚薄，不如「賓主」之可恃，故其詩云然。（卞孝萱《劉禹錫詩何焯批語考訂》）

秋霖即事聯句三十韻〔一〕

蕭索窮秋月，〔二〕蒼茫苦雨天。〔三〕泄雲生棟上，〔四〕行潦入庭前。〔五〕居易送上僕射　苔色侵三徑，〔六〕波聲想五絃。〔七〕井蛙争入户，〔八〕轍鮒亂歸泉。〔九〕起送上中丞大監　高霤愁晨坐，〔一〇〕空階警夜眠。〔一一〕鸛鳴猶未已，〔一二〕蟻穴亦頻遷。〔一三〕禹錫送上少傅侍郎　散漫疏還密，〔一四〕空濛斷又連。〔一五〕竹沾青玉潤，〔一六〕荷滴白珠圓。居易　地濕灰蛾滅，〔一七〕池添水馬憐。〔一八〕有苗沾霢霂，〔一九〕無月弄潺湲。〔二〇〕起　籬菊潛開秀，園蔬已罷鮮。斷行垂雁翅，〔二一〕孤嘯聳鳶肩。〔二二〕禹錫　橋柱黏黄菌，〔二三〕牆衣點緑錢。〔二四〕草荒行藥路，〔二五〕沙淀釣魚船。〔二六〕居易　長者車猶阻，〔二七〕高人榻且懸。〔二八〕此思劉、白之來也。金烏何日見？〔二九〕玉爵幾時傳？〔三〇〕起　近井桐先落，當檐石欲穿。〔三一〕趨風誠有戀，〔三二〕披霧邈無緣。〔三三〕禹錫以答懸榻之言　廩米陳生醭，〔三四〕庖薪濕起煙。〔三五〕鳴雞潛報曉，急景暗凋年。〔三六〕居易　蓋灑高松上，〔三七〕絲繁細柳邊。〔三八〕拂叢時起蝶，墜葉乍驚蟬。起　巾角皆争墊，〔三九〕裙裾例似湔。〔四〇〕人多蒙翠被，〔四一〕馬盡著連乾。〔四二〕禹錫　好客無來者，貧家但悄然。寒泥印鶴跡，漏壁絡蝸涎。〔四三〕居易　蚊聚雷侵室，〔四四〕鷗翻浪滿川。〔四五〕上樓愁冪冪，〔四六〕繞舍厭淺淺。〔四七〕起　律候今秋矣，〔四八〕歡娛久曠焉。〔四九〕但令高興在，〔五〇〕晴後奉周旋。〔五一〕禹錫

【校注】

〔一〕詩云「窮秋月」，當開成五年九月在洛陽作。與聯句者有白居易、王起、劉禹錫。《舊唐書·王起傳》：「武宗即位，（開成五年）八月，充山陵鹵簿使。……尋檢校左僕射、東都留守、判東都尚書省事。」故詩中呼爲「僕射」。劉禹錫《子劉子自傳》：「改太子賓客，分司東都，又改秘書監分司。」故詩中呼爲「中丞大監」。白居易前曾爲刑部侍郎，時爲太子少傅分司，故呼爲「少傅侍郎」。

〔二〕蕭索：蕭條冷落。窮秋：暮秋，九月。

〔三〕蒼茫：曠遠迷茫。茫，原作「然」，據劉本、《全唐詩》改。

〔四〕泄雲：《文選》左思《魏都賦》：「窮岫泄雲。」李善注：「泄，猶出也。」謝朓《游敬亭山》：「泄雲已漫漫，夕雨亦淒淒。」

〔五〕行潦：道中積水。《左傳·隱公三年》：「潢汙行潦之水。」《正義》引服虔曰：「行潦，道路

之水。」

〔六〕三徑：隱者庭院中小徑。《三輔決録》卷一：「蔣詡歸鄉里，荆棘塞門，舍中有三徑，不出，唯求仲、羊仲從之游。」

〔七〕五絃：樂器名。唐宴樂樂器有「大小五絃」，見《新唐書·禮樂志一一》。

〔八〕井蛙：坎井之蛙。《莊子·秋水》：「井蛙不可以語於海。」

〔九〕轍鮒：車轍中的鮒魚，見卷五《送張盥赴舉》注。泉：即淵，深潭，此避唐高祖諱改「泉」。

〔一〇〕霤：屋檐水。句謂白天只能愁對屋檐流水而坐。

〔一一〕空階：何遜《臨行與故游夜别》：「夜雨滴空階，曉燈暗離室。」句謂夜晚卧聽雨滴空階不能入睡。

〔一二〕鸛：水鳥。《詩·豳風·東山》：「我來自東，零雨其濛。鸛鳴于垤，婦嘆于室。」傳：「垤，蟻塚也。將陰雨則穴處先知之矣。鸛好水，長鳴而喜也。」箋：「鸛，水鳥也，將陰雨則鳴。」

〔一三〕蟻穴：焦贛《易林》卷四：「蟻封穴户，大雨將集。」

〔一四〕散漫：紛亂貌。張協《雜詩》：「雲根臨八極，雨足灑四溟。霖瀝過二旬，散漫亞九齡。」

〔一五〕空濛：迷茫貌。謝朓《觀朝雨》：「空濛如薄霧，散漫似輕埃。」

〔一六〕青玉：指竹，表皮青而有光澤。

〔一七〕蛾，字原闕，據劉本、《全唐詩》補。

〔一八〕水馬：一種水蟲。《本草綱目》卷四二「水黽」：「群游水上，水涸即飛，長寸許，四腳，亦名水馬，非海中主産難之水馬也。」

〔一九〕霡霂：小雨。《詩·小雅·信南山》：「雨雪雰雰，益之以霡霂。」

〔二〇〕潺湲：流水。《楚辭·九歌·湘夫人》：「觀流水之潺湲。」

〔二一〕斷行：失群。大雁群飛行列呈人字或一字形。垂：謂雁翅沾濕下垂。

〔二二〕鳶肩：《後漢書·梁冀傳》：「（冀）爲人鳶肩豺目。」李賢注：「鳶，鴟也，鴟肩上竦也。」《禮記·曲禮上》：「前有塵埃，則載鳴鳶。」注：「鳶鳴則將風。」

〔二三〕黄菌：黄色霉菌。《酉陽雜俎》前集卷一五：「席帽，挂於庭樹。每雨，所溜雨處，輒生黄菌。」

〔二四〕緑錢：青苔。《文選》沈約《冬節後至丞相第詣世子車中》：「賓階緑錢滿。」李善注引《古今注》：「室空無人行，則生苔蘚，或青或紫，一名緑錢。」

〔二五〕行藥：行走以散發藥力。鮑照有《行藥至城東橋》詩。

〔二六〕淀：淺水。此指停泊、擱淺。

〔二七〕長者：《史記·陳丞相世家》：「家乃負郭窮巷……然門外多有長者車轍。」索隱：「言長者所乘安車，與載運之車軌轍或别。」此處長者指白居易，以其信佛故，參見卷十《和樂天齋戒月滿夜（略）》注。

〔二八〕高人：指劉禹錫。榻且懸：客人未來，則懸榻而不用。用陳蕃爲徐孺置榻事，見卷二《送襄陽熊判官孺登(略)》注。

〔二九〕金烏：日。《春秋元命苞》：「日中有三足烏。」

〔三〇〕爵：酒器。傳爵，傳杯飲宴。

〔三一〕檐：屋檐。石欲穿：《漢書・枚乘傳》：「泰山之霤穿石。」

〔三二〕趨風：急走如風。此指謁見時爲東都留守的王起。《左傳・成公十六年》：「郤至……見楚子，必下，免胄而趨風。」戀：思念。

〔三三〕披霧：猶披雲，會面，見前《樂天是月長齋(略)》注。邈：遥遠。注中「言」原作「名」，《全唐詩》作「召」，此據劉本改。

〔三四〕廩：米倉。生醭：發霉變質。醭，霉斑。

〔三五〕庖：廚房。

〔三六〕景：日光。鮑照《舞鶴賦》：「急景凋年。」久陰雨，故年光於暗中流逝。

〔三七〕蓋灑：指大雨，若鋪天蓋地而來。

〔三八〕絲：雨絲，細雨。

〔三九〕墊：折起。郭太墊巾事，見卷二《聞董評事疾(略)》注。

〔四〇〕裾：衣前襟，代指衣。例：照例。湔：洗。《玉燭寶典》卷一：「元日至於月晦，……士女悉湔裳酹酒於水湄，以爲度厄。」

〔四一〕翠被：《左傳・昭公十二年》：「雨雪，王皮冠，秦復陶，翠被，豹舃，執鞭以出。」注：「以翠羽飾被。」

〔四二〕連乾：即連錢，有連錢狀花紋的障泥，見前《三月三日與樂天及河南李尹（略）》注。此謂馬身濺滿泥斑，如著連錢障泥。

〔四三〕絡：網絡，此謂成網絡狀分布。蝸涎：蝸牛爬行過去留下的粘液。

〔四四〕蚊聚：《漢書・景十三王傳》：「聚蚊成雷。」

〔四五〕鷗翻：鮑照《上潯陽還都道中》：「翻浪揚白鷗。」

〔四六〕冪冪：覆蓋貌。此指陰雲密佈。李華《弔古戰場文》：「鬼神聚兮雲冪冪。」

〔四七〕淺淺：水流急速貌。《楚辭・九歌・湘君》：「石瀨兮淺淺，飛龍兮翩翩。」劉本、《全唐詩》作「濺濺」。

〔四八〕律候：古以律管候氣，見卷六《和汴州令狐相公到鎮改月（略）》注。《禮記・月令・季秋之月》：「律中無射。」

〔四九〕曠：空闕，荒廢。

〔五〇〕高興：高雅興致。殷仲文《南州桓公九井作》：「獨有清秋日，能使高興盡。」

〔五一〕奉周旋：猶言陪游賞。謝靈運《登江中孤嶼》：「江南倦歷覽，江北曠周旋。」

喜晴聯句〔一〕

苦雨晴何喜？喜於未雨時。〔二〕氣收雲物變，聲樂鳥烏知。〔三〕居易送上僕射 蕙泛光風圃，〔四〕蘭開皎月池。千峰分遠近，九陌好追隨。〔五〕起送上尚書 白日開天路，〔六〕玄陰捲地維。〔七〕餘清在林薄，〔八〕新照入漣漪。〔九〕禹錫 碧樹涼先落，青蕪濕更滋。曬毛經浴鶴，曳尾出泥龜。〔一〇〕居易 舞去商羊速，〔一一〕飛來野馬遲。〔一二〕柱邊無潤礎，〔一三〕臺上有游絲。〔一四〕起 橋净行塵息，堤長禁柳垂。宮城明睥睨，〔一五〕觀闕麗罘罳。〔一六〕禹錫 洛水澄清鏡，嵩煙展翠帷。〔一七〕梁成虹乍見，〔一八〕市散蟻初移。〔一九〕居易 藉草風猶暖，〔二〇〕攀條露已晞。〔二一〕屋穿添碧瓦，牆缺召金鎚。〔二二〕起 迥澈來雙目，〔二三〕昏煩去四支。〔二四〕霞文晚煥爛，〔二五〕星影夕參差。〔二六〕禹錫 爽助門庭肅，寒催草木衰。黃乾向陽菊，紅洗得霜梨。居易 假蓋閒誰惜？〔二七〕彈絃燥更悲。散蹄良馬穩，〔二八〕炙背野人宜。〔二九〕起 洞户晨輝入，〔三〇〕空庭宿霧披。〔三一〕堆牀出書卷，〔三二〕傾笥上衣椸。〔三三〕禹錫 道路行非阻，軒車望可期。無辭訪圭竇，〔三四〕且願見瓊枝。〔三五〕居易 仙閣蓬萊客，〔三六〕古以秘書喻蓬萊。儲宮羽翼師。〔三七〕此言少傅。每憂陪麗句，〔三八〕何暇接英姿？〔三九〕起以酬「圭竇」之言。玩景方搔首，〔四〇〕懷人尚斂眉。〔四一〕因吟仲文什，〔四二〕高興盡於斯。禹錫

【校注】

〔一〕此詩亦作於開成五年九月，即作前詩後不久，參見前詩注。

〔二〕未雨時：指久雨之前。經久雨之後，方倍覺晴日之可貴。

〔三〕烏烏：即烏鳥。烏聲樂，見卷三《贈澧州高大夫司馬霞寓》注。

〔四〕光風：《楚辭·招魂》：「光風轉蕙，泛崇蘭些。」王逸注：「光風，謂雨已日出而風，草木有光也。」

〔五〕九陌：京師大道。《三輔黄圖》卷一：長安城有八街九陌。原注中「尚書」當指劉禹錫。按劉禹錫《子劉子自傳》：「改秘書監分司，一年，加檢校禮部尚書，兼太子賓客。」但後云「蓬萊客」，則劉此時仍在檢校秘書監任。疑「尚書」字誤。劉於會昌元年春方檢校禮部尚書，參見後《僕射來示有三春向晚（略）》注。

〔六〕天路：天上之路。

〔七〕玄陰：此指黑色陰雲。地維：地之四角。句謂天空陰雲盡收。

〔八〕餘清：雨後清涼之氣。謝瞻《答康樂秋霽詩》：「夕霽風氣涼，閑房有餘清。」薄：草木聚生處。

〔九〕漣漪：細小水波。

〔一〇〕曳尾：拖尾（於泥中），見卷九《樂天寄重和晚達冬青（略）》注。

〔一一〕商羊：《説苑·辨物》：「齊有飛鳥，一足，來下，止於殿前，舒翅而跳，齊侯大怪之。又使聘問孔子。孔子曰：『此名商羊，急告民趣治溝渠，天將大雨。』於是如之，天果大雨。」

〔一二〕野馬：浮游的水氣。《莊子·逍遥游》：「野馬也，塵埃也，生物之以息相吹也。」

〔一三〕礎：柱脚石。《淮南子·説林》：「山雲蒸，柱礎潤。」柱礎潤濕是下雨的預兆。

〔一四〕游絲：見卷六《春日書懷（略）》注。

〔一五〕睥睨：城上小牆。

〔一六〕罘罳：設在門外或城角上的網狀建筑。《漢書·文帝紀》：「未央宫東闕罘罳災。」師古曰：「罘罳，謂連闕曲閣也，以覆重刻垣墉之處，其形罘罳然。」

〔一七〕嵩：嵩山。翠帷：翠绿色帳幕，此指青翠山色。

〔一八〕梁：橋。見：通現。

〔一九〕蟻：狀市上人多，遠望如蟻。蟻，原作「蟣」，《全唐詩》作「蜃」，此據《叢刊》本改。

〔二〇〕藉草：《文選》孫綽《游天台山賦》：「藉萋萋之纖草。」李善注：「以草薦地而坐曰藉。」

〔二一〕攀條：攀引枝條。《古詩十九首》：「庭中有奇樹，绿葉發華滋。攀條折其榮，將以遺所思。」晞：乾。《詩·秦風·蒹葭》：「蒹葭淒淒，白露未晞。」

〔二二〕金鎚：鐵鎚，築牆工具。《漢書·賈山傳》：「隱以金椎。」

〔二三〕迴澈：遠而澄明。

〔二四〕四支：即四肢。

〔二五〕霞文：霞彩。焕爛：鮮明貌。

〔二六〕參差：髣髴，此指閃爍不定。

〔二七〕假蓋：借雨具。《孔子家語》卷二：「孔子將行，雨而無蓋，門人曰：『商也有之。』孔子曰：『商之爲人，甚吝於財。』」嵇康《與山巨源絶交書》：「仲尼不假蓋於子夏，護其短也。」間：間置。

〔二八〕散蹄：放馬奔馳。曹植《白馬篇》：「仰手接飛猱，俯身散馬蹄。」

〔二九〕炙背：《列子·楊朱》：「昔者宋國有田夫，常衣緼黂，僅以過冬。暨春東作，自曝於日，不知天下之有廣廈隩室，綿纊狐貉。顧謂其妻曰：『負日之暄，人莫知者。以獻吾君，將有重賞。』」嵇康《與山巨源絶交書》：「野人有快炙背美芹子者，欲獻之至尊。」

〔三〇〕洞户：室與室間相通的門。

〔三一〕宿霧：隔宿之霧。披：消散。

〔三二〕卷：字原闕，劉本、《全唐詩》作「目」，此據《叢刊》本補。

〔三三〕笥：盛衣物的竹器。衣椸：衣架。

〔三四〕圭竇：鑿成的圭形門洞，言其簡陋，代指貧者居室。圭，上尖下方的玉器。蕭統《七契》：「篳門鳥宿，圭竇狐潛。」

〔三五〕瓊枝：玉樹枝。見瓊枝，猶會面。江淹《雜體詩》：「願一見顔色，不異瓊樹枝。」

〔三六〕蓬萊：喻指秘書省，蓋劉禹錫時仍在秘書監任，故稱爲「蓬萊客」。參見卷六《浙西李大夫示述夢四十韻（略）》注。

〔三七〕儲宮：太子東宮。謝靈運《王子晉贊》：「儲宮非不貴，豈若登雲天。」羽翼師：用《史記・留侯世家》語，指時官太子少傅的白居易。《舊唐書・職官志三》東宮官屬：「太子少師、少傅、少保各一員。……掌教諭太子。」參見卷八《西池送白二十二東歸（略）》注。

〔三八〕憂：原作「優」，據劉本改。陪麗句：陪唱和。杜甫《戲爲六絶句》：「清詞麗句必爲鄰。」

〔三九〕接：字原闕，劉本、《全唐詩》作「覿」，此據《叢刊》本補。

〔四〇〕搔首：《詩・邶風・静女》：「愛而不見，搔首踟躕。」

〔四一〕斂眉：皺眉，憂鬱或有所思貌。劉繪《有所思》：「共銜滿堂酌，獨斂向隅眉。」

〔四二〕仲文：殷仲文，晉人，其《南州桓公九井作》有「獨有清秋日，能使高興盡」句，見《文選》。

傷韋賓客縝〔一〕 自工部尚書除賓客。

韋公八十餘，位至六尚書。〔二〕五福唯無富，〔三〕一生誰得如？桂枝攀最久，〔四〕蘭省出仍初。〔五〕海内時流盡，〔六〕何人動素車？〔七〕

【校注】

〔一〕詩開成末在洛陽作。韋賓客縝：《舊唐書・文宗紀下》：「（開成元年正月）以秘書監韋縝爲工部尚書。」故韋縝後自工部尚書再除太子賓客及卒，均當在開成末，姑繫於此。按《唐代墓誌彙編》元和一四一《唐故朝散大夫秘書省著作郎致仕京兆韋公（端）玄堂誌》，端子韋縝，官工部郎中。誌元和十五年立，未知是同一人否。

〔二〕六尚書：即指工部尚書。《新唐書·百官志一》「尚書省」：「尚書令一人，正二品，掌典領百官。其屬有六尚書：一曰吏部，二曰户部，三曰禮部，四曰兵部，五曰刑部，六曰工部。」

〔三〕五福：《書·洪範》：「五福：一曰壽，二曰富，三曰康寧，四曰攸好德，五曰考終命。」

〔四〕桂枝：喻指進士及第，參見卷五《聞韓賓擢第歸覲（略）》注。

〔五〕蘭省：尚書省。《漢官儀》：「尚書郎懷香握蘭，趨走丹墀。」仍初：謂仍爲太子賓客。白居易有《初夏閑吟兼呈韋賓客》、《韋七自太子賓客再除秘書監以長句賀餞》等詩，皆大和末洛陽贈韋縝之作，時縝已官太子賓客。今再除此職，故曰「仍初」。

〔六〕時流：當代名流。《南史·蔡廓傳》：「廓年位並輕，而爲時流所推重。」

〔七〕素車：友人送喪之車，見卷十《令狐僕射與予投分素深（略）》注。

同留守王僕射各賦春中一物從一韻至七〔一〕

鶯。能語，多情。春將半，天欲明。始逢南陌，復集東城。〔二〕林疏時見影，花密但聞聲。

營中緣催短笛，〔三〕樓上來定哀箏。〔四〕千門萬户垂楊裏，百囀如簧煙景晴。〔五〕

【校注】

〔一〕詩會昌元年二月在洛陽作。留守王僕射：王起。時以檢校左僕射爲東都留守，見前《秋霖即事聯句三十韻》詩注。

〔二〕南陌、東城：泛指洛陽游賞勝處。沈約《臨高臺》：「所思竟何在，洛陽南陌頭。」《白居易集》卷二三有《與皇甫庶子同游城東》、《洛城東花下作》詩，卷二四有《除蘇州刺史别洛城東花》等詩。

〔三〕營：軍營。

〔四〕定：止。

〔五〕簧：笙簧，笙管中的金屬片。

【附録】

賦花　　王起

花。點綴，分葩。露初裛，月未斜。一枝曲水，千樹山家。戲蝶未成夢，嬌鶯語更誇。既見東園成徑，何殊西子同車。漸覺風飄輕似雪，能令醉者亂如麻。（《全唐詩》卷四六四。按，王起此詩原有小序云：「樂天分司東都，起與朝賢悉會興化亭送别，酒酣，各賦一字至七字詩，以題爲韻。」序及詩據《唐詩紀事》卷三九録出。《舊唐書·王起傳》：「文宗即位，加集賢學士，判院事。……改兵部侍郎。大和二年，出爲陝虢觀察使，兼御史大夫。四年，入拜尚書左丞。」知大和三年春樂天自長安歸洛陽時，王起在陝虢觀察使任，無緣與興化池亭之會。

此詩内容與送別無關，且同時張籍送白詩亦爲《賦花》，既爲分題賦詩，自無同用一字之理。詩當是王起會昌元年春在洛陽與劉禹錫唱和之作。禹錫賦鶯，王起賦花，正「各賦春中一物」。因同是一至七字詩，故誤入送白居易諸詩中。參見卷八《嘆水別白二十二》注。）

會昌春連宴即事聯句〔一〕

元年寒食日，〔二〕上巳暮春天。〔三〕鷄黍三家會，〔四〕鶯花二節連。〔五〕居易。光風初淡蕩，〔六〕美景漸暄妍。簪組蘭亭上，〔七〕車輿曲水邊。〔八〕禹錫　松聲添奏樂，草色助鋪筵。雀舫宜閑泛，〔九〕螺杯任漫傳。〔一〇〕起　園蔬香帶露，廚柳暗藏煙。麗句輕珠玉，清談勝管絃。居易　陌喧金距鬥，〔一一〕樹動綵繩懸。〔一二〕姹女妝梳艷，〔一三〕游童衣服鮮。禹錫　圃香知種蕙，池暖憶開蓮。怪石雲疑觸，〔一四〕夭桃火欲然。〔一五〕起　正歡唯恐散，雖醉未思眠。〔一六〕嘯傲人間世，〔一七〕追隨地上仙。居易　燕來雙涎涎，〔一八〕雁去累翩翩。行樂真吾事，〔一九〕尋芳獨我先。〔二〇〕禹錫　滯周慚太史，〔二一〕太史公留滯周南，今榮忝，慚古人矣。入洛繼先賢。〔二二〕此言劉、白聲價與二陸爭長矣。昔恨多分手，今歡謬比肩。〔二三〕起　病猶陪燕飲，老更奉周旋。望重青雲客，〔二四〕情深白首年。居易　遍嘗珍饌後，許入畫堂前。〔二五〕舞袖翻紅炬，〔二六〕歌鬟插寶蟬。〔二七〕禹錫　斷金多感激，〔二八〕倚玉貴遷延。〔二九〕説史吞顔注，〔三〇〕論詩笑鄭箋。〔三一〕起　松筠寒不變，〔三二〕膠漆冷彌堅。〔三三〕興伴王尋戴，〔三四〕謂隨僕射過尚書也。榮同隗在燕。〔三五〕居易自謂 擲盧誇使氣，〔三六〕刻燭鬥成篇。〔三七〕實藝皆三捷，〔三八〕虚名愧六聯。〔三九〕禹錫 興闌猶舉白，〔四〇〕話靜每思玄。〔四一〕更說歸時好，亭亭月正圓。〔四二〕起

【校注】

〔一〕詩會昌元年三月在洛陽作。會昌：唐武宗年號，公元八四一—八四六。參加聯句者有白居易、劉禹錫、王起。《子劉子自傳》：「一年，加檢校禮部尚書兼太子賓客。」故白居易聯句詩注稱劉爲「尚書」。

〔二〕寒食：節日名，見卷二《酬竇員外使君寒食日途次松滋渡（略）》注。

〔三〕上巳：節日名，唐時以三月三日爲上巳節，見卷八《和滑州李尚書（略）》注。

〔四〕鷄黍：田家食物。《論語·微子》：「止子路宿，殺鷄爲黍而食之。」孟浩然《過故人莊》：「故人具鷄黍，邀我至田家。」三家：指白、劉、王三家。

〔五〕鶯花：代指大好春光。丘遲《與陳伯之書》：「暮春三月，江南草長，雜花生樹，群鶯亂飛。」二節：指寒食與上巳。寒食節在三月中清明節前一或二日，故與上巳相連。

〔六〕光風：雨止日出時的和風。《楚辭·招魂》：「光風轉蕙，泛崇蘭些。」淡蕩：一作「澹蕩」，使人和暢。鮑照《代白紵曲》：「春風澹蕩俠思多，天色净渌氣妍和。」

〔七〕簪組：冠簪、組綬，代指爲官者。蘭亭：指王羲之等蘭亭之會，見卷十《三月三日與樂天及河

南李尹（略）》注。

〔八〕曲水：上巳祓禊之所。《南齊書·王融傳》：「九年，上幸芳林園，禊宴朝臣。使融爲《曲水詩序》，文藻富麗，當世稱之。」文見《文選》。

〔九〕雀舫：青雀舫，見卷八《白侍郎大尹自河南寄示（略）》注。

〔一〇〕螺杯：鸚鵡螺酒杯，見卷七《洛中逢韓七中丞（略）》注。漫傳：隨意傳遞。

〔一一〕金距鬥：鬥鷄。《左傳·昭公二十五年》：「季、郈之鷄鬥，季氏介其鷄，郈氏爲之金距。」注：「施金芒於距也。」

〔一二〕彩繩：指樹上懸秋千之繩。《開元天寶遺事》卷下：「天寶宫中，至寒食節，競竪秋千，令宫嬪輩戲笑，以爲宴樂。」王維《寒食城東即事》：「蹴鞠屢過飛鳥上，秋千競出垂楊裏。」

〔一三〕姹女：少女。《後漢書·五行志》：「河間姹女工數錢。」

〔一四〕疑觸：疑爲觸石而出，謂雲盛。《公羊傳·僖公三十一年》：「觸石而出，膚寸而合，不崇朝而遍雨乎天下者，唯泰山爾。」

〔一五〕夭桃：鮮艷的桃花。《詩·周南·桃夭》：「桃之夭夭，灼灼其華。」然：燃本字。庾信《奉和趙王隱士》：「山花焰火然。」

〔一六〕未思眠：《宋書·陶潛傳》：「貴賤造之者，有酒輒設。潛若先醉，便語客：『我醉欲眠，卿可去。』其真率如此。」

〔一七〕嘯傲：指行爲舉止狂傲，不受世俗禮法約束。陶潛《飲酒詩》：「嘯傲東軒下，聊復得此生。」人間世：《莊子》篇名，即人世。

〔一八〕涏涏：光澤貌。《漢書·孝成趙皇后傳》載童謡：「燕燕，尾涏涏，張公子，時相見。」

〔一九〕行樂：楊惲《報孫會宗書》：「人生行樂耳，須富貴何時！」

〔二〇〕獨：字原闕，據劉本、《叢刊》本、《全唐詩》補。

〔二一〕滯周：留滯洛陽。太史：秦漢官名，掌天文曆法，此指司馬談。參見卷十《洛濱病卧（略）》注。王起時爲東都留守，故以司馬談留滯周南自比。

〔二二〕入洛：《晉書·陸機傳》：「至太康末，與弟雲俱入洛，造太常張華。華素重其名，如舊相識，曰：『伐吴之役，利獲二俊。』」此以二陸比劉、白。

〔二三〕比肩：並肩。楊泉《物理論》：「千里一賢，謂之比肩。」按永貞至大和初，劉禹錫被貶江湘，大和二年，劉、白同在長安，時王起出爲陜虢觀察使；後王入朝爲尚書左丞，白又分司東都，今三人同在洛陽，故有此二句。

〔二四〕青雲客：指達官貴人。《史記·范睢蔡澤列傳》：范睢相秦，故人須賈見之，曰：「賈不意君能自致於青雲之上。」

〔二五〕晝：原作「畫」，據劉本、《叢刊》本、《全唐詩》改。

〔二六〕舞袖：舞女衣袖。紅炬：紅燭。炬，原作「矩」，據劉本、《叢刊》本、《全唐詩》改。

〔二七〕歌鬟：歌女髮鬟。寶蟬：女子蟬形首飾。

〔二八〕斷金：《易·繫辭》：「二人同心，其利斷金。」

〔二九〕倚玉：指共坐。《世説新語·容止》：「魏明帝使后弟毛曾與夏侯玄共坐，時人謂蒹葭倚玉樹。」此王起以蒹葭自比，而以玉樹比美劉、白。遷延：徜徉，此指延長歡聚的時間。

〔三〇〕顔注：指顔師古《漢書》注。《舊唐書》本傳：「師古少傳家業，博覽群書，尤精詁訓，善屬文。……時承乾在東宫，命師古注班固《漢書》，解釋詳明，深爲學者所重。」

〔三一〕鄭箋：後漢鄭玄所作《毛詩》箋。《後漢書·鄭玄傳》：「注《周易》、《尚書》、《毛詩》……凡百餘萬言。」論曰：「自秦焚《六經》，聖文埃滅。漢興，諸儒頗修藝文；及東京，學者亦各名家。而守文之徒，滯固所稟，異端紛紜，互相詭激。遂令經有數家，家有數説，章句多者，或乃百餘萬言。學徒勞而少功，後生疑而莫正。鄭玄括囊大典，網羅衆家，删裁繁誣，刊改漏失，自是學者略知所歸。」

〔三二〕松筠：松竹，見卷一《和武中丞秋日寄懷感諸僚故》注。

〔三三〕膠漆：用陳重、雷義事，見卷十《予自到洛中（略）》注。

〔三四〕尋戴：用王徽之月夜乘興訪戴安道事，見卷一《奉和中書崔舍人八月十五日夜玩月二十韻》注。

〔三五〕隗：郭隗，戰國時人，爲燕昭王禮遇，見卷二《武陵書懷五十韻》注。

〔三六〕擲盧：指博戲，見卷九《樂天寄重和晚達冬青（略）》注。

〔三七〕刻燭：刻痕於燭上，限時作詩，見卷一《揚州春夜（略）》注。

〔三八〕實藝：猶言真才實學。《新唐書·選舉志下》載武宗語：科舉考試「但取實藝可也」。三捷：謂三登科第。劉禹錫《夔州謝上表》：「貞元年中，三忝科第。」《舊唐書·白居易傳》：「貞元十四年，始以進士就試，禮部侍郎高郢擢升甲科，吏部判入等，授秘書省校書郎。元和元年四月，憲宗策試制舉人，應才識兼茂明於體用科，策入第四等。」同書《王起傳》：「（起）貞元十四年擢進士第，釋褐集賢校理，登制策直言極諫科，授藍田尉。」起當曾登吏部取士科，方可授官，故亦爲「三捷」。

〔三九〕六聯：《周禮·天官》：「以官府之六聯，合邦治。」原指官府政事中祭祀、賓客、喪荒等有關聯的六個方面，唐代因尚書省設六部，故以代指六部尚書。時劉禹錫檢校禮部尚書，並非實職，故自謂「虛名」。

〔四〇〕闌：盡。舉白：乾杯。《漢書·叙傳》：「引滿舉白，談笑大噱。」孟康曰：「舉白，見驗飲酒盡不也。」

〔四一〕思玄：《文選》張衡《思玄賦》李善注：「（衡）漢和帝時爲侍中。順、和二帝之時，國政稍微，專恣內竪。平子欲言政事，又爲奄竪所讒蔽，意不得志；欲游六合之外，勢既不能，義又不可，但思其玄遠之道而賦之。」

〔四二〕亭亭：高貌。

僕射來示有三春向晚四者難并之説誠哉是言輒引起題重爲聯句疲兵再戰勍敵難降下筆之時囅然自哂走呈僕射兼簡尚書〔一〕

三春今向晚，四者昔難并。借問低眉坐，何如携手行？居易　舊游多過隙，〔二〕新宴且尋盟。〔三〕鸚鵡林須樂，〔四〕麒麟閣未成。〔五〕起　分陰當愛惜，〔六〕遲景好逢迎。〔七〕林野薰風起，〔八〕樓臺穀雨晴。〔九〕禹錫　牆低山半出，池廣水初平。橋轉長虹曲，舟回小鷁輕。〔一〇〕居易　殘花猶布繡，〔一一〕密竹自聞笙。〔一二〕欲過芳菲節，〔一三〕難忘宴慰情。〔一四〕起　月輪行似箭，時物勢如傾。〔一五〕見雁隨兄去，〔一六〕聽鶯求友聲。〔一七〕禹錫　蕙長書帶展，〔一八〕菰嫩剪刀生。〔一九〕坐密衣裳暖，堂虚絲管清。居易　峰巒侵碧落，〔二〇〕草木近朱明。〔二一〕與點非沂水，〔二二〕陪膺是洛城。〔二三〕白嘗爲三川守，故云。起　撥醅篘緑醑，〔二四〕卧酪待朱櫻。〔二五〕幾處能留客？〔二六〕何人喚解酲？〔二七〕禹錫　舊儀尊右揆，〔二八〕新命寵春卿。〔二九〕有喜鵲頻語，〔三〇〕無機鷗不驚。〔三一〕居易　青林思小隱，〔三二〕白雪仰芳名。〔三三〕訪舊殊千里，〔三四〕登高賴九城。〔三五〕起　酇侯司管籥，〔三六〕疏傅傲簪纓。〔三七〕綸綍曾同掌，〔三八〕煙霄即上征。〔三九〕禹錫　册庭嘗接武，〔四〇〕書殿忝連衡。〔四一〕蘭室春彌馥，〔四二〕松心晚更貞。〔四三〕居易　琴招翠羽下，〔四四〕釣掣紫鱗呈。〔四五〕只願回烏景，〔四六〕

誰能避兕觥？〔四七〕起　方知醉兀兀，〔四八〕應勝走營營。〔四九〕鳳閣鸞臺路，〔五〇〕從它年少争。居易送呈二公。

【校注】

〔一〕詩開成元年在洛陽作。僕射：指王起。三春：春季三月。四者：謝靈運《擬魏太子鄴中集詩・序》：「天下良辰、美景、賞心、樂事，四者難并。」勍敵：强敵。囅然：笑貌。哂：笑。尚書：指劉禹錫。詩題爲白居易口吻。

〔二〕過隙：謂死亡。《莊子・知北游》：「人生天地間，如白駒之過郤，忽然而已。」陸德明音義：「郤，本亦作隙。」

〔三〕尋盟：重温舊日盟約，參見卷六《歷陽書事七十四韻》注。

〔四〕鸜鵒林：《釋氏六帖》卷二三引《僧伽羅刹經》：「有一鸜鵒，棲止大林，已經時歲，忽爾山火至，欲燒其林。鸜鵒曰：『我常止此林，如何忍燒？須報恩德。』乃入海取水灑林。天帝見，以愍而助雨，止也。」又引《百緣經》：「有鸜鵒請佛林中説法宴坐，後得生天。」林，劉本作「杯」。鸜鵒杯，鸜鵒螺酒杯，指飲宴。作「杯」義似長。參見卷七《洛中逢韓七中丞（略）》注。

〔五〕麒麟閣：漢宫中閣名，此指勛業。《漢書・蘇武傳》：「武年八十餘，神爵二年病卒。甘露三年，單于始入朝，上思股肱之美，乃圖畫其人於麒麟閣，法其形貌，署其官爵姓名。……凡十一人。」張晏曰：「武帝獲麒麟時作此閣，圖畫其象於閣，遂以爲名。」

〔六〕分陰：《晉書·陶侃傳》載侃語曰：「大禹聖者，乃惜寸陰，至於衆人，當惜分陰。」

〔七〕遲景：春日。《詩·豳風·七月》：「春日遲遲。」逢迎：迎接，謂互相造訪。

〔八〕薰風：《吕氏春秋·有始》：「東南曰薰風。」

〔九〕穀雨：三月節氣。此指春雨。孟浩然《與崔十二游鏡湖寄包賀二公》：「帆得樵風送，春逢穀雨晴。」

〔一〇〕小鷁：小船。鷁，水鳥名，畫於船首。《淮南子·本經》：「龍舟鷁首。」

〔一一〕布繡：如錦繡分列。班固《西都賦》：「若摛錦布繡。」

〔一二〕聞笙：聞笙簧樂聲，指風吹動竹所發聲音。

〔一三〕芳菲節：春日。白居易《大林寺桃花》：「人間四月芳菲盡。」

〔一四〕慰：劉本作「會」。

〔一五〕時物：應時的物色，指春景。如傾：言其變化之速。

〔一六〕隨兄：《禮記·王制》：「兄弟之齒雁行。」

〔一七〕求友：《詩·小雅·伐木》：「伐木丁丁，鳥鳴嚶嚶。……嚶其鳴矣，求其友聲。」

〔一八〕蕙：香草名。書帶：見卷八《酬令狐留守巡内（略）》注。

〔一九〕菰：慈姑。《廣群芳譜》卷六六：「慈姑，或作茨菰。……苗名剪刀草。」

〔二〇〕碧落：天空。

〔二一〕朱明：《爾雅·釋天》：「夏爲朱明。」

〔二二〕與點：讚許曾點。孔子弟子曾皙名點。《論語·先進》載，孔子命弟子各言其志，曾皙曰：「莫春者，春服既成，冠者五六人，童子六七人，浴乎沂，風乎舞雩，詠而歸。」孔子喟然嘆曰：「吾與點也！」沂水：在今山東臨沂境，注入泗水。

〔二三〕膺：東漢名士李膺，曾爲河南尹，此借指王起。見卷七《同樂天送河南馮尹學士》注。

〔二四〕撥醅：見卷十《予自到洛中（略）》注。篘：竹制濾酒器。醑：美酒。

〔二五〕酪：乳酪。卧酪，謂因食酪而卧疾。《世説新語·排調》：「陸太尉（玩）詣王丞相（導），王公食以酪，陸還遂病，與王箋曰：『昨食酪小過，通夜委頓。民雖吴人，幾爲傖鬼。』」朱櫻：櫻桃。《侯鯖録》卷二：「杜牧之《和裴傑新櫻桃》詩云：『忍用烹酥酪，從將玩玉盤。……』遂知唐人已用櫻桃薦酪也。」《廣群芳譜》卷五六：「（櫻桃）調中益氣，美志，止泄精水穀痢，令人好顏色。」

〔二六〕留客：用淳于髡云主人留髡而送客事，見卷二《武陵書懷五十韻》注。

〔二七〕解醒：解除酒病，醒酒。《世説新語·任誕》載，劉伶妻欲劉伶戒酒，供酒肉於神前，請伶祝誓戒酒。伶跪而祝曰：「天生劉伶，以酒爲名。一飲一斛，五斗解醒。」

〔二八〕揆：端揆，宰相。右揆，右僕射，此指王起。《新唐書·百官志一》：「初，唐因隋制，以三省之長中書令、侍中、尚書令共議國政，此宰相職也。其後，以太宗嘗爲尚書令，臣下避不敢居其職，由是僕射爲尚書省長官，與侍中、中書令號爲宰相。」後僕射雖非宰相，但官職仍尊崇。《舊唐書·李漢傳》：「舊事，左右僕射初上，御史中丞、吏部侍郎已下羅拜。」參見前《和僕射牛相公寓言二首》注。

〔二九〕新命：指劉禹錫新加檢校禮部尚書事，參見前詩注。春卿：指禮部尚書。《新唐書·百官志一》：「光宅元年，改禮部曰春官。」

〔三〇〕鵲頻語：謂報喜。《西京雜記》卷三：「乾鵲噪而行人至。」杜甫《得舍弟消息》：「浪傳烏鵲喜，深負鶺鴒詩。」

〔三一〕鷗不驚：見卷八《宴興化池亭送白二十二東歸聯句》注。

〔三二〕青林：庾信《任洛州酬薛文學送別》：「白石仙人芋，青林隱士松。」

〔三三〕白雪：陽春白雪，美稱詩作，參見卷二《江陵嚴司空見示(略)》注。

〔三四〕殊千里：謂居里接近。《世説新語·簡傲》：「嵇康與吕安善，每一相思，千里命駕。」

〔三五〕九城：九重之城，指洛陽。

〔三六〕鄺侯：漢蕭何，封鄺侯，此指時爲東都留守的王起。司管鑰：掌管宫室府庫門户開啟的鑰匙。《史記·蕭相國世家》：「漢二年，漢王與諸侯擊楚，何守關中，侍太子，治櫟陽。爲法令約束，立宗廟社稷宫室縣邑。……漢五年……高祖以蕭何功最盛，封爲鄺侯，所食邑多。」又太史公曰：「及漢興，依日月之末光，何謹守管籥，因民之疾秦法，順流與之更始。」管籥，即管鑰。

〔三七〕疏傳：漢疏廣，爲太子太傅致仕，參見卷一《許給事見示（略）》詩注。簪纓：冠簪與繫冠帶，代指官吏。此句屬白居易。

〔三八〕綸綍：皇帝詔令制敕等。《禮記・緇衣》：「王言如絲，其出如綸。王言如綸，其出如綍。」掌綸綍，謂爲中書舍人，代草王言。《舊唐書・王起傳》：「穆宗即位，拜中書舍人。」同書《白居易傳》：「轉主客郎中、知制誥。……（長慶元年）十月，轉中書舍人。」故云「同掌」。

〔三九〕煙霄：天高處，喻指朝廷。上征：向上飛行。

〔四〇〕册庭：册命之庭，指尚書省。《新唐書・百官志一》「尚書省」：禮部郎中「掌禮樂、學校、衣冠、符印、表疏、圖書、册命」。接武：足跡相接。武，足跡。白居易、劉禹錫分别於長慶及大和中爲尚書省禮部主客郎中。

〔四一〕書殿：集賢殿書院，開元中置，掌刊輯經籍，見《新唐書・百官志二》。連衡：此指共事。劉禹錫大和中爲主客郎中充集賢殿學士，見《子劉子自傳》。《舊唐書・王起傳》：「文宗即位，加集賢學士，判院事。」故云。

〔四二〕蘭室：芝蘭之室。《説苑・雜言》：「孔子曰：『與善人居，如入蘭芷之室，久而不聞其香，即與之化矣。』」

〔四三〕松心：喻堅貞之志。《禮記・禮器》：「其在人也，如竹箭之有筠也，如松柏之有心也……故貫四時而不改柯易葉。」

〔四四〕翠羽：翠鳥。

〔四五〕紫鱗：指魚。左思《蜀都賦》：「觴以清醥，鮮以紫鱗。」

〔四六〕烏景：日光，古人謂日中有三足烏。

〔四七〕兕觥：一種大的酒器。《詩·周南·卷耳》：「我姑酌彼兕觥。」疏：「《禮圖》云：『觥大七升，以兕角爲之。』」

〔四八〕兀兀：昏沉貌。白居易《對酒》：「所以劉阮輩，終年醉兀兀。」

〔四九〕營營：往來奔走貌。《詩·小雅·青蠅》：「營營青蠅。」毛傳：「營營，往來貌。」

〔五〇〕鳳閣鸞臺路：謂仕途。光宅元年，曾分別將中書省和門下省改爲鳳閣、鸞臺，見《新唐書·百官志二》。

酬宣州崔大夫見寄〔一〕

白衣曾拜漢尚書，〔二〕今日恩光到弊廬。〔三〕再入龍樓稱綺季，〔四〕應緣狗監説相如。〔五〕中郎南鎮權方重，〔六〕内史高齋興有餘。〔七〕遥想敬亭春欲暮，〔八〕百花飛盡柳花初。

【校注】

〔一〕詩會昌元年春在洛陽作。宣州：州治在今安徽宣城縣，時爲宣歙觀察使治所。崔大夫：崔龜從。《舊唐書·文宗紀下》：「（開成四年三月）以户部侍郎崔龜從爲宣歙觀察使。」觀詩首聯，當作於會昌元年春末劉禹錫加檢校禮部尚書後不久。崔龜從原詩已佚。

〔二〕白衣：無官職者。漢尚書：《後漢書·鄭均傳》：「再遷尚書，數納忠言，肅宗敬重之。後以病乞骸骨，拜議郎，告歸。……帝東巡過任城，乃幸均舍，敕賜尚書禄以終其身。故時人號爲『白衣尚書』。」劉禹錫老病，分司洛陽，又加檢校禮部尚書，故以鄭均自比。參見前《秋霖即事聯句》注。

〔三〕恩光：恩命。《文選》江淹《雜體詩三十首·鮑參軍昭》：「豪士枉尺璧，宵人重恩光。」李善注：「言天子恩澤光曜被及者也。」此指檢校尚書的任命。

〔四〕龍樓：漢太子所居宮名，見前《自左馮歸洛下（略）》注。綺季：綺里季，商山四皓之一。劉禹錫前已爲太子賓客分司，後改秘書監，至此，又加檢校禮部尚書復兼太子賓客，故云「再入」，且以四皓自喻。參見卷八《西池送白二十二東歸（略）》注。

〔五〕狗監：漢代掌管獵犬的官員。相如：司馬相如。《史記》本傳：「會梁孝王卒，相如歸。……居久之，蜀人楊得意爲狗監，侍上。上讀《子虚賦》而善之，曰：『朕獨不得與此人同時哉！』得意曰：『臣邑人司馬相如自言爲此賦。』上驚，乃召問相如。」

〔六〕中郎：中郎將，後漢置官名，南朝因之。《晉書·荀羨傳》：「除北中郎將、徐州刺史、監……諸軍事，假節。……時年二十八。」此指崔龜從。參見卷六《和浙西李大夫晚下北固山（略）》注。

〔七〕内史：謝朓曾爲宣城太守，有《郡内高齋閒坐答吕法曹》等詩。太守亦可稱内史，見卷一《韓十八侍御見示（略）》注。此指曾爲中書舍人之崔龜從，語意雙關。《初學記》卷一一中書舍人：「隋及唐皆隨臺省爲名，並內史省則曰內史舍人云。」《舊唐書·崔龜從傳》：「（大和）九年，轉司勳郎中、知制誥。十二月，正拜中書舍人。」謝朓有《高齋視事》、《郡內高齋閒望答呂法曹》詩。

〔八〕敬亭：山名，在宣州東，謝朓曾游此賦詩，參見卷六《歷陽書事七十四韻》注。

酬樂天〔一〕 殘句，題擬。

煉盡美少年。

【校注】

〔一〕句劉禹錫本集不載，見《白居易集》卷三五《夢得前所酬篇有煉盡美少年之句因思往事兼詠今懷重以長句答之》詩。據白詩「歷七朝」之語及集中編次，詩會昌元年春作。

【附録】

夢得前所酬篇有「煉盡美少年」之句因思往事兼詠今懷重以長句答之　白居易

煉盡少年成白首，憶初相識到今朝。昔饒春桂長先折，今伴寒松最後凋（原注：昔登科第，夢得居先；今同暮年，洛下爲老伴）。生事縱貧猶可過，風情雖老未全銷。聲華寵命人皆得，若箇如君歷七朝（原注：夢得貞元中及今，凡仕七朝也）。（《白居易集》卷三五）

送分司陳郎中祇召直史館重修三聖實録〔一〕

蟬鳴官樹引行車，〔二〕言自成周赴玉除。〔三〕遠取南朝貴公子，〔四〕重修東觀帝王書。〔五〕常時載筆窺金匱，〔六〕暇日登樓到石渠。〔七〕若問舊人劉子政，〔八〕如今頭白在商於。〔九〕

【校注】

〔一〕詩會昌元年七月在洛陽作。陳郎中：陳商，開成中以司門郎中分司東都，會昌元年召爲史館修撰。白居易開成三年作《戲贈夢得兼呈思黯》自注：「陳商郎中酒户涓滴。」《金石萃編》卷八〇華岳題名：「司（原闕，據《關中金石記》補）門郎中、史館修撰陳商。會昌元年七月廿五日，商祇召赴闕，與盧溪處士鄧君蟠同題。」三聖實録：謂憲、穆、敬三宗實録。《舊唐書·武宗紀》：「（會昌元年）四月辛丑，敕：『《憲宗實録》，舊本未備，宜令史官重修進内。』」《新唐書·藝文志二》：「《敬宗實録》十卷，陳商、鄭亞撰，李讓夷監修。商，字述聖，禮部侍郎，秘書監。」時所修爲憲宗、敬宗、穆宗三朝實録，因《憲宗實録》涉及黨争，須加修改，故舊史特標舉之。《敬宗實録》，則爲新修。

〔二〕官樹：官道之樹。

〔三〕成周：洛陽。《元和郡縣圖志》卷五：「周成王定鼎於郟鄏……又卜瀍水東，召公往營之，是爲成周。今河南府東故洛城是也。」玉除：玉階，代指朝廷。

〔四〕南朝：指陳。據《新唐書·宰相世系一下》，陳商爲南朝陳宣帝玄孫，左散騎常侍陳彝之子。

〔五〕東觀：漢宫中藏書之所，此指史館。《後漢書·安帝紀》：「詔謁者劉珍及五經博士校定東觀《五經》、諸子……」注：「《洛陽宫殿名》曰：『南宫有東觀。』」《晉書·陳壽傳論》：「丘明既没，班、馬迭興，奮鴻筆於西京，騁直詞於東觀。」

〔六〕載筆：攜筆。金匱：金屬櫃。《史記·太史公自序》：「遷爲太史令，紬史記石室金匱之書。」索隱：「石室、金匱，皆國家藏書之處。」

〔七〕石渠：指集賢院書殿，見卷八《嘆水别白二十二》注。

〔八〕劉子政：西漢劉向，字子政，成帝時曾校理圖書。參見卷七《同樂天送河南馮尹學士》注。劉禹錫曾爲集賢學士，故自稱「舊人」，以劉向自比。

〔九〕在商於：此指己爲太子賓客分司。參見前《和牛相公南溪醉歌見寄》注。

始聞秋風〔一〕

昔看黄菊與君别，〔二〕今聽玄蟬我卻回。〔三〕五夜颼飀枕前覺，〔四〕一年顔狀鏡中來。馬思邊草拳毛動，〔五〕雕盼青雲睡眼開。天地肅清堪四望，〔六〕爲君扶病上高臺。

【校注】

〔一〕此及後數詩均開成中至會昌初作於洛陽，作年無可確考，一並繫此。

〔二〕黄菊：《禮記·月令·季秋之月》：「鞠有黄華。」鞠，通菊。君：指秋風。

〔三〕玄蟬：蟬呈黑色，故稱。《禮記·月令·孟秋之月》：「白露降，寒蟬鳴。」

〔四〕五夜：即夜，有五更。《顔氏家訓·書證》：「或問：一夜何故五更。答曰：漢、魏以來，謂爲甲夜、乙夜、丙夜、丁夜、戊夜，又云鼓，……亦云一更、二更、三更、四更、五更，皆以五爲節。」颼飀：風聲。

〔五〕邊草：邊塞之草。王瓚《雜詩》：「朔風動秋草，邊馬有歸心。」拳毛：即蜷毛，旋毛。唐太宗有馬名拳毛騧。李賀《馬詩》：「唐劍斬隋公，拳毛屬太宗。」《爾雅·釋畜》：「回毛在膺，宜乘。」郭璞注：「伯樂相馬法，旋毛在腹下如乳者，千里馬。」

〔六〕肅清：《禮記·月令·孟秋之月》：「天地始肅。」注：「肅，嚴急之言也。」

【集評】

王楙曰：劉禹錫曰，「昔看黄菊與君别，今見玄蟬我卻回」，……皆紀時也。此祖《詩》「昔我往矣，楊柳依依；今我來思，雨雪霏霏」之意。（《野客叢書》卷九）

方回曰：痛快。（《瀛奎律髓》卷十二。按，《律髓》誤録此詩爲趙嘏詩。）

何焯曰：後四句衰氣一振，「扶病」二字又照應不漏。（《瀛奎律髓彙評》卷十二）

沈德潛曰：「君」字未知所謂。下半首英氣勃發，少陵操管，不過如是。（《唐詩别裁》卷十五）

王壽昌曰：唐人佳句，有可以照耀古今、膾炙人口者。如……劉夢得之「馬思邊草拳毛動，雕盼

青雲睡眼開」。(《小清華園詩談》卷下)

學阮公體三首〔一〕

少年負志氣,〔二〕信道不從時。〔三〕只言繩自直,〔四〕安知室可欺?〔五〕百勝難慮敵,〔六〕三折乃良醫。〔七〕人生不失意,焉能慕己知〔八〕!

【校注】

〔一〕阮公:阮籍。《晉書·阮籍傳》:「籍能屬文,……作《詠懷詩》八十餘篇,爲世所重。」《文選》阮籍《詠懷詩》顔延年注:「嗣宗身仕亂朝,常恐罹謗遇禍,因兹發詠,故每有憂生之嗟。雖志在刺譏,而文多隱避。百代之下,難以情測。」詩首言己少年時情事,次以「老驥」自喻,當亦爲晚年居洛陽時作。

〔二〕少年:當指永貞中,時劉禹錫年三十三。《文選》徐敬業《古意酬到長史溉登琅琊城》:「少年負壯氣。」李善注:「負,恃也。」

〔三〕從時:從俗浮沉。

〔四〕繩:匠人用以取直綫的準繩。繩自直,謂秉正道而行。《詩·大雅·緜》:「俾立室家,其繩則直。」

〔五〕室可欺:謂暗室可欺,即暗中做壞事。《梁書·簡文帝紀》:「弗欺暗室,豈況三光。」《南史·

阮長之傳》：「阮長之爲中書郎，直省，夜往鄰省，誤著屐出閤。依事自列，門下以暗夜人不知，不受列。長之固遣送曰：『一生不侮暗室。』」

〔六〕百勝：《後漢書·蓋勛傳》：「我百戰百勝，決之於心。」《孫子》：「知己知彼，百戰不殆。」難慮敵：猶難料敵，劉本作「慮無敵」。

〔七〕三折：三折肱，多次折斷手臂。《左傳·定公十三年》：「齊高彊曰：『三折肱知爲良醫。』」《楚辭·九章·惜誦》：「九折臂而成醫兮，吾至今乃知其信然。」

〔八〕己知：即知己。

二

朔風悲老驥，〔一〕秋霜動鷙禽。〔二〕出門有遠道，平野多層陰。〔三〕滅没馳絶塞，〔四〕振迅拂華林。〔五〕不因感衰節，〔六〕安能激壯心？

【校注】

〔一〕朔風：北風。王瓚《雜詩》：「朔風動秋草，邊馬有歸心。」老驥：老馬。曹操《步出夏門行》：「老驥伏櫪，志在千里。烈士暮年，壯心不已。」

〔二〕鷙禽：猛禽，鷹隼之類。《春秋感精符》：「季秋霜始降，鷹隼擊。」

〔三〕層陰：層累的陰雲。《文選》鮑照《從冠軍建平王登廬山香爐峰》：「日落長沙渚，層陰萬里生。」李善注：「層者，重也。蔡邕《月令章句》：『陰者，密雲也。』」

〔四〕滅没：《列子·説符》：「天下之馬者，若滅若没，若亡若失。」張湛注：「天下之絶倫者，不於形骨毛色中求，故髣髴恍惚，若存若亡，難得知也。」絶塞：遥遠邊塞。

〔五〕振迅：振翅迅飛。鮑照《飛白書勢銘》：「差池燕起，振迅鴻歸。」華林：茂美的樹林。

〔六〕衰節：肅殺的節候，指秋天。宋玉《九辯》：「悲哉秋之爲氣也，蕭瑟兮草木摇落而變衰。」

三

昔賢多使氣，憂國不謀身。〔一〕目覽千載事，心交上古人。〔二〕侯門有仁義，〔三〕靈臺多苦辛。〔四〕不學腰如磬，〔五〕徒使甑生塵。〔六〕

【校注】

〔一〕使氣：意氣用事。《北齊書·崔瞻傳》：「仗酒使氣，我之常弊。」謀身：慮及自身的安危。

〔二〕上古：指遠古。儒家認爲上古民風淳樸，没有欺詐。《易·繫辭上》：「上古結繩而治。」《莊子·馬蹄》：「夫赫胥氏之時，民居不知所爲，行不知所之，含哺而熙，鼓腹而游。」陸德明音義：「赫胥氏，上古帝王也。」

〔三〕侯門：王侯之門。《莊子·胠篋》：「竊鈎者誅，竊國者爲諸侯，諸侯之門，而仁義存焉。」

〔四〕靈臺：指心。《莊子·庚桑楚》：「不可内於靈臺。」郭象注：「靈臺者，心也。」

〔五〕腰如磬：彎腰。《後漢書·馬援傳》李賢注：「磬折者，屈身如磬之曲折，敬也。」

〔六〕甑：炊具。《後漢書·范冉傳》載，冉字史雲，桓帝時，爲萊蕪長，遭母憂，不到官。後辟太尉府，議者欲以爲侍御史，因遁身逃命於梁、沛之間。後遭黨人禁錮，遂推鹿車，載妻子，捃拾自資，或寓息客廬，或依宿樹陰。如此十餘年，乃結草室而居焉。所止單陋，有時糧粒盡，窮居自若，言貌無改。閭里歌之曰：「甑中生塵范史雲，釜中生魚范萊蕪。」

【集評】

邢昉曰：蔚然有光。真不愧阮。（《唐風定》卷四）

偶作二首〔一〕

終朝對尊酒，嗜興非嗜甘。〔二〕終日偶衆人，〔三〕縱言不縱談。〔四〕世情閑盡見，藥性病多諳。〔五〕寄謝嵇中散，〔六〕予無甚不堪。〔七〕

【校注】

〔一〕詩云已盡見世情，多諳藥性，已吸取「少年負志氣，信道不從時」的教訓，無不堪之事，蓋作於晚年。

〔二〕嗜興句：謂己飲酒非好其甘美，而是藉以遣懷。《晉書·阮籍傳》：「籍本有濟世志，屬魏、晉之際，天下多故，名士少有全者，籍由是不與世事，遂酣飲爲常。文帝初欲爲武帝求婚於籍，籍醉六十日，不得言而止。鍾會數以時事問之，欲因其可否而致之罪，皆以酣醉獲免。」

〔三〕偶：相對。

〔四〕縱言句：《三國志·魏書·李通傳》注引王隱《晉書》：「然天下之至慎，其惟阮嗣宗乎！每與之言，言及玄遠，而未曾評論時事，臧否人物。」嗣宗，阮籍字。

〔五〕諳：熟悉。

〔六〕嵇中散：晉嵇康，曾拜中散大夫，見《晉書》本傳。

〔七〕不堪：不堪忍受之事。嵇康《與山巨源絶交書》自云「人倫有禮，朝廷有法，自惟至熟，有必不堪者七，甚不可者二」。如早起，揖拜上官，書信應酬，弔喪，與俗人共事，公務繁雜等，均所不堪。

二

萬卷堆牀書，〔一〕學者識其真。萬里長江水，征夫渡要津。〔二〕養生非但藥，〔三〕悟佛不因人。〔四〕燕石何須辨，〔五〕逢時即至珍。〔六〕

【校注】

〔一〕牀：安放器物的架子。

〔二〕要津：重要渡口。

〔三〕養生：攝養身心，以求延年益壽。嵇康《養生論》：「善養生者，……清虚静泰，少私寡欲。知名位之傷德，故忽而不營。……識厚味之害性，故棄而弗顧。曠然無憂患，寂然無思慮。……

若此以往，可與羨門比壽，王喬爭年。」故非單靠藥物可致。

〔四〕悟佛：領悟佛理。不因人：不因他人，謂須自悟。

〔五〕燕石：燕山之石，似玉。此以比喻無才德之人。《文選》應璩《百一詩》李善注引《闞子》：「宋之愚人，得燕石於梧臺之側，藏之以爲大寶。周客聞而觀焉。主人齋七日，端冕玄服以發寶。革匱十重，巾十襲。客見，俛而掩口，盧胡而笑，曰：『此特燕石也，其與瓦甓不殊。』主人大怒曰：『商賈之言，醫匠之心。』藏之愈固，守之彌謹。」

〔六〕逢時句：此慨嘆己雖懷才而不逢時。

詠樹紅柿子〔一〕

曉連星影出，晚帶日光懸。本因遺采掇，〔二〕翻自保天年。〔三〕

【校注】

〔一〕觀「保天年」語，當晚年洛陽作。

〔二〕采掇：采摘拾取，喻朝廷甄拔任用人才。參見卷一《省試風光草際浮》注。

〔三〕天年：自然的壽數。《史記·范雎蔡澤列傳》：「終其天年，而不夭傷。」《莊子·山木》：「此木以不材得終其天年。」